Damnation

ALEX KAVA

Damnation

BEST SELLERS
HARLEQUIN

Si vous achetez ce livre privé de tout ou partie de sa couverture, nous vous signalons qu'il est en vente irrégulière. Il est considéré comme «invendu» et l'éditeur comme l'auteur n'ont reçu aucun paiement pour ce livre «détérioré».

Cet ouvrage a été publié en langue anglaise
sous le titre :
SPLIT SECOND

Traduction française de
DANIÈLE LARUELLE

83-85, boulevard Vincent-Auriol, 75013 PARIS — Tél. : 01 42 16 63 63
Service Lectrices — Tél. : 01 45 82 47 47
ISBN 2-280-16612-7 — ISSN 1248-511X

DU MÊME AUTEUR

AUX EDITIONS HARLEQUIN

DANS LA COLLECTION LES BEST-SELLERS

Sang froid (n°159)

À Amy Moore-Benson, Dianne Moggy
et Philip Spitzer,

une équipe incroyable qui réalise les rêves.
Le premier livre fut un privilège ; le second, un honneur.

Je tiens à remercier tout particulièrement :

Patricia Sierra, collègue en écriture et amie qui a su me bousculer gentiment, et sans laquelle ce livre n'aurait sans doute jamais été achevé. Merci de m'avoir aidée à traverser les crises d'angoisse.

La merveilleuse équipe de Mira Books, pour son enthousiasme, son ardeur au travail, son dévouement ; en particulier Valerie Gray, Craig Swinwood, Krystyna de Duleba , Alex Osuszek et les meilleurs vendeurs de la profession.

L'expression « maison d'édition » a donc sa raison d'être puisque, avec eux, je me suis sentie comme chez moi.

Megan Underwood et tout le groupe de Goldberg McDuffie Communications, Inc. Pour leur expertise et leur travail acharné.

Annie Belatti, à ma connaissance la seule personne capable de s'enthousiasmer en vous décrivant des blessures par balle au cours d'un dîner.

Je lui sais gré de sa patience, de ses connaissances médicales et de son amitié.

Sharon Car, collègue en écriture et amie, qui écoute et prodigue des encouragements dans les bons et les mauvais moments.

Marilyn et John Cooney, ainsi que Mary Means, qui s'occupent avec tant de tendresse de mes enfants quand je suis appelée à me déplacer.

Patti El-Kachouti pour son amitié indéfectible et son soutien.

Nicole Friend, sur qui j'ai testé mes idées et dont le bon sens m'a souvent beaucoup apporté.

Tony Friend, pour les renseignements, les images et les idées que lui seul pouvait me fournir.

Ellen Jacobs pour sa franchise, en tant que lectrice d'abord, et en tant qu'amie.

LaDonna Tworek, parce qu'elle m'a rappelé que certaines amitiés sont éternelles.

Pour leur exemple, leur enthousiasme, et leur soutien affectueux, je remercie Kenny et Connie Kava, Jeanie Shoemaker Mezger et John Mezger, Natalie et Rich Cummings, Marlene Haney, Sandy Rockwood, ma mère et mon père — Patricia et Edward Kava, Mac Payne et le groupe du Movie Club — Lyn Belitz, Mary Michaelsen, Jo Ellen Shoemaker et Becky Thomson.

Je tiens également à remercier les acheteurs de livres et libraires qui ont fait une place sur leurs listes et leurs rayonnages pour une nouvelle voix.

Et les lecteurs qui, parmi toutes les excellentes fictions disponibles, ont choisi mon roman, ce dont je les remercie.

Enfin, merci à Philip Spitzer, Amy Moore-Benson et Dianne Moggy.

Sans Philip qui a pris le risque de me faire confiance, sans Amy pour défendre ma cause, sans Dianne Moggy, sa patience, ses conseils et son soutien, rien de tout cela n'aurait été possible. À eux trois, ils forment une équipe de rêve pour un auteur.

Prologue

Pénitencier du comté de North Dade
Miami, Floride
Halloween — Vendredi 31 octobre

Del Macomb s'essuya le front de sa manche. Il transpirait à grosses gouttes et le coton rêche de son uniforme lui collait à la peau. A 9 heures du matin, il faisait déjà une chaleur effroyable pour la saison. Et quelle humidité ! C'était à n'y pas croire.

Il avait grandi dans le Minnesota, un peu au nord de Hope. Chez lui, les bords de Silver Lake auraient commencé à geler. Son père se serait installé pour écrire ses sermons, en regardant passer les dernières oies des neiges. Del remonta une mèche de cheveux humide qui lui tombait dans les yeux. Le souvenir de son père lui rappela qu'il avait besoin d'une coupe. Etrange association d'idées qui, plus étrangement encore, lui donnait le mal du pays.

— Alors, c'est qui le trou-du-cul qu'on chaperonne aujourd'hui ?

Del ne put retenir une grimace devant la vulgarité de son collègue. Mais un regard de biais à Benny Zeeks le rassura. L'ancien marine taillé dans le roc n'avait pas remarqué sa réaction. Bien. Il n'avait nul besoin de nouvelles remontrances.

— Les gars m'ont dit qu'il s'appelait Stucky.

Benny paraissait préoccupé. Avait-il entendu sa réponse ?

Au pénitencier de North Dade, Benny Zeeks était une légende — en tant qu'ancien combattant du Viêt-nam, mais surtout parce qu'il avait longtemps travaillé comme maton à Starke dans les couloirs de la mort, et avec des condamnés de la pire espèce. Del avait vu les cicatrices que lui avaient laissées des détenus récalcitrants qu'il avait dû traîner de force au secret.

Sans prendre le soin de les replier, Benny remonta ses manches, et l'une de ces cicatrices apparut sur son avant-bras aux veines proéminentes. C'était une pâle balafre au tracé irrégulier qui traversait le ventre d'une danseuse polynésienne tatouée. Benny la faisait encore danser en jouant de ses muscles, et la femme coupée en deux roulait des hanches de manière suggestive tandis que son torse, comme déconnecté, demeurait immobile. Ce tatouage fascinait Del, l'intriguait malgré sa répugnance instinctive.

A présent, le colosse peinait à monter les marches étroites du véhicule blindé pour se hisser sur le siège du passager. Il ne bougeait pas bien vite, ce matin, d'où Del conclut qu'il avait encore pris une cuite la veille. Feignant de n'en rien voir, il prit place au volant.

— Alors, c'est qui, ce sale con ? s'enquit Benny en s'escrimant sur le bouchon de sa Thermos de café.

Del s'abstint de faire remarquer que la caféine le rendrait encore plus nerveux. En moins d'un mois à ce poste, il avait appris qu'on ne discutait pas avec Benny Zeeks.

— On est sur la tournée de Brice et Webber aujourd'hui.

— Voilà mieux ! Et en quel honneur ?

— Webber a la grippe, et Brice s'est fracturé la main hier soir.

— C'est pas malin. Il a fait ça comment ?

— Aucune idée. En tout cas, il est sur la touche. Hé, je croyais que tu en avais ras le bol de la routine, et des embouteillages autour du tribunal.

— Ouais, ben j'espère au moins qu'y aura pas trop de paperasse. Et si on hérite du boulot à Brice et Webber, ça veut dire que notre connard est expédié à Glades. A l'ombre et sous bonne garde jusqu'à son procès. Faut que ce soit un sacré lascar pour qu'ils n'osent pas le garder dans notre taule minable.

— Le type s'appelle Albert Stucky. D'après Hector, il ne serait pas mauvais bougre. Plutôt intelligent et amical avec le personnel. Paraîtrait même qu'il a accepté le Christ.

Sentant peser sur lui le regard de Benny, Del mit le contact, laissa le fourgon vibrer et gronder quelques instants avant de passer la première. Le véhicule s'ébranla lentement. Del brancha aussitôt l'air conditionné, que Benny coupa d'un coup de poing.

— Attends un peu que le moteur tourne, tête de lune. On a pas besoin que ce truc nous crache de l'air chaud en pleine figure par le temps qu'il fait !

Del rougit jusqu'à la racine des cheveux. Jamais il ne parviendrait à se concilier les bonnes grâces de son partenaire. Refoulant sa rage impuissante, il baissa sa vitre, prit le carnet de bord et y inscrivit le relevé kilométrique, le nombre de litres d'essence restant dans le réservoir et l'heure de départ. Rien de tel que la routine pour se calmer les nerfs.

— Hé, petit gars, t'as bien dit Albert Stucky ? J'ai lu des trucs sur ce mec dans le *Miami Herald*. Les feds l'ont surnommé « Le Collectionneur. »

— Les feds ?

— Ben oui, les fédéraux, le FBI, quoi. Tu sors jamais de ton trou ?

Les oreilles brusquement en feu, Del détourna la tête pour ajuster le rétroviseur extérieur.

— Enfin bref, ce Stucky, il a découpé et assassiné trois ou quatre bonnes femmes, et pas seulement ici en Floride. Si c'est bien lui qu'on embarque, c'est une sacrée belle ordure. Et s'il prétend avoir trouvé le Christ, tu peux parier ta chemise que c'est pour sauver son cul de la rôtissoire au père Satan.

— On peut changer, non ? Tu ne crois pas ?

Del coula un regard à Benny qui le fixait de ses yeux injectés de sang.

— Et toi, tu crois encore au Père Noël, le môme. Ceux qu'on envoie attendre leur procès en haute sécurité sont pas des enfants de chœur. Même s'ils racontent qu'ils ont trouvé leur putain de Bon Dieu.

Sur quoi Benny se tourna vers sa vitre pour boire son café. Au grand soulagement de Del, qui n'avait pu retenir une grimace en entendant les termes blasphématoires. On n'est pas élevé pendant vingt ans par un père pasteur sans en garder quelques réflexes.

Dans la cour de la prison écrasée de soleil, quelques détenus tournaient en rond, se passaient des cigarettes, fumaient dans la fournaise matinale. Et Del se demanda comment ils pouvaient prendre plaisir à être dehors quand il n'y avait pas d'ombre. Il ajouta ce détail à sa longue liste de griefs contre l'institution pénitentiaire. Dans le Minnesota, il avait milité en faveur d'une réforme des prisons. Trop occupé par son déménagement et son nouvel emploi, il n'en avait plus le temps, mais il tenait sa liste à jour pour l'avenir. Petit à petit, il gravirait les échelons, atteindrait un poste à responsabilités, et alors il se battrait pour la suppression des couloirs de la mort à Starke.

Lorsqu'ils arrivèrent devant le dernier poste de contrôle, il regarda dans son rétroviseur et retint un cri de surprise en avisant un regard noir et perçant fixé sur lui à travers la lucarne de verre épais. Ce que lut Del dans les yeux du prisonnier lui donna la chair de poule. Et lui rappela un lointain souvenir surgi du passé.

Enfant, un jour qu'il accompagnait son père dans ses visites, il avait vu ce même regard dans la cellule d'un condamné qui avait confessé devant lui des crimes abominables, se répandant en détails sur les horreurs qu'il avait fait subir à toute sa famille avant de tuer tour à tour sa femme, ses cinq enfants, et jusqu'au chien. Choqué, marqué à vie par ce récit, Del l'était davantage encore par le plaisir sadique avec lequel le prisonnier se complaisait dans la description de sa propre sauvagerie et semblait se réjouir de l'impact de ses paroles sur un enfant de dix ans. Et l'homme qui le fixait depuis l'arrière du fourgon blindé avait ce même regard. Celui du mal absolu.

Del reporta son attention sur sa conduite, s'obligea à se concentrer, à ne pas céder à la tentation malsaine de regarder dans le rétroviseur. Le dernier point de contrôle franchi, ils s'engagèrent sur la route. Enfin, il pouvait se détendre. Il adorait conduire. Cela lui permettait de réfléchir. Mais au premier carrefour, quand il tourna à gauche, Benny qui paraissait somnoler sortit brusquement de sa torpeur.

— Non mais, où tu vas, le môme ? La I-95, c'est de l'autre côté.

— Je comptais prendre la 45. Il y a moins de circulation, et le paysage est plus joli.

— Plus joli ! Comme si on n'avait que ça à foutre !

— Mais c'est un raccourci. On gagne une demi-heure, on livre notre détenu, et ça nous laisse du temps pour déjeuner tranquille.

L'argument était propre à convaincre Benny — visait également à l'impressionner. Le vieux briscard se recala dans son siège, se versa un gobelet de café et remit l'air conditionné en marche sans protester. Bientôt, une agréable fraîcheur se répandit dans la cabine, et Benny récompensa Del d'un de ses rares sourires.

Succès complet autant qu'inespéré. Pour une fois, il avait visé juste. Rasséréné, Del se détendit.

Ils avaient quitté Miami et ses embouteillages, roulaient depuis une trentaine de minutes quand un bruit soudain se produisit, ébranlant le fourgon. Del crut d'abord qu'ils venaient de perdre une partie du tuyau d'échappement. Mais cela cognait toujours, et le bruit provenait de l'arrière, pas de dessous.

Benny frappa du poing contre la cloison blindée en aboyant :

— C'est fini, ce bordel ?

Puis il se contorsionna pour couler un regard par la lucarne de verre.

— On y voit rien, là-dedans.

Le bruit s'accrut encore, faisant vibrer leurs sièges. A croire que leur prisonnier cognait à grands coups de batte de base-ball contre les parois d'acier. Impossible, bien sûr. Il ne possédait rien de tel. Les chocs répétés exaspéraient Benny, qui se prenait la tête puis frappait comme un sourd contre la cloison cependant que la danseuse polynésienne roulait frénétiquement des hanches sur son bras.

— Ohé, derrière, arrête un peu ton cirque ! lança Del à son tour, ajoutant au vacarme.

A l'évidence, le détenu n'était pas totalement immobilisé, et il se jetait de tout son poids contre le métal du fourgon. C'était à devenir fou, et le forcené risquait de se blesser sérieusement. N'ayant pas l'intention de livrer son prisonnier couvert d'hématomes, Del ralentit l'allure pour se ranger en bordure de route.

— Qu'est-ce que tu fous ? gronda Benny.

— On ne peut pas continuer comme ça pendant tout le voyage. Les gars ne l'ont sans doute pas attaché comme il faut.

— Pourquoi ils l'auraient fait ? Il a trouvé Jésus.

Del se contenta d'agiter la tête et, ignorant le sarcasme, il sortit de la cabine sans trop savoir comment il ferait face à un prisonnier fou furieux, à demi libéré de ses attaches de cuir.

— Minute, le môme, hurla Benny. Je vais m'occuper de ce connard.

Il s'extirpa de son siège, contourna le fourgon d'un pas lourd et vacillant.

— Mais tu es soûl, ma parole !

— Et quoi encore ?

Del tendit la main pour prendre la Thermos dans la cabine, l'arracha de justesse à Benny, l'ouvrit et renifla le café copieusement additionné d'alcool.

— Espèce de saligaud !

La remarque, partie du cœur, étonna Del lui-même autant que son équipier. Mais, au lieu de s'excuser, il lança la bouteille contre un poteau voisin et la regarda voler en éclats.

— Merde ! Tu charries, le môme. C'était ma seule Thermos, protesta Benny.

Il fixa un moment les buissons d'un air chagrin, puis il s'ébroua et se dirigea vers l'arrière du fourgon.

— Bon, ben c'est pas tout ça. Il est temps de s'occuper de cet abruti pour qu'il la boucle.

A l'intérieur, le détenu continuait à cogner comme un sourd — si fort que le véhicule en était secoué.

— Parce que tu es en état de le faire ? ironisa Del qui se sentait trahi.

— Je veux, minot. T'étais encore au sein que je fermais déjà la gueule à ce genre de trou-du-cul.

Benny sortit son revolver réglementaire — non sans quelque difficulté. Quel taux d'alcool avait-il dans le sang ? Etait-il capable de viser ? L'arme était-elle seulement chargée ? Jusque-là, Brice et Webber transportaient les criminels dangereux à Glade et à Charlotte, tandis que Del et Benny se chargeaient de conduire les petits délinquants et les escrocs au tribunal de Miami. D'une main tremblante, Del libéra son revolver dans son étui. Le contact peu familier de la crosse sous ses doigts le mettait mal à l'aise.

Le vacarme cessa dès qu'il entreprit de déverrouiller la lourde porte arrière. Benny se tenait près de lui, l'arme au poing. Sa main tremblait aussi, constat peu rassurant. Pris d'une nausée soudaine, Del transpirait à grosses gouttes et son cœur lui martelait la poitrine, battements de tambour assourdissants dans le silence de la campagne déserte.

Il prit une profonde inspiration, agrippa fermement la poignée, ouvrit le battant et bondit de côté, laissant le champ libre à Benny, planté face à la cavité obscure, bras tendus devant lui, prêt à tirer.

Rien. La porte alla cogner et rebondir contre la carrosserie blindée. Del et Benny scrutaient l'intérieur sombre du fourgon, plissant les yeux pour tenter d'apercevoir le banc en coin sur lequel le détenu devait être attaché par d'épaisses courroies de cuir fixées au métal du fourgon. Courroies qui pendaient lamentablement sur le sol. On les avait coupées.

— Ça alors ! s'exclama Del, interdit.

— Qu'est-ce que c'est que ce bordel ? grommela Benny en approchant lentement de la cavité béante.

Sans crier gare, une grande silhouette noire se jeta sur Benny et l'envoya à terre avec son arme. Puis, tel un chien enragé, Albert Stucky planta les dents dans l'oreille de Benny dont le hurlement pétrifia Del. Il demeura cloué sur place, incapable de réagir, de penser, de respirer. Le temps qu'il se ressaisisse et sorte son revolver, le prisonnier s'était relevé et chargeait droit sur lui. Dans le choc de la collision, Del sentit un objet lisse et pointu s'enfoncer dans son ventre.

La douleur se répandit dans tout son corps et l'arme glissa de sa main privée de force. Il s'obligea cependant à regarder dans les yeux d'Albert Stucky, et il y vit le mal qui le dévisageait, noir, glacial — le mal incarné. Le souffle brûlant du démon lui effleurait le visage. Il baissa les paupières sur la main puissante qui serrait toujours le manche du poignard, les releva au moment où Stucky souriait et donnait une poussée supplémentaire.

Del tomba à genoux. Sa vision se brouilla et le grand homme noir se fragmenta en images multiples. Là-bas, Benny gisait à côté du fourgon. Tout se mit à tourner dans un étrange brouillard. Il s'effondra sur le macadam brûlant. Tout brûlait, dedans comme dehors. Il lui semblait frire, entendre grésiller sa chemise humide. Le feu dévorait ses entrailles. Etendu sur le dos, il ne voyait plus que les nuages qui tournoyaient au-dessus de lui, blanc vif contre l'immensité bleue. Le soleil matinal l'aveuglait et pourtant, c'était beau. Jamais auparavant il n'avait remarqué que le ciel était si beau.

Derrière lui, un coup de feu déchira le silence. Del esquissa l'ébauche d'un sourire. Ce brave Benny la Légende, qu'il ne voyait pas, avait finalement fait le nécessaire. L'alcool avait un peu ralenti ses réflexes, mais c'en était fini.

Au prix d'un effort, Del se redressa légèrement pour inspecter l'état de sa blessure... et ne fut pas peu surpris de voir planer au-dessus de son ventre l'image ensanglantée de Jésus sur la croix. En fait de poignard, c'était un crucifix d'acajou sculpté qui lui avait ouvert le ventre. Mais il ne souffrait plus. C'était sûrement bon signe. Peut-être qu'il s'en tirerait, après tout.

— Hé, Benny ? Mon père va écrire un fameux sermon quand il saura que j'ai été poignardé avec un crucifix, lança-t-il à son compagnon invisible.

Et il posa de nouveau la tête sur le macadam pour contempler le ciel qu'une longue silhouette noire vint bientôt lui cacher.

Une fois de plus, il plongeait dans ce même regard dépourvu d'humanité. Albert Stucky le dominait de toute sa taille, se penchait sur lui, long et maigre, noueux. Il avait quelque chose d'un vautour attendant patiemment que sa proie accepte l'inévitable, le cou tendu, les ailes collées au corps. Puis le vautour sourit, satisfait, et déploya son aile. Albert Stucky leva le revolver de Benny et visa Del au front.

— Tu ne diras plus rien à ton père, déclara-t-il d'une voix posée. Va raconter ça à saint Pierre, mon garçon.

La balle claqua contre le crâne de Del dans une explosion lumineuse de blancs, de bleus, de jaunes à l'infini. Et puis, ce fut le noir.

1.

Nord-est de la Virginie
(tout près de Washington D.C.)
Cinq mois plus tard — Vendredi 27 mars

A force de remuer, de chercher une position plus confortable, Maggie O'Dell s'aperçut qu'une fois de plus, elle s'était endormie dans le fauteuil relax. Tout son corps était moite de sueur et ses côtes lui faisaient mal. Un air lourd, trop chaud, rendait la respiration pénible. A tâtons, elle chercha la lampe de cuivre, pressa l'interrupteur. Flûte ! Pas de lumière. Elle avait horreur de s'éveiller dans le noir complet et prenait en général les précautions nécessaires.

Plissant les yeux, elle scruta l'obscurité ; à mesure que sa vision s'acclimatait, les contours des cartons empilés qu'elle avait passé la journée à remplir se dessinèrent. Apparemment, Greg n'était pas revenu à la maison, ou elle l'aurait entendu. Tant mieux s'il ne rentrait pas. Son mauvais caractère et ses emportements ne feraient qu'agacer les déménageurs.

Elle tenta de se lever, mais une violente douleur l'arrêta net. D'instinct, elle porta les mains à son ventre, comme pour saisir cette douleur, l'empêcher de se répandre. Son T-shirt était imprégné d'une substance tiède, poisseuse, dont le contact sous ses doigts lui donna le frisson. Elle souleva le vêtement et fut aussitôt prise d'un accès de nausée. Pas besoin de lumière pour voir la blessure. Une grande estafilade partait de dessous son sein gauche pour descendre en diagonale, à hauteur de son nombril. Et le sang coulait, gouttait sur le tissu qui recouvrait le fauteuil.

D'un bond, elle fut debout, pressant son T-shirt contre la plaie pour arrêter l'hémorragie. Comment cela s'était-il produit ? La cicatrice vieille de huit mois saignait aussi abondamment que la nuit où Albert Stucky lui avait fait cette entaille. Elle devait appeler les secours. Mais où diable était donc passé le téléphone ?

Dans sa quête frénétique, elle renversa des cartons ; les couvercles volèrent, et le contenu se répandit autour d'elle — clichés d'autopsies, photos prises sur les lieux de crimes divers, cosmétiques, coupures de presse, sous-vêtements et socquettes, des parcelles de sa vie qui s'éparpillaient, alors qu'elle avait passé des heures à les trier et les emballer avec soin.

Soudain, des gémissements lui parvinrent.

Elle s'interrompit dans ses recherches et tendit l'oreille, retenant son souffle. Son pouls battait trop vite. Du calme, se dit-elle. Il lui fallait garder son calme. Respirer lentement. D'un mouvement posé, elle pivota sur elle-même, examina la surface du bureau, de la table basse. Qu'avait-elle fait de son revolver ?

Enfin, son regard tomba sur le holster resté près du fauteuil. Evidemment ! Elle le gardait toujours à portée de main.

La plainte d'animal blessé augmentait en intensité, montait dans les aigus. S'agissait-il d'une mauvaise farce ? D'une ruse ? Ou bien d'une illusion ?

Elle recula prudemment jusqu'au fauteuil, aux aguets, vigilante. Le bruit provenait de la cuisine. Elle ramassa l'étui contenant son revolver, le passa à son épaule, puis se dirigea à pas de loup vers le bruit. A mesure qu'elle approchait, une odeur répugnante s'imposa à elle, qui la prit à la gorge. Une odeur identifiable entre toutes — du sang, en grande quantité.

Elle se baissa autant qu'elle put, s'accroupissant presque, et pénétra lentement dans la pièce. Bien qu'avertie par l'odeur, elle ne put réprimer un cri devant la vision d'horreur qui l'attendait. Il y avait du sang partout — sur les murs blancs éclaboussés, sur les appareils ménagers, sur les surfaces de travail, sur le carrelage. Et dans le coin opposé de la cuisine, baignée de clarté lunaire, la haute et mince silhouette d'Albert Stucky dominait celle d'une femme, à genoux, gémissante.

Maggie sentit le duvet de sa nuque se hérisser. Par quel prodige avait-il réussi à s'introduire chez elle ? En même temps, elle n'était pas surprise de le voir. Comme si elle se doutait de sa venue ; comme si elle l'avait toujours attendue.

Stucky tenait la femme par les cheveux et, de sa main libre, il pressait un couteau de boucher contre sa gorge exposée. Maggie retint son souffle et se tapit dans l'ombre, contre le mur. Il ne l'avait pas encore vue.

Calme. Rester calme, se répétait-elle comme un mantra. Elle s'était préparée à cette rencontre ; tout en la redoutant, elle en rêvait la nuit depuis des mois, guettait l'instant où elle surviendrait. Ce n'était pas le moment de céder à la panique. Accroupie, elle se cala dans l'angle pour affermir sa position malgré ses genoux qui tremblaient. D'où elle était, elle atteindrait sa cible à coup sûr. Et il le fallait. Elle n'aurait qu'une seule chance. Mais une balle suffirait.

Elle porta la main à son holster, à la recherche de son revolver. Vide. L'étui était vide. Pivotant brusquement, elle examina le sol autour d'elle, jeta un coup d'œil en direction de la porte. L'arme était-elle tombée sans qu'elle s'en aperçoive ? Non. Impossible. Elle l'aurait entendue.

C'est alors que la femme se mit à supplier, à appeler au secours. Relevant les yeux, Maggie comprit que sa réaction trop vive l'avait trahie. L'inconnue tendait les bras vers elle comme vers un sauveur. Et Albert Stucky la fixait. Il lui souriait. Alors, sans la moindre hésitation, il trancha la gorge de la malheureuse.

— Non !

Maggie s'éveilla en sursaut, si violemment qu'elle manqua tomber du fauteuil. Son cœur battait à se rompre. Elle était trempée de sueur. A tâtons, elle explora le sol, et ses doigts trouvèrent le cuir du holster. Cette fois, son revolver était dedans. Elle l'en sortit et se redressa brusquement, les bras tendus devant elle, prête à vider son chargeur sur les piles de cartons. Les premiers rayons de l'aube filtraient dans la pièce. Et elle y était seule.

Sans relâcher son arme, elle s'épongea le front et se frotta les yeux de sa main libre. Ne sachant encore trop si elle avait rêvé ou non, elle releva son T-shirt. La cicatrice était bien là, mais elle ne saignait pas.

Rassurée, elle se laissa de nouveau aller dans le fauteuil, passa les doigts dans ses courts cheveux en désordre. Seigneur ! Combien de temps encore lui faudrait-il vivre avec ces cauchemars ? Plus de huit mois s'étaient écoulés depuis qu'Albert Stucky l'avait piégée dans un entrepôt abandonné de Miami. Elle avait traqué le criminel pendant près de deux ans, étudié ses méthodes et ses rituels pervers, autopsié les cadavres de ses victimes, appris à déchiffrer les messages étranges qu'il lui laissait, à elle seule, dans le cadre d'un jeu inventé par ses soins. Et lors d'une chaude soirée d'août, il avait gagné la partie ; en lui tendant une embuscade, il l'avait prise dans ses rets pour lui offrir le plus sordide des spectacles. Non, il ne voulait pas la tuer ; il voulait qu'elle regarde. Et il l'y avait obligée.

Maggie secoua la tête pour conjurer les images intolérables. A force de volonté, elle y parvenait tant qu'elle ne dormait pas.

Ils avaient réussi à capturer Albert Stucky, durant cette nuit d'août sanglante… pour apprendre son évasion de prison trois mois plus tard, au moment des fêtes d'Halloween ! Le patron de Maggie, Kyle Cunningham, directeur adjoint du FBI, l'avait aussitôt mise sur la touche, rivée à son bureau alors qu'elle comptait parmi leurs meilleurs profilers criminels. Afin de l'éloigner du travail de terrain, il la confinait à des missions de formation, l'envoyait donner des conférences, comme si l'ennui pouvait la protéger de ce fou furieux. Au lieu de quoi, elle se sentait exilée, injustement punie.

Encore sous le choc de son cauchemar, elle se leva, furieuse de constater que ses jambes tremblaient. Elle jeta un bref coup d'œil au réveil posé sur le bureau. Il lui restait deux heures avant l'arrivée des déménageurs. Se faufilant parmi les cartons entassés, elle gagna le petit buffet en coin, posa son revolver à portée de main, puis elle sortit du meuble une bouteille de whisky et s'en servit un verre. Déjà, ses mains tremblaient moins, son cœur avait presque retrouvé un rythme normal.

C'est alors qu'un étrange couinement lui parvint de la cuisine. Incrédule, Maggie se planta les ongles dans le bras. Non, elle ne rêvait pas, cette fois. Elle agrippa son arme, s'obligea à respirer lentement pour réguler les battements de son cœur, de nouveau emballé, puis, le dos contre le mur, elle se dirigea prudemment vers la source du bruit, attentive au moindre message sensoriel — une odeur, par exemple. Le couinement cessa au moment où elle atteignait la porte.

Elle se prépara à affronter le danger, inspira longuement ; l'arme au poing, elle s'avança et se mit en position de tir dans l'encadrement de la porte, son revolver braqué sur le dos de l'intrus... Lequel n'était autre que Greg, en boxer short de soie, les cheveux ébouriffés comme s'il sortait du lit. Conscient soudain d'une présence, il se retourna avec surprise, laissant tomber la boîte métallique de café qu'il venait d'ouvrir.

— Maggie, franchement ! A-t-on idée ?

— Excuse-moi, bredouilla-t-elle. Je ne t'ai pas entendu rentrer la nuit dernière.

Puis, d'un geste fluide, elle glissa le Smith & Wesson dans la ceinture de son jean, comme si sortir son arme était une activité matinale des plus naturelles.

— Je ne voulais pas te réveiller, lui lança-t-il avec irritation.

Déjà, il s'était emparé de la balayette et de la pelle pour ramasser le café éparpillé sur le carrelage. Délicatement, il redressa ensuite la boîte de la précieuse mouture, qu'il aimait tant, afin d'en sauver le plus possible.

— Un de ces jours, Maggie, tu me tueras par erreur. A moins bien sûr que ce soit voulu…

Ignorant le sarcasme, elle se rendit à l'évier pour s'asperger le visage et la nuque d'eau froide en espérant qu'il ne remarquerait pas le tremblement de ses mains. Mais à quoi bon s'inquiéter ? Greg ne voyait que ce qui l'intéressait.

— Excuse-moi, répéta-t-elle sans se retourner. Cela ne se produirait pas si nous avions un système d'alarme.

— Nous n'aurions pas besoin de système d'alarme si tu avais quitté ce fichu métier.

Toujours le même argument, lassant depuis déjà longtemps. Réprimant son agacement, elle prit un torchon pour essuyer le café répandu sur le comptoir et répondit :

— Je ne t'ai jamais demandé de renoncer à plaider, Greg.

— Ce n'est pas la même chose !

— Tu es aussi attaché à ton métier d'avocat que moi à mon travail pour le FBI.

— Certes. Mais mon travail ne me laisse pas couturé de cicatrices, je ne risque pas d'être tué à tout moment et je ne me promène pas chez moi avec un revolver chargé, traquant les ombres au risque de tuer mon épouse.

Il rangea la balayette dans le placard, qu'il ferma en claquant rageusement la porte.

— Eh bien, voilà qui ne devrait plus te poser de problème dès demain, déclara-t-elle d'un ton serein.

Leurs regards se croisèrent. Un nuage de tristesse passa sur le visage de Greg, qui se détourna, reprit le torchon abandonné par Maggie et s'employa à nettoyer le comptoir avec application, comme si elle avait bâclé le travail et l'avait déçu par son manque de soin.

— Au fait, ils arrivent quand, les déménageurs de United ?

Elle consulta l'horloge murale.

— Vers 8 heures. Mais je n'ai pas choisi United.

— Tu n'es pas raisonnable, Maggie. Il faut se méfier avec ce genre d'entreprises. Ce sont des voleurs, tu devrais le savoir...

Il s'interrompit, haussa les épaules et conclut :

— C'est toi que ça regarde.

Et il s'appliqua à remplir la machine à café, comptant les doses rases, tassant les grains moulus avec application, et pinçant les lèvres, sans doute pour contenir les reproches dont il aurait accablé Maggie en temps normal.

Elle l'observait en songeant combien chacun de ses gestes était prévisible. Il verserait l'eau dans la cafetière jusqu'à la marque pour trois tasses, puis il se baisserait pour s'assurer que la mesure était exacte, avant de brancher la machine. Un rituel familier qu'elle connaissait par cœur, et qui l'avait amusée les premiers temps. Mais aujourd'hui, après bientôt dix ans de mariage, ils étaient devenus des étrangers. Ils ne prenaient même plus la peine de se montrer courtois l'un envers l'autre. Toutes leurs conversations étaient tendues, ressemblaient au mieux à des disputes feutrées.

Espérant qu'il ne la suivrait pas, Maggie regagna la chambre d'ami. Elle craignait de craquer s'il continuait de lui faire la tête, de l'accabler de ses récriminations ou, pire encore, s'il avait le mauvais goût de lui dire qu'il l'aimait. Paroles qu'il assortissait invariablement du même corollaire, inadmissible, douloureux : « Et si tu m'aimais, tu renoncerais à ce travail. »

Sur le petit buffet en coin, elle retrouva son verre de whisky. Le soleil était à peine levé qu'il lui fallait sa dose quotidienne de courage liquide pour affronter la journée. Sa mère s'en réjouirait. N'avaient-elles pas enfin quelque chose en commun ?

Tout en buvant l'alcool à petites gorgées, Maggie regarda autour d'elle. Elle avait peine à croire que sa vie se résumait à cet amoncellement de cartons…

Lasse, accablée de fatigue, elle se massa le front. Quand avait-elle dormi une nuit complète pour la dernière fois ? Depuis combien de temps vivait-elle sous la menace ? Elle était lasse, très lasse, de se sentir traquée, au bord d'un gouffre dans lequel elle pouvait à tout instant tomber.

Cunningham se trompait s'il se croyait en mesure de la protéger. Il était sans pouvoir contre ses cauchemars et, où qu'il l'envoie, Albert Stucky la retrouverait. Rien ne l'en empêcherait, elle en était certaine. Cinq mois avaient passé depuis son évasion, mais cela n'y changeait rien. Le temps ne comptait pas. Dans un mois ou dans cinq, peut-être dans un an, il viendrait la chercher.

2.

Tess McGowan regrettait d'avoir mis ces escarpins trop justes aux talons trop hauts. Il lui fallait se concentrer pour ne pas perdre l'équilibre tout en feignant d'ignorer les regards fixés sur elle. Dès qu'elle était sortie de sa Miata noire, les déménageurs s'étaient interrompus dans leur travail. Un sofa attendait sur le trottoir, le diable restait vide près d'un groupe de cartons tandis que les hommes en uniformes bleus marqués de taches de sueur la suivaient des yeux.

Etre ainsi l'objet de leur attention l'exaspérait, et elle redoutait de s'entendre siffler — une note de vulgarité qui, dans ce quartier cossu au silence religieux, détonnerait plus encore qu'ailleurs. Comble de ridicule, elle en avait la chair de poule et les mains moites ! Elle n'avait pourtant rien d'une beauté fracassante, elle qui suait sang et eau en salle de gymnastique pour entretenir sa silhouette, et devait encore refréner avec force ses envies de cheeseburgers. Pourquoi se sentait-elle soudain comme nue malgré son très respectable tailleur ?

Les hommes n'étaient pas en cause, pas plus que l'instinct ancestral qui les poussait à la détailler. Ce qui la gênait, c'était ce besoin qu'elle avait de parader devant eux, comme par réflexe — une habitude qui remontait à son passé, aussi tenace que l'odeur de tabac et de whisky. Tout naturellement, des vieux tubes d'Elvis diffusés par un juke-box lui revinrent en mémoire, ainsi que les chambres d'hôtel à deux sous qui s'y attachaient.

Mais tout cela remontait à une éternité, trop longtemps pour que cette vie antérieure puisse lui nuire. N'était-elle pas sur le point de réussir en tant que femme d'affaires ? Alors, pourquoi ce passé lui pesait-il encore ? Pourquoi les regards appuyés, et somme toute inoffensifs, d'hommes qu'elle ne connaissait pas avaient-ils le pouvoir de la déstabiliser, au point qu'elle en doutait de sa respectabilité si chèrement acquise ? Elle se sentait prise en flagrant délit d'imposture, avait le sentiment de tromper son monde, de jouer un rôle.

Tentée de fuir alors qu'elle arrivait devant la porte, elle s'obligea bravement à frapper contre le lourd battant de chêne resté entrouvert.

— Entrez ! dit une voix féminine depuis l'intérieur.

Se tenant devant le panneau de boutons et de témoins lumineux, Maggie O'Dell était occupée à programmer le système d'alarme dernier cri de la maison. Sans s'interrompre dans sa tâche, elle jeta un regard par-dessus son épaule.

— Mademoiselle McGowan ? Je ne vous attendais pas. Aurions-nous oublié de signer des papiers ?

— Je vous en prie, appelez-moi Tess.

Elle marqua une pause. Mais Maggie s'abstint de lui retourner la proposition. Ce qui n'avait rien d'étonnant. Elle aimait garder ses distances, et Tess le comprenait parfaitement.

— Rassurez-vous, ajouta-t-elle, il n'y a plus de paperasserie. Mais sachant que vous emménagiez, je suis venue prendre de vos nouvelles et m'assurer que tout se passait bien.

— Entrez donc. Je termine et je suis à vous.

Tess passa dans le salon inondé de lumière, avec ses fenêtres ouvertes par lesquelles entrait un léger courant d'air délicieusement rafraîchissant. Tirant un Kleenex de sa poche, elle tamponna son front moite tout en observant sa cliente du coin de l'œil — une femme qui méritait indéniablement l'attention des hommes.

Comme elle, Maggie avait une trentaine d'années mais, dans sa tenue, elle aurait pu passer pour une étudiante. Son vieux jean élimé assorti d'un T-shirt délavé frappé du logo de l'université de Virginie révélaient un corps ferme et svelte, aux courbes féminines — une silhouette de rêve que complétait une beauté dépourvue d'artifice. Avec sa peau de lait, ses cheveux denses et brillants, ses grands yeux d'un brun chaud et ses pommettes hautes, elle aurait pu poser pour des magazines ; et pourtant, jamais les déménageurs n'auraient osé se retourner sur elle, malgré toute leur envie.

Dès leur première rencontre, Tess avait été frappée de constater combien Maggie imposait le respect sans l'aide de tailleurs chic et autres attributs de respectabilité ; une qualité qu'elle lui enviait, et qui tenait peut-être à son attitude, à son indifférence apparente aux réactions qu'elle suscitait. Quoi qu'il en soit, malgré l'abîme qui les séparait, elle s'était senti des affinités avec Maggie O'Dell, qui paraissait aussi seule qu'elle.

La jeune femme la rejoignit près de la fenêtre qui donnait sur le jardin.

— Je vous prie de m'excuser, commença-t-elle. Je passe la nuit ici, et je tiens à être certaine que l'alarme est programmée et opérationnelle.

Tess hocha la tête et sourit.

— Bien sûr.

Lors des visites qu'elles avaient effectuées ensemble, Maggie s'intéressait davantage aux systèmes de sécurité qu'à la surface habitable ou au prix, contrairement aux autres clients. Tess avait d'abord attribué cette particularité à sa profession et puis, à la longue, elle avait perçu dans les yeux de l'agent du FBI une lueur de fragilité surprenante chez une femme aussi indépendante et sûre d'elle. De quelle peur, de quel danger cherchait-elle à se protéger derrière un rempart d'alarmes électroniques ? Même en cet instant, plutôt que d'admirer la vue, par la fenêtre, elle scrutait le jardin comme pour y détecter une présence intruse.

Tess parcourut la pièce du regard. Il y avait là une multitude de cartons empilés, mais peu de mobilier. Ou bien les déménageurs se réservaient les objets encombrants pour la fin, ou Maggie n'avait pas pu emporter beaucoup plus que ses effets personnels en quittant le logement dont elle était propriétaire avec son époux. D'autant que leur divorce s'annonçait difficile. Tess le tenait d'une amie commune, Teresa Ramairez, la conseillère juridique de Maggie, qui les avait mises en contact, lui avait appris tout ce qu'elle savait de la jeune femme ; elle lui avait parlé de son époux, avocat aigri, et confié que Maggie devait investir une somme importante dans l'immobilier afin de ne pas perdre une part de son patrimoine.

Sans ces renseignements, elle n'aurait rien su de Maggie, qui se montrait très discrète sur sa vie privée — sans doute une déformation professionnelle. D'ordinaire, les clients de Tess étaient plutôt bavards, au point que son métier d'agent immobilier lui rappelait parfois son passé dans les bars tant elle entendait de confidences. Mais chacun était libre de garder ses secrets. Elle en avait aussi.

— Alors, vous avez rencontré vos nouveaux voisins ?

— Pas encore, répondit Maggie sans détacher son regard du mur de pins qui bordait sa propriété. Enfin... seulement la dame que nous avons croisée ensemble la semaine dernière.

— Ah ! oui, Rachel... euh, c'est bête, mais son nom m'échappe...

— Endicott.

— Elle m'a semblé charmante.

Charmante, mais très consciente de son image, songea Tess. Elles l'avaient rencontrée alors qu'elle courait en compagnie d'un labrador blanc ; elle portait un ensemble jogging de créateur, des chaussures de running coûteuses, et elle était parfaitement maquillée et coiffée. Avec son T-shirt informe, son jean élimé et ses tennis qui avaient vu des jours meilleurs, Maggie détonnait aujourd'hui dans ce quartier peuplé de médecins, de députés, d'hommes d'affaires, et de leurs épouses BCBG qui, pour la majorité, ne travaillaient pas.

Deux hommes franchirent la porte d'entrée chargés d'un énorme bureau victorien qui paraissait fort lourd. Aussitôt, Maggie reporta son attention sur eux.

— Où vous voulez qu'on mette ça, ma p'tite dame ?

— Là-bas, contre le mur.

— A peu près au milieu ?

— Oui, merci.

Elle ne les quitta pas des yeux jusqu'à ce que le meuble soit en place.

— Ça vous va, comme ça ?

— C'est parfait.

Le plus vieux des déménageurs sourit. L'autre, un grand maigre, évita de les regarder et resta à fixer ses chaussures, voûté, comme si sa taille le gênait. Les deux hommes ôtèrent la bande de ruban adhésif et les attaches de plastique qui retenaient les tiroirs, puis le grand maigre les testa un à un. Soudain, il se recula comme s'il s'était brûlé.

— Euh... vous saviez que vous aviez ça, là-dedans ?

Maggie traversa la pièce pour voir de quoi il s'agissait. Plongeant la main dans le tiroir, elle en sortit un revolver dans son holster de cuir.

— Désolée. Celui-ci aura échappé au rangement.

Celui-ci ? releva Tess. Combien en avait-elle donc ? Et de quoi avait-elle si peur, à la fin ? Même pour un agent du FBI, sa manie de la sécurité avait quelque chose d'excessif.

— Nous aurons bientôt terminé, déclara le plus vieux.

Et il emboîta tranquillement le pas à son partenaire, comme si rien d'anormal ne s'était produit.

Diable ! Un revolver, ça n'était pourtant pas rien ! Tess avait les armes en horreur et s'en méfiait comme de la peste. Pour cacher son malaise, elle balaya la pièce du regard.

— Quelqu'un vient vous aider à défaire vos caisses ? s'enquit-elle.

— Oh ! Vous savez, je n'ai pas grand-chose, répondit Maggie, qui l'observait.

Tess rougit de confusion. Elle se sentait découverte, prise en flagrant délit de penser précisément ceci — que Maggie n'avait pas de quoi remplir les vastes pièces qui occupaient les deux niveaux de la maison.

— C'est que... Comme vous m'aviez dit que votre mère habitait Richmond...

— C'est exact, coupa Maggie.

A l'évidence, elle ne tenait pas à prolonger la conversation. Affreusement gênée, Tess ne songeait plus qu'à partir.

— Eh bien... je vais vous laisser à vos occupations. J'ai des papiers à terminer.

Maggie serra la main qu'elle lui tendait avec une fermeté surprenante. Mais malgré sa belle assurance, Tess la devinait fragile, angoissée.

— Si vous avez besoin de quoi que ce soit, n'hésitez pas à m'appeler, d'accord ?

— Je vous remercie, Tess. Je n'y manquerai pas, déclara Maggie.

Inutile d'être devin pour savoir qu'elle n'en ferait rien.

Tout en démarrant le moteur de sa voiture, Tess se demanda si l'agent spécial O'Dell était obsessionnelle ou simplement prudente. Parvenue au carrefour, elle remarqua une camionnette rangée le long du trottoir — une rareté dans ce quartier où les maisons très en retrait de la route et pourvues de longues allées d'accès permettaient de stationner plusieurs véhicules.

Au volant, un homme en uniforme avec des lunettes noires était plongé dans un journal. C'était incongru de lire avec des lunettes noires. Surtout dos au soleil...

En passant, Tess reconnut le logo de la compagnie des téléphones Bell, région Nord-Est, ce qui éveilla aussitôt ses soupçons. Que venait faire cet homme si loin de sa base ? Bah ! Rien de bien méchant, sans doute. La paranoïa de sa cliente avait déteint sur elle.

Elle haussa les épaules et s'engagea sur la nationale pour regagner son bureau. Dans son rétroviseur, elle jeta un dernier coup d'œil au petit quartier cossu, avec ses belles maisons noyées dans la verdure. Peut-être que, protégée par ces armées de grands chênes, de cornouillers et de pins, Maggie O'Dell se sentirait enfin en sécurité. En tout cas, elle l'espérait.

3.

Maggie s'efforça de rééquilibrer les boîtes qui l'encombraient contre sa hanche. Naturellement, elle s'était chargée plus que de raison. Quelle idée, aussi, de posséder tant de livres et de CD quand on n'avait pas le temps de lire ni d'écouter de la musique !

Après une dernière fouille en quête d'un carton manquant, les déménageurs avaient fini par s'en aller. Hélas ! le carton en question demeurait introuvable, ce dont Maggie ne se réjouissait pas. Il lui faudrait appeler Greg pour vérifier qu'il n'était pas resté dans l'appartement ; Greg qui ne manquerait pas de lui rappeler qu'elle aurait mieux fait d'engager United Movers ; Greg qui serait furieux... et dévoré par la curiosité. Le connaissant, elle le voyait déjà en train d'arracher le ruban adhésif qui le scellait pour en explorer le contenu. Et, comme par hasard, il s'agissait de ses affaires les plus personnelles, parmi lesquelles elle n'avait nulle envie qu'on fouine — les volumes de son journal intime, ses agendas remplis de notes et de rendez-vous, et les souvenirs de son enfance.

Elle avait retourné le contenu du coffre de sa voiture et fouillé parmi toutes les boîtes qu'elle avait apportées elle-même. Sans résultat. Celles qu'elle portait maintenant étaient les dernières. Bien sûr, la caisse manquante se trouvait peut-être parmi les piles du salon, et elle la retrouverait. Cela semblait plausible.

Néanmoins, elle s'inquiétait. Qu'il était donc lassant d'être constamment sur ses gardes, de surveiller en permanence ses arrières sans pouvoir se détendre !

Parvenue devant la porte, elle posa sa charge sur la barre d'appui du perron afin de libérer une main. Ce faisant, elle jeta un coup d'œil anxieux autour d'elle. Tendue, la nuque raide, elle se massa distraitement le cou. Pourquoi était-elle incapable de profiter pleinement de sa première soirée dans sa nouvelle maison, de goûter les plaisirs simples de la vie — comme cette faim soudaine, cette envie de pizza qui lui mettait presque l'eau à la bouche ?

Voilà des lustres qu'elle avait perdu tout appétit ; il convenait donc de fêter un événement si rare. Comme récompense, elle allait se faire livrer une pizza garnie de chorizo et de poivrons, le tout saupoudré de Pecorino Romano — après s'être désaltérée, car elle mourait de soif. Elle transpirait tant que son T-shirt lui collait à la peau. Avant de passer sa commande, elle se doucherait rapidement. Mlle McGowan — Tess — lui avait promis de contacter les divers fournisseurs de services ; elle devait donc avoir de l'électricité, de l'eau chaude, le téléphone. Elle l'espérait, en tout cas, car elle avait omis de vérifier ce détail. Qu'il était pénible de devoir ainsi compter sur les autres ! Ces derniers temps, sa vie dépendait de tiers par pans entiers — agents immobiliers, déménageurs, banquiers, notaires et avocats... Pour ce qui concernait Tess, elle avait jusqu'ici toujours tenu parole et s'était mise en quatre pour accélérer les démarches.

Maggie repositionna ses boîtes contre sa hanche et ouvrit la porte de sa main libre, puis elle entra en manœuvrant précautionneusement avec son chargement. Quelques CD glissèrent malgré tout et allèrent s'écraser par terre. Sur le sol, Frank Sinatra lui souriait à travers le plastique transparent d'un boîtier qui s'était fendu dans sa chute. Greg lui avait offert ce disque pour son anniversaire quelques années plus tôt. Il savait pourtant qu'elle n'aimait pas Sinatra et, avec le recul, cet épisode lui apparut prophétique, emblématique de leur mariage.

Elle secoua la tête pour chasser les pensées déplaisantes qui lui emplissaient soudain l'esprit. Le souvenir de leur bref échange, ce matin, l'irritait encore. Heureusement, il était parti très tôt pour son travail, pestant contre les travaux sur la nationale et les embouteillages qu'ils occasionnaient. Mais ce soir, il se vengerait en furetant dans sa boîte à secrets. D'autant qu'elle était encore son épouse, d'un point de vue légal, et il considérerait cette indiscrétion comme un droit. Elle avait appris depuis longtemps qu'il ne servait à rien d'argumenter avec lui quand l'avocat prenait le dessus sur l'être humain.

Dans sa nouvelle maison, les parquets fraîchement vernis luisaient doucement sous la lumière du soleil déclinant. Maggie ne voulait pas de moquette ni de tapis, qui étouffaient les bruits de pas. Elle s'était toutefois laissé séduire par ces immenses baies vitrées, qui occupaient tout un mur. Preuve que les agents du FBI n'avaient pas toujours l'esprit pratique car, sur le plan de la sécurité, cela relevait du cauchemar. Par chance, chaque panneau de verre était serti dans un cadre trop étroit pour permettre le passage. A l'étage, les fenêtres de la chambre étaient plus problématiques mais, étant donné la hauteur, il fallait une grande échelle pour les atteindre du dehors. A côté de tous ces détails, elle s'était assurée que les dispositifs d'alarme extérieur et intérieur rivalisaient avec ceux de Fort Knox.

Le salon ouvrait sur une véranda entièrement constituée d'étroits panneaux vitrés, qui donnait sur un jardin boisé, véritable féerie de verdure et de couleurs avec ses cerisiers d'ornement couverts de fleurs roses, ses pommiers blancs, ses cornouillers, ses parterres de tulipes, de crocus et de jonquilles. Le jardin dont elle rêvait depuis l'âge de douze ans.

A l'époque, sa mère et elle avaient emménagé à Richmond, où leur budget très limité les avait contraintes à prendre un minuscule appartement en étage qui sentait le renfermé, le tabac froid et les odeurs corporelles des inconnus que sa mère ramenait pour la nuit. Sa nouvelle maison ressemblait davantage à celle où elle avait grandi dans le Wisconsin avant la mort de son père — avant que les circonstances ne l'obligent à veiller sur sa mère et à devenir prématurément adulte. Depuis lors, elle se languissait d'un lieu comme celui-ci, ouvert et aéré, avec de l'espace, une vue ; un lieu où vivre au calme, à l'abri des regards.

Le jardin descendait en pente douce jusqu'à un bois touffu en bordure d'une falaise au pied de laquelle coulait une petite rivière. On ne la voyait pas depuis la propriété, mais Maggie l'avait examinée de près. La présence du cours d'eau lui donnait un sentiment de sécurité accru. Protégée par ces douves naturelles et par les grands pins qui montaient la garde en rang serré, elle avait l'impression de pouvoir soutenir un siège.

A en croire Tess McGowan, cette même rivière avait été le cauchemar des précédents propriétaires qui avaient deux enfants en bas âge. Impossible, bien sûr, d'ériger des barrières — le site était protégé. Ayant acheté trop vite, ils s'étaient bientôt aperçus du danger et avaient dû revendre à perte — une aubaine pour Maggie qui, sans cela, n'aurait jamais eu les moyens de s'offrir une résidence dans ce quartier luxueux, où sa modeste Toyota rouge semblait déplacée parmi les Mercedes et les BMW.

Le prix de la maison aurait d'ailleurs été trop élevé pour ses ressources si elle n'avait pas investi l'argent reçu en legs à la mort de son père. Elle n'y avait pas touché durant toutes ses études, vivant de petits boulots et de ses bourses universitaires. Après son mariage, elle comptait s'en servir pour acheter un appartement, modeste, mais Greg s'y était opposé ; il se refusait à profiter de ce qu'il appelait « le capital décès de son père ».

Ce fidéicommis avait été institué par les pompiers et la commune de Green Bay afin de saluer l'héroïsme du défunt, mort en luttant contre le feu. Par ce geste, sans doute s'étaient-ils aussi donné bonne conscience à peu de frais ; ce qui expliquait peut-être les réticences de Maggie à employer cette somme dont elle avait fini par oublier l'existence. Jusqu'au moment du divorce. Son avocate lui avait alors vivement recommandé d'investir l'argent dans un bien difficilement divisible.

Maggie avait éclaté de rire tant cette suggestion lui semblait ridicule. Pourquoi s'inquiéter, en effet, puisque Greg s'était toujours refusé à profiter de ce « capital décès » qu'elle avait hérité en propre ? Mais elle ne riait plus quand il lui avait présenté un document comptable sur lequel le fidéicommis figurait brusquement parmi les « biens communs ». Le lendemain, elle avait appelé Teresa Ramairez pour lui demander les références d'un bon agent immobilier.

Ayant déposé ses boîtes sur la pile, dans le coin de la pièce, elle vérifia une fois de plus les étiquettes dans l'espoir que le carton disparu reparaîtrait comme par magie. En vain. Les mains sur les hanches, elle pivota pour contempler les vastes pièces peintes dans des tons neutres. Elle n'avait certes pas emporté beaucoup de meubles, mais c'était plus qu'elle ne s'attendait à arracher des griffes de Greg. Divorcer d'un avocat n'était pas une partie de plaisir — il lui semblait même parfois friser le suicide économique. Depuis bientôt dix ans, c'était Greg qui gérait leurs affaires juridiques et financières ; et lorsque Teresa Ramairez avait étalé devant Maggie des documents divers, des feuilles pleines de chiffres, certains lui avaient paru bien mystérieux.

Ils s'étaient mariés en dernière année de fac et avaient acheté en commun tout ce qu'ils possédaient. En quittant leur petit appartement de Richmond pour leur résidence haut de gamme de Crest Ridge, ils avaient racheté des meubles assortis, et elle trouvait aujourd'hui dommage de scinder l'ensemble. N'était-il pas ironique qu'elle soit incapable de partager ces meubles alors même qu'elle tirait sans trop de problème un trait sur dix ans de mariage ? Elle avait toutefois emporté ce qui comptait pour elle — le grand bureau à dos d'âne de son père, le confortable fauteuil relax qu'elle aimait tant et que Greg avait relégué dans le bureau, de même que la lampe à pied de laiton, sous prétexte qu'ils détonnaient dans le salon aux élégants fauteuils et canapés de cuir clair. Un salon de pure forme qu'ils n'utilisaient pas. Lors de l'emménagement, Maggie avait voulu inaugurer la pièce en faisant l'amour sur un des canapés, mais Greg s'était raidi sous ses caresses, et il l'avait réprimandée comme une gamine qui ne se rendait pas compte du prix des choses, de la fragilité du cuir. Non, il ne lui coûtait pas d'abandonner ces meubles derrière elle, et leur mariage en ruine avec eux.

Sur la pile de cartons, elle prit un petit sac de toile noir qu'elle posa sur le bureau, à côté de son ordinateur portable. Un peu plus tôt, elle avait ouvert les fenêtres pour aérer la pièce trop chaude ; avec le coucher du soleil, une brise fraîche et humide filtrait du dehors. Elle défit la fermeture Eclair du sac et en tira son Smith & Wesson calibre .38, dans son étui. Ce revolver qu'elle avait bien en main était pour elle comme un vieil ami dont le contact la rassurait. Alors que ses collègues étaient passés à des armes automatiques plus modernes, elle avait gardé celle qu'elle connaissait le mieux, avec laquelle elle avait appris à tirer.

Elle savait pouvoir compter sur le revolver sans qu'il se bloque, même s'il ne disposait que de six cartouches contre seize pour les pistolets automatiques récents. A l'époque où elle était encore une toute nouvelle recrue, elle avait vu tomber un agent chevronné dont le Glock 9mm s'était enrayé, alors que le chargeur était à moitié plein.

Du sac, elle sortit son badge du FBI, le plaça avec révérence sur le bureau, près du Smith & Wesson et du Sig-Sauer 9 mm trouvé plus tôt dans le tiroir par les déménageurs. Puis elle referma la sacoche et la rangea sous le meuble, laissant sa précieuse trousse de médecine légale à l'intérieur.

Avec son badge et ses armes à portée de la main, elle se sentait vraiment elle et en sûreté. Plus que toutes les possessions accumulées avec Greg, ces objets devenus symboles de son identité lui donnaient l'impression d'être chez elle où qu'elle se trouve. Curieusement aussi, ils étaient la principale raison de son divorce. Greg avait été on ne pouvait plus clair — c'était le FBI, ou lui. Il lui semblait impossible de comprendre que renoncer à ce métier revenait pour elle à s'amputer.

Elle effleura du doigt l'étui de cuir de son badge, appréhendant un pincement de regret qui ne vint pas. La séparation l'attristait, mais elle ne regrettait rien. Greg et elle s'étaient éloignés au fil du temps ; ils n'étaient plus aujourd'hui que des étrangers. Pourquoi ne s'en était-elle pas rendu compte l'an dernier, quand elle avait perdu son alliance et qu'il n'avait pas jugé bon de lui en offrir une nouvelle ?

Maggie releva les mèches humides qui lui collaient au front, ce qui lui rappela qu'elle avait besoin d'une douche. Son T-shirt était sale, taché ; elle avait aussi les bras couverts de traces grises et brunâtres. Elle en frotta une pour l'ôter, et découvrit que c'était un bleu, et non de la poussière.

Une voiture de police passa en trombe devant la maison au moment où elle se mettait en quête du téléphone — qu'elle finit par trouver sous un tas de papiers. Elle composa le numéro de mémoire et attendit patiemment qu'on décroche.

— Dr Patterson à l'appareil.

— Gwen ? C'est Maggie.

— Alors ? Comment tu vas ? Tu as déménagé ?

— Disons que toutes mes affaires sont là.

La camionnette de la médecine légale du comté de Stafford fila devant ses fenêtres ; elle s'approcha, pour voir le véhicule disparaître sur la gauche. La rue était sans issue.

— Je sais que tu es débordée, Gwen, mais je me demandais si tu avais eu le temps de vérifier ce dont nous avons parlé l'autre jour ?

— Maggie, j'aimerais bien que tu laisses l'affaire Stucky de côté.

— Ecoute, si tu n'as pas le temps, dis-le-moi franchement, répliqua Maggie d'un ton sec.

Elle regretta aussitôt ces paroles, mais elle était lasse que tout le monde cherche ainsi à la protéger.

— Tu sais bien que la question n'est pas là, Maggie. Pourquoi faut-il que tu rendes la vie si difficile à ceux qui t'aiment et s'inquiètent pour toi ?

Maggie laissa passer un moment. Gwen avait raison, bien sûr.

Dans le silence, la sirène des pompiers retentit au loin. Maggie sentit ses jambes faiblir. Un nœud se forma dans son ventre. Que se passait-il au coin de la rue ? Un incendie ? Elle huma l'air qui filtrait par les fenêtres. Non, il n'y avait aucune odeur de fumée. Dieu merci ! Depuis la mort de son père, le feu la terrifiait.

— Et si je faisais un saut chez toi, ce soir ?

La voix de Gwen la ramena brusquement à la conversation interrompue.

— C'est le bazar, ici. Il y a des cartons partout.

— Personnellement, cela ne me gêne pas. Je pourrais apporter une pizza et de la bière pour un pique-nique sur ton parquet. Ce serait sympa, non ? Une petite fête entre nous, pour inaugurer ta maison et ton indépendance. Alors, qu'en penses-tu ?

La sirène s'éloignait. Maggie se détendit, laissa échapper un soupir de soulagement.

— Va pour les bières. Je m'occupe de commander la pizza.

— Pas de chorizo pour moi, d'accord ? Il faut que je veille à ma ligne — pas comme certaines, hein ? Bon, vers 7 heures, cela te convient ?

— Parfait. Pas de problème…

L'attention de Maggie était déjà ailleurs. Une seconde voiture de police venait de tourner le coin de la rue. Sans même réfléchir, elle raccrocha et posa le téléphone, prit son badge, passa son revolver dans la ceinture de son jean, puis reprogramma le dispositif de sécurité et sortit.

Pas si paisible, ce voisinage !

4.

Maggie se précipita vers la maison flanquée de voitures de police, laissant derrière elle trois de ses nouveaux voisins restés sagement dans la rue, à bonne distance des autorités. Stationnée dans l'allée, la camionnette de la médecine légale était déjà vidée de ses occupants. Ignorant le policier qui, à quatre pattes, se débattait avec un rosier pour récupérer le ruban jaune servant à délimiter le périmètre de sécurité, et qui s'était pris dans les épines, elle poursuivit sur sa lancée en direction de la porte.

L'homme leva la tête et l'aperçut.

— Hé, là-bas ! On ne rentre pas ! lui cria-t-il.

Comme elle continuait, il se redressa, laissa tomber son rouleau de bande jaune qui se dévida en dévalant la pente du gazon. Il hésita, parut sur le point de courir après plutôt que de s'occuper de Maggie. Réprimant son envie de rire, celle-ci lui tendit son badge.

— Je suis du FBI.

— Eh bien, ils ont une drôle de tenue, les fédéraux, cette année !

Il lui prit le badge des mains tout en la détaillant longuement de la tête aux pieds.

D'instinct, Maggie croisa les bras sur sa poitrine et son T-shirt taché et trempé de sueur. D'ordinaire, elle veillait à sa mise, consciente que sa petite taille et ses cinquante kilos ne lui conféraient pas l'autorité de l'emploi. En tailleur pantalon marine, elle parvenait sans peine à s'imposer par son attitude de froid détachement. Hélas ! Ainsi vêtue et sale comme un peigne, elle n'avait aucune chance.

Le policier finit par s'intéresser au badge. Voyant qu'elle n'était ni une journaliste en mal de scoop, ni une voisine curieuse qui se payait sa tête, il se fit sérieux.

— Mince, alors. C'était vrai.

Elle tendit la main pour récupérer son bien qu'il lui rendit aussitôt, vaguement gêné.

— Excusez. J'ignorais que le Bureau était déjà sur le coup.

Elle ne releva pas, omit de mentionner qu'elle n'était pas en service commandé et enchaîna, comme si la question coulait de source :

— Qui mène l'enquête ?

— Pardon ?

— Le nom de l'inspecteur chargé de l'enquête.

— Ah ! L'inspecteur Manx, sans doute.

Elle reprit son chemin, sentant les yeux du policier dans son dos, et pénétra dans la maison.

A l'intérieur, personne ne vint au-devant d'elle. Pas le moindre agent en faction au rez-de-chaussée. L'entrée était presque aussi vaste que son nouveau salon. Elle prit le temps de jeter un coup d'œil dans chaque pièce en veillant à ne rien toucher. La maison était impeccable. Tout y était en ordre, sauf dans la cuisine où, sur le comptoir de travail central, on avait abandonné depuis un certain temps les ingrédients d'un sandwich — du pain sec, des rondelles de tomates flétries, une laitue entière et des lamelles de poivrons. Il y avait aussi des emballages de barres chocolatées, des boîtes renversées, un pot de mayonnaise resté ouvert et, au beau milieu de la table, un sandwich bien garni à peine entamé.

Pour le reste, la cuisine était aussi immaculée que les autres pièces. Hormis trois autres emballages de barres chocolatées, abandonnés sur le carrelage. L'auteur de ce désordre n'habitait pas ici.

Des voix étouffées lui parvenaient à présent de l'étage. Elle monta l'escalier en évitant tout contact avec la rampe de chêne massif, se demandant si la police locale avait pris les mêmes précautions. Sur l'une des marches, elle remarqua un petit amas de boue séchée — laissé ou non par l'un des policiers. Il en émanait une légère brillance, ce qui n'avait rien d'ordinaire. Tentée de le ramasser, elle s'en abstint. D'autant qu'elle n'avait pas de sachets plastifiés réglementaires sur elle, comme au temps où elle travaillait sur le terrain. Les seuls indices qu'elle rencontrait maintenant se trouvaient dans des livres.

Guidée par les voix, elle suivit le long couloir moquetté. Au seuil de la chambre principale, elle fut accueillie par une flaque de sang. Inutile de fureter plus longtemps en quête de minuscules détails : une belle empreinte de pas s'inscrivait au bord de la flaque, qu'absorbait partiellement un magnifique tapis persan. Des éclaboussures maculaient le bas de la porte, s'arrêtant curieusement à hauteur de genoux.

Maggie réfléchissait sans entrer dans la pièce quand l'inspecteur, en veste sport bleu vif et pantalon de coton noir froissé, lui lança :

— Hé, la petite dame, qu'est-ce que vous fichez là ?

Dans le coin opposé, deux autres agents s'interrompirent dans leur tâche pour la dévisager.

— Je suis Maggie O'Dell, du FBI, répondit-elle à l'inspecteur.

Et elle lui tendit son badge, sans cesser d'examiner la pièce.

— Le FBI ?

Les policiers échangèrent des regards surpris tandis que Maggie enjambait la flaque pour pénétrer dans la chambre. Sur le lit à baldaquin, l'édredon blanc était lui aussi taché de sang, mais sans le moindre faux pli, sans un creux. S'il y avait eu lutte, c'était ailleurs, pas sur ce lit impeccablement fait.

— En quoi le FBI est-il concerné ? s'enquit alors l'inspecteur aux vêtements fripés et à la coupe de cheveux militaire.

Comme il la détaillait de la tête aux pieds, elle se souvint de sa propre tenue, pour le moins inappropriée, et coula un regard discret aux deux autres. Le plus jeune était en uniforme ; l'autre, d'un certain âge, était tiré à quatre épingles, en costume, avec une cravate de soie maintenue en place par une épingle d'or. Sans doute l'expert médical.

Reportant son attention sur l'inspecteur, Maggie demanda :

— Vous êtes l'inspecteur Manx ?

La question parut l'inquiéter. Craignait-il que ses supérieurs le fassent surveiller ? Il n'était pas bien vieux, à peu près de l'âge de Maggie — la trentaine, pas beaucoup plus. Peut-être était-ce son premier meurtre.

— Ouais. Je suis bien Manx. Mais qui vous a appelée, bon sang ?

L'heure des aveux était venue.

— J'habite en bas de la rue. J'ai pensé que je pourrais vous être utile.

— Merde ! grommela-t-il en passant la main sur ses cheveux coupés en brosse.

Les deux autres observaient la scène, impassibles et silencieux.

— Et sous prétexte que vous avez ce fichu badge, vous croyez que vous pouvez vous amener ici, comme ça ?

— Je suis psychologue en médecine légale et profiler. J'ai l'habitude d'examiner les lieux après un crime et j'ai pensé que…

— Nous nous passerons de votre aide. Nous avons la situation en main.

— Vous êtes là, inspecteur ? lança l'agent que Maggie avait croisé dehors.

Tous les yeux se braquèrent sur lui tandis qu'il s'avançait et marchait dans la mare de sang. Il recula en hâte, à cloche-pied pour ne pas poser sa chaussure dégoulinante sur le sol.

— Merde, voilà que je recommence ! marmonna-t-il, confus.

D'où Maggie déduisit que l'empreinte de pas aperçue quelques instants plus tôt n'avait aucune valeur d'indice. Elle se tourna vers Manx, qui évita son regard et secoua la tête, embarrassé par la négligence du jeune policier auquel il demanda d'un ton brusque :

— De quoi s'agit-il, agent Kramer ?

Le dénommé Kramer, penaud, ne savait que faire de son pied, qu'il finit par essuyer sur la moquette du couloir. Manx, qui l'observait, fuyant toujours le regard de Maggie, plongea les mains dans ses poches et reprit avec humeur :

— Alors ? Vous allez me dire ce qui se passe, oui ou non ?

— C'est que… Il y a des voisins, dehors, qui me posent des questions. Est-ce que je commence à les interroger, au cas où l'un d'eux aurait vu quelque chose ?

— Prenez leurs noms et leurs numéros de téléphone, nous leur parlerons plus tard.

— Bien, chef.

Sa réponse obtenue, le jeune policier s'esquiva, soulagé qu'on le laisse filer sans autre réprimande.

Maggie attendait en silence. Les deux autres avaient les yeux fixés sur Manx.

— Eh bien, O'Donnell, qu'est-ce que vous pensez de ce bazar ?

— O'Dell.

— Pardon ?

— Je m'appelle O'Dell, précisa Maggie. Et j'imagine que le cadavre est dans la salle de bains ?

— Justement pas. Il y a bien une baignoire à remous pleine de sang, mais pas de corps.

— Les taches de sang semblent se limiter à cette pièce, précisa le médecin légiste.

Maggie nota qu'il était le seul à porter des gants de latex.

— Ouais, fit Manx en se passant une nouvelle fois une main sur les cheveux. Et si un blessé était sorti d'ici en courant, il aurait laissé des traces. Sauf que tout est propre au point qu'on mangerait par terre.

— En dehors du désordre qui règne dans la cuisine, souligna Maggie.

— Depuis combien de temps vous fouinez ici sans qu'on le sache ?

Ignorant la question, elle s'agenouilla pour examiner de plus près le sang répandu sur le sol. Sec par endroits, caillé ailleurs… il devait être là depuis le matin.

— Elle n'a peut-être pas eu le temps de nettoyer après déjeuner, reprit Manx.

— Comment savez-vous que la victime est une femme ?

— Une voisine nous a contactés. Une amie de la dame qui habite ici. Apparemment, elles avaient rendez-vous pour faire des courses ensemble. Mais lorsqu'elle est arrivée, personne n'est venu ouvrir, alors que la voiture était toujours dans le garage. Et le téléphone ne répondait pas non plus. D'après moi, le type, d'où qu'il vienne, l'aura interrompue dans son déjeuner.

— Qui vous dit que le sandwich abandonné était le sien ?

Médusés, les trois hommes se consultèrent du regard, avant de reporter leur attention sur Maggie.

— Qu'est-ce que vous me chantez là, O'Donnell ?

— Je m'appelle O'Dell, inspecteur Manx, répliqua Maggie avec une pointe d'agacement.

Elle marqua une pause stratégique, lui signifiant ainsi qu'elle ne se laisserait pas traiter comme une quantité négligeable. Après quoi, elle reprit :

— La maison de la victime est d'une propreté scrupuleuse. Je ne pense pas qu'une personne aussi soigneuse se serait installée pour manger dans un tel désordre. Elle aurait commencé par ranger et nettoyer.

— Peut-être qu'on l'a interrompue.

— Peut-être. Mais il n'y a pas trace de lutte dans la cuisine. Et le système d'alarme électronique était coupé, n'est-ce pas ?

Manx semblait irrité d'être pris en défaut. Et que Maggie raisonne correctement.

— Oui, l'alarme était coupée. On peut penser qu'elle connaissait le type.

— C'est une hypothèse plausible, en effet.

Maggie se redressa et balaya la pièce du regard.

— En supposant qu'il l'ait surprise ou interrompue, il ne s'est rien passé avant qu'ils soient dans cette chambre. Elle l'attendait peut-être, ou elle l'a invité à monter. Ce qui expliquerait l'absence de signes de lutte en bas. Elle a peut-être changé d'avis en arrivant ici, refusé d'aller au bout de ce qu'ils étaient convenus de faire. Et ces éclaboussures, au bas de la porte, me paraissent curieuses. Pour obtenir ce résultat, il fallait qu'ils soient sur le sol quand la blessure a été infligée.

Les trois hommes ne la quittèrent pas des yeux tandis qu'elle se rendait à la fenêtre. Ils ne pipaient mot. Cette fois, elle les tenait.

Derrière les rideaux de voile, on apercevait un jardin, semblable au sien, vaste et boisé, protégé par un mur de cornouillers en fleur et de grands pins. Cachées par la verdure, les maisons voisines étaient invisibles. Un intrus pouvait entrer et sortir par l'arrière de la propriété sans que personne le remarque. Mais comment diable avait-il franchi la rivière, escaladé l'escarpement ? Avait-elle surestimé l'efficacité de cette barrière naturelle ?

— Il n'y a pas tellement de sang, poursuivit-elle. A moins qu'il y en ait vraiment beaucoup dans la salle de bains. La victime a pu sortir, ce qui expliquerait l'absence de cadavre.

— De mieux en mieux ! s'exclama Manx, sarcastique. Alors, d'après vous, ils ont déjeuné tranquillement, et puis il l'a tabassée parce qu'elle refusait de se laisser sauter ? Après quoi, elle serait quand même partie de son plein gré avec ce type. Tout ça sans que le voisinage n'ait rien vu, rien entendu ?

Il gloussa, mais Maggie ne se démonta pas pour autant.

— Je n'ai pas dit qu'elle était partie de son plein gré. De plus, le sang a séché. D'après moi, les brutalités se sont produites en début de matinée.

Et elle se tourna vers le médecin légiste, pour obtenir confirmation.

— Sur ce point, elle a raison, déclara-t-il en hochant la tête.

— Je ne crois pas qu'ils aient déjeuné ensemble. D'après moi, c'est lui qui s'est préparé le sandwich. Vous devriez l'emporter comme pièce à conviction et l'expédier au labo. Les marques de dents seront peut-être parlantes ; il se peut qu'il y ait des restes de salive, pour une analyse d'ADN…

Lorsque enfin elle daigna se retourner vers Manx, il la dévisageait avec incrédulité. Plus trace d'irritation sur son visage, dont les rides, au coin des yeux, s'étaient creusées. Finalement, il était plus âgé qu'elle ne l'avait pensé au départ. Mais il cherchait à paraître plus jeune, comme en témoignaient la coupe en brosse et les vêtements mode. Elle mit cela sur le compte de sa vanité masculine — crise de la quarantaine et besoin de séduire des jeunesses. Quant à son étonnement, il lui était familier ; elle l'avait vu maintes fois sur les traits de ses interlocuteurs lorsqu'elle esquissait ainsi des profils à l'emporte-pièce, au bout de quelques minutes à peine. Si, en de telles circonstances, elle se faisait parfois l'impression d'une voyante de fête foraine, il y avait toujours, derrière le scepticisme, suffisamment de respect pour qu'elle se sente reconnue.

— Cela vous ennuie si je jette un coup d'œil à la salle de bains ?

— Allez-y, faites comme chez vous, dit Manx.

Avant d'atteindre la porte, Maggie tomba en arrêt devant une photo posée sur la commode. Une jolie femme blonde et souriante, dont un bras enlaçait la taille d'un homme brun tandis que son autre main reposait sur la tête d'un labrador blanc à la langue pendante. La femme qu'elle avait croisée avec Tess McGowan lorsqu'elle était venue visiter sa nouvelle maison.

— Un problème ? s'enquit l'inspecteur Manx.

— J'ai vu cette femme la semaine dernière. Elle faisait son jogging. Elle s'appelle Rachel Endicott.

Et là, dans le miroir de la commode, Maggie remarqua de nouvelles taches de sang — sur le volant du couvre-lit, près de l'ourlet. Elle se retourna, pensive. Se pouvait-il que la personne qui avait perdu tout ce sang soit encore sous le lit ?

5.

Maggie resta un moment à fixer le bas du volant ensanglanté, puis elle s'approcha du lit.

— De fait, elle se promenait. Avec son chien en laisse. Un labrador blanc.

— On n'a pas vu la queue d'un chien, dit Manx. Sauf si le clébard est dans le jardin, ou enfermé dans le garage.

Maggie s'agenouilla. Il y avait aussi du sang entre les lattes du parquet. A cet endroit, le malfaiteur avait dû prendre le temps d'essuyer. Pour couvrir ses traces, sans doute ; parce qu'il saignait également et craignait d'être identifié.

Les hommes remarquèrent enfin le volant taché, et un silence de mort se fit dans la pièce. Elle les sentait concentrés sur elle, tendus dans l'attente du verdict. Immobile, lui aussi, Manx ne pipait mot. Mais, du coin de l'œil, Maggie nota que, dans son impatience, il tapotait nerveusement du bout du pied.

En évitant de toucher les zones tachées, elle souleva le volant. Elle allait se pencher pour regarder sous le lit quand un grognement sourd lui fit lâcher le tissu.

— Merde ! éructa Manx.

Il recula, si brusquement qu'il envoya la table de chevet cogner contre le mur. Déjà, il avait dégainé son arme et bousculait Maggie sans ménagement.

— Allons, poussez-vous de là ! Vous me gênez.

— Holà, doucement ! protesta Maggie.

Et plutôt que d'obéir, elle lui saisit le bras. Cet imbécile s'apprêtait à tirer au hasard sous le lit sans même prendre le temps de voir à quoi il avait affaire.

— Qu'est-ce que vous comptez faire, au juste ? lui lança-t-elle.

— Qu'est-ce que vous pensez que je vais faire, bordel ?

— Inspecteur, calmez-vous, intervint le médecin légiste.

Il posa une main sur l'épaule de Manx et le tira en arrière.

— Ce chien est peut-être votre unique témoin, expliqua Maggie en s'agenouillant de nouveau, mais à distance raisonnable de l'animal.

— Sûrement, oui. Il va nous raconter ce qu'il a vu, c'est ça ?

— Elle a raison, renchérit le médecin d'un ton posé. Les chiens sont parfois d'excellentes sources de renseignements. Voyons si nous pouvons ramener celui-ci à de meilleurs sentiments.

Puis il se tourna vers Maggie, comme s'il attendait ses instructions.

— Il est probablement blessé, déclara-t-elle. Et en état de choc.

Elle se redressa, parcourut la pièce du regard. Comment faire pour attraper un animal que la peur rendait dangereux ? Elle l'ignorait d'autant plus qu'elle n'avait aucune expérience des chiens.

— Fouillez dans les placards, lança-t-elle. Trouvez-moi deux ou trois vestes épaisses, en lainage par exemple. Des vestes qui ont été portées par sa maîtresse, qui ont gardé son odeur.

Une raquette de tennis était posée contre le mur. Maggie s'en empara, puis elle examina le contenu des tiroirs de la commode. Elle n'y trouva rien de bien utile. L'armoire lui fut plus favorable : des cravates étaient suspendues à l'intérieur de la porte. Elle en agrippa une, noua l'extrémité au manche de la raquette et fit un nœud coulant à l'autre bout.

Le médecin légiste revint, les bras chargés de trois vestes.

— Agent Hillguard, apportez-nous des couvertures, ordonna-t-il. Et vous, inspecteur Manx, vous vous posterez au pied du lit. Nous vous demanderons de soulever le couvre-lit dès nous serons prêts.

Cette fois, l'inspecteur obéit sans broncher. Son impatience et son irritation étaient apparemment réservées à Maggie et à ses subalternes ; en revanche, il considérait l'expert de la médecine légale comme une autorité. En l'espace de quelques secondes, il était à son poste, presque au garde-à-vous.

Le médecin tendit à Maggie une veste taillée dans un tweed épais et coûteux. Elle en renifla la manche, qui conservait une légère odeur de parfum. Parfait. Elle l'enfila à l'envers, en partie seulement, afin de rouler les poignets dans ses poings pour se protéger les mains. Puis elle empoigna la raquette et s'agenouilla à une cinquantaine de centimètres du lit. Le médecin se pencha près d'elle et l'agent Hillguard vint déposer une couette et deux couvertures à côté d'eux.

— Ça y est ? On est prêts ? s'enquit le médecin en vérifiant que chacun était à sa place. C'est bon, Manx, vous pouvez soulever. Mais faites doucement. Pas de gestes brusques.

Cette fois, le chien ne manifesta pas de surprise. Il était sur ses gardes, l'œil mauvais, les babines retroussées, et il grondait. Mais il n'attaqua pas. Il n'était d'ailleurs pas en état de se jeter sur eux. Malgré tout le sang qui imprégnait son pelage blanc, Maggie aperçut la plus sérieuse de ses blessures — une grande entaille juste au-dessus de l'épaule, qui avait manqué la gorge de peu. Les poils couverts de sang séché avaient dû arrêter temporairement l'hémorragie.

— Tout doux, mon gros, murmura Maggie d'une voix rassurante. On ne te veut pas de mal, tu n'as rien à craindre.

Elle se rapprocha et laissa pendre la manche devant le chien. Celui-ci aboya aussitôt et tenta de la mordre.

Maggie se retira prestement en étouffant un juron. Quelle idée aussi, d'aller se livrer à ce jeu ridicule ! Nourrissant une véritable phobie à l'égard des piqûres, elle savait mieux que quiconque que le traitement contre la rage exigeait une série de six injections…

Mais phobie ou pas, il lui fallait se ressaisir, se concentrer. Elle prit une longue inspiration, exhala lentement, puis elle fit une nouvelle tentative. Cette fois, l'animal renifla la manche ; et sans doute reconnut-il l'odeur de sa maîtresse, car ses grondements se muèrent en une plainte suivie de brefs couinements.

— Gentil, le chien, chuchota Maggie, comme pour s'en convaincre elle-même.

De son autre main, elle manœuvra avec précaution la raquette de tennis, de manière à ce que le nœud coulant vienne pendre tout près de la manche. Sans cesser de gémir, l'animal renifla la cravate. Avec habileté, Maggie glissa le nœud autour de son museau et serra lentement, sans qu'il proteste.

— Comment va-t-on le sortir de là-dessous ? demanda alors l'agent Hillguard, qui était à présent agenouillé de l'autre côté de Maggie.

— Déplions une couverture, et poussons-la vers lui.

Toutefois, lorsqu'il vit approcher la main du policier, l'animal se remit à gronder ; montrant ses crocs, il se débattit pour se libérer de la muselière improvisée. Rampant à moitié, il se projeta vers sa cible, chercha à mordre, et Maggie en profita pour agripper son collier et le tirer sur la couverture, tout en gardant une prise ferme sur la raquette. Quand l'animal émit un jappement, elle craignit d'avoir rouvert une de ses blessures.

— Bon Dieu de bois ! jura Manx.

Mais il s'abstint de dégainer.

Le médecin légiste fit signe à Hillguard de venir l'aider. Les deux hommes saisirent les coins de la couverture afin de tirer l'animal de sous le lit.

— Là. Je crois que nous le tenons. Nous l'emmènerons à la clinique vétérinaire dans mon fourgon.

Maggie s'assit sur ses talons et laissa échapper un soupir. Sous l'effet de la tension, elle était trempée de sueur.

— Et merde ! maugréa l'inspecteur d'un ton grincheux. Je parie qu'il ne s'est rien passé, ici. A tous les coups, le sang répandu partout est celui de ce fichu clebs !

— Je ne parierais pas là-dessus, le contredit Maggie. Il y a eu des violences ici, et il y a fort à parier que la maîtresse du chien était visée.

Elle regarda le médecin légiste et le policier recouvrir la bête tremblante et nouer les couvertures pour en faire un brancard de fortune. Lorsqu'elle se redressa, ses jambes la soutenaient à peine.

— Pour moi, reprit-elle, notre petit camarade à quatre pattes a tenté de défendre sa maîtresse. Il a peut-être réussi à mordre l'agresseur. Je ne serais d'ailleurs pas surprise que ce dernier ait laissé de son sang, ici. En particulier sur le plancher, près du lit. Les taches ont été essuyées, mais vos équipes de médecine légale devraient pouvoir prélever des échantillons exploitables entre les lattes du parquet.

Exaspéré, Manx la foudroya d'un regard lourd de mépris.

— Vous comptez me laisser mener mon enquête, oui ou non ?

Quel imbécile prétentieux ! songea Maggie en repoussant une mèche sur son front. Elle se rendit compte qu'elle avait du sang sur les mains, et comprit qu'elle devait en avoir à présent sur le front et dans les cheveux. Quand elle croisa le regard du légiste, celui-ci secoua la tête ; il était visiblement lui aussi fatigué par le comportement arrogant de Manx.

— Je vous l'abandonne bien volontiers ! lança-t-elle en réponse à la question de l'inspecteur. Elle vous appartient de droit.

Saisissant un coin de couverture pour aider les deux autres à transporter le chien, elle ajouta :

— Je suis certaine que l'ensemble du voisinage dormira mieux cette nuit en vous sachant sur l'affaire.

Pris de court par ce sarcasme, Manx s'empourpra violemment en constatant que ses hommes ne le défendraient pas. Maggie remarqua le léger sourire du médecin légiste mais elle ne se retourna pas pour voir si Manx l'avait surpris aussi.

Fermement décidé à avoir le dernier mot, il lança dans son dos :

— A l'avenir, tenez votre gros badge du FBI et votre joli petit cul à l'écart de mon chemin. C'est compris, O'Donnell ?

Elle ne daigna même pas se retourner ni lui répondre. Quel abruti ! Et quel ingrat ! Car, sans elle, ce crétin n'aurait sans doute pas découvert le chien. Borné comme il l'était, il était capable de ne pas faire effectuer de prélèvement sanguin sous prétexte que l'idée venait d'elle...

Serrant son coin de couverture, elle suivit l'agent Hillguard et le médecin légiste vers la sortie. Juste après avoir quitté la pièce, elle se retourna vers Manx, resté dans la chambre.

— Inspecteur Manx ? Avant que j'oublie, une dernière chose. Vous devriez faire analyser la boue qui est sur les marches. A moins, bien sûr, qu'elle vienne de vos chaussures et que vous ayez vous-même contaminé le lieu du crime — votre crime...

D'instinct, le détective souleva les pieds pour examiner ses semelles — réflexe stupide et conduite de coupable.

Le médecin légiste partit d'un rire sonore. Prudent, l'agent Hillguard se contenta de sourire discrètement. Quant à Manx, vexé, il s'empourpra de nouveau pour le plus grand plaisir de Maggie qui se retourna, satisfaite, et concentra son attention sur le transport du chien blessé.

6.

Tess McGowan enfourna une copie des documents de finalisation dans son attaché-case en cuir usagé, dont la poignée se craquelait. Détail sans grande importance. Encore deux ou trois ventes, et elle pourrait s'offrir une sacoche neuve pour remplacer celle-ci, achetée dans un dépôt-vente.

Sur le buvard de son sous-main, elle griffonna une note : « Joyce et Bill Saunders : deux douzaines de cookies aux pépites de chocolat amer. » Les enfants seraient ravis, et Joyce raffolait du chocolat noir. Elle écrivit ensuite : « Maggie O'Dell, un bouquet printanier. » Puis elle biffa. C'était trop simple, trop banal. Tess aimait remercier ses clients par un petit cadeau personnalisé. Devenues une sorte de signature, ces marques d'attention lui valaient bon nombre de recommandations — ainsi que de nouvelles ventes. Alors ? Qu'est-ce qui pourrait bien faire plaisir à O'Dell ? Pourquoi pas des fleurs, après tout ? Les agents du FBI aimaient sans doute aussi les fleurs. O'Dell n'était-elle pas émerveillée par son nouveau jardin ? Pourtant, le bouquet printanier ne convenait pas. Ce qu'il lui fallait, c'était un doberman dressé à tuer. Tess sourit à cette pensée, puis elle nota : « Une azalée en pot. »

Satisfaite, elle éteignit l'ordinateur et enfila sa veste. Les bureaux étaient silencieux et déserts depuis des heures, déjà. Elle était la seule assez folle pour travailler si tard, mais peu lui importait. Daniel ne rentrerait pas chez lui avant 20 heures ou 21 heures, et il ne se soucierait d'elle que plus tard encore. Elle n'était pas femme à s'attarder sur ce manque de considération. Au contraire : elle le fuirait au plus vite s'il l'appelait constamment, s'il empiétait sur son indépendance ou exigeait qu'elle s'engage. Elle s'accommodait parfaitement de ces rapports sans danger et sans complications, sans réel investissement affectif. Une situation idéale pour une femme incapable de s'investir sérieusement dans une relation.

Elle avait dépassé la photocopieuse quand un bruit de pas l'interrompit. Un rapide coup d'œil vers l'autre bout du couloir la rassura : aucun obstacle ne lui barrait la route au cas où elle devrait s'échapper en courant. Plaquée contre le mur, elle revint en arrière afin de jeter un regard dans la pièce où la machine s'était mise en marche.

— Eh bien, mon petit, je vous croyais partie depuis des lustres !

Tess sursauta, alors que Delores Heston se levait de derrière la machine, une rame de papier en main. Elle la considéra d'un air soucieux.

— Excusez-moi si je vous ai fait peur, ce n'était pas mon intention.

Un peu honteuse de sa nervosité — un reliquat de sa vie antérieure —, Tess se cala contre le montant de la porte et attendit que son cœur retrouve un rythme normal.

— Il n'y a pas de mal. Je pensais que tout le monde était sorti. Que faites-vous au bureau si tard ? Vous ne deviez pas dîner avec les Greesley ?

Delores plaça un nouveau document sous le rabat de la machine et entra le nombre de copies souhaitées, puis elle se retourna vers Tess, les deux poings sur ses hanches amples.

— La soirée est remise. J'en profite pour me débarrasser de la paperasse en retard. Surtout, pas un mot à Verna. Elle va encore m'enguirlander si elle apprend que j'ai touché à son précieux bébé.

Comme sur un signal, la photocopieuse émit des bips de protestation.

— Et voilà, ça recommence ! Qu'est-ce que j'ai encore fait ?

Delores reporta son attention sur la machine et pressa divers boutons, sans résultat.

Tess ne put s'empêcher de rire. A vrai dire, Delores Heston était propriétaire de la photocopieuse comme du mobilier et des fournitures, jusqu'au dernier trombone. Elle avait lancé Heston Immobilier dix ans plus tôt et s'était taillé la part du lion dans le marché de Newburgh Heights et ses environs, ce qui représentait une authentique réussite pour une Noire élevée dans la pauvreté. Tess admirait cette femme qui, après une longue journée de travail, était toujours tirée à quatre épingles dans ses tailleurs sur mesure. Ses cheveux de jais étaient relevés en un épais chignon tressé dont aucune mèche ne s'échappait jamais. Seul signe de relâchement après le départ du personnel, comme ce soir, elle avait ôté ses escarpins.

Contrairement à elle, Tess avait l'air de sortir d'une valise tant ses vêtements étaient fripés après de trop nombreuses heures passées assise. L'humidité ambiante faisait friser son abondante chevelure dont les boucles folles s'échappaient de la pince qui devait en principe les retenir. Elle était sans doute la seule blonde au monde à se teindre en un châtain neutre pour paraître plus respectable et éviter les avances des hommes. Autre leurre, Tess portait des verres de contact, tout en arborant fièrement des lunettes en sautoir tant il était vrai qu'une jolie femme munie de cet appendice paraissait immédiatement plus intelligente.

La photocopieuse cessa enfin de protester pour se mettre à sortir les copies demandées. Delores se retourna vers Tess et leva les yeux au ciel.

— Verna a raison de m'interdire l'accès à cette machine !

— Apparemment, vous l'avez ramenée à la raison.

— Alors, mon petit, pourquoi êtes-vous encore ici à cette heure tardive ? Vous n'avez donc pas mieux à faire, un vendredi soir ? Pas de beau jeune homme qui vous attende pour se faire dorloter ?

— Je tenais à boucler le dossier Saunders.

— C'est vrai. J'oubliais que vous aviez conclu l'affaire cette semaine. De l'excellent travail ! Je sais que les Saunders étaient très pressés de vendre, et j'imagine que vous avez dû baisser le prix. Nous n'avons pas trop perdu au change ?

— En fin de compte, tout s'arrange au mieux pour les parties concernées. De plus, nous avons bouclé l'affaire avant le délai de quinze jours qu'ils nous avaient donné, de sorte que nous aurons droit à une prime supplémentaire.

— Ah ! Voilà des nouvelles qui réchauffent le cœur. Dépasser les espérances d'un client est la meilleure publicité dont on puisse rêver. La prime à l'efficacité vous revient de droit, mon petit.

— Pardon ? balbutia Tess, persuadée qu'elle avait mal entendu.

— Le bonus est pour vous. Vous le méritez.

Tess en demeura muette de stupéfaction. La prime en question s'élevait à près de dix mille dollars, soit six mois de son salaire au temps où elle servait dans les bars. Devant son expression, Delores se mit à rire.

— Si seulement vous voyiez votre tête, mon petit !

Tess ne broncha pas, se contentant d'esquisser un léger sourire. Toujours incrédule, elle n'osait toutefois pas demander s'il s'agissait d'une plaisanterie — ce qui serait cruel de la part de Delores. Et cela ne constituerait pas une nouveauté pour Tess :

des vacheries de ce genre, on lui en avait joué plus qu'à son tour, au point qu'elle les attendait et les accueillait souvent plus facilement que des actes de bonté.

Une fois de plus, Delores la dévisageait, pensive.

— Sans rire, Tess, je tiens à ce que vous empochiez cette prime. Vous vous êtes démenée comme une diablesse pour vendre cette propriété en moins de quinze jours. Je reconnais qu'à ce prix, c'était une affaire, mais entre les démarches, les papiers, les négociations… chapeau bas. Vendre une maison dans cette tranche de prix aussi vite relève du miracle, de nos jours.

— C'est que… cela fait beaucoup, cette prime. Vous êtes sûre que…

— Absolument certaine. Je sais ce que je fais, ma petite amie. J'investis dans votre talent. Je veux que vous restiez chez moi, Tess. Je n'ai pas envie de vous voir vous installer à votre compte et devenir ma concurrente. De plus, je réalise un chiffre intéressant sur cette vente. Maintenant, rentrez chez vous et fêtez votre victoire avec l'élu de votre cœur.

Sur le chemin du retour, Tess se demandait s'il lui serait possible de célébrer l'événement avec « l'élu de votre cœur ». Depuis une semaine, Daniel la battait froid, furieux qu'elle ait refusé d'emménager chez lui. Ce qu'elle comprenait aisément. Pourquoi diable fallait-il toujours qu'elle s'esquive dès qu'un homme cherchait à se rapprocher d'elle ?

A bientôt trente-cinq ans — elle les aurait dans quelques semaines —, elle n'était pourtant plus une gamine. A présent qu'elle devenait une authentique femme d'affaires, il était grand temps qu'elle mette un peu d'ordre dans sa vie personnelle. Ses relations amoureuses étaient-elles donc vouées à l'échec ? Quoi qu'elle entreprenne en ce domaine, ce passé qui lui collait à la peau la tirait invariablement vers le fond, la ramenait dans son vieux cocon — confortable, certes, mais destructeur.

Après cinq ans de lutte acharnée, elle faisait d'indéniables progrès, il lui semblait même voir enfin le bout du tunnel. Sa dernière vente le prouvait, elle avait du talent pour ce métier. Désormais, elle était en mesure de gagner correctement sa vie. Fini les duperies et les petites tricheries. Daniel lui-même représentait une victoire, une sorte de trophée, avec son physique engageant, ses belles manières, sa culture et son éducation. Cet homme sophistiqué et ambitieux ne ressemblait à aucun de ceux qu'elle avait fréquentés jusque-là. Il était arrogant, soit, et ils avaient bien peu de choses à partager, mais il lui faisait du bien, il la requinquait. Cette dernière réflexion lui tira une grimace. Présenté de la sorte, Daniel avait toutes les vertus de l'huile de ricin, d'une potion bénéfique qu'on avalait en se pinçant le nez…

Machinalement, elle stationna sa Miata à l'arrière du bar-grill Chez Louie pour aller acheter une bouteille de vin. Elle appellerait ensuite Daniel afin de s'excuser, et elle l'inviterait à dîner pour fêter sa prime. Il serait sans doute heureux pour elle, déclarerait apprécier son indépendance, sa détermination — ce qui ferait le plus grand bien à Tess, car il était avare de compliments.

Calée contre le siège de cuir de sa voiture, elle resta un moment à réfléchir. Avait-elle vraiment besoin de s'excuser auprès de lui ? De quoi, exactement ? Bah ! cela n'avait pas vraiment d'importance. Seule la réconciliation comptait. Il leur fallait laisser le différend derrière eux et repartir de l'avant. Elle avait acquis un certain talent pour laisser le passé en arrière… Encore que, si tel était le cas, que faisait-elle garée derrière le bar de Louie ? Le magasin de spiritueux n'était qu'à quelques pâtés de maisons de là, et sur le chemin de son domicile. Quel jeu jouait-elle ? Pour qui ? Que cherchait-elle à se prouver en venant ici ?

Elle s'apprêtait à remettre le contact quand la porte donnant sur l'arrière du bar s'ouvrit à la volée, la faisant sursauter. Un homme d'âge mûr en tablier crasseux apparut. Son crâne chauve luisait de sueur, un mégot pendait à ses lèvres, et il était chargé de plusieurs sacs-poubelle. Il les hissa dans la benne à ordures, s'essuya le front de sa manche et se retourna pour rentrer. Ce fut alors qu'il l'aperçut. Elle était découverte.

L'homme tira une dernière fois sur sa cigarette, qu'il jeta par terre sans l'écraser, puis il s'avança vers la voiture d'une démarche empruntée aux catcheurs professionnels qu'il vénérait. Il se donnait des airs, se croyait de l'allure alors qu'il était plutôt pathétique, un gros bonhomme vieillissant au crâne chauve. Tess avait malgré tout de l'affection pour lui ; elle le considérait un peu comme un ami — le seul.

Il attendit qu'elle baisse sa vitre et s'exclama :

— Tessy ! Pour une surprise ! Qu'est-ce qui t'amène dans le coin ?

Elle aperçut l'ébauche d'un sourire, qu'il effaça en passant une main sur sa barbe naissante.

— Salut, Louie.

Finalement, elle se décida à sortir de voiture.

— Sacrée caisse que t'as là, dis donc !

Tandis qu'il examinait le véhicule, elle omit de préciser que la Miata était un véhicule de fonction et non la sienne. Delores estimait que, pour réussir, il fallait d'abord donner l'impression de réussir.

Quand Louie eut fini d'admirer la voiture, il reporta son attention sur elle, la détailla de la tête aux pieds dans son ensemble très couture, et elle s'empourpra lorsqu'il émit un sifflement d'appréciation. Elle aurait dû se sentir flattée ; au lieu de quoi, et pour la seconde fois aujourd'hui, elle avait l'impression d'être prise en flagrant délit d'imposture.

— Alors, qu'est-ce que tu fiches ici ? Tu racoles ?

— Sûrement pas ! rétorqua-t-elle fraîchement.

— Hé, Tessy, je blaguais. C'était juste pour te chambrer.

— Oui, je sais.

Elle sourit puis, gênée, se tourna pour verrouiller la portière avec sa clé, alors que le véhicule était équipé d'un système de verrouillage automatique.

— Je passais prendre une bouteille de vin, histoire de faire marcher ton commerce plutôt que d'engraisser la concurrence.

— Vrai ? Eh bien, c'est rudement gentil. Mais t'as pas besoin d'excuse pour venir nous voir. Tu es toujours la bienvenue ici.

— Merci, Louie.

Soudain, elle retrouvait en elle la barmaid à la dérive qu'elle avait abandonnée là cinq ans plus tôt. S'en débarrasserait-elle jamais ?

— Allez, viens.

Il passa son gros bras musclé autour de ses épaules et l'entraîna vers la porte.

Avec ses talons, Tess était un peu plus grande que lui, de sorte que le dragon tatoué sur le biceps de Louie étirait le cou. L'odeur de frites et de sueur qui imprégnait ses vêtements lui retournait l'estomac. Mais c'était d'émotion, une sorte de mal du pays. Elle pensa à Daniel qui, plus tard, sentirait le tabac et la graille à deux sous dans ses cheveux. Cela suffirait à gâcher la soirée.

— Tu sais quoi, Louie ? Je viens de me souvenir d'un truc que j'ai oublié au bureau.

Ce disant, elle pivota pour se dégager du bras qui la retenait.

— Ça peut donc pas attendre ?

— Hélas, non. Désolée. Ma patronne va me botter le derrière si je ne m'en occupe pas immédiatement.

Elle déverrouilla la portière à l'aide de sa télécommande et monta à bord de la Miata avant que Louie ait eu le temps de protester davantage. Sitôt à l'abri de l'habitacle, elle lança par la vitre entrouverte :

— Je repasserai plus tard, c'est promis.

Promesse qu'elle n'avait aucune intention de tenir.

Elle mit le moteur en marche, manœuvra avec précaution dans l'allée étroite, puis elle s'éloigna en observant Louie dans le rétroviseur. Il semblait plus surpris que fâché. Tant mieux. Elle ne tenait pas à le contrarier ; elle aurait eu de la peine si Louie lui en voulait… Pourquoi cette seule idée la chagrinait-elle à ce point ? se demanda-t-elle aussitôt. Etait-ce donc si grave ? Plus maintenant, tout de même ? Et pourtant…

Une fois sur la nationale, elle accéléra et roula, roula encore, en une véritable fuite en avant. Plusieurs minutes passèrent avant qu'elle recouvre son souffle et respire normalement ; avant qu'elle puisse entendre la radio par-dessus les battements frénétiques de son cœur. Puis elle s'aperçut qu'elle avait dépassé le magasin de spiritueux. Tant pis. Elle se sentait indigne, n'avait plus l'esprit à la fête. Néanmoins, elle s'efforça de se concentrer sur ses récents succès plutôt que sur le passé ; elle se concentra si bien qu'elle ne remarqua pas la berline noire qui la suivait.

7.

Avant que Gwen ou la pizza n'arrive, Maggie se versa un second whisky. Elle avait oublié l'existence de la bouteille jusqu'au moment où elle l'avait retrouvée, rangée dans LE carton — antidote nécessaire à supporter les horreurs qu'il renfermait. Le carton portait le même numéro que le dossier Stucky au FBI : 34666, chiffre qui contenait, comme par coïncidence, le nombre de la Bête, du mal : 666.

Le directeur adjoint Cunningham, son patron, serait furieux s'il savait qu'elle avait emporté des copies de tous les documents officiels concernant cette affaire. Les notes, les rapports, tout était de sa main. Pendant près de deux ans, Maggie avait traqué le tueur, vu les lieux de tous ses meurtres, photographié les résultats de ces séances de torture, examiné les cadavres à la loupe, en quête de fibres textiles, de cheveux, d'organes prélevés, de tout ce qui pouvait conduire à son arrestation. Un double du dossier lui revenait donc de droit ; elle avait mérité ces étranges archives d'un moment de sa vie.

Après son passage chez le vétérinaire, elle s'était douchée rapidement. Son T-shirt universitaire trempait dans le lavabo, mais elle craignait que les taches de sang ne disparaissent pas au lavage. Car elle l'aimait, ce vieux T-shirt délavé et informe. Certains rangeaient soigneusement leurs photos dans des albums ; Maggie, elle, conservait ses T-shirts.

Elle tenait particulièrement à celui-ci parce que ses années à l'université de Virginie avaient été heureuses. C'était là qu'elle avait découvert l'indépendance ; là qu'elle avait compris que sa vie ne se limitait pas à veiller sur sa mère ; là aussi qu'elle avait rencontré Greg.

Greg. Elle consulta sa montre, puis s'assura que son téléphone mobile était en veille. Il n'avait toujours pas appelé au sujet du carton manquant. Il avait décidé de la faire attendre. Mais elle ne laisserait pas la colère l'emporter. Pas ce soir. Elle se sentait trop lasse pour un nouveau débordement émotionnel.

Quand la sonnette tinta, Maggie vérifia l'heure une fois de plus. Gwen avait dix minutes de retard, comme à son habitude. Elle se leva, tira sur sa chemise pour couvrir le Smith & Wesson glissé dans la ceinture de son jean. Accessoire aussi familier que sa montre, le revolver ne la quittait plus depuis quelque temps.

La porte était à peine ouverte que Gwen se lançait déjà dans des explications :

— Je sais que je suis en retard. Excuse-moi, mais je suis tombée dans des embouteillages infernaux. Le vendredi soir, tout le monde quitte Washington pour se mettre au vert.

— Je suis contente de te voir.

Les deux femmes s'étreignirent avec chaleur, et Maggie s'étonna de sentir son amie, plus âgée qu'elle, si fragile entre ses bras. Malgré sa petite taille et sa féminité, Gwen était pour elle un appui solide ; elle se reposait sur elle, sur sa force morale et ses conseils pleins de sagesse depuis le début de leur amitié.

Lorsqu'elles s'écartèrent l'une de l'autre, Gwen saisit le menton de Maggie, la regarda attentivement, puis constata avec douceur :

— Tu veux que je te dise ? Tu as une sale tête.

— Merci, c'est sympa.

Gwen sourit, et lui tendit le pack de Budweiser Light qu'elle tenait à la main. Les bouteilles de bière étaient fraîches, couvertes de condensation. Maggie les prit et en profita pour éviter les yeux trop inquisiteurs de Gwen. Cela faisait près d'un mois qu'elles ne s'étaient pas revues. Elles se parlaient au téléphone, bien sûr, mais à distance, il était plus facile à Maggie de cacher la panique et l'angoisse qui la rongeaient depuis des semaines.

— La pizza ne devrait pas tarder, déclara-t-elle en réinitialisant le système de sécurité.

— Pas de chorizo sur ma part, j'espère ?

— Je t'ai pris un supplément champignons à la place.

— Excellent.

Gwen entra et entreprit de visiter, sans attendre d'y avoir été invitée.

— Tu as de la chance, Maggie. Cette maison est splendide.

— Tu apprécies mes efforts de décoration ?

— Hmm... Le carton d'emballage te convient parfaitement. C'est sobre, rustique à souhait. Cela t'ennuie si je monte ?

Elle avait déjà le pied sur la deuxième marche de l'escalier.

— Comme si je pouvais t'en empêcher ! lui lança Maggie en riant.

Cette femme avait le don de vous éclairer la vie, laissant dans son sillage autant d'énergie que de chaleur et de joie.

Maggie l'avait rencontrée en arrivant à Quantico, avec sa bourse d'études pour devenir expert médico-légal. Elle était jeune et naïve, alors, n'avait jamais vu de sang que dans des éprouvettes, jamais tiré un coup de feu en dehors des séances d'entraînement.

Gwen était l'une des psychologues locales que le directeur adjoint Cunningham avait enrôlées en tant que consultants indépendants, afin qu'ils construisent des profils sur certaines affaires particulièrement épineuses. A l'époque, elle avait déjà son cabinet à Washington D.C., et une solide réputation. Bon nombre de ses patients appartenaient à l'élite de la capitale — épouses de députés névrosées par l'ennui, généraux suicidaires, et même un membre du cabinet de la Maison Blanche, maniaco-dépressif.

Mais c'étaient ses recherches, les articles qu'elle avait écrits, et sa pénétration de l'esprit criminel, qui avaient poussé Cunningham à la recruter en tant que free-lance dans son unité de soutien aux enquêtes. Maggie avait eu tôt fait de découvrir que le directeur adjoint du FBI avait un faible pour le Dr Gwen Patterson. Il fallait du reste être aveugle pour ne pas s'en rendre compte — même si elle savait par son amie qu'il n'avait jamais été et ne serait jamais question de liaison entre eux, d'un côté comme de l'autre.

— Nous tenons à conserver de bons rapports professionnels et le respect que nous nous portons mutuellement, lui avait expliqué Gwen.

C'était pourtant après qu'elle eut quitté ses fonctions de consultante. Mais à la manière dont elle avait parlé, il était clair que le sujet était clos une fois pour toutes. De l'avis de Maggie, le mariage chancelant de Cunningham avait pesé dans la balance bien plus que l'argument professionnel.

Dès leur première rencontre, elle avait admiré Gwen pour sa chaleur, son intelligence aiguisée et son humour caustique. Gwen se refusait à penser selon des moules préexistants ; elle n'hésitait pas à enfreindre les règles, tout en donnant l'impression de respecter l'ordre établi. Maggie l'avait vue amadouer diplomates et criminels par son charme et ses belles manières. Et malgré les quinze ans d'âge qui les séparaient, Gwen était devenue très vite sa meilleure amie, ainsi que son mentor.

La sonnette tinta de nouveau. Sans même réfléchir, Maggie porta la main à l'arrière de sa ceinture, prête à sortir son revolver, quand elle prit conscience de son geste. Gênée, elle jeta un coup d'œil vers l'escalier pour voir si Gwen avait surpris ce réflexe défensif. Elle n'était heureusement pas là, découvrit-elle avec soulagement. Elle lissa le pan de sa chemise pour couvrir l'arme, puis examina la terrasse par la fenêtre avant de couper le système d'alarme. A la porte, elle regarda par le judas et se décida à ouvrir.

— J'ai une pizza géante au nom de O'Dell.

La jeune fille lui tendit la boîte de carton tiède d'où s'échappait une odeur alléchante de fromage fondu et de chorizo.

— Hm, ça sent bon ! lança Maggie.

L'adolescente eut un large sourire.

— Cela vous fera 18 dollars et 59 cents.

Maggie lui tendit un billet de 20 dollars.

— Gardez la monnaie.

— Je vous remercie, c'est gentil.

Et la jolie blonde s'éloigna d'une démarche sautillante, sa longue queue-de-cheval qui s'échappait de sous sa casquette bleue dansant sur ses épaules.

Maggie déposa la pizza au milieu du salon avant de retourner brancher l'alarme. Au même moment, Gwen descendait en trombe l'escalier, brandissant le T-shirt dégoulinant d'eau et couvert de taches de sang.

— Qu'est-ce que c'est que ça, Maggie ? Qu'est-ce qui t'est arrivé ? Tu es blessée ?

— Ça ? Oh ! Ce n'est rien.

— Mais encore ? On peut savoir ?

Maggie reprit le vêtement qui dégouttait sur le sol et courut à l'étage le remettre à tremper dans le lavabo. Elle l'essora, puis changea l'eau, teintée de rouge, l'additionna d'une bonne dose de lessive et frotta. Lorsqu'elle leva les yeux vers le miroir, Gwen l'observait depuis la porte de la salle de bains.

— Si tu es blessée, n'essaie pas de te soigner seule, pour l'amour du ciel.

La voix était douce, le ton sévère. Gwen faisait allusion à l'entaille qu'Albert Stucky lui avait faite au niveau de l'abdomen, Maggie le savait. Après l'arrestation, quand le calme était revenu, elle s'était éclipsée discrètement et s'était efforcée de panser sa blessure. Avec pour résultat qu'une infection sérieuse l'avait expédiée aux urgences trois jours plus tard.

— Ne t'inquiète pas, Gwen, ce n'est rien de grave. Le chien de ma voisine a été blessé et nous l'avons emmené chez le vétérinaire. C'est le sang du chien sur ce T-shirt, pas le mien.

— Tu me rassures. Mais j'aimerais bien comprendre pourquoi il faut toujours que tu patauges dans le sang.

— Je te raconterai l'histoire plus tard. Allons manger, j'ai une faim de loup !

— Ça, c'est une nouveauté. Et un progrès.

Maggie s'essuya les mains, puis elles descendirent. Dans son dos, Gwen poursuivait :

— Quelques kilos en plus ne te feraient pas de mal. Tu arrives à manger régulièrement, au moins ?

— S'il te plaît, pas de leçons de diététique ce soir, d'accord ?

Gwen soupira, mais elle n'insista pas.

Dans la cuisine, Maggie sortit d'une caisse des assiettes en carton et des serviettes en papier. Elles prirent une bouteille de bière chacune et regagnèrent le salon, où la pizza les attendait. Gwen avait ôté ses escarpins et déposé sa veste sur le bras du fauteuil relax. Assise en tailleur sur le sol, Maggie tira la boîte de pizza à elle et remarqua que Gwen examinait le carton posé près du bureau.

— L'affaire Stucky, n'est-ce pas ?

— Tu vas me dénoncer à Cunningham ?

— Certainement pas. Mais ton obsession m'inquiète.

— Il ne m'obsède pas.

— Ah bon ? Et tu appelles ça comment, alors ?

Maggie prit une part de pizza et mordit dedans. Elle préférait ne pas s'attarder sur Stucky, sous peine de perdre l'appétit. En même temps, c'était à cause de lui qu'elle avait invité son amie chez elle.

— Je tiens à ce qu'on l'arrête, c'est tout.

Elle sentait le regard de Gwen peser sur elle ; elle savait que son amie guettait ses moindres réactions, étudiait le ton de sa voix pour deviner ce qu'elle lui cachait. Mais malgré son horreur qu'on l'observe, qu'on l'analyse, elle ne lui en voulait pas. Simple déformation professionnelle de thérapeute.

— Et tu es la seule à pouvoir le coincer, c'est cela ?

— Je pense le connaître mieux que quiconque.

Gwen la considéra encore pendant quelques instants, puis elle décapsula sa bouteille et but une gorgée de bière. Après quoi, elle s'assit à son tour et prit un morceau de pizza.

— Je me suis renseignée, commença-t-elle.

Réfrénant son impatience, Maggie attendit la suite. Elle avait demandé à Gwen de sonder ses contacts afin de découvrir pourquoi l'enquête s'enlisait. Depuis que Cunningham l'avait mise sur la touche, elle n'avait plus accès à la moindre information sur ce dossier.

Gwen prenait son temps. Autre bouchée de pizza. Nouvelle gorgée de bière. En avait-elle parlé directement avec Cunningham ? Non. C'eût été vendre la mèche. Le patron les savait amies.

— Et alors ? finit par demander Maggie.

— Cunningham a mis un autre profiler sur l'affaire. Mais l'équipe de travail a été démantelée.

— Cela ne tient pas debout. Pourquoi ?

— Parce qu'il n'a rien de neuf, Maggie. Il y a plus de cinq mois maintenant que Stucky s'est évadé, et pas un signe de lui. Ils ont perdu sa trace. Comme s'il était tombé dans un trou noir.

— Je sais. Je vérifie le VICAP, la base de données interne sur les crimes violents commis dans le pays, presque toutes les semaines. Et je n'y ai rien trouvé qui ressemble aux méthodes de Stucky. Il est peut-être en Europe ? Il a suffisamment d'argent sous le coude pour se cacher n'importe où.

— J'ai consulté mes sources à Interpol. Rien là non plus.

— Il se peut qu'il ait changé sa façon de faire, son modus operandi.

— Ou qu'il ait cessé de tuer, Maggie. Cela arrive. Un beau jour, certains tueurs en série s'arrêtent sans qu'on sache pourquoi.

— Cela m'étonnerait de Stucky.

— Tu ne crois pas qu'il aurait repris contact avec toi ? Recommencé ses petits jeux pervers ? Après tout, c'est toi qui l'as fait expédier en prison. Il a de quoi t'en vouloir, non ?

Maggie avait en effet fini par identifier le psychopathe que le FBI avait surnommé « Le Collectionneur ». Grâce au profil qu'elle avait dressé et des empreintes digitales à peine lisibles laissées comme un défi sur le lieu d'un crime par ce tueur arrogant, elle avait découvert que ce « Collectionneur » n'était autre qu'Albert Stucky, milliardaire et originaire du Massachusetts.

Comme la majorité des tueurs en série, Stucky semblait dopé par l'attention qu'il suscitait ; il redoublait d'audace pour en attirer davantage, et lorsqu'il avait impliqué Maggie dans ses projets macabres, jusqu'à l'obsession, personne au FBI ne s'en était étonné. Sauf que le jeu qu'il jouait n'avait rien d'ordinaire. Il lui fournissait des indices pour le piéger, lui laissait des billets accompagnés d'un doigt, d'un morceau de peau avec une tache de vin, d'une pointe de sein glissée dans l'enveloppe.

Cela remontait à huit ou neuf mois. Presque un an, et Maggie avait oublié ce qu'était sa vie avant que cette malsaine partie de cache-cache ne commence. Elle ne savait plus ce que c'était que de dormir sans cauchemars, de vivre sans se méfier en permanence. Pour le capturer, elle avait failli mourir ; et il avait trouvé le moyen de s'évader sans même lui laisser le temps de se sentir de nouveau en sécurité.

Gwen tendit le bras pour prendre dans la caisse une série de photos. Tout en mangeant sa pizza, elle les étala devant elle. En dehors des agents les plus endurcis, Maggie connaissait peu de gens capables de regarder de telles horreurs sans perdre l'appétit.

— Il faut que tu renonces, Maggie. Que tu laisses ça derrière toi. Il te mutile psychiquement, et il n'est même pas là.

Les copies des clichés attiraient comme un aimant le regard de Maggie, aussi terribles en noir et blanc qu'ils l'étaient en couleur — gros plans de gorges tranchées, de mamelons arrachés à coups de dents, de sexes de femmes tailladés, assortiments d'organes prélevés sur les victimes. Un peu plus tôt, elle s'était rendu compte d'un seul coup d'œil qu'elle connaissait par cœur le contenu de ses rapports. Dieu que c'était lassant !

Tout récemment encore, Greg lui avait reproché d'avoir plus de mémoire pour les détails des crimes et les mœurs des tueurs que pour les anniversaires et autres événements marquants de leur vie de couple. Elle ne l'avait pas contredit, car c'était vrai. Méritait-elle d'avoir un époux, un foyer ? Un homme pouvait-il comprendre la nature de son travail ? Comprendre cette… obsession ? Etait-ce une obsession ? Gwen avait-elle raison ?

Posant sa part de pizza, Maggie s'aperçut que ses doigts tremblaient. Gwen le remarqua aussi.

— Quand as-tu dormi une nuit complète pour la dernière fois ?

Maggie ignora la question, évita le regard vert trop vif de son amie.

— Pour la bonne raison que l'absence de meurtres ne signifie pas pour autant qu'il n'a pas relancé une collection.

— Si tel est le cas, Kyle veille.

Gwen appelait rarement le directeur adjoint du FBI par son prénom ; que sa vigilance ait été ainsi trompée montrait à quel point elle s'inquiétait.

— Laisse tomber, Maggie. Laisse tomber avant que cette histoire ne te détruise.

— Elle ne me détruira pas. Je suis solide, tu sais, une vraie brute.

Maggie n'osa toutefois pas regarder son amie dans les yeux, de peur que le mensonge ne se lise dans les siens.

— Une brute ? C'est pour cela que tu te trimballes avec un revolver glissé dans ta ceinture alors que tu es chez toi ?

La grimace de Maggie n'échappa pas à Gwen, qui lui sourit.

— Personnellement, je ne dirais pas que tu es une brute. Mais têtue comme une mule, ça oui.

8.

Il avait oublié que les livreuses de pizzas étaient aussi mignonnes du temps de sa jeunesse, quand il travaillait dans une pizzeria. Mais au fait, y avait-il seulement des livreuses de pizzas, à l'époque ?

Celle-ci filait d'un pas allègre le long du trottoir, ses longs cheveux blonds dansant sur ses épaules. Ils étaient retenus en une jolie queue-de-cheval sous sa casquette de base-ball bleue, frappée du logo des Chicago Cubs. Etait-elle une fan de base-ball ? Son petit ami était-il un supporter de l'équipe ? Car elle devait bien avoir un petit ami quelque part.

Il faisait trop sombre à présent pour y voir clair à la lueur des réverbères. Ses yeux le brûlaient et sa vue se brouillait. Il passa ses lunettes de vision nocturne, en ajusta le grossissement. Là, c'était mieux.

Devant la porte, la petite consulta sa montre en attendant qu'on vienne ouvrir. Une fois de plus, ce fut un homme. Lequel, naturellement, la regarda avec des yeux de merlan frit. Il tira des billets d'une poche de son jean tendu sur son gros ventre et godaillant en dessous. Un personnage répugnant, avec des taches de sueur aux aisselles et une touffe de poils noirs qui dépassait du col de son T-shirt. Et pourtant, lui aussi se fendit d'un compliment à la mignonne livreuse et d'une remarque salace sur ce qu'il lui offrirait bien en pourboire. Comme toujours, la jolie blonde se contenta de sourire gentiment malgré le rouge qui lui montait aux joues.

Une fois, rien qu'une, il aurait aimé qu'elle flanque un coup de genou à l'entrejambe d'un de ces abrutis. C'était là une leçon qu'il lui donnerait peut-être. Si les choses se passaient comme il l'avait prévu, ils auraient tout leur temps.

Elle pressait le pas le long du trottoir, et le sagouin qui ne lui avait laissé qu'un dollar suivit son petit cul du regard, jusqu'à ce qu'elle ait regagné sa Dodge Dart. A lui seul, ce spectacle méritait davantage. Quel radin ! Comment paierait-elle ses études à la fac avec des pourboires aussi minables ?

Il en conclut que les femmes étaient plus généreuses avec les livreurs. Peut-être parce qu'elles se sentaient coupables de ne pas avoir préparé elles-mêmes le repas. Allez savoir avec les femmes, ces créatures compliquées, fascinantes, qu'il ne changerait pour rien au monde.

Il ôta ses lunettes de vision nocturne, remit ses lunettes noires par habitude — et aussi parce que la lumière des phares lui brûlait les yeux. Quand la Dodge atteignit le carrefour, il démarra et la suivit. La petite en avait terminé avec cette tournée et elle rentrait au bercail — il reconnut la route qui menait à la pizzeria Mamma Mia, au coin de la 59e rue et d'Archer Drive. L'échoppe se trouvait au bout d'un centre commercial de proximité. A l'autre bout, il y avait des pompes à essence en libre-service, et entre les deux, quelques boutiques, dont Mister Magoo, le magasin qui louait des vidéos, et Shep's Liquor Mart, qui vendait des spiritueux.

Newburgh était une banlieue si tranquille et bon enfant qu'elle lui flanquait la nausée. Un tel lieu ne présentait pas de défi. Pas plus qu'une livreuse de pizzas, d'ailleurs. Mais l'heure n'était pas au défi. Il s'agissait d'une simple mise en scène.

La gamine rangea son véhicule à l'arrière du bâtiment, près de la porte. Elle rassembla ses pochettes isothermes rouges.

Dans quelques minutes, elle reviendrait, les bras chargés d'un nouveau stock de pizzas à livrer.

Sur l'enseigne lumineuse, on pouvait lire le numéro de téléphone. Il brancha son portable et composa le numéro, tout en dépliant une fiche de renseignements sur une propriété — une maison de style colonial, avec quatre pièces, cuisine, bain à remous et une lucarne dans la chambre principale. Romantique en diable, songeait-il au moment où une voix de femme lui brailla dans l'oreille :

— Mamma Mia, j'écoute ?

— Je voudrais deux pizzas peppermint.

— Votre téléphone ?

Il jeta un coup d'œil au prospectus et récita :

— 555 45 45.

— Votre nom ?

— Heston, lut-il encore. Au 5349 Archer Drive.

— Vous voulez des boissons ? Des gressins ?

— Non, juste les pizzas.

— On vous livre d'ici une vingtaine de minutes.

— Je vous remercie.

Et il coupa la ligne.

Vingt minutes. Rien ne pressait. Il enfila ses gants en cuir noir, essuya soigneusement le portable avec un coin de sa chemise et se remit en route. En passant devant la benne à ordures, il y jeta le téléphone.

Puis il suivit Archer Drive vers le sud en pensant à la pizza, à un bain au clair de lune et à la ravissante livreuse au si joli petit cul.

9.

Il était près de minuit quand Gwen était partie. Les yeux de Maggie ne demandaient qu'à se fermer, ses épaules s'affaissaient sous l'effet de la fatigue, mais elle savait déjà qu'elle ne dormirait pas. Elle avait vérifié par deux fois le verrouillage des fenêtres, n'en laissant que deux — soigneusement choisies — entrouvertes pour laisser entrer l'air délicieusement frais. Après le départ de Gwen, elle s'était aussi assurée que le système d'alarme était branché et correctement programmé. A présent, elle faisait les cent pas, dans l'angoisse des longues heures de nuit qui l'attendaient. Elle redoutait l'obscurité, dehors, se jurait que, dès le lendemain, elle ferait poser des stores et des rideaux.

De guerre lasse, elle finit par s'asseoir en tailleur au milieu des papiers et dossiers sortis de la caisse contenant toute l'affaire Stucky — son musée des horreurs personnel. Elle en tira le dossier de presse qui regroupait toutes les coupures de journaux, ainsi que les articles téléchargés sur Internet. Depuis cinq mois, depuis l'évasion de Stucky, elle surveillait quotidiennement la presse nationale par le biais de son ordinateur.

Comment avait-il réussi à s'échapper si facilement ? Cela restait un mystère. Durant le trajet de deux heures qui le conduisait à une prison de haute sécurité, il avait tué les deux gardes, puis avait disparu dans les marais de Floride, les célèbres Everglades infestés de crocodiles. Depuis, plus aucune trace de lui.

Peu de gens en aurait réchappé. En un rien de temps, n'importe qui serait devenu la proie des sauriens. Mais, tel qu'elle connaissait Stucky, Maggie l'imaginait sortant des Everglades en costume trois pièces et attaché-case en peau d'alligator. Albert Stucky était assez intelligent et malin pour charmer les prédateurs et leur faire la peau avant de donner leurs restes en pâture à leurs congénères.

Dans le *Philadelphia Journal* de la semaine précédente, un article relatait qu'on avait découvert le tronc d'une femme dans la rivière et retrouvé plus tard ses jambes et sa tête dans une benne à ordures. En bientôt six mois, c'était ce qu'elle avait trouvé de plus proche des habitudes de Stucky. Et cependant, ce n'était pas lui, Maggie le sentait. C'était trop. Malgré l'horreur inconcevable des meurtres qu'il commettait, des tortures auxquelles il se livrait, Stucky ne jouait pas à transformer ses victimes en puzzles, à les morceler pour brouiller les pistes conduisant à l'identification. Non. Son jeu était plus subtil, plus psychologique. Et les organes prélevés, d'un autre raffinement. Maggie l'imaginait, riant devant la mine atterrée d'un dîneur qui trouverait l'une de ses surprises dans la boîte en carton d'un fast-food abandonné à la table d'un café. Il jouait à des jeux autrement pervers et morbides.

Plus que cet article sur le cadavre en morceaux, c'étaient ceux concernant des femmes disparues qui inquiétaient Maggie. Des femmes comme sa voisine, Rachel Endicott, intelligentes et belles, a priori heureuses — avec une famille, de l'argent. Des femmes dont les journaux affirmaient qu'elles n'auraient pas tout planté là pour refaire leur vie à l'insu de tous. Et elle se demandait si certaines de ces femmes n'étaient pas des pièces de la nouvelle collection d'Albert Stucky. En près de six mois, il avait certainement déniché un lieu isolé qui lui convienne, un lieu dans lequel tout recommencer.

Elle savait que Cunningham, son équipe dissoute et le nouveau profiler attendaient de tenir un cadavre. Mais les corps, s'ils se matérialisaient, ne seraient que ceux des victimes que Stucky tuait par plaisir. Son patron et les siens faisaient fausse route ; ils devraient rechercher les femmes que le tueur collectionnait, celles qu'il torturait, que l'on retrouvait plus tard dans des tombes de fortune au fond des bois quand il en avait terminé avec elles — après des jours, des semaines de jeux dépravés et pervers. Les femmes que Stucky choisissait pour cela n'étaient ni jeunes ni naïves. Il les prenait intelligentes et mûres ; il lui fallait des adversaires à sa mesure, des femmes qui ne craqueraient pas, qu'il pourrait torturer à loisir, au physique comme au mental.

Maggie se frotta les yeux. Elle avait envie d'un autre whisky. Les deux premiers, auxquels s'ajoutait la bière du repas, lui faisaient tourner la tête et lui brouillaient la vue. Plus tôt dans la soirée, elle avait préparé du café pour Gwen, mais elle évitait ce breuvage, qu'elle avait en horreur. Il lui fallait quelque chose de fort, pour se tenir en éveil. Quelque chose d'aussi puissant que le whisky, dont les effets secondaires la plongeaient malheureusement dans un dangereux engourdissement proche de l'anesthésie.

Elle souleva un autre dossier, et une note s'échappa. L'écriture familière et soignée de Stucky lui donna le frisson. Du bout des doigts, elle ramassa le feuillet, comme si elle craignait de se souiller à son contact. C'était le premier des messages nombreux que le psychopathe lui avait adressés dans le cadre de son jeu cruel de dépravé. On pouvait lire :

« Quel intérêt y a-t-il à briser un cheval dénué de tempérament ? Aucun. Tout le défi consiste à substituer la peur au tempérament — une peur animale brute qui fait qu'on se sent vivre. Etes-vous prête à vous sentir vivre, Maggie O'Dell ? »

Ce billet leur avait apporté les premières indications sur l'intelligence d'Albert Stucky. Un homme à qui son père, médecin réputé, avait offert la meilleure éducation possible. Pourtant, il avait été renvoyé de Yale pour avoir mis le feu aux dortoirs des femmes. A cela, s'ajoutaient d'autres forfaits — tentative de viol, coups et blessures, vol. Mais les poursuites avaient été abandonnées faute de preuves. Stucky avait aussi été interrogé suite à la mort accidentelle suspecte de son père, lequel s'était noyé en mer alors qu'il était un navigateur chevronné.

Et puis, il y avait de cela six ou sept ans, Albert Stucky avait pris un associé et créé avec lui l'un des premiers sites boursiers en ligne. L'entreprise ayant connu un vif succès, il était rapidement devenu un homme d'affaires respectable et riche à millions.

Malgré toutes ses recherches, Maggie ignorait encore ce qui avait causé le déraillement de Stucky. En règle générale, chez les tueurs en série, il y avait toujours un facteur déclenchant — un événement quelconque, un décès, un rejet, des sévices sexuels — qui les précipitait dans la folie meurtrière. Pour Stucky, elle n'avait rien trouvé de tel. Peut-être était-ce le mal à l'état pur ? Car ses crimes portaient le sceau du péché le plus terrifiant.

La plupart des tueurs en série tuaient parce qu'ils y puisaient du plaisir. Par choix plus que par dérèglement mental. Mais le meurtre ne suffisait pas à rassasier Albert Stucky. Il prenait son plaisir à tourmenter ses victimes, à les réduire à l'état de loques suppliantes et pleurnichardes, à les dominer, corps et âme. Il brisait leur tempérament, y substituait la peur, puis il les récompensait en leur offrant une mort lente dans des tortures élaborées. Ironiquement, celles qu'il tuait sur-le-champ, leur tranchant la gorge et abandonnant le cadavre dans une benne à ordures — après avoir prélevé un organe symbolique — avaient de la chance.

Soudain, la sonnerie du téléphone retentit. Surprise, Maggie sursauta et, par habitude, elle empoigna le Smith & Wesson posé près d'elle. Il était tard ; peu de gens avaient son nouveau numéro. Elle avait refusé de le donner à la pizzeria et exigé que Greg l'appelle sur son mobile. Mais il se pouvait que Gwen ait oublié quelque chose. Sans se lever, elle attrapa le sans-fil sur le bureau.

— Oui ?

— Agent O'Dell ?

Elle reconnut la voix de Cunningham. Pourtant, la tension qui lui nouait la nuque et les épaules ne la quitta pas.

— Oui, chef.

— Je ne me souvenais plus si vous étiez déjà à ce numéro.

— J'ai emménagé aujourd'hui.

Maggie jeta un bref coup d'œil à sa montre. Presque minuit et demi. Ils communiquaient rarement depuis qu'il l'avait éloignée du terrain pour la confiner au rôle de formatrice. Aurait-il par hasard du nouveau concernant Stucky ? Réfrénant son espoir et son impatience, elle demanda d'un ton neutre :

— Il y a un problème ?

— Je suis désolé de vous déranger, agent O'Dell. Je ne m'étais pas rendu compte qu'il était si tard.

Il devait se trouver dans son bureau de Quantico, à éplucher ses dossiers, alors que la nuit était déjà bien avancée.

— Il n'y a pas de mal. Vous ne me réveillez pas.

— Je pensais que vous partiez demain pour Kansas City et je craignais de vous manquer.

— Je ne pars que dimanche.

Contenant une bouffée d'excitation, elle songea que s'il avait besoin d'elle, Stewart la remplacerait à cette conférence sur le maintien de l'ordre.

— Vous souhaitez que je modifie mes plans ?

— Non, c'était pour savoir. Je… j'ai reçu ce soir un coup de fil qui m'inquiète un peu.

Maggie voyait déjà un corps mutilé retrouvé par un passant sous un tas d'immondices. Son impatience redoubla, mais elle attendit que son supérieur s'explique.

— Un certain inspecteur Manx de la police de Newburgh Heights m'a appelé.

Les espoirs de Maggie s'effondrèrent sur-le-champ.

— Il m'a dit que vous étiez intervenue et l'aviez dérangé dans son enquête sur le lieu d'un crime, cet après-midi. Est-ce exact ?

Maggie voulut se frotter les yeux et s'aperçut alors qu'elle tenait toujours son revolver. Elle le posa et soupira, vaincue. Crétin de Manx ! De quoi se mêlait-il ?

— Agent O'Dell, est-ce exact ?

— J'étais occupée à défaire mes cartons, quand j'ai remarqué des véhicules de police au bout de la rue. Je suis allée voir, pour donner un coup de main en cas de besoin.

— Vous avez donc débarqué sans crier gare et sans mandat sur le lieu d'un crime.

— Il ne s'agit pas de cela. Je pensais leur être utile.

— Ce n'est pas l'impression que m'a donnée ce Manx.

— J'imagine, en effet.

— Je ne veux plus vous voir sur le terrain, O'Dell.

— Mais j'ai pu leur fournir...

— Pas de terrain ! coupa Cunningham. Ce qui signifie que vous n'employez pas votre badge pour intervenir sur les lieux d'un crime. Quel qu'il soit. Même chez vos voisins. Est-ce que c'est compris ?

Maggie passa une main dans ses cheveux en désordre. De quel droit Manx avait-il mouchardé ? Sans elle, il n'aurait même pas trouvé le chien sous le lit !

— Agent O'Dell, est-ce compris ?

— Oui, oui, c'est parfaitement clair, répliqua-t-elle d'un ton sarcastique.

Ce qui aurait pu lui valoir une nouvelle volée de réprimandes. Mais rien ne vint.

— Eh bien, bon voyage, conclut Cunningham avec sa sécheresse habituelle.

Et il raccrocha.

Maggie jeta le sans-fil sur le bureau et se remit à fouiller ses dossiers. La tension, au niveau de sa nuque et de ses épaules, s'était accrue sous l'effet de la colère. Elle se leva, s'étira. Quel abruti, ce Manx ! Sans parler de Cunningham ! Combien de temps comptait-il la tenir à l'écart du travail de terrain ? La punir de sa fragilité ? Espérait-il vraiment coincer Stucky sans elle ?

Elle alla jusqu'à l'alarme électronique, vérifiant pour la troisième fois que le témoin rouge était bien allumé. Et pour la troisième fois, la voix synthétique lui répéta sa litanie : « Le système d'alarme a été activé. » Elle se servit un nouveau whisky. Tant pis pour sa tête, se dit-elle, persuadée que ce nouveau verre la soulagerait de ses tensions.

Les dossiers restèrent répandus sur le sol. Il lui semblait approprié d'inaugurer sa nouvelle demeure par l'ouverture de ce musée des horreurs. Elle décida de se retirer dans la véranda. Munie de son fidèle revolver, elle prit un plaid de mohair dans une caisse et s'en enveloppa ; elle éteignit toutes les lumières, à l'exception de la lampe du bureau, puis elle s'installa dans le fauteuil relax, face au mur de fenêtres.

Là, elle but son whisky à petites gorgées en regardant la lune qui jouait à cache-cache parmi les nuages et faisait danser les ombres dans le jardin. De sa main libre, elle serrait la crosse de son arme. Malgré sa vision de plus en plus floue, elle était prête. Le directeur adjoint Cunningham ne parviendrait peut-être pas à empêcher Stucky de venir jusqu'à elle. Mais elle saurait se défendre, alors. Et cette fois, la mauvaise surprise serait pour lui.

10.

Reston, Virginie. Samedi soir
Le 28 mars

R.J. Tully sortit un second billet de dix dollars et le glissa sur le guichet. Depuis quand les places de cinéma coûtaient-elles huit dollars cinquante ? Il tenta de se rappeler quand il était allé au cinéma un samedi soir pour la dernière fois — et même sa dernière séance de cinéma tout court. En treize ans de mariage, il avait bien dû y emmener Caroline, non ? Ce ne pouvait être que dans les débuts, avant qu'elle lui préfère ses collègues de travail.

Il se retourna, chercha Emma des yeux. Elle traînassait loin derrière lui, à l'écart de la file d'attente. Il se demandait parfois qui elle était, de quelle planète était tombée cette jolie blonde de quatorze ans aux formes naissantes, que mettaient en valeur un jean et un pull moulants. Elle ressemblait chaque jour davantage à sa mère. Dieu qu'il regrettait le temps où cette même enfant lui donnait la main, lui sautait au cou et se laissait prendre dans les bras. Le temps où elle l'aurait suivi au bout du monde. Hélas ! comme pour sa mère, les choses avaient bien changé. Serait-elle seulement capable de rester assise deux heures auprès de lui ?

Il l'attendit devant le contrôle des billets et l'observa tandis qu'elle jetait sur la foule massée dans l'entrée de brefs coups d'œil inquiets. Il sentit son cœur se serrer douloureusement en comprenant qu'elle craignait que ses nouveaux camarades la voient au cinéma avec son père un samedi soir. Avait-elle donc honte de lui ? Lui-même ne se souvenait pas d'avoir éprouvé cette gêne en compagnie de ses parents. Dès lors, comment s'étonner du temps qu'il passait au travail ? Chercher à comprendre les tueurs en série lui semblait plus facile que de pénétrer les mystères d'une adolescente.

— Du pop-corn, cela te tenterait ? alla-t-il lui demander.

— Le pop-corn contient des tonnes de matières grasses.

— De ce côté-là, tu n'as pas trop de souci à te faire, Chatounette.

— Papa, je t'en prie !

Puis, à voix basse, elle ajouta :

— Ne m'appelle pas comme ça, je n'ai plus l'âge.

Il lui sourit, ce qui accrut encore l'embarras de l'adolescente.

— D'accord, pas de pop-corn pour toi. Mais tu veux peut-être un Pepsi ?

— Un Diet Pepsi, alors, précisa-t-elle.

Curieusement, elle resta à son côté tandis qu'il faisait la queue au comptoir de vente, mais elle continua de surveiller le hall. Il y avait presque deux mois qu'Emma était venue vivre avec lui, et en vérité, il la voyait très peu — moins encore que lorsqu'ils habitaient Cleveland, et qu'il ne l'avait auprès de lui qu'une semaine sur deux. Au moins avaient-ils des activités en commun, alors, qui leur permettaient de rattraper le temps perdu, ou du moins d'essayer.

Lorsqu'ils avaient emménagé en Virginie, il avait résolu qu'ils dîneraient ensemble chaque soir. Mais il avait été le premier à briser cette règle. Son nouvel emploi à Quantico l'accaparait bien plus qu'il ne l'aurait cru. De sorte qu'Emma avait dû s'habituer à un environnement nouveau, un nouveau collège, en plus de l'absence de sa mère.

Il ne comprenait toujours pas que Caroline ait accepté cet arrangement. Sans doute que, quand elle serait lassée de jouer les P.-D.G. de jour et de sortir le soir, elle lui réclamerait sa fille.

Il regarda Emma qui remontait nerveusement une mèche de longs cheveux rebelles. Elle scrutait toujours la foule. Il se demanda s'il n'avait pas commis une erreur en exigeant la garde pour lui seul. Car il savait que sa mère lui manquait, même si cette mère était encore moins disponible que lui. Et merde, à la fin ! Pourquoi était-il donc si compliqué d'être parent ?

Par distraction, il faillit commander un cornet de pop-corn au beurre, se ravisa à temps et opta pour nature. Peut-être Emma changerait-elle d'avis pour lui en chiper quelques poignées.

— Et deux Diet Pepsi, s'il vous plaît.

Il se tourna vers Emma pour voir si elle était satisfaite de l'influence positive qu'elle avait sur lui. En réalité, elle était devenue pâle comme un linge, et son malaise s'était transformé en une véritable panique.

— Zut alors, Josh Reynolds ! J'espère au moins qu'il ne m'a pas vue.

Elle se cachait pratiquement entre lui et le comptoir, si bien qu'il dut reculer pour prendre le pop-corn et les boissons.

— Qui est Josh Reynolds ?

— L'un des garçons les plus cool de la section.

— Eh bien, allons lui dire bonjour.

— Papa, non ! Il ne m'a peut-être pas vue !

Emma le regardait, tournant le dos à l'adolescent brun qui s'avançait vers eux — plus précisément vers Emma. Et pourquoi pas, d'ailleurs ? Elle était ravissante. Tully se demanda si la crainte qu'elle manifestait était réelle, ou si c'était une sorte de jeu. A vrai dire, il n'en savait rien. Lui qui ne comprenait pas les femmes, comment aurait-il saisi ce qui se passait dans la tête d'une jeune fille en herbe ?

— Emma ? Emma Tully ?

Le garçon était tout proche. Stupéfait, Tully vit sa fille se métamorphoser pour lui adresser un sourire timide, mais radieux ; le masque de panique s'était dissipé en un clin d'œil. Elle se tourna vers l'adolescent, qui venait de se glisser près d'eux sans se soucier de la file d'attente.

— Salut, Josh.

La voix boudeuse d'Emma était à présent joyeuse et assurée.

— Quel film tu vas voir ?

— *L'As de Cœur*, avoua-t-elle, réticente, alors que c'était son propre choix.

— Moi aussi. Ma mère voulait le voir, ajouta Josh, un peu trop vite.

Tully compatissait avec le garçon qui, mal à l'aise, enfonça les mains dans ses poches. Apparemment, il devait lui falloir déployer des efforts colossaux pour être aussi cool que le disait Emma. Le malheureux s'agitait nerveusement, passait d'un pied sur l'autre. Mais Tully était sans doute le seul à s'en apercevoir...

Rompant le silence gêné des deux jeunes qui l'ignoraient, il intervint :

— Salut, Josh. Je suis R.J. Tully, le papa d'Emma.

— Bonsoir, monsieur Tully.

— Je te serrerais bien la main, mais les miennes sont prises.

Il surprit la réaction de sa fille, qui levait les yeux au ciel. Diable. Pourquoi réagissait-elle ainsi ? Il n'y avait pourtant pas de mal à se montrer poli.

Au même moment, la sonnerie de son pager se déclencha. Josh se proposa pour le débarrasser des sodas avant même que l'idée n'en vienne à Emma. Tully put alors couper le son, non sans s'attirer quelques regards irrités tandis que sa fille rougissait. D'un coup d'œil, il reconnut le numéro d'appel. Pourquoi fallait-il que cela tombe ce soir, bon sang !

— Je dois passer un coup de fil d'urgence, annonça-t-il.

— Vous êtes médecin, monsieur Tully ?

— Non, Josh. Je suis agent du FBI.

— Vrai ! C'est super cool.

Le visage du garçon s'éclaira, ce qu'Emma ne manqua pas de remarquer. Un bon point pour Tully, qui mit aussitôt l'avantage à profit.

— Je travaille à Quantico, dans l'équipe de soutien aux enquêtes. Je suis ce qu'on appelle un profiler criminel.

— Waou ! C'est super cool, répéta Josh.

Sans même la regarder, Tully devinait qu'Emma buvait du petit lait.

— Alors, vous traquez les tueurs en série comme dans les films ?

— Je crains que les films ne donnent du métier une image un peu édulcorée.

— Ça alors ! Vous avez dû voir des trucs salement bizarres, je parie.

— Oui, hélas ! Mais il faut que je passe mon coup de fil. Josh, tu veux bien tenir compagnie à Emma pendant quelques minutes ?

— Sans problème, monsieur Tully.

Il s'éloigna sans prêter attention à sa fille, ne risquant un discret coup d'œil dans sa direction qu'une fois parvenu près des cabines téléphoniques. A présent, l'adolescente grincheuse souriait pour de bon. Tout en composant le numéro, Tully observa les deux jeunes gens qui bavardaient et riaient. Cela lui réchauffa le cœur. Il y avait bien longtemps qu'il ne s'était pas senti si heureux d'accompagner sa fille. L'espace d'un instant, il en oublia presque le monde cruel et violent qui était son quotidien — jusqu'à ce que la voix du directeur adjoint Cunningham le ramène sur terre.

— C'est Tully, chef.

— Il semblerait que vous ayez peut-être un cadeau signé Stucky.

L'estomac de Tully se noua. Il attendait et redoutait cette nouvelle depuis deux mois.

— Dans quel secteur ?

— Sous notre nez. A trente ou quarante minutes d'ici. Vous pourriez passer me prendre dans une petite heure ? Nous nous rendrons sur les lieux ensemble.

Sans avoir besoin de poser la question, Tully savait que Cunningham était à Quantico. Rentrait-il jamais chez lui ? Avait-il une vie ?

— D'accord. J'arrive.

— A dans une heure.

Cette fois, c'était parti. Après des années passées derrière un bureau de Cleveland à établir des profils à distance, il avait enfin l'occasion de faire ses preuves pour rejoindre les authentiques chasseurs, les hommes de terrain. Alors, pourquoi cette soudaine nausée ?

Dès qu'il eut raccroché, il alla rejoindre les jeunes, appréhendant déjà la déception de sa fille.

— Je suis désolé, Emma, il faut que je file.

Les yeux de l'adolescente s'assombrirent, et son sourire disparut.

— Josh, tu as bien dit que ta mère était ici ?

— Oui. Elle fait la queue pour acheter du pop-corn.

Et il désigna du doigt une jolie femme rousse qui lui sourit, puis haussa les épaules pour signifier que la file n'avançait pas vite.

— Bon. J'ai une idée. Si je demandais à la maman de Josh qu'Emma se joigne à elle et Josh, cela vous ennuierait, tous les deux ?

— Oh ! non, ce serait cool ! répondit immédiatement le garçon.

Emma en parut ravie et Tully, qui craignait une nouvelle attaque de panique, en éprouva un vif soulagement.

— O.K., dit-elle simplement.

Mademoiselle jouait à merveille dans le registre cool, songea Tully.

Lorsqu'il se présenta à Jennifer Reynolds, elle parut elle aussi heureuse de lui venir en aide. Il promit de la payer de ses peines en les invitant tous au cinéma un autre soir, puis il se le reprocha en remarquant son alliance. Mais Jennifer Reynolds accepta l'offre de bon cœur, le gratifiant d'un regard appuyé et d'un sourire très séducteur. Célibataire de fraîche date, sérieusement rouillé côté séduction, il préféra ne pas trop chercher à comprendre. Mais cette femme avait piqué sa curiosité et, autant l'avouer, éveillé son désir.

Il souriait, béat, lorsqu'il regagna sa voiture, saluant joyeusement l'employé du parking et faisant tinter ses clés pour le plaisir. La soirée était douce et la lune brillait malgré quelques légers nuages. Il s'installa au volant et regarda son reflet dans le rétroviseur — comme s'il avait oublié à quoi ressemblait son visage quand il était heureux. La joie et le désir dans la même soirée. Voilà qui était pour le moins inhabituel. Cela ne durerait pas, bien sûr. Mais il quitta le parking avec le sentiment d'être prêt à tout — peut-être même à affronter Albert Stucky.

11.

Suivant les indications de Cunningham, Tully tourna au carrefour et vit aussitôt les projecteurs qui éclairaient la ruelle à l'arrière d'une petite galerie commerciale. Des voitures de patrouille barraient la rue. Il se rangea près de l'une d'elles pour montrer son badge, puis il reprit sa route, se faufilant parmi le dédale de véhicules. La sueur ruisselait le long de son dos et il avait l'estomac noué mais, prenant exemple sur Josh, le nouveau copain de sa fille, il s'efforça de se « la jouer cool ».

Tully en avait vu de toutes les couleurs au cours de sa carrière — membres sectionnés, murs ensanglantés, corps atrocement mutilés, et signatures de tueurs en série allant d'une simple rose à des cadavres décapités. Mais jusqu'ici, toutes ces scènes d'horreur lui arrivaient sous forme de photos, d'images scannées et de croquis dans son bureau du FBI, à Cleveland. Il était devenu l'un des experts du Midwest pour établir des profils criminels précis à partir des documents que lui envoyaient les forces de l'ordre. La justesse de ses profils avait retenu l'attention de Kyle Cunningham, qui lui avait offert une place au sein de son équipe de soutien aux enquêtes. En un coup de fil, sans l'avoir jamais rencontré, le directeur adjoint du FBI lui avait donné sa chance de travailler sur le terrain, le plongeant d'emblée dans le grand bain en l'affectant à la traque de la bête noire maison — Albert Stucky, redoutable criminel en cavale.

Tully savait que Cunningham avait dû démanteler le groupe chargé de l'enquête, resté bredouille et sans la moindre piste après des mois. Il savait aussi qu'il devait cette opportunité à l'agent qu'il remplaçait, temporairement détachée à des missions de formation. Sans chercher trop loin, il avait découvert qu'il s'agissait de Margaret O'Dell. Il la connaissait de réputation seulement : elle comptait parmi les plus jeunes profilers du pays, et était aussi l'une des meilleurs.

Selon des rumeurs officieuses, elle se serait grillée et avait besoin de repos. On racontait que son instinct s'était émoussé, qu'elle devenait combative et prenait trop de risques ; obsédée par l'idée de capturer de nouveau Stucky, elle avait basculé dans la paranoïa. Mais on disait aussi que le directeur adjoint Cunningham avait écarté O'Dell de l'enquête pour la protéger du tueur. Huit mois plus tôt, elle avait joué avec lui une dangereuse partie de cache-cache qui avait conduit à l'arrestation d'Albert Stucky. Mais elle l'avait chèrement payé : il l'avait torturée et elle n'avait échappé à la mort que de justesse. De sorte qu'à présent, après des mois de recherches et d'attente, Tully était enfin sur le point de rencontrer, ne serait-ce que par le truchement d'une de ses œuvres, celui qu'on surnommait « Le Collectionneur ».

Il stationna la voiture le plus près possible des barrières. Cunningham en sortit avant même qu'il n'ait coupé le moteur. Dans sa hâte de le suivre, Tully manqua laisser les phares allumés. Il avait les mains moites, les jambes raides, et une ancienne blessure au genou se rappelait à ses souvenirs tandis qu'il s'efforçait de rattraper son patron. Si Cunningham lui rendait une quinzaine de centimètres, en taille, et avait dix ans de plus que lui, c'était un sportif, un petit homme sec et noueux qui, en salle de musculation, soulevait encore des poids deux fois supérieurs à ce qu'on exigeait des jeunes recrues.

Il alla droit vers le flic qui semblait diriger les opérations et lui demanda sans autre préambule :

— Où est-elle ?

— Dans la benne à ordures. Nous n'avons touché à rien en dehors de la boîte de pizza.

L'inspecteur avait un cou de taureau et des épaules de lutteur sous une veste sport tendue à craquer. Il menait l'affaire rondement, sans trahir la moindre émotion, comme s'il s'agissait d'un simple contrôle de circulation. Tully se demanda de quelle grande ville il venait — il n'avait pas acquis cette maîtrise du terrain à Newburgh Heights. En outre, le directeur adjoint et lui devaient se connaître, car ils ne perdirent pas de temps en présentations.

— Où est la boîte de pizza ? s'enquit encore Cunningham.

— L'agent McClusky l'a refilée au toubib. Le petit bleu qui l'a découverte l'a laissée tomber. Le contenu a été un peu secoué.

Pendant le trajet, Tully était porté par l'adrénaline, mais il se sentait à présent dépassé par les événements. L'odeur de pizza froide lui soulevait le cœur et les grésillements des radios de police lui donnaient la migraine. Il se passa une main dans les cheveux. Pas de panique, se dit-il. La réalité ne pouvait pas être tellement pire que les photos. Refoulant la nausée qui montait en lui, il suivit son patron jusqu'à la benne gardée par trois policiers en uniformes, qui restaient prudemment à distance suffisante en raison de la puanteur.

A peine arrivé au but, Tully aperçut d'abord les longs cheveux blonds de la jeune femme. Il pensa aussitôt à Emma. Il voyait sans peine par-dessus le rebord de la benne, mais il attendit que son patron, plus petit, approche une caisse pour grimper dessus. Malgré l'odeur, l'horreur de la scène, le visage de Cunningham demeurait impassible.

Couverte de détritus, la victime était jeune, pas beaucoup plus âgée qu'Emma, et elle avait dû être jolie. Des restes de laitue et de tomates collaient à ses seins nus. Le bas de son corps était presque enseveli sous les ordures. A y regarder de plus près, Tully s'aperçut qu'elle portait pour tout vêtement une casquette de base-ball bleue. On lui avait ouvert la gorge d'une oreille à l'autre, et elle portait une blessure profonde sur le côté, à hauteur des reins. Mais c'était tout. Pas de membre sectionné, pas de mutilation.

— Elle m'a l'air entière, constata Cunningham.

Il descendit de sa caisse et se retourna vers l'inspecteur.

— Il y avait quelque chose dans la boîte ?

— Aucune idée de ce que c'est. Un truc sanguinolent et mou. Le toubib vous en dira plus. Vous le trouverez dans le fourgon.

Du geste, il désigna un véhicule poussiéreux portant le sigle du comté de Stafford. Par les portières arrière ouvertes, on apercevait un homme en costume, distingué et aux cheveux grisonnants.

— Doc ? Ces messieurs du FBI voudraient voir le paquet-cadeau, annonça l'inspecteur.

Au même moment, une voiture régie déboula en trombe sur le parking voisin.

— Désolé de vous quitter si vite, messieurs, il semblerait que le cirque médiatique soit sur le point de commencer.

Tandis que l'inspecteur s'éloignait, Cunningham monta à bord du fourgon, et Tully fit de même. On étouffait dans cet espace réduit. Etait-il le seul à manquer d'oxygène ? L'odeur du contenu de la boîte posée à terre montait jusqu'à lui, et il dut s'asseoir sur une des banquettes, submergé par une nouvelle vague de nausée.

— Salut, Frank, dit Cunningham. Je te présente l'agent spécial R.J. Tully. Agent Tully, le Dr Frank Holmes, coresponsable du service médico-légal pour le comté de Stafford.

— J'ignore s'il s'agit de ton bonhomme, Kyle, mais quand l'inspecteur Rosen m'a appelé, il avait l'air de penser que l'affaire t'intéresserait.

— Rosen travaillait à Boston quand Stucky a enlevé la conseillère Brenda Carson.

— Oui, je me souviens. Il doit y avoir deux ou trois ans de ça.

— Pas tout à fait deux.

— Par chance, j'étais en congé — parti pêcher au Canada.

Le médecin inclina la tête de côté, comme s'il réfléchissait à ces vacances. La décontraction de ces messieurs perturbait Tully, raide et mal à l'aise sur sa banquette. Il n'osait pas bouger. Son cœur battait à se rompre.

— Hmm, reprit l'homme de l'art. Sauf erreur de ma part, on a retrouvé le corps de Carson sous quelques centimètres de terre. Dans un bois en bordure de Richmond, je crois me souvenir. En tout cas, pas dans une benne à ordures.

— Ce type est un compliqué, Frank. Nous retrouvons rarement les femmes qu'il collectionne. Les autres, comme celle-ci... ce sont ses rebuts. Il les tue pour le geste, pour se faire mousser.

Penché en avant, les coudes sur les genoux, plein de l'intensité d'un fauve prêt à bondir, Cunningham irradiait l'énergie. En même temps, il parlait d'une voix calme, rassurante, et ses traits restaient impassibles.

Tully, lui, fixait la boîte de carton posée sur le sol du fourgon. Derrière l'odeur de pâte cuite, de poivrons et de saucisse épicée, on sentait celle du sang. De quoi le dégoûter à jamais des pizzas...

— Normalement, il ne se passe rien dans ce quartier, remarqua le Dr Holmes, tout en griffonnant sur son bloc. Et nous voilà avec deux homicides dans la même journée.

— Deux ? répéta Cunningham.

Visiblement, il s'impatientait. Lui aussi fixait la boîte. Mais Tully savait déjà qu'il n'y toucherait pas sans y être invité. Malgré toute son autorité, le patron avait le plus grand respect pour ses collaborateurs — ainsi que pour les règlements et le protocole.

Comme le médecin légiste se taisait toujours, il reprit :

— J'ignorais qu'il y avait eu deux homicides, Frank.

Laissant de côté le clip-board qu'il tenait, Holmes se décida enfin à répondre.

— De fait, je ne suis pas certain qu'il s'agisse d'un homicide. Nous n'avons pas retrouvé de cadavre. Un agent est venu sur les lieux. Peut-être même un des tiens.

— Pardon ?

— Hier après-midi. Tout près d'ici, dans un joli quartier résidentiel cossu en bordure de Newburgh Heights. Une jeune femme qui s'est présentée comme une psychologue de la médecine légale. Elle vient d'emménager près de chez la victime. Une jeune personne impressionnante.

Tully vit alors le visage de son chef se métamorphoser, manifester soudain des signes de tension.

— Effectivement. J'en ai entendu parler. J'oubliais qu'elle habitait maintenant Newburgh Heights. Si sa présence vous a gênés, je le regrette.

— Inutile de t'excuser, Kyle. Cette jeune femme ne nous a pas gênés, au contraire. Elle s'est révélée tout ce qu'il y a de précieux. Grâce à elle, je crois que l'arrogant crétin chargé d'examiner les lieux aura appris une chose ou deux.

Tully surprit un début de sourire au coin des lèvres de Cunningham, qui se tourna vers lui pour expliquer :

— L'agent O'Dell, celle que vous remplacez. Elle vient d'acheter une maison par ici.

— L'agent Margaret O'Dell ? répéta Tully.

Les deux hommes se regardèrent. Sans se consulter, ils étaient arrivés aux mêmes conclusions.

Holmes ramena leur attention sur lui en rapprochant le carton à pizza pour l'ouvrir. Mais Tully ne se souciait plus de ce qu'il contenait. Ni lui ni son patron n'avaient besoin de voir le sanglant prélèvement pour deviner que c'était là l'œuvre d'Albert Stucky. Et ce n'était évidemment pas un hasard s'il avait choisi de reprendre du service tout près du nouveau domicile de l'agent Margaret O'Dell.

12.

Ecrasé de fatigue, il eut de la peine à regagner l'abri sûr de sa chambre. Là, il se dévêtit avec un minimum de mouvement, laissant les vêtements glisser de sa maigre carcasse alors que, dans sa rage frustrée, il aurait voulu les arracher, les déchirer. Son corps le dégoûtait. Cette fois, il avait mis un temps fou à jouir, deux fois plus longtemps que d'ordinaire. Il n'avait vraiment pas besoin de ce problème, en plus du reste.

Ses doigts fouillaient dans son sac, frénétiques, jetant les affaires pêle-mêle sur le sol. Enfin, ils trouvèrent le petit cylindre lisse, et le soulagement réchauffa un peu sa chair glacée par la sueur.

La fatigue gagnait ses doigts, à présent. Il lui fallut s'y reprendre à trois fois pour ôter le capuchon en plastique de la seringue et insérer l'aiguille dans le caoutchouc orange qui obturait le flacon. Ce manque de contrôle l'exaspérait et aggravait encore la sensation de nausée. Il réprima ses tremblements du mieux qu'il put et regarda l'aiguille aspirer le liquide, puis il s'assit au bord du lit et, d'un geste vif, il enfonça l'aiguille dans sa cuisse, avant de presser sur le piston de la seringue.

Voilà, c'était fait. Il s'étendit pour attendre l'effet, fermant les yeux pour ne plus voir les zébrures rouges qui envahissaient son champ de vision. Il lui semblait presque entendre les vaisseaux sanguins qui se rompaient les uns après les autres. Cette seule idée le rendrait fou avant qu'il ne devienne aveugle pour de bon.

A travers ses paupières, il percevait la lueur des éclairs qui illuminaient la pièce sombre par intermittence. Le tonnerre faisait vibrer les fenêtres. Et la pluie reprit ; douce, apaisante, elle pianotait une berceuse sur les carreaux.

Oui, son corps le dégoûtait. Il l'avait musclé, renforcé en soulevant des poids, en s'entraînant sur des machines d'acier, en courant sur des kilomètres comme un forcené ; il le nourrissait de menus particulièrement riches en protéines et en vitamines ; l'avait débarrassé de ses toxines en renonçant au tabac, à l'alcool, et même au café. Pourtant, en dépit de ses efforts, ce corps le trahissait, lui faisait toucher ses limites, lui rappelait ses imperfections.

Il n'y avait guère plus de trois mois que les premiers symptômes lui étaient apparus. La soif constante, les besoins répétés d'uriner. C'était plus agaçant que sérieux. Dieu seul savait depuis combien de temps cette saleté couvait en lui, attendant son heure pour frapper.

Naturellement, cette unique anomalie finirait par avoir sa peau, cadeau empoisonné de cette salope de mère qu'il n'avait pas connue. Il avait fallu que cette chienne en chaleur lui refile des gènes bancals, capables de le détruire.

Il se rassit, ignorant le vertige et sa vision brouillée. Les attaques étaient plus fréquentes et devenaient plus difficiles à prévoir. Mais il ne laisserait pas ce handicap interférer avec la partie qu'il avait entamée.

La pluie s'était faite plus violente. Les éclairs se succédaient à intervalles rapprochés, animaient les objets de singuliers mouvements spasmodiques. A croire que toute la pièce avait la danse de Saint-Gui.

Il agrippa la lampe de chevet, tourna la bague du régulateur d'intensité pour obtenir une lumière douce. A présent, il voyait les affaires sorties de son sac répandues sur la moquette — chaussettes, trousse de rasage, T-shirts, plusieurs couteaux, un scalpel, et un Glock 9mm. Ignorant le bourdonnement désormais familier qui emplissait sa tête, il fouilla parmi le désordre jusqu'à trouver le coquet petit slip rose. Il en frotta la soie contre sa barbe naissante, en respira l'odeur, un délicieux mélange de talc, de foutre et de pizza.

Sous l'empilement d'objets, il aperçut qui dépassait le feuillet au logo de l'agence immobilière Heston. Il le sortit du tas et le défroissa avec application. En plus du descriptif, figurait dessus une photo en couleur de la maison coloniale dont on vantait les mérites. Elle n'en manquait pas et avait rempli la fonction souhaitée. Ce qu'elle continuerait de faire, il n'avait pas lieu d'en douter.

Dans le coin droit de la feuille, il y avait aussi une photo représentant une jeune femme qui s'efforçait de paraître professionnelle malgré un petit quelque chose... comme une incertitude dans le regard. Oui, elle était vulnérable ; elle se sentait mal à l'aise dans son joli chemisier blanc et son tailleur marine sobre. Il passa son pouce encore moite sur l'image. Avec l'humidité de la sueur, l'encre déteignit et s'étala sur le visage. Là, c'était mieux ainsi. Oui. Il la percevait nettement, cette fragilité. Peut-être parce qu'il l'avait longuement observée, pris soin de l'étudier sous toutes les coutures. Que cachait Tess McGowan ? Que fuyait-elle donc ?

Résolu à ne pas s'emporter parce que ses jambes le portaient encore difficilement, il traversa la pièce à pas comptés pour aller épingler le feuillet sur le panneau de liège. Puis, comme si le souvenir de Tess et de ses jambes admirables avait appelé un autre souvenir, il tira un carton de sous la table. Les déménageurs se montraient bien négligents, de nos jours : ils prenaient des pauses et laissaient à l'abandon les précieuses possessions dont ils avaient la charge. Le sourire aux lèvres, il arracha la bande de ruban adhésif, puis ôta le couvercle portant l'inscription : « M. O'Dell. »

Il en sortit des coupures de journaux jaunies par les ans, parcourut les manchettes : « Un pompier se sacrifie », « Un fond de soutien à la mémoire du héros. » Quelle horrible façon de perdre son père, dans l'enfer d'un incendie !

— Tu rêves de lui, Maggie O'Dell ? murmura-t-il. Tu imagines les flammes qui lui lèchent la peau ?

Et il se demanda s'il n'avait pas enfin trouvé le talon d'Achille de la courageuse et inébranlable Maggie O'Dell.

Il mit les articles de côté. En dessous, il découvrit un trésor encore plus important — un agenda relié cuir. Il en feuilleta les pages, consulta ses rendez-vous pour la semaine à venir. Une bouffée de déception l'envahit, qui réveilla sa colère. Elle serait à Kansas City pour un séminaire sur le maintien de l'ordre. Sa rage retomba, et il sourit de nouveau. Peut-être était-ce préférable. Quand même, il trouvait dommage que l'agent spécial O'Dell manque ses débuts à Newburgh Heights.

13.

Dimanche 29 mars

Maggie acheva de déballer le dernier des cartons marqués « Cuisine », lava et essuya soigneusement les verres en cristal qu'elle rangea dans un placard, sur l'étagère du haut. Elle s'étonnait encore que Greg les lui ait laissés. Il prétendait que ces verres étaient un cadeau de mariage d'un parent à elle, ce qui ne tenait pas debout. Personne dans la famille de Maggie n'avait assez d'argent ou même de goût pour offrir des objets aussi raffinés et coûteux. Sa mère leur avait payé un petit four à gratiner. Du pratique, sans aucune charge sentimentale, ce qui ressemblait davantage à la tribu O'Dell.

Ces réflexions lui rappelèrent qu'elle devait téléphoner sa mère et lui communiquer son nouveau numéro. Aussitôt, son estomac se noua. Inutile toutefois de lui donner l'adresse. Elle n'écrivait pas, ne quittait jamais Richmond et ne risquait donc pas de lui rendre visite dans l'immédiat. A l'idée de voir sa mère débarquer dans son sanctuaire tout neuf, Maggie dut réprimer un frisson. Même la perspective de son coup de fil hebdomadaire obligé suffisait à troubler la paix de son dimanche. Il lui fallait toutefois la contacter avant de partir pour l'aéroport. D'autant que malgré les années d'expérience, Maggie avait toujours aussi horreur de prendre l'avion ; pourquoi ne pas se résoudre à une conversation qui la mettrait hors d'elle : cela aurait l'insigne mérite de la distraire de son angoisse des appareils dans lesquels on ne contrôlait plus rien à dix mille mètres d'altitude...

Ses doigts s'approchèrent avec réticence du clavier numérique du téléphone. Bizarrement, sa mère possédait le don de réveiller en elle l'inquiétude de la fillette de douze ans croulant sous des responsabilités qui n'étaient pas de son âge. Enfant, Maggie avait l'esprit plus pratique que sa mère aujourd'hui.

Sept sonneries passèrent. Elle allait raccrocher quand, au bout du fil, une voix grave et rocailleuse marmonna des paroles incompréhensibles.

— Maman, c'est Maggie.

— Maggie-chou ! Justement, je comptais te téléphoner.

L'emploi de ce sobriquet que lui avait donné son père lui arracha une grimace. Sa mère ne l'appelait ainsi que lorsqu'elle était ivre. Du coup, Maggie regrettait de ne pas avoir raccroché plus tôt.

— Tu ne m'aurais pas trouvée, maman, je viens de déménager.

— Maggie-chou, il faut que tu demandes à ton père qu'il arrête de m'appeler.

— Qu'est-ce que tu me racontes ? Je ne comprends pas.

— Ton père me téléphone tout le temps. Il me dit des trucs, et il raccroche.

Sous le coup de l'émotion, Maggie dut s'asseoir sur un tabouret. Ses jambes ne la soutenaient plus. Dieu du ciel ! Voilà que sa mère perdait la tête. Le cerveau rongé par l'alcool, elle délirait !

— Maman, je t'en prie, papa est mort. Mort depuis plus de vingt ans !

Un gloussement se fit entendre.

— Oh ! Mais je sais, ma chérie !

Etait-ce une mauvaise blague ? se demanda Maggie. Cela ne ressemblait pourtant guère à sa mère qui, d'ordinaire, ne riait pas ou peu. Elle ferma les yeux et attendit une éventuelle explication. Elle ne voyait plus comment poursuivre cette conversation.

— Le père Everett affirme que si ton père m'appelle, c'est qu'il a encore des choses à me dire. Mais bon sang, pourquoi il raccroche toujours, l'animal ? Oh, pardon ! Je ne devrais pas jurer.

Un nouveau gloussement s'éleva à l'autre bout de la ligne.

— Qui est le père Everett, maman ?

— Le révérend père Joseph Everett. Je t'ai déjà parlé de lui, Maggie-chou.

— Non, maman. C'est la première fois que j'entends ce nom.

— Je suis pourtant sûre de t'avoir parlé de lui. Oh ! Emily et Steven sont là. Il faut que je te quitte.

— Maman, une petite seconde...

Trop tard. Elle avait coupé la communication.

Maggie se passa nerveusement une main dans les cheveux. Leur dernière communication téléphonique remontait à… combien ? une semaine, quinze jours, tout au plus. Et entre-temps, sa mère avait sombré dans l'incohérence. Elle songea à la rappeler. D'autant qu'elle ne lui avait pas communiqué son nouveau numéro. Mais à quoi bon ? Dans l'état où elle se trouvait, elle ne s'en souviendrait pas, noterait de travers ou égarerait le papier. Et puis, peut-être qu'Emily, Steven et le père Everett — qui que soient ces gens — allaient s'occuper d'elle. Lasse de veiller sur sa mère depuis l'enfance, Maggie ne serait pas fâchée que d'autres prennent enfin la relève.

Le fait qu'elle boive de nouveau n'avait rien de surprenant. C'était un pis-aller presque acceptable. Au moins, quand elle buvait, elle ne tentait pas de se suicider. Il n'empêche : ces histoires de coups de fil venus de l'au-delà étaient pour le moins préoccupantes.

De plus, Maggie n'aimait guère qu'on lui rappelle la mort de son père, le seul être au monde qui l'eût jamais aimée de tout son cœur et sans condition. Machinalement, elle tira sur la chaîne qu'elle portait au cou, dégageant la médaille de sous son col. Son père lui avait offert cette croix en argent pour sa première communion en affirmant qu'elle la protégerait du mal. La sienne ne l'avait pourtant pas sauvé des flammes qu'il combattait, et Maggie se demandait encore s'il croyait vraiment au pouvoir de ce talisman.

Depuis, elle avait vu le mal sous ses formes les plus odieuses, et elle avait compris que même une armure de croix ne suffirait jamais à l'en protéger. Elle portait néanmoins la médaille sur elle en souvenir de son père. Le contact frais et dur du métal sur sa poitrine lui rappelait parfois celui d'une lame de couteau. Elle y voyait le symbole de la ligne ténue séparant le bien du mal.

Au cours des neuf dernières années, elle en avait appris beaucoup sur le mal, sur sa capacité à détruire, ne laissant derrière lui que l'enveloppe sans âme d'êtres qui jusque-là palpitaient de vie. Ces leçons visaient à lui permettre de le combattre, de le juguler, et finalement de l'anéantir. Mais pour réussir dans cette tâche, il fallait suivre le mal à la trace, vivre avec lui, penser comme lui. Etait-il possible que, par osmose, le mal l'ait envahie sans qu'elle s'en aperçoive ? Pourquoi éprouvait-elle tant de haine ? Une telle soif de vengeance ? Pourquoi se sentait-elle si vide de substance ?

La sonnette retentit. Et déjà, par réflexe, elle avait agrippé son Smith & Wesson. Elle le glissa à ce qui était en passe de devenir sa place habituelle — à l'arrière de son jean, dans sa ceinture. Puis, d'une main distraite, elle tira sur son T-shirt pour couvrir l'arme.

Elle ne reconnut pas la petite brune qui se tenait sous le porche. Par le judas, Maggie scruta la rue, les ombres des arbres et des buissons. Enfin, elle coupa le système d'alarme. A quoi s'attendait-elle donc ? Pensait-elle sincèrement qu'Albert Stucky l'avait suivie jusqu'à son nouveau domicile ?

— Oui ? dit-elle en ouvrant la porte à moitié.

— Bonjour ! lança la jeune femme avec une gaieté de pure forme.

Vêtue d'un ensemble de jersey noir et blanc, elle semblait prête pour un dîner en ville. Ses cheveux bruns mi-longs osaient à peine bouger sous la brise ; son maquillage soulignait ses lèvres étroites et cachait les rides du rire. Quant à ses bijoux, un collier, des boucles d'oreilles et une alliance de diamants, ils étaient discrets et de bon goût — mais coûteux. Soulagée, Maggie songea qu'il ne s'agissait visiblement pas d'une colporteuse cherchant à lui vendre le diable en bouteille.

Pendant ce temps, les yeux de sa visiteuse s'efforçaient de voir derrière Maggie.

— Je suis Susan Lyndell, expliqua-t-elle. J'habite à côté.

De la main, elle désigna une maison dont on n'apercevait qu'un coin de toit.

— Enchantée, madame Lyndell.

— Je vous en prie, appelez-moi Susan.

— Moi, c'est Maggie O'Dell.

Maggie ouvrit la porte de quelques centimètres supplémentaires, sans pour autant l'inviter à entrer. La dénommée Susan semblait nerveuse, elle regardait dans la rue, vers chez elle, comme si elle craignait d'être surprise.

— Je vous ai vue vendredi, déclara-t-elle enfin.

Elle paraissait gênée, inquiète. A l'évidence, elle n'était pas là pour souhaiter la bienvenue à Maggie.

— Certes. J'emménageais.

— Non... enfin, ce n'est pas ce que je voulais dire. Je ne vous ai pas vue emménager, je… je vous ai vue chez Rachel. Rachel Endicott.

La jeune femme s'était rapprochée et parlait d'une voix douce et posée, sans cesser de triturer l'ourlet de son cardigan.

— Ah oui ?

— Je suis une amie de Rachel. Je sais que la police...

Elle s'interrompit, promena un regard anxieux autour d'elle.

— D'après ce que j'ai entendu, ils pensent que Rachel serait peut-être partie comme ça, sur un coup de tête. Mais cela m'étonnerait.

— Vous en avez parlé avec l'inspecteur Manx ?

— L'inspecteur Manx ?

— C'est lui qui est chargé de l'enquête, madame Lyndell. Je suis allée là-bas, à tout hasard, pour donner un coup de main, en tant que simple voisine.

— Vous êtes bien du FBI, non ?

— En effet. Mais je n'étais pas chez votre amie en service commandé. Si vous avez des renseignements à transmettre, je vous suggère de contacter l'inspecteur Manx.

Prudence, prudence, se dit Maggie. Cunningham l'avait déjà chapitrée, il avait mis en doute ses compétences et son jugement. Inutile d'aggraver les choses en marchant de nouveau sur les plates-bandes de Manx, qui irait moucharder à la première occasion. Hélas ! le sage conseil de Maggie ne semblait pas satisfaire sa visiteuse, qui restait plantée là, à tripoter son cardigan de plus belle en surveillant les alentours.

— Je suis vraiment désolée. C'est délicat pour un premier contact et je vous prie de m'en excuser, mais il faut que je vous parle deux minutes. Je peux entrer ?

D'instinct, Maggie savait qu'elle devrait renvoyer Susan Lyndell chez elle, insister pour qu'elle appelle la police et s'entretienne avec Manx. Pourtant, elle s'effaça et la laissa pénétrer dans le hall — mais pas plus loin. Et elle reprit avec un soupçon d'impatience dans la voix :

— J'ai un avion à prendre dans l'après-midi. Comme vous le constatez, je n'ai pas encore eu le temps de déballer mes cartons, et moins encore celui de me préparer pour un voyage d'affaires.

— Bien sûr. Je comprends. Peut-être que je m'inquiète pour rien, que c'est de la paranoïa.

— Vous ne croyez pas que Mme Endicott soit partie sans prévenir pour quelques jours ? Qu'elle ait fugué pour changer d'air ?

Susan Lyndell chercha le regard de Maggie et la fixa dans les yeux.

— Je sais qu'il y avait quelque chose dans la maison qui... qui suggérait tout autre chose.

— Madame Lyndell, j'ignore quelles rumeurs vous avez entendues...

Elle interrompit Maggie d'un geste de la main, une main souple aux longs doigts fins.

— Pas de problème. Secret professionnel, je comprends. Vous n'avez pas le droit de révéler ce que vous avez vu, je suis au courant.

Et elle recommença de s'agiter, passant d'un pied sur l'autre, comme si ses escarpins à talons hauts la faisaient souffrir.

— Ecoutez, il n'y a pas besoin d'être prix Nobel pour savoir qu'on ne déplace pas trois voitures de patrouille et la médecine légale pour emmener un chien blessé chez le vétérinaire. Même s'il s'agit du labrador de Mme Sydney Endicott.

Le nom du mari n'évoquait rien pour Maggie. Et d'ailleurs, elle s'en souciait comme d'une guigne. Moins elle en savait sur les Endicott, plus il lui serait facile de rester en dehors de l'enquête. Elle croisa les bras sur sa poitrine et attendit. D'où Susan Lyndell déduisit qu'elle avait toute son attention.

— Je crois que Rachel voyait quelqu'un. Et je crois que cette personne l'a enlevée contre sa volonté.

— Qu'est-ce qui vous pousse à supposer une chose pareille ?

— Rachel a rencontré un homme, la semaine dernière.

— Qu'entendez-vous par là ?

— Je ne voudrais pas que vous ayez mauvaise opinion d'elle. Ce n'est pas dans ses habitudes, vous comprenez ? C'est arrivé comme ça, par hasard. Vous savez ce que c'est…

Elle marqua une pause puis, comme Maggie ne relevait pas, elle poursuivit :

— Rachel m'a dit qu'il y avait ce... enfin, elle me l'a décrit comme un type terriblement fascinant et excitant. Il ne s'agit que d'une simple attirance physique, naturellement. Je suis certaine qu'elle n'a jamais eu l'intention de quitter Sydney.

A en juger par le ton de cette dernière affirmation, elle cherchait à s'en convaincre elle-même.

— En somme, Mme Endicott avait une liaison, déclara Maggie.

— Grand Dieu, non ! Mais je crois qu'elle était tentée. Pour autant que je sache, il s'agissait d'un flirt un peu poussé.

— Et d'où tenez-vous cela ?

Evitant le regard de Maggie, Susan feignit de jeter un coup d'œil par la fenêtre.

— Rachel et moi étions amies.

L'usage soudain de ce passé ne manquait pas d'intérêt. Maggie, toutefois, s'abstint de tout commentaire.

— Comment l'a-t-elle rencontré ?

— Il travaillait dans le quartier depuis une bonne semaine. Sur les lignes téléphoniques. J'ai cru comprendre qu'on devait poser un nouveau câble ; je ne connais pas tous les détails. Pour ne rien vous cacher, ils sont toujours en train d'installer des installations nouvelles et plus performantes, par ici.

— Pourquoi pensez-vous que cet homme aurait enlevé Rachel contre sa volonté ?

— Apparemment, les choses devenaient sérieuses, pour lui. Il cherchait à aller plus loin. Vous savez ce que cela peut être, avec de tels hommes. Ils n'ont qu'une seule idée en tête. Et allez comprendre pourquoi, ils nous prennent pour des proies faciles ; ils s'imaginent que les femmes de riches esseulées sont plus enclines à leur céder que les autres...

Elle s'arrêta d'elle-même. Susan Lyndell en avait trop dit et elle s'en rendait compte ; rougissante, elle détournait les yeux. Maggie devina qu'elle ne parlait plus de son amie, mais de sa propre expérience.

— Enfin, bref, pour résumer, j'ai le sentiment que cet homme voulait davantage que ce que Rachel était prête à lui en donner.

Maggie revit la chambre. Rachel Endicott y avait-elle fait monter l'employé des téléphones et changé d'avis au dernier moment ?

— Vous pensez donc qu'elle l'a invité chez elle et que… que cela a dérapé ?

— N'y avait-il pas dans la maison des preuves qui pourraient le faire penser ?

Maggie hésita. Cette Susan Lyndell était-elle réellement l'amie de Rachel Endicott, ou simplement une curieuse, avide de détails juteux à partager avec ses voisines ?

— Si. Il y avait quelque chose qui laisserait penser que Rachel a été enlevée de son domicile. Mais je ne peux pas vous en dire plus.

Susan pâlit de façon visible, malgré son maquillage, et elle s'adossa au mur pour se soutenir. Cette fois, sa réaction était aussi spontanée que sincère.

— Vous devriez aller raconter tout cela à la police, insista Maggie.

— Certainement pas ! se récria la jeune femme.

Elle rougit violemment, puis balbutia, gênée :

— C'est que... je ne suis même pas certaine que... qu'elle l'a reçu chez elle. Je ne voudrais pas que Rachel ait des ennuis avec Sid.

— Il faut au moins que vous leur parliez du réparateur des téléphones, pour qu'ils l'interrogent. Vous l'avez vu dans le quartier ?

— Lui, non. Mais j'ai vu son fourgon. Une seule fois. Il porte le logo de la compagnie Bell, région Nord-Est. Mais je ne tiens pas à ce que ce malheureux perde son emploi à cause de moi.

Maggie observa la jeune femme, dont les mains torturaient encore le bas de son cardigan. Susan Lyndell se moquait éperdument du sort d'un ouvrier anonyme.

— Pourquoi me racontez-vous tout cela, madame Lyndell ? Qu'attendez-vous de moi ?

— Eh bien... je pensais que... euh...

De nouveau, elle s'adossa au mur. Elle semblait perturbée de ne pas pouvoir répondre mais s'efforçait de poursuivre malgré tout.

— Vous êtes du FBI alors... je pensais que peut-être... vous pourriez savoir ce qu'il en est... vous renseigner. Mais discrètement, sans que... Oh ! et puis, je ne sais pas.

Maggie laissa le silence se prolonger. Ce qui accrut encore l'embarras de sa visiteuse. Enfin, elle se décida à donner son verdict :

— Rachel n'est pas la seule à avoir flirté avec l'homme des téléphones, n'est-ce pas, madame Lyndell ? Et vous avez peur que votre mari l'apprenne ? C'est bien cela ?

Une réponse était inutile. La panique que Maggie lut dans le regard de sa voisine confirmait ses soupçons. Mme Lyndell appellerait-elle l'inspecteur Manx comme elle le lui promit avant de se retirer en hâte, telle une voleuse ? Il y avait tout lieu d'en douter.

14.

Tess McGowan sourit au sommelier qui attendait patiemment tandis que Daniel parlait au téléphone. Depuis que le garçon avait débouché la bouteille et versé une petite quantité de vin afin qu'il le goûte, Daniel n'avait pas même levé les yeux sur lui. Le voyant occupé, le jeune homme avait présenté le verre à Tess qui avait discrètement décliné l'offre avec un signe de tête en direction de son compagnon.

A présent, ils attendaient tous deux que Daniel se décide à raccrocher. Elle en avait assez. En plus du dîner repoussé à une heure tardive à cause des affaires de Daniel, ces interruptions répétées devenaient lassantes. Ne pouvait-il donc pas prendre son dimanche, comme tout le monde ? Du doigt, elle effleura la rose rouge qu'il lui avait achetée et se prit à regretter qu'il manque à ce point de fantaisie. Pourquoi pas un bouquet de violettes ou des pâquerettes, pour changer ?

Enfin, d'un ton calme mais ferme, Daniel qualifia son interlocuteur de trou-du-cul incompétent. Heureusement pour Tess et le sommelier, ce nom d'oiseau marqua la fin de l'entretien.

Daniel coupa la ligne, rangea son mobile dans sa poche et, pour ainsi dire dans le même mouvement, il se saisit du verre, but une gorgée de vin et recracha immédiatement sans même le goûter.

— Qu'est-ce que c'est que cette saloperie ? Je vous ai demandé un bordeaux de 1984.

Tess se raidit. Voilà que ça recommençait. Ils ne pouvaient pas sortir sans que Daniel fasse une scène. Elle regarda le malheureux sommelier, écarlate, qui tournait la bouteille pour vérifier l'étiquette.

— Mais… *c'est* un bordeaux de 1984, monsieur.

Daniel lui arracha la bouteille des mains et vérifia à son tour. Puis il émit un grognement et la lui rendit.

— Je ne veux pas de ces cochonneries de vins californiens.

— Vous aviez précisé « production nationale », monsieur.

— A ce que je sache, l'Etat de New York est encore aux Etats-Unis.

— Bien sûr. Je vous apporte une autre bouteille immédiatement.

Tandis que le garçon s'éloignait, Daniel réarrangea ses couverts sur la table.

— Alors ? déclara-t-il enfin. Tu disais avoir quelque chose à fêter ?

Tess remonta la bretelle de sa robe qui glissait de son épaule — une jolie robe noire sexy qui lui avait coûté deux cent cinquante dollars et que Daniel n'avait pas même remarquée. Il se décida à lever les yeux sur elle et fronça aussitôt les sourcils en la voyant triturer sa bretelle. Zut ! Il allait encore la chapitrer sur sa nervosité. De la part d'un homme qui passait son temps à changer ses couverts de place, à les redresser et les aligner au lieu de manger, cela relevait de la mauvaise foi. Mais elle ne se laisserait pas gâcher la soirée pour des vétilles. Ignorant son expression sévère, elle lui annonça la bonne nouvelle :

— J'ai vendu la maison des Saunders, la semaine dernière.

Il plissa le front. Naturellement. Il avait autre chose en tête et ne pouvait se souvenir de tous les clients de Tess.

— La grande maison moderne du quartier nord, précisa-t-elle. Mais l'important, c'est que Delores tient à ce que je garde la totalité de la prime sur cette vente.

— Voilà effectivement une excellente chose, Tess. Nous devrions dîner au champagne.

Il pivota sur son siège, scrutant la salle d'un regard de prédateur.

— Où diable est passé ce crétin de sommelier ?

— Daniel, non, je t'en prie... C'est gentil, mais tu sais bien que je préfère le vin au champagne.

— Si tu insistes. C'est ta soirée.

Il porta son verre rempli d'eau à ses lèvres, s'interrompit à mi-chemin, prit sa serviette et entreprit d'essuyer des traces de séchage. Tess se raidit. Elle s'attendait à un nouvel éclat. Mais rien ne vint. Apparemment satisfait de son intervention, Daniel posa le verre et la serviette — sans avoir bu.

— Et cette prime, elle s'élève à combien ? J'espère que tu ne l'as pas entièrement dépensée pour t'offrir cette robe mal fichue qui tombe de tes épaules.

Tess ne put s'empêcher de rougir. Et malgré la cruauté de la remarque, elle parvint à sourire.

— Certainement pas !

— Alors ? Combien ?

Elle releva le menton et déclara, fière d'elle :

— Près de dix mille dollars.

— Eh bien, cela te fait une jolie petite somme.

Cette fois, il but sans essuyer son verre. Son regard vagabondait de tous côtés, en quête de visages familiers. Chez lui, c'était un tic plus que de la grossièreté, une sorte de déformation professionnelle. Pourtant, lorsqu'il se conduisait ainsi, Tess se sentait indigne de sa compagnie ; elle avait l'impression qu'il cherchait un biais pour échapper à leur conversation par trop triviale. Dans un effort pour reconquérir son attention, elle orienta la discussion sur son sujet de prédilection :

— A ton avis, est-ce que je dois la placer ?

Il se tourna brièvement vers elle.

— Pardon, chou ?

Distrait par un couple de connaissances qui attendait sa table, il n'avait bien sûr pas entendu la question...

— Ma prime, précisa Tess. Tu crois que je devrais la placer en bourse ?

Cette fois, elle le tenait, pensait-elle. Mais son sourire condescendant annonçait une nouvelle leçon.

— Tess, on ne joue pas dix mille dollars en bourse. Ce n'est pas assez. Je te conseillerais plutôt un placement moins risqué, une épargne en actions à taux garanti, ce genre de chose. Ne va pas te fourvoyer dans un système auquel tu ne comprends rien.

Avant qu'elle ne proteste, le mobile de Daniel se remit à sonner. Il le sortit de sa poche et pressa le bouton de ligne comme si ce téléphone était l'objet le plus important de toute la salle. Tess remonta la bretelle de sa robe. Décidément, elle comptait pour bien peu — moins que ce satané téléphone, à l'évidence.

Le sommelier choisit ce moment pour revenir avec la bouteille. Tess manqua éclater de rire devant sa mine déconfite lorsqu'il aperçut Daniel aussi occupé que précédemment.

— Vous vous foutez du monde ! aboya-t-il dans l'appareil.

Des têtes se tournèrent tandis qu'il poursuivait :

— Ce n'est pourtant pas sorcier de faire ça correctement, bordel ! Non, non. Laissez tomber, je m'en chargerai moi-même.

Il replia le mobile et se leva sur l'instant.

— Tess, mon chou, j'ai une urgence à régler. Ces abrutis ne sont pas fichus de travailler sans qu'on soit derrière leur dos.

Il tira de sa poche une carte de crédit et deux billets de cent dollars.

— Offre-toi un dîner princier pour fêter ta réussite. Tu prendras un taxi pour rentrer. Cela ne t'ennuie pas ?

Il se pencha pour lui effleurer la joue d'un baiser et fila — sans lui laisser le temps d'objecter, mais en prenant celui d'échanger quelques mots avec le couple qu'il avait repéré un peu plus tôt.

Planté près de la table, gêné, le sommelier la fixait et attendait ses ordres.

— Je voudrais l'addition, s'il vous plaît, lui demanda-t-elle.

Il la dévisageait toujours, visiblement confus, sa bouteille à la main.

— Mais... Je ne vous ai même pas versé un verre.

— Vous boirez cela plus tard avec vos collègues.

— Vous plaisantez.

— Pas du tout, je vous l'offre. Et puis, avant de m'apporter l'addition, soyez gentil d'y ajouter les deux entrées les plus coûteuses que vous ayez à la carte.

— Ce sera pour emporter ?

— Non, je ne veux rien. Mais je tiens à les payer.

Et elle lui sourit en agitant la carte de crédit. Le garçon finit par comprendre ; il sourit à son tour, hocha la tête et se retira.

Puisque Daniel la traitait comme une pute, ni plus ni moins, elle lui rendrait la monnaie de sa pièce. Les complexités boursières dépassaient peut-être ses capacités limitées, mais elle savait beaucoup de choses dont Daniel ignorait tout.

Elle signa la note en prenant soin d'inclure un bon pourboire pour le jeune sommelier puis, munie de ses deux cents dollars, elle sortit héler un taxi en espérant que sa rage s'épuiserait sur le chemin du retour. De quel droit osait-il lui gâcher cette soirée destinée à fêter ses succès ? Certes, pour Daniel, dix mille dollars ne représentaient rien ; pour elle, en revanche, c'était une victoire conquise de haute lutte, une étape déterminante dans sa difficile ascension sociale. Elle méritait des félicitations, un mot d'encouragement — mieux en tout cas que ce long trajet solitaire en taxi depuis Washington D.C.

Soudain, une idée lui vint. Elle se pencha en avant et dit au chauffeur :

— En arrivant à Newburgh Heights, déposez-moi plutôt Chez Louie, le bar-grill qui se trouve au coin de la 55e rue et de Laurel Street.

15.

Kansas City, Missouri
Dimanche soir

Il était près de minuit quand les agents Preston Turner et Richard Delaney frappèrent à la chambre d'hôtel de Maggie.

— Que dirais-tu d'un dernier verre, O'Dell ?

Turner portait un jean et un polo violet qui mettait en valeur sa peau d'un brun profond. Delaney était lui toujours en costume, mais sa cravate desserrée et son col ouvert indiquaient qu'il n'était pas de service.

— Je ne sais pas, les gars. Il est tard.

Pourtant, l'insomnie la guettait ; elle ne dormirait sans doute pas avant plusieurs heures, même si elle se couchait...

Turner lui sourit.

— Tard ? A minuit ? La fête commence tout juste. Et puis, j'ai une faim de loup.

Il se tourna pour confirmation vers son collègue, qui se contenta de hausser les épaules. De cinq ans plus âgé que Turner et Maggie, Delaney avait une femme et deux enfants. Maggie l'imaginait sur les bancs de l'école, déjà conservateur et un brin coincé, mais Turner avait le don de réveiller sa nature secrète, faite de fougue et d'esprit de compétition.

Quand Maggie leur avait ouvert, les deux hommes n'avaient pas manqué de remarquer qu'elle avait son Smith & Wesson à la main, le long de la cuisse. Ils s'étaient abstenus de tout commentaire, mais le revolver pesait maintenant bien lourd. Quelle que soit leur opinion d'elle, ils étaient bien obligés de la supporter, car Cunningham les envoyait ensemble à tous les séminaires de formation. Depuis l'évasion de Stucky en octobre, ces deux hommes suivaient Maggie comme son ombre ou presque. Elle s'en était d'ailleurs plainte, accusant son patron de la flanquer de deux gardiens pour l'empêcher de partir seule à la recherche de Stucky. Une accusation injuste, dont Cunningham s'était vexé. Elle avait mis un certain temps à comprendre qu'il cherchait avant tout à la protéger. Mais il se leurrait s'il croyait empêcher Stucky de lui nuire. Aucune démonstration de force n'y suffirait.

— Allez-y donc sans moi. Vous n'êtes pas obligés de jouer tout le temps les baby-sitters avec moi.

— Voyons, Maggie, tu nous connais mieux que ça ! protesta Turner, faussement indigné.

Certes. Malgré la mission que leur avait assignée Cunningham, Turner et Delaney ne la traitaient nullement comme une pauvre femme en détresse. Après avoir passé des années à se faire respecter et considérer en égale par ses collègues masculins, elle ne l'aurait pas toléré. C'était sans doute pour cela que les bonnes intentions de Cunningham l'irritaient ; aussi honorables soient-elles, elles l'infériorisaient.

— Ne te fais donc pas prier, Maggie, intervint Delaney. Je suis sûr que ta présentation de demain est fin prête.

Il restait poliment en retrait dans le couloir cependant que Turner, calé contre le montant de la porte, tenait le siège pour lui forcer la main.

— Bon, d'accord, capitula-t-elle. Donnez-moi le temps de prendre ma veste.

Elle repoussa le battant pour refouler Turner dans le couloir et disparut à l'intérieur de la chambre. Enfilant son holster, elle ajusta la lanière de cuir, rangea son arme sous son aisselle et passa son blazer marine par-dessus.

Turner avait raison, la fête commençait. Le bar-grill de Westport était plein à craquer. Turner leur expliqua que ce quartier branché du centre-ville, encore marqué par son passé de comptoir commercial, était le point de ralliement des noctambules de Kansas City. D'où il tenait cela, mystère, mais Turner semblait être une autorité sur les quartiers chauds de toutes les villes où ils se rendaient.

Delaney, qui menait le groupe, se fraya un passage parmi la foule agglutinée le long du bar, jusqu'à une petite table miraculeusement oubliée dans un coin mal éclairé. Maggie et lui s'assirent, et ils s'aperçurent alors que Turner s'était arrêté en route pour bavarder avec deux jeunes femmes perchées sur des tabourets. A leurs robes moulantes et leurs bijoux voyants, Maggie devina sans peine qu'elles ne participaient pas au séminaire ; il s'agissait plutôt de célibataires venues dans l'intention de draguer des policiers.

— Il me sidère, avoua Delaney, admiratif. Je ne sais pas comment il fait.

Maggie jeta un coup d'œil autour d'elle et repositionna sa chaise contre le mur, de manière à voir toute la salle. Elle avait horreur de tourner le dos à la foule — et pour tout dire, elle avait horreur de la foule. La fumée de cigarette flottait comme une brume sur l'agitation ambiante. Les rires et les voix se confondaient en un vacarme qui obligeait à parler trop fort. Et on la regardait, s'aperçut Maggie, bien qu'elle ne soit pas seule. Elle détestait ces regards rappelant ceux des prédateurs au moment de fondre sur leur proie.

— Tu sais, même quand j'étais jeune, je n'aimais pas draguer, lui confia encore Delaney, tout en observant le manège de Turner. Mais pour lui, ça a l'air d'être une seconde nature.

Il rapprocha sa chaise de la table, se pencha vers Maggie.

— Et toi ? Tu comptes te remettre un jour en circulation ?

— Pardon ?

— Sortir, quoi. Te chercher un homme. Il y a bien trois, quatre mois que tu es seule, non ?

— Le divorce n'a pas encore été prononcé. Je viens tout juste de déménager. Vendredi, pour ne rien te cacher.

— J'ignorais que vous viviez toujours ensemble. Je croyais que vous étiez séparés depuis des mois.

— Nous avions rompu, mais jugé préférable d'attendre que les choses se décantent pour des raisons de commodité. D'autant que nous nous absentons beaucoup, tous les deux. C'est à peine si nous nous voyions.

— Mince ! Aucune chance que ça s'arrange entre vous, alors ?

Malgré l'admiration que portait Delaney aux talents de séducteur de Turner, il croyait fermement au mariage et semblait apprécier la vie de couple.

— Aucune.

— Tu en es sûre ?

— Qu'est-ce que tu ferais si Karen te demandait de choisir entre elle et le FBI ?

Il agita tristement la tête, et Maggie regretta sa question. Puis il se rapprocha encore d'elle, le visage grave.

— Tu sais, dit-il, si je suis devenu instructeur, c'est en partie parce que Karen s'inquiétait de me savoir au cœur des négociations dans les prises d'otages. Lors de la dernière, à Philadelphie, elle a tout suivi à la télé. Il y a des sacrifices qui en valent la peine...

Cette conversation pesait à Maggie. Discuter ainsi son échec conjugal ne servait à rien et accentuait encore le sentiment de vide qui l'habitait.

— Alors, d'après toi, je suis fautive sous prétexte que je ne veux pas sacrifier ma carrière pour faire plaisir à mon mari ? Jamais je n'aurais demandé à Greg de quitter le barreau !

— Ne te fâche pas, Maggie. Personne n'a dit que tu étais fautive. Et puis, il y a une fameuse différence entre espérer et exiger. Karen ne m'a jamais rien demandé. La décision est venue de moi. Sans compter que ton Greg doit avoir quelques fusibles de grillés s'il est prêt à te perdre...

Elle croisa son regard, et il lui sourit avec gentillesse. Puis, vaguement gêné, il se tourna vers le bar où Turner bavardait toujours avec les deux jeunes femmes. Jour après jour, semaine après semaine, Maggie, Turner et Delaney partageaient beaucoup de leur temps, mais ils n'abordaient presque jamais les sujets personnels trop délicats.

— Cela ne te manque pas ?

Il reporta son attention sur elle et éclata de rire.

— Il faudrait être fou pour regretter les heures passées dehors, à se geler ou à crever de chaud pour tenter d'empêcher qu'un abruti fasse sauter une poignée d'innocents !

Il posa les coudes sur la table, se gratta le menton, et son visage redevint sérieux.

— Si, avoua-t-il. Pour ne rien te cacher, le terrain me manque. Mais on m'appelle de temps en temps, sur une mission.

— Qu'est-ce que je vous sers, à tous les deux ? interrogea alors une serveuse.

Du point de vue de Maggie, l'interruption tombait fort à propos. Et Delaney semblait aussi soulagé qu'elle. Il leva la tête.

— Pour moi, ce sera un Diet Pepsi, annonça-t-il en souriant à la jolie rousse qui se tenait devant leur table.

Maggie s'étonna de le voir si décontracté avec la jeune femme. Turner aurait-il déteint sur lui à son insu ?

La serveuse se tourna vers elle.

— Un whisky sans glace pour moi, lui dit Maggie.

— Oh ! et puis il y a ce type là-bas, au bout du bar, ajouta Delaney en désignant son collègue. Cela n'en a peut-être pas l'air, mais il est avec nous. Le grill est encore ouvert ?

La serveuse consulta sa montre. Un grain de beauté dansait au-dessus de sa lèvre tandis qu'elle fronçait le visage pour tenter de déchiffrer l'heure — ce qui n'avait rien d'évident, étant donné le mauvais éclairage.

— En principe, il ferme à minuit. Mais si vous commandez maintenant, cela devrait passer. Vous avez une idée de ce qu'il veut ?

— Un hamburger frites, répondit Delaney sans hésiter.

— Pas trop cuit, ajouta Maggie.

— Avec des cornichons et des oignons.

— Et de la sauce A.1 si vous en avez.

— Oh ! j'oubliais, ajouta encore Delaney. Du cheddar sur le burger, pendant que vous y êtes.

Malgré son évidente fatigue, la jeune femme leur sourit, amusée. Maggie et Delaney se regardèrent, et ils éclatèrent de rire dans un bel ensemble.

— Je me demande si Turner se doute qu'il est à ce point prévisible, remarqua Maggie.

Et elle eut un pincement de nostalgie. Y avait-il quelqu'un au monde qui s'intéresse ainsi à ses petites manies ?

— Vous vous connaissez bien, tous les trois, observa la serveuse. Vous auriez une idée de ce qu'il veut boire ?

— De la bière blanche. Une Boulevard Wheat si vous en avez.

— Naturellement. Elle est faite à Kansas City.

— Excellent. Il sera ravi.

— Bon. Je vais passer sa commande et je vous apporte vos consommations. Vous ne voulez pas manger quelque chose ?

— Maggie ? proposa Delaney.

Elle déclina l'offre en secouant la tête.

— Pour moi, ce sera juste une portion de frites, indiqua Delaney.

— C'est noté.

— Merci, Rita, conclut Delaney, comme s'ils se connaissaient de longue date.

Dès que la serveuse se fut éloignée de leur table, Maggie décocha une bourrade à Delaney.

— Et tu te disais nul à ce petit jeu ?

— Quel petit jeu ?

— La drague, le flirt, ce genre de trucs. En général, c'est le rayon de Turner. Mais je n'avais encore pas vu le maître à l'œuvre...

— Qu'est-ce que tu racontes ?

Il faisait mine de ne pas comprendre, mais souriait d'une oreille à l'autre, visiblement ravi.

— « Merci, Rita », hein ?

— C'est son prénom, Maggie. Elles portent toutes un badge avec leur prénom dessus — pour créer une ambiance sympathique et donner l'impression qu'on dîne entre amis, j'imagine.

— C'est ça, oui. Sauf qu'elle ne connaît pas nos noms, elle, et qu'elle ne vient pas s'asseoir pour manger avec nous. Personnellement, je ne trouve pas cela très amical...

— Dites donc, les gars, il y a un paquet d'avocats ici, ce soir, les interrompit Turner en se glissant sur sa chaise.

Delaney se retourna pour mieux examiner les deux femmes du bar.

— Parce qu'elle sont avocates, celles-là ?

— Parfaitement.

Et Turner agita un morceau de papier, sur lequel figuraient des numéros de téléphone, avant de le ranger dans sa poche.

— Deux précautions valent mieux qu'une. Je pourrais avoir un jour besoin d'un avocat.

— Bizarrement, j'ai idée que vous ne discutiez pas de droit, tous les trois.

Ignorant le duel à fleurets mouchetés des deux hommes, Maggie demanda simplement :

— Vous vous souvenez du thème du séminaire, non ?

Les deux autres la regardèrent, s'attendant à une blague. Qui ne vint pas.

— Tu es sérieuse ? s'enquit finalement Turner.

— Vous devriez savoir, depuis le temps. Je fais toujours la même présentation, qu'on soit à Kansas City, à Chicago ou à Los Angeles.

— Socialiser n'est vraiment pas ton truc, hein ?

— Ce n'est pas pour cela que je suis entrée au FBI. Et puis, Cunningham ne met pas mon nom sur les programmes ; de sorte que personne ne vient spécialement pour m'entendre.

Ils la dévisageaient comme si elle avait gaffé, ce qui la mit mal à l'aise. De fait, elle avait cassé l'ambiance, brisé leur bonne humeur pour leur rappeler pourquoi elle était là : pas parce qu'elle brûlait d'enseigner l'art du profil criminel à des flics, mais parce qu'on la tenait à l'écart du terrain. A l'écart de Stucky.

Rita reparut avec leurs consommations, ce dont Maggie lui sut gré. Turner haussa un sourcil tandis que la serveuse plaçait devant lui une bouteille de bière et un verre.

— Eh bien, Rita, c'est à croire que vous lisez dans les pensées !

Lui aussi l'avait appelée par son prénom, comme s'ils étaient de vieux amis. La jolie rousse rosit, et Maggie jeta un regard discret à Delaney, cherchant sur son visage un signe de rivalité masculine. Au lieu de quoi, il souriait, bon enfant, amusé par l'habituel numéro de charme de son collègue.

— Votre hamburger frites sera prêt dans dix minutes.

— Rita, vous êtes un ange ! Voulez-vous m'épouser ?

— Remerciez plutôt vos amis. Ils ont passé commande pour vous juste avant que Carl ne ferme le grill.

Elle se tourna vers Delaney et ajouta, gracieuse :

— Je vous apporte la suite dès que ce sera prêt.

Sur quoi, elle se retira.

Et Maggie de songer que c'était là une serveuse expérimentée, capable de reconnaître les clients qui laissaient de bons pourboires. Turner récompensait le personnel de son attention chaleureuse, mais c'étaient Delaney et elle qui pensaient à laisser de l'argent pour le service.

— Alors, Turner, reprit Delaney. Explique-nous pourquoi il y a tant d'avocats à ce séminaire.

— Ce sont principalement des gens du ministère public. Apparemment, ils sont là pour un séminaire informatique sur la base de données que le Bureau met en place. A ce que j'ai cru comprendre, les services du ministère public ont fini par se mettre à l'informatique. Et comme ces messieurs sont très occupés, qu'ils n'ont pas de temps à perdre en formation, n'est-ce pas, eh bien, ils nous envoient les jeunes recrues.

Il se laissa aller contre le dossier de sa chaise pour examiner la salle.

Maggie et Delaney se regardèrent en secouant la tête. Puis elle leva son verre et but une gorgée de whisky. Ce faisant, elle aperçut dans le miroir du bar une silhouette familière. Elle reposa son verre si violemment que la table en trembla. Frénétiquement, elle chercha l'origine de l'image.

— Qu'est-ce qui t'arrive, Maggie ?

Turner et Delaney l'observaient tandis qu'elle tendait le cou et bougeait la tête dans tous les sens. Avait-elle rêvé ? Son imagination lui jouait-elle des tours ?

— Maggie ?

Elle revint au miroir. Plus rien. L'homme en veste de cuir noir avait disparu.

— Maggie, qu'est-ce qui ne va pas ?

— Rien, ça va, répondit-elle vivement, sans cesser de scruter la foule, vers la porte de la salle.

Mais elle ne vit toujours rien. Aucune trace d'homme vêtu d'une longue veste de cuir noir, en train de sortir ou d'entrer. Elle s'adossa à son siège et baissa les yeux sur son whisky pour éviter le regard de ses compagnons. Ils s'étaient habitués à sa nervosité. Bientôt, elle deviendrait comme le petit garçon qui criait au loup et qu'à la fin personne ne croyait. Peut-être était-ce même le but visé par l'homme en noir.

Elle reprit son verre et, pensive, inquiète, fit tourner le liquide ambré. Son imagination lui jouait-elle des tours ? Avait-elle réellement vu Albert Stucky, ou perdait-elle la tête ?

16.

Il l'attendait à l'arrière du bâtiment, sachant qu'elle emprunterait la sortie de secours quand elle quitterait enfin son service. La ruelle était sombre. Les murs de brique suffisamment hauts pour occulter le clair de lune. Quelques rares portes étaient éclairées par des ampoules nues et crasseuses, autour desquelles voletaient des nuées de phalènes. Leur luminosité n'était pas bien forte, mais elles lui brûlaient les yeux lorsqu'il les regardait directement. Il ôta ses lunettes de soleil, les fourrant dans sa poche, et consulta sa montre.

Sur le petit parking, près de sa voiture, il n'en restait plus que deux autres. Mais pas celle de la demoiselle, non. Elle n'était pas motorisée, ce soir. Il se proposait donc de la raccompagner — si elle acceptait son offre.

Il savait se montrer charmant. Ce masque derrière lequel il se cachait était un élément important de la mise en scène. S'il devait adopter sa nouvelle identité, il lui fallait jouer le rôle jusqu'au bout. Et entre les deux personnages, les femmes préféraient celui-ci à Albert.

Oui, il savait ce que les femmes aimaient entendre, et il ne se privait pas de le leur dire. En fait, il y trouvait du plaisir. Cela faisait partie de la manipulation, du jeu. Un puzzle à monter pièce à pièce pour régner en maître absolu. Il avait découvert que les femmes, même les plus farouchement indépendantes, se soumettaient sans rechigner à un homme qu'elles trouvaient charmant. Sottes et merveilleuses créatures ! Peut-être lui raconterait-il la triste histoire de sa vue déclinante, pour faire vibrer sa corde sensible. Car les femmes aimaient à jouer les âmes secourables. Elles aussi avaient leurs jeux et leurs rôles fétiches.

Le défi l'excitait. Déjà, il sentait un début d'érection. Il n'aurait pas de difficultés, ce soir. Mais d'abord, il fallait attendre. Faire preuve de patience — de patience et de charme. Saurait-il l'envoûter pour qu'elle l'invite chez elle ? Curieux de voir sa chambre, il tenta de l'imaginer...

Une porte grinça et s'ouvrit sur la ruelle. Il se tapit dans l'ombre. Un petit homme trapu en tablier souillé sortit jeter plusieurs sacs-poubelle dans une benne. Il s'attarda dehors, alluma une cigarette, en tira quelques bouffées rapides, l'écrasa et rentra.

Il n'avait pas à craindre qu'on le surprenne car tout, ou presque, était fermé. Si quelqu'un le remarquait, il inventerait une histoire, et on le croirait. Les gens n'entendaient que ce qu'ils voulaient entendre. C'était presque trop facile, parfois. Mais s'il l'avait jugée correctement, elle lui donnerait du fil à retordre. Elle était plus âgée et beaucoup plus méfiante que la jolie petite livreuse de pizzas. Pour gagner sa confiance, il devrait lui servir un fameux baratin, lui jouer un grand numéro de charme, la couvrir de compliments, la faire rire. Son érection s'accentua à l'idée de la conquérir ; il se demanda jusqu'où il pourrait aller.

Peut-être commencerait-il par un léger effleurement, une délicate caresse sur le visage. Sous prétexte de relever une mèche de ses cheveux. Ou bien d'ôter un cil sur sa joue. Elle en serait émue, le croirait attentionné, sensible à ses besoins. Les femmes craquaient toujours pour ce genre de conneries.

Soudain, la porte s'ouvrit, et elle apparut. Elle hésita, jeta un coup d'œil sur la ruelle. Puis elle regarda le ciel. Il bruinait un peu, depuis quelques minutes. Elle déploya un parapluie rouge vif, avant de se diriger d'un bon pas vers la rue. Le rouge était décidément sa couleur favorite.

Il attendit, la laissa prendre de l'avance tandis qu'il tâtait le scalpel, à l'abri de l'étui de cuir sur mesure qu'il avait glissé dans sa botte. Ses doigts s'attardèrent un moment sur le manche lisse et doux, s'en détachèrent. Tout était en ordre. Alors, il la suivit dans l'allée.

17.

Lundi 30 mars

Tess McGowan s'éveilla avec un mal de crâne épouvantable. Le soleil se déversait à flots à travers les stores vénitiens de la chambre. Aveuglée, elle se couvrit les yeux. Bon sang ! Elle avait encore oublié d'ôter ses lentilles de contact. Pourquoi n'avait-elle pas opté pour celles qu'on pouvait garder en permanence ? Ce rappel qu'elle voyait moins bien et qu'elle vieillissait l'exaspérait. Trente-cinq ans, ce n'était pas si vieux à la fin ! Et si elle avait gâché la dernière décennie, elle se rattrapait, à présent.

Brusquement, elle s'aperçut qu'elle était nue sous les couvertures. Et qu'il y avait près d'elle une tache humide. Inquiète, elle se redressa et se couvrit du drap avant d'examiner la pièce malgré le flou de sa vision.

Daniel aurait-il passé la nuit chez elle ? Bizarrement, elle ne se souvenait de rien. D'ailleurs, il ne restait jamais, jugeant le décor trop désuet à son goût. Dans le coin de la pièce, elle remarqua ses propres vêtements abandonnés en tas sur une chaise. Non loin de là, sur le sol, il y avait un pantalon d'homme, qui couvrait en partie une paire de chaussures masculines. Un blouson d'aviateur en cuir noir était suspendu à la poignée de la porte. Pas le style de Daniel, assurément. Enfin, elle entendit le bruit de la douche — ou, plus exactement, elle nota qu'on venait de couper l'eau. Qu'avait-elle donc fait la nuit dernière ? Elle avait beau chercher, aucun détail ne lui revenait.

Un coup d'œil au réveil lui apprit qu'il était 8 h 45. Confusément, elle songea alors qu'on était lundi. Elle n'avait donc pas de rendez-vous — jamais le lundi. Mais Daniel en aurait. Pourquoi diable n'arrivait-elle pas à se rappeler s'il était venu chez elle ? Pourquoi n'avait-elle même aucun souvenir d'être rentrée ?

Elle massa ses tempes douloureuses. Elle devait réfléchir, malgré la migraine, retrouver le fil des événements.

Daniel l'avait quittée au restaurant, et elle avait pris un taxi. Bien sûr, elle s'était arrêtée en route. Peu à peu, des images remontèrent à la surface, à travers son esprit embrumé. Des images d'elle en train de vider des verres de tequila, cul sec, chez Louie. Avait-elle appelé Daniel pour qu'il passe la chercher ? Aucune idée. C'était le trou noir. Se fâcherait-il si elle lui demandait de combler les vides de sa mémoire ? Elle s'écarta de la tache humide. A l'évidence, il n'était pas fâché, durant la nuit...

Elle se laissa aller contre les oreillers, fermant les yeux dans l'espoir d'apaiser les coups de maillet qui lui martelaient le crâne.

— Bonjour, Tess, dit alors une riche voix de basse.

Une voix qui n'était pas celle de Daniel, cela ne faisait pas le moindre doute. Prise de panique, elle se redressa, s'adossa à la tête de lit et ouvrit les yeux. Un grand inconnu au corps svelte, avec une serviette nouée autour de la taille, la dévisageait d'un drôle d'air.

— Tess ? Ça ne va pas ? interrogea-t-il doucement.

Et là, comme si une digue s'était rompue, libérant le flot des souvenirs contenus, elle se souvint d'un coup. Il était chez Louie, l'observait depuis une table en coin, beau et silencieux, très différent de la clientèle du bar. Elle l'avait ramené chez elle. Mais comment ? Mystère.

— Tess, tu commences à m'inquiéter. Parle. Dis quelque chose.

Il semblait sincèrement inquiet. Au moins, n'avait-elle pas ramené un tueur en série. Quoique... Il paraissait inoffensif avec ses cheveux mouillés et sa serviette pour tout vêtement ; mais il était musclé et suffisamment fort pour la neutraliser sans trop d'efforts. Dieu qu'elle avait été sotte, dangereusement inconsciente !

— Je... je suis désolée, bredouilla-t-elle. Je... Tu m'as fait peur.

Il ramassa son pantalon, et alors qu'il était sur le point de l'enfiler, il s'interrompit brusquement, comme frappé par une pensée.

— J'y suis ! Tu ne te souviens plus, hein ?

Son visage juvénile arborait une expression gênée. Il passa son pantalon, perdit l'équilibre et lâcha la serviette avant de s'être couvert. Tess, qui l'observait, ne pouvait qu'admirer son corps d'athlète et elle s'en voulait de le désirer malgré la confusion de son esprit. N'importe quelle femme de bon sens aurait craint des actes de violence ; au lieu de quoi, elle se demandait quel âge il pouvait avoir, s'étonnait d'avoir oublié jusqu'à son nom.

— C'est ma faute, murmura-t-il sur le ton de l'excuse. J'aurais dû me douter que tu avais trop bu.

Il cherchait sa chemise dans le tas de vêtements, à présent, soulevait les affaires de Tess, les repliait avec soin avant de les poser sur le dos de la chaise. Lorsqu'il trouva son soutien-gorge, son embarras s'accrut. A le voir si emprunté, Tess ne put s'empêcher de sourire. Au même moment, il jeta un coup d'œil dans sa direction et, surpris par son expression, il se laissa tomber sur la chaise, sans plus se soucier des vêtements. Il se tordit les mains, et le soutien-gorge avec.

— Je suis le roi des imbéciles, pas vrai ?

— Mais non, pas du tout.

Elle sourit de nouveau. Sa gêne la rassurait, l'attendrissait aussi. Lentement, en prenant soin de garder le drap serré contre son corps, elle s'assit, remonta ses genoux et croisa les bras dessus pour y poser le menton.

— C'cst juste que... je ne fais pas ce genre de chose, expliqua-t-elle. En tout cas, plus maintenant.

— Moi, je ne fais pas ça du tout. Jamais.

Il remarqua alors qu'il tenait toujours le soutien-gorge entre ses mains. Il le plia et le rangea sur l'étagère voisine.

— Tu ne te souviens vraiment plus de la nuit dernière ?

— Je me souviens que tu me regardais. Et que tu m'attirais.

Cette révélation l'étonna autant que lui.

— C'est tout ?

— Je suis désolée.

Finalement, il sourit et haussa les épaules. Elle se sentait étrangement détendue avec cet homme. Toute crainte l'avait quittée. La seule tension encore présente était celle du désir qu'elle s'efforçait d'ignorer. Il avait l'air si jeune ! On lui donnait à peine trente ans. Mais où avait-elle la tête pour se conduire de la sorte avec un inconnu ? N'avait-elle donc pas changé ? En serait-elle jamais capable ?

— Si je parviens à retrouver ma chemise, tu accepterais que je t'invite à déjeuner ? proposa-t-il.

Elle pensa alors à Daniel, sentant le saphir bleu qu'il lui avait acheté lui rentrer dans la peau, sous le menton, comme pour la rappeler douloureusement à une certaine réalité. Jamais elle ne pourrait se justifier, expliquer ce qu'elle avait fait. Il ne comprendrait pas. Pas lui, l'homme d'affaires mûr et respectable. Il était arrogant, parfois, un peu imbu de lui-même, mais il n'avait rien d'un gamin qu'elle aurait ramassé dans un bar.

Ce qui ne l'empêchait pas d'admirer le jeune et bel inconnu qui enfilait ses chaussettes en attendant qu'elle lui réponde. Il se redressa et se remit en quête de sa chemise disparue. Etirant les jambes, Tess sentit sous ses pieds une boule de tissu, au bout du lit. Elle plongea sous les couvertures, en tira une chemise de coton bleu pâle horriblement froissée et la lui tendit. Il la prit, restant à bonne distance.

— Tu crois qu'elle est récupérable ? demanda-t-il en l'examinant.

Il se comportait avec délicatesse, en gentleman, comme s'il n'avait pas partagé son lit et possédé son corps quelques heures plus tôt. Cette seule pensée aurait dû accabler Tess de honte et pourtant, elle ne pouvait détacher son regard de l'inconnu, admirant la fluidité de ses gestes tandis qu'il se rhabillait. Elle s'en voulait de rester ainsi sous le charme, de remarquer de menus détails — comme cette chemise qui soulignait les paillettes bleues de ses yeux verts. Ces mêmes yeux qui l'avaient convaincue que cet homme ne lui ferait pas de mal. Elle serait plus méfiante, à l'avenir. Juger les gens sur leur bonne mine pouvait se révéler dangereux.

— Alors ? Ce déjeuner, qu'en dis-tu ?

Il n'était pas très sûr de lui, semblait s'armer pour essuyer un refus. Et dans sa confusion, il avait boutonné sa chemise de travers. Ce qui l'obligea à recommencer.

— Je ne sais même pas comment tu t'appelles, avoua finalement Tess.

— Will. William Finley.

Il eut un sourire hésitant et reprit :

— J'ai vingt-six ans et je suis célibataire. Avocat de profession. Je viens de m'établir à Boston, mais je suis en visite chez un ami ici, à Newburgh Heights. Bennet Cartland. Son père a un cabinet juridique très en vue. Tu peux vérifier, si tu veux.

Au terme d'une nouvelle hésitation, il ajouta :

— Tu n'en demandais pas tant, je parie ?

Elle le gratifia d'un sourire, et encouragé, il poursuivit :

— Voyons, quoi d'autre ? Je n'ai pas de maladies. Jamais rien eu de sérieux à part les oreillons quand j'étais au lycée. Mais mon copain Billy Watts qui les a attrapés aussi est marié et il a trois gosses... Oh ! mais ne crains rien, j'ai pris des précautions hier soir.

— Hm... c'est humide, par ici, murmura-t-elle.

Il leva sur elle un regard dans lequel le désir réveillé par les souvenirs de la nuit se mêlait à la gêne.

— C'est que... je n'avais que deux préservatifs sur moi. Alors, la troisième fois je... je me suis retiré avant.

Soudain, l'ardeur de leurs étreintes revint à la mémoire de Tess. Troublée par ce brusque flot de sensations déstabilisantes, elle prit peur. Pas question pour elle de retomber dans ses vieilles habitudes. Non. Pas maintenant. Pas après tant d'efforts.

— Il vaudrait mieux que tu t'en ailles, Will.

Il ouvrit la bouche pour parler, peut-être pour la convaincre de changer d'avis, mais il se ravisa et resta silencieux, les yeux fixés par terre. Tess se demanda s'il avait envie de la toucher, de l'embrasser pour lui dire au revoir... Ou bien pour l'amadouer, pour qu'elle lui permette de rester. Elle s'y attendait, le souhaitait presque quand, enfin, il sortit de son immobilité. Il se dirigea vers la porte, enfila son blouson et sortit.

Elle se recala contre les oreillers encore imprégnés de son eau de toilette. Une odeur subtile et boisée, plus délicate que le musc agressif de Daniel. Dire qu'il n'avait que vingt-six ans, doux Jésus ! Presque dix de moins qu'elle ! Avait-elle donc perdu l'esprit ? Pourtant, quand elle ferma les yeux, les images et les sensations de la nuit lui revinrent avec une netteté surprenante. Elle sentait son corps pressé contre le sien, les caresses de sa langue, de ses mains qui jouaient d'elle comme d'un instrument, qui la portaient toujours plus loin, plus haut, vers des sommets qu'elle n'avait pas connus depuis longtemps.

Mais le pire, le plus troublant — au point qu'elle éprouvait de la honte —, c'étaient les souvenirs de sa propre frénésie, de ses doigts impatients, de sa bouche avide, insatiable. Ils s'étaient dévorés mutuellement comme des affamés, livrés à un corps à corps éperdu comme deux âmes en manque. La passion, l'ardeur, les désirs, Tess connaissait pour en avoir usé et abusé dans son passé sordide. Ce qu'il y avait là d'inédit, de différent, c'était la tendresse de Will, l'attention dont il l'entourait pour qu'elle partage son plaisir. La nouveauté, c'était aussi qu'ils avaient dépassé le cadre des simples rapports sexuels. Will Finley lui avait fait l'amour. Cependant, au lieu de la réconforter, cette pensée la troublait, la déstabilisait.

Tess se lova autour de l'oreiller qu'elle serrait contre elle. Il n'était pas question de laisser Will Finley la détourner de la voie qu'elle s'était tracée. Pas maintenant que le succès lui tendait les bras. Pas après les efforts qu'elle avait déployés pour arriver où elle était. Il lui fallait se ressaisir, se recentrer et penser à Daniel. Malgré tout ce qui les séparait, Daniel lui conférait la crédibilité nécessaire dans la société au sein de laquelle elle évoluait. Daniel lui apportait tout ce dont elle avait besoin pour devenir une femme d'affaires respectée. Alors, pourquoi avait-elle le sentiment qu'en congédiant Will Finley, elle avait laissé filer entre ses doigts un bien précieux ?

18.

Will claqua la porte d'entrée si fort que la vitre en trembla. Sa colère se mua en inquiétude, le temps de vérifier qu'il n'avait rien cassé. Le battant semblait solide malgré son âge ; quant au verre, ancien, épais, il était taillé sur mesure. Sans être spécialiste, il avait remarqué que Tess McGowan appréciait les antiquités. Sa petite maison meublée d'un bric-à-brac éclectique offrait un décor aussi agréable qu'apaisant. La chambre aux draps et au papier peint lavande, ornés de minuscules violettes, lui avait donné l'impression d'être blotti dans un cocon douillet, lorsqu'il avait ouvert les yeux ce matin. Jamais il ne s'était senti aussi délicieusement bien.

En arrivant chez elle la nuit dernière, il avait été surpris de constater que la femme fougueuse et pétillante qui l'avait ouvertement dragué depuis la table de billard, tout en vidant cul sec des verres de tequila, s'entourait de vieilles dentelles, d'acajou ouvragé et d'aquarelles qui avaient tout l'air d'originaux. Pourtant, après une nuit passée avec elle, il savait que ce décor était le reflet intime d'une femme aussi passionnée et indépendante qu'elle était sensible et vulnérable.

Cette fragilité insoupçonnée l'avait accroché, lui rendant le départ plus difficile. Pendant la nuit — ou était-ce déjà le matin ? —, alors qu'il la tenait entre ses bras, elle s'était lovée dans son étreinte, comme si elle avait trouvé là un refuge longtemps désiré...

Il se frotta le visage de sa manche dans l'espoir de se réveiller et reprendre contact avec le réel. Mais où diable allait-il chercher des âneries pareilles ? « Vulnérabilité insoupçonnée », « refuge longtemps désiré... » et puis, quoi encore ? Voilà qu'il pensait comme dans un roman de gare !

Sitôt à bord de sa voiture, il leva les yeux vers la fenêtre de la chambre. Comme s'il s'attendait à ce qu'elle soit là-haut, à l'observer. Sauf qu'il n'y avait personne, pas une ombre derrière les stores. Evidemment.

Il s'en voulut de ce sentimentalisme de bazar. C'était d'un ridicule consommé. Il l'avait abordée, poussé par ses amis qui le mettaient au défi de s'offrir une dernière aventure avant son mariage imminent. Mariage longtemps resté dans un avenir lointain, et qui soudain n'était plus qu'à un mois de lui.

S'il avait relevé le gant, c'était d'abord pour choquer ses copains, qui ne croyaient pas Will, l'éternel enfant de chœur, capable de draguer une femme — encore moins une créature comme cette Tess. Bon sang ! Peut-être ferait-il mieux de se chercher de nouveaux amis, des garçons mûrs, pas des potaches montés en graine. Mais il ne pouvait les blâmer de sa propre sottise. C'était lui, pas eux, qui était allé trop loin. Et il ne pouvait mettre sa folie sur le compte de l'alcool car, contrairement à Tess, il était lucide du début à la fin.

Jamais il n'avait rencontré l'égale de Tess McGowan. Avant même qu'elle n'ôte son châle noire très classique pour jouer au billard avec le patron du bar, Will la trouvait déjà sexy à se damner. Elle n'avait rien à voir avec le genre de beautés qu'on trouve dans les magazines de charme. Elle était incroyablement attirante, tout simplement, avec son opulente chevelure qui retombait en vagues sur ses épaules, ses jambes bien galbées et son corps ferme aux courbes généreuses. Seigneur ! Il lui suffisait de penser à elle, au contact d'une hanche ou d'un sein sous sa main, pour être excité.

Chez Louie, avant de la connaître dans son intimité, ce n'était pas tant ses courbes qui avaient retenu son œil, mais ses gestes, sa manière de sc tenir et de se déplacer. Il n'était pas le seul à l'admirer, ça non ! Et elle semblait se délecter de l'attention qu'elle suscitait, se donner en spectacle par plaisir. Elle remontait sa robe sur sa cuisse pour s'asseoir sur le coin de la table de billard ; et lorsqu'elle se penchait sur sa queue pour tirer, la bretelle glissait de son épaule, laissant entrevoir la rondeur voluptueuse d'un sein laiteux dans son écrin de dentelle noire.

Will agita la tête en soupirant, puis il fit démarrer le moteur de sa voiture. Quelle nuit ! De loin la plus passionnée, la plus érotique et la plus excitante de sa vie. Et plutôt que de bouillir de rage impuissante, il devrait se féliciter que Tess McGowan l'ait laissé partir comme il était venu. Libre comme l'air. Il avait une chance de bandit. Jamais il n'avait trompé Melissa depuis qu'ils sortaient ensemble. Mais quatre ans de relations sexuelles avec Melissa ne valaient pas une nuit avec Tess. Loin s'en fallait.

De nouveau, il leva les yeux vers la fenêtre de la chambre, et se surprit à espérer que Tess y serait. L'avait-elle donc ensorcelé, pour qu'il ne parvienne plus à s'en arracher ? Et ce lien qu'il avait senti entre eux, l'avait-il rêvé ? N'était-ce vraiment qu'une aventure d'un soir ? Sans doute. Son imagination lui jouait des tours.

Il consulta sa montre. Il y avait beaucoup de route, jusqu'à Boston, et ce n'était vraiment pas le moment de traîner s'il voulait y être pour dîner comme prévu avec Melissa et ses parents ; il avait même pris son lundi pour cela. Et voilà qu'il était à des kilomètres de Boston — à des années-lumière de Melissa.

Merde ! Elle lirait immédiatement dans ses yeux qu'il l'avait trahie. Quel imbécile il était de risquer ainsi quatre années de sa vie pour une seule nuit de passion ! Erreur fatale. Mais si c'en était une, pourquoi n'était-il pas encore parti ? Pourquoi restait-il planté là, hanté par le parfum de Tess, par le goût de sa peau, ses plaintes de plaisir ? Pourquoi ne pouvait-il effacer de sa mémoire le souvenir de cette nuit ? Et pourquoi brûlait-il de remonter là-haut, pour tout recommencer ? A l'évidence, le remords ne l'étouffait pas. Avait-il perdu la tête ?

Frustré, il passa la première vitesse et partit sur les chapeaux de roues, dans un crissement de pneus rageur. Si bien qu'en s'engageant dans la rue, il manqua emboutir une voiture garée le long du trottoir opposé. Le conducteur du véhicule leva brièvement la tête. Il portait des lunettes noires et consultait une carte étalée sur le volant. Curieux qu'il cherche sa route dans cet endroit retiré, à l'écart de tous les grands axes. Aussitôt, Will se demanda si ce type n'était pas en train de surveiller la maison ? S'il n'était pas le propriétaire du saphir coûteux que Tess arborait au doigt.

Dans son rétroviseur, Will jeta un dernier coup d'œil à la voiture. Il remarqua alors qu'elle était immatriculée dans le district de Columbia, et pas en Virginie. Etait-ce l'étrangeté de la chose ? Ou bien un réflexe dû à son nouvel emploi de procureur adjoint ? A moins que ce soit plutôt la curiosité qu'éveillait en lui cet homme qui croyait posséder Tess McGowan... Quelle qu'en soit la raison, Will mémorisa le numéro, puis il prit le chemin de Boston.

19.

Dès que Maggie franchit la porte, le silence se fit dans la salle. Elle la traversa, déçue de la trouver arrangée comme pour un cours magistral, avec ses rangées de chaises alignées face au devant de la salle, au lieu des longues tables étroites qu'elle avait demandées. Elle préférait une disposition de type atelier, qui lui permettait de distribuer des photos aux participants afin qu'ils puissent les examiner et les faire circuler. Dans ce contexte moins formel, il leur était plus facile de s'exprimer librement, de réagir, de poser des questions au lieu d'écouter en prenant des notes. Hélas ! l'unique table de la pièce était transformée en buffet, couverte de vaisselle, de plateaux de pâtisseries, de cafetières, de pots à lait et de jus de fruits.

Elle sentit le regard de l'assistance posé sur elle tandis qu'elle tirait une chaise pour y installer son attaché-case. Après quoi, elle ouvrit celui-ci et en fouilla le contenu, comme si elle y cherchait un document précis sans lequel elle ne pouvait commencer. En réalité, elle attendait que les spasmes de son estomac se calment. Elle avait pourtant déjeuné, ce matin, et le trac ne lui donnait plus de nausées, mais elle payait le manque de sommeil et les quelques whiskies de trop bus dans sa chambre après le départ de Turner et Delaney. Une gueule de bois n'était vraiment pas la meilleure façon de commencer la semaine...

— Bonjour, déclara-t-elle finalement.

Elle boutonna sa veste croisée, puis se présenta :

— Je suis l'agent spécial Margaret O'Dell du FBI, profiler pour l'unité de soutien aux enquêtes de Quantico que certains d'entre vous connaissent aussi sous le nom de département des sciences du comportement. Cet atelier se concentrera sur...

— Une minute ! interrompit un homme au deuxième rang.

Il remua sur sa chaise, à l'évidence trop petite pour supporter confortablement son embonpoint. Il portait un pantalon dans lequel il était à l'étroit, une chemise à manches courtes tendue sur son gros ventre et dont le boutonnage bâillait, et des chaussures au cuir éraflé qui refusaient d'avoir l'air neuf malgré une récente couche de cirage.

— Oui ?

— Sans vouloir vous manquer de respect, qu'est-il arrivé au type censé diriger l'atelier ?

— Pardon ?

— Dans le programme...

Il se tourna vers l'assistance, cherchant le soutien de ses collègues, et poursuivit :

— ... il est écrit que ce type n'est pas un simple profiler du FBI, mais un expert de la traque des tueurs en série, un psychologue de la médecine légale qui a derrière lui quelque neuf ans de terrain.

— Avez-vous vu écrit noir sur blanc dans le programme que cette personne est un homme ?

Il parut désarçonné. Son voisin lui tendit le programme en question cependant que Maggie marquait une pause pour réussir son effet.

— Je suis désolée de vous décevoir, mais votre homme, c'est moi.

La plupart des hommes se contentèrent de la dévisager. Une femme du groupe leva les yeux au ciel en croisant son regard — signe qu'elle comprenait, et pour cause. A l'arrière de la salle, Maggie reconnut les inspecteurs Ford et Milhaven, rencontrés brièvement la veille au bar-grill de Newport. Ils arboraient le sourire complice de ceux qui sont dans le secret.

— Ça devrait figurer dans le programme, persista l'autre pour justifier son objection. Ils ne donnent même pas votre nom.

— C'est donc si important ?

— Pour moi, ça l'est. Je suis venu pour apprendre du sérieux, pas pour écouter un rond-de-cuir.

Ses excès de la veille avaient dû l'anesthésier, car le machisme du stagiaire récalcitrant accrut la lassitude de Maggie au lieu de la mettre en colère.

— Ecoutez, agent...

— Une seconde ! Qui vous dit que je ne suis pas inspecteur ?

Il ponctua la remarque d'un sourire avantageux à l'adresse de ses camarades, sans savoir qu'il venait de se trahir et de conforter Maggie dans son opinion.

— Bien. Si vous permettez…

Elle alla se poster devant lui, croisa les bras sur sa poitrine et pencha légèrement la tête de côté.

— Vous êtes un flic de quartier en zone urbaine, mais pas de Kansas City. Vous êtes habitué à porter l'uniforme, mais pas le costume, pas même une tenue de ville. Votre épouse a préparé votre valise et choisi les vêtements que vous avez sur le dos, sauf que vous avez grossi depuis la dernière fois qu'elle vous a acheté des affaires. Il n'y a que vos chaussures que vous ayez choisies. Vous avez insisté pour emporter vos chaussures réglementaires.

Il y eut des raclements de chaises tandis que beaucoup cherchaient à apercevoir les chaussures en question. Maggie s'était abstenue de faire remarquer le pli de ses cheveux, coupés court, dû au port quasi permanent de la casquette.

— Vous n'êtes pas autorisé à porter votre arme pendant la conférence, mais vous vous sentez nu sans votre badge. Lequel se trouve dans la poche de votre veste.

Du doigt, elle désigna le vêtement posé sur le dossier de la chaise et caché en partie par la silhouette volumineuse du flic.

— Votre épouse a tenu à ce que vous preniez une veste mais, comme je l'ai déjà dit, vous n'êtes pas habitué à en porter. Contrairement à un inspecteur, rompu au port du costume et de la cravate.

L'assistance attendait et retenait son souffle, comme s'il s'agissait d'un numéro de magie. A regret, le policier se tourna et sortit son badge pour l'exhiber.

— Tout ça, c'est du pipeau ! déclara-t-il néanmoins. Dans une salle pleine de flics, c'était pas bien sorcier à deviner.

Sans se démonter, Maggie acquiesça d'un hochement de la tête.

— Vous avez raison. Absolument raison.

L'attention générale se reporta sur elle. Comme à son habitude, elle marqua une pause tactique, pour mieux enfoncer le clou.

— Tout ce que je viens de dire peut sembler évident. Il y a un profil type du flic. De la même façon, il y a un profil du tueur en série. Si vous êtes capables d'identifier ces caractéristiques, évidentes ou non, vous tenez les bases d'un profil que vous pourrez alors commencer à construire.

Cette fois, elle les avait accrochés pour de bon. Ils l'écoutaient au lieu de la dévisager comme une bête curieuse. Satisfaite, elle se détendit, et sa lassitude s'estompa.

— Mais la difficulté consiste à passer au-delà de l'évidence, à tout analyser par le menu, jusqu'à d'infimes détails qui pourraient paraître anodins. Reprenons notre exemple… Excusez-moi, monsieur l'agent, vous voulez bien me donner votre nom ?

— Ah ! Ça, vous n'êtes pas en mesure de le deviner, hein ?

Ce trait d'humour, aussi stupide que grossier, souleva quelques rires. Bonne joueuse, Maggie sourit.

— Non, je le regrette, mais ma boule de cristal reste muette sur les noms.

— C'est Danzig. Norm Danzig.

— Si je devais examiner votre profil, agent Danzig, je m'attacherais de près aux moindres composantes de tout ce que je sais effectivement.

— Je vous autorise à m'examiner d'aussi près que vous voudrez, plaisanta-t-il, ravi, en se tournant vers ses collègues.

Ignorant la remarque, Maggie poursuivit :

— Je me demanderais par exemple pourquoi votre épouse vous a acheté des vêtements qui ne sont pas à votre taille.

L'agent Danzig cessa brusquement de pavoiser et demeura silencieux.

— Je m'interrogerais sur la raison.

A le voir rougir, Maggie comprit sans peine qu'il ne tenait pas à ce que cette raison soit exposée aux yeux de tous. Son instinct lui soufflait que M. et Mme Danzig ne dormaient plus ensemble depuis longtemps. Peut-être y avait-il eu une séparation temporaire, durant laquelle l'agent Danzig s'était nourri de restauration rapide plus souvent qu'à son tour. D'où les kilos en trop que sa femme n'avait pas pris en compte lorsqu'elle lui avait acheté des vêtements. Mais plutôt que de le plonger dans l'embarras en exposant sa théorie, elle se contenta de conclure :

— J'imagine que votre femme en a eu assez de vous voir toujours porter ce même costume bleu marine sans âge que vous gardez au fond de votre armoire.

Les autres éclatèrent de rire, et l'agent Danzig se retourna vers eux avec un sourire de soulagement. Lorsque son regard croisa celui de Maggie, elle y vit une lueur de respect. Il se recala sur sa chaise et croisa les bras pour l'écouter. Ayant conquis son attention, elle se mit à marcher de long en large, comme à son habitude.

— Il est également crucial de ne pas se laisser piéger par les stéréotypes. Certains stéréotypes concernant les tueurs en série ont la vie dure. Commençons donc par nous débarrasser de ceux-là. Quelqu'un a une idée des stéréotypes auxquels je fais allusion ?

Silence. Elle attendit patiemment. Ils la jaugeaient encore, à l'évidence. Enfin, un jeune Hispanique se décida :

— On dit souvent qu'ils sont tous cinglés et bons à enfermer. Ce n'est peut-être pas nécessairement vrai…

— Effectivement. De nombreux tueurs en série sont très intelligents, bien éduqués, et aussi sains d'esprit que vous et moi.

— Je vous demande pardon, coupa un inspecteur aux cheveux grisonnants, au fond de la salle, mais Son of Sam prétendait qu'un rottweiler le poussait au crime. Cela me semble relever de la psychiatrie, non ?

— En réalité, il s'agissait d'un labrador noir nommé Harvey. Et Berkowitz lui-même s'est rétracté pour avouer en interrogatoire au profiler John Douglas que l'histoire du chien n'était qu'un canular. Comprenez-moi bien, je ne dis pas que certains de ces tueurs ne sont pas fous, mais ce serait une erreur de croire qu'il faut l'être pour faire ce qu'ils font. Tuer est pour eux un choix et un acte conscient. Ce sont des maîtres de la manipulation. Leurs crimes visent avant tout à dominer et soumettre leurs victimes. Ils les commettent rarement parce qu'ils entendent des voix, parce qu'un démon vieux de quelque trois mille ans est entré dans le corps d'un chien et leur ordonne de tuer. S'ils étaient seulement fous, ils seraient incapables d'exécuter le rituel complexe de leurs meurtres trois, six ou dix fois de suite ; de mettre au point une méthode et d'échapper à la justice pendant des mois, voire des années dans certains cas. Il est important de les reconnaître pour ce qu'ils sont — non pas des esprits dérangés, mais des esprits mauvais. Car ils sont l'incarnation du mal.

Il lui fallait changer de sujet avant de s'embarquer dans une dissertation sur les effets du mal, sur la part d'ombre que chacun porte en soi, sur le mal inhérent à la condition humaine. Ce qui amenait toujours à la question de savoir pourquoi certains basculaient, et d'autres pas. Malgré ses années passées à étudier le mal, Maggie n'avait toujours pas le début d'une réponse.

— Réfléchissons maintenant à la motivation, proposa-t-elle. Quels sont les stéréotypes en ce domaine ?

— Le sexe ! lança un jeune homme d'une voix forte.

Des rires fusèrent, et il se rengorgea, ravi d'avoir attiré l'attention.

— N'est-il pas établi que la plupart des tueurs en série tirent une satisfaction sexuelle de leurs crimes, au même titre que les violeurs ?

— Une minute ! intervint une femme. Le viol n'a rien à voir avec le sexe.

— Faux, objecta Maggie. Le viol est le crime sexuel par excellence.

Il y eut quelques soupirs ; certains hommes secouèrent la tête, comme s'ils désapprouvaient ces propos trop féministes à leur goût. Imperturbable, sans se soucier de leur scepticisme, Maggie reprit :

— Le viol est le crime sexuel par excellence. C'est justement le sexe qui le distingue des autres actes de violence. Ce qui ne signifie nullement que les violeurs soient poussés par le besoin de satisfaction sexuelle ; ils se servent du sexe comme d'une arme pour arriver à leurs fins. Il est donc faux de prétendre que le viol n'a rien à voir avec le sexe quand le sexe est l'arme même du crime. D'ailleurs, les violeurs et les tueurs en série usent du sexe et de la violence de manière similaire. Afin d'avilir leur victime, de la soumettre. Certains tueurs en série ont même commencé leur carrière comme violeurs en série. Et puis, en cours de route, ils sont allés plus loin pour assouvir leur besoin de satisfaction. Dans un premier temps, ils expérimentent plusieurs méthodes pour atteindre différents niveaux de plaisir — la torture par exemple, puis la strangulation ou les coups de couteau. Parfois, cela ne suffit pas. Alors, ils se livrent à des sévices sur le cadavre. Comme le Joueur de Flûte, qui découpait ses victimes et en faisait des ragoûts qu'il servait à ses autres otages.

Maggie surprit plusieurs grimaces. Et quelques regards fascinés. Le scepticisme avait cédé la place à une curiosité morbide.

— Prenons le cas d'Albert Stucky. Il se livrait à des expériences de tortures rituelles, coupait le clitoris ou les pointes de seins de ses victimes pour les entendre crier et supplier.

Elle parlait d'une voix calme et posée, mais ses muscles se tendaient — réflexe involontaire par lequel son corps se préparait à la fuite ou au combat dès qu'elle prononçait le nom de Stucky. Pour le chasser de son esprit, elle enchaîna :

— On trouve aussi des rituels plus solennels. L'automne dernier, dans le Nebraska, nous avons traqué un tueur qui donnait l'extrême-onction à ses jeunes victimes après les avoir étranglées et poignardées.

— Dans le Nebraska ? intervint l'inspecteur Ford. C'était vous le profiler qui travaillait sur l'affaire des petits garçons assassinés ?

— Oui, c'était moi.

— Morrelli m'en parlait justement hier soir.

— Le shérif Nick Morrelli ?

Un trouble inattendu, mais agréable, s'empara de Maggie.

— Lui-même. Mais il n'est plus shérif. Il a rendu son badge pour prendre un emploi au bureau du procureur de Boston.

Maggie regagna le devant de la salle en s'efforçant de juguler ses émotions. Cinq mois plus tôt, l'arrogant et séduisant shérif de Platte City, dans le Nebraska, avait été pour elle une épine dans le pied dès l'instant où elle était arrivée dans cette petite bourgade provinciale. Ils avaient passé très exactement une semaine à traquer un tueur, vivant pratiquement l'un sur l'autre, dans une intimité si dérangeante que d'y repenser suffisait à lui donner trop chaud.

Ses auditeurs attendaient, les yeux braqués sur elle. Par quel mystère la seule présence de Nick Morrelli à Kansas City la perturbait-elle, au point qu'elle en perdait le fil de ses pensées ?

20.

Tully voulut se frotter les yeux pour conjurer la fatigue. Mais ses lunettes le gênaient. Il les ôta et les jeta sur l'une des nombreuses piles de documents qui encombraient son bureau. A l'origine, il ne les portait que pour lire mais, ces derniers temps, elles étaient de plus en plus souvent sur son nez.

Trois ans déjà qu'il avait franchi le cap de la quarantaine et, depuis, la machine se détraquait. L'année précédente, une opération du genou pour une déchirure musculaire l'avait mis hors circuit pendant quinze jours. Et les constantes récriminations de sa fille de quatorze ans, qui lui reprochait son manque de présence à la maison, n'arrangeaient pas son moral. Quoi qu'il fasse, Emma trouvait à redire.

Elle était furieuse de devoir passer une soirée de plus chez la voisine, Mme Lopez. Sans doute était-ce la raison pour laquelle il travaillait si tard, aujourd'hui ; il jouait la montre pour ne pas rentrer chez lui et affronter le silence boudeur de sa fille. Cette même fille que, ironiquement, il s'était battu pour garder près de lui.

Non que Caroline se soit défendue bec et ongles. Elle avait bien vite compris que, dégagée des responsabilités qu'imposait une adolescente, elle jouirait d'une liberté enviable. Et c'était la même femme qui, six ou sept ans plus tôt, ne supportait pas d'être séparée de sa fille et de son époux quand elle avait pris un emploi de responsable clientèle dans une grande agence de publicité. Et puis, à mesure que les contrats juteux tombaient et qu'elle gravissait les échelons de la hiérarchie vers la direction, les luxueux voyages à New York, Londres ou Tokyo lui étaient devenus moins pénibles. Tant et si bien que durant la dernière année de leur mariage, il lui semblait vivre avec une étrangère — belle, ambitieuse et sophistiquée, certes, mais inconnue de lui.

Tully s'étira contre le dossier de sa chaise et croisa les mains derrière sa nuque. Dieu qu'il détestait le changement ! Il parcourut des yeux l'étroite pièce éclairée par des tubes au néon. Les fenêtres et la lumière du jour lui manquaient. Et s'il avait le malheur de penser qu'il était à vingt mètres sous terre, il lui fallait lutter contre sa claustrophobie. Sachant que l'unité de soutien aux enquêtes était toujours logée dans les sous-sols de Quantico, il avait d'ailleurs failli refuser le poste.

Il se frottait de nouveau les yeux quand on frappa contre le battant de sa porte ouverte.

— Agent Tully, vous travaillez bien tard.

Le directeur adjoint Cunningham était en manches de chemise, mais il portait encore sa cravate et ses boutons de manchettes aux poignets. Tully se sentit gêné du débraillé de sa propre tenue, de son col ouvert qui bâillait, de ses manches remontées à la diable, de sa cravate froissée abandonnée sur un classeur.

— J'attendais un coup de fil du médecin légiste, monsieur, expliqua-t-il. Le Dr Holmes.

— Alors ? Du nouveau ?

Cunningham s'était adossé au montant de la porte, et Tully se demanda s'il ne devrait pas lui débarrasser une chaise. Comparé au bureau méticuleusement ordonné du patron, le sien ressemblait à un infâme fouillis avec ses piles de documents, ses dossiers ouverts dans tous les sens, ses étagères qui débordaient. Préférant ne pas se reposer sur sa mémoire défaillante à cette heure tardive, il fouilla parmi ses notes.

— La fille... euh, la jeune femme avait une incision de dix centimètres au flanc gauche, descendant vers le creux des reins. Selon Holmes, l'entaille aurait pu être pratiquée par un chirurgien tant elle était précise.

— Cela ressemblerait assez à notre client.

— Il a prélevé la rate.

— Ce n'est pas bien gros, une rate. Il y avait plus qu'une rate dans cette boîte à pizza.

Tully prit le livre d'anatomie emprunté plus tôt à la bibliothèque, le feuilleta jusqu'à la page marquée par un emballage de chewing-gum, puis il chaussa ses lunettes.

— La rate est longue de douze à treize centimètres, large d'environ sept, pour trois à cinq centimètres d'épaisseur.

Il referma le volume et poursuivit :

— D'après ce bouquin, une rate pèse environ deux cents grammes. Mais en fonction des stades de la digestion, elle peut pas mal grossir. Celle de notre victime était plutôt modeste. Elle n'avait pas mangé grand-chose, ce jour-là. D'après le Dr Holmes, un morceau de pancréas y était attaché.

— A-t-on retrouvé des empreintes digitales sur le lieu du crime ?

— Oui. Deux empreintes très lisibles, un pouce et un index, mais elles ne correspondent pas à celles de Stucky. C'est peut-être un des gars qui les a laissées par inadvertance, mais j'en doute. On croirait qu'elles ont été mises là exprès. Le bord de la benne a été essuyé avec soin, et il n'y a que ces deux empreintes posées pile au milieu.

Cunningham plissa le front, pensif, comme si ce détail lui rappelait quelque chose.

— Hmm. Vérifiez donc encore une fois le premier dossier Stucky. Assurez-vous que les empreintes n'ont pas été changées pour d'autres ou modifiées, qu'il n'y a pas de pépin informatique. Si ma mémoire est bonne, l'agent O'Dell a fini par identifier Stucky grâce à une empreinte digitale laissée par lui — sciemment. Mais il a fallu un moment avant qu'on puisse l'attribuer à notre homme. Un hacker était entré sur le serveur du comté et avait trafiqué les fichiers, procédé à des échanges d'empreintes. Cela avait bien brouillé les pistes.

— Je regarderai. Mais cette fois, nous ne passons pas par le serveur du comté. Les empreintes de la benne ont été comparées avec celles relevées après l'arrestation de Stucky par nos services d'identification. Je doute qu'un quelconque hacker puisse entrer facilement sur une base de données interne du FBI. D'accord, elle est reliée aux serveurs des agences locales et fédérales, mais le bureau a fait plus que le nécessaire pour se protéger des intrusions.

Cunningham soupira et se gratta le menton.

— Vous avez sans doute raison, concéda-t-il d'une voix lasse. Si ça se trouve, c'est un petit bleu qui a gaffé. En ce cas, nous le saurons sous vingt-quatre heures. Et si cette piste ne donne rien non plus, je mettrai quelqu'un là-dessus.

— Monsieur, je ne vois rien qui permette d'affirmer que Stucky cherchait à délivrer un quelconque message en prélevant un organe plutôt qu'un autre. Est-ce que je me trompe ?

— Non. Il fait cela pour choquer les esprits, et pour montrer qu'il en est capable.

Quittant l'appui de la porte, Cunningham s'avança dans le bureau, sans pour autant chercher à s'asseoir.

— A-t-il étudié la médecine ou la chirurgie à un moment de sa vie ? demanda Tully.

Il feuilleta la biographie de Stucky compilée par l'agent O'Dell — l'histoire d'une réussite comme on en lit dans les magazines sur les plus grosses fortunes du pays.

— Son père était médecin, répondit Cunningham.

Visiblement épuisé, il réfléchissait. Il semblait amaigri. L'éclairage au néon creusait ses traits et soulignait les cernes de ses yeux. Pourtant, il se tenait droit ; alors qu'il se laissait aller contre les étagères, il ne s'affaissa pas, ne voûta pas les épaules.

— Si je me souviens bien, reprit-il enfin, Stucky a lancé avec un associé l'un des premiers sites boursiers en ligne sur Internet. L'affaire lui a rapporté des millions de dollars, qu'il a mis à l'abri dans des banques étrangères.

— Si nous retrouvions la trace de ces comptes, ils nous conduiraient peut-être à lui.

— Le problème, c'est que nous n'avons jamais réussi à savoir combien il en avait, ni sous quels noms. Stucky est plus rusé qu'un renard, agent Tully. Terriblement intelligent, et presque toujours maître de la situation. Contrairement à d'autres, il ne tue pas par besoin, parce qu'il a une mission ou entend des voix. Il tue pour le plaisir, parce qu'il aime ça. Pour lui, c'est un jeu de manipuler et de briser un être humain, de choquer les foules par les cruautés dont il est capable, de se payer la tête de ceux qui, comme nous, s'échinent à tenter de le piéger.

— Même cet Albert Stucky est susceptible de commettre des erreurs.

— Espérons-le. Avez-vous des indices permettant de savoir où il a emmené la victime ?

De nouveau, Tully fouilla parmi le désordre de sa table et se sentit aussitôt gêné. Il avait la mauvaise habitude d'utiliser n'importe quoi pour griffonner ses notes — serviettes de fast-foods, morceaux de papier d'emballage, tout était bon.

— Il est établi qu'il l'a enlevée avant la fin d'une de ses tournées. Des clients se sont plaints que leurs pizzas n'avaient pas été livrées. Le patron de la boîte va me fournir la liste des adresses où elle devait se rendre.

— C'est si compliqué ?

— Ils notent les adresses sur un bloc au fur et à mesure des commandes. Et le livreur emporte l'original avec lui. Il n'y a pas de double.

— On croit rêver ! soupira Cunningham avec frustration. Tout ça n'est pas très sérieux.

— J'imagine que, jusqu'ici, ce système ne leur a pas posé de problèmes. Le labo essaie de reconstituer la liste d'adresses d'après les traces et empreintes laissées sur la page suivante. Evidemment, le mieux serait de retrouver la voiture de la victime. Le détail de sa tournée est peut-être resté dedans.

— Vous avez des pistes ?

— Rien pour le moment. Nous connaissons le modèle et le numéro d'immatriculation. L'inspecteur Rosen a lancé un avis de recherche. On attend.

— Demandez à la sécurité des aéroports Reagan National et Dulles de vérifier leurs parkings longue durée.

— Bonne idée.

Tully prit note — sur le ticket de caisse de son déjeuner. Pourquoi n'utilisait-il pas un bloc, comme tout le monde ?

Perdu dans ses pensées, Cunningham réfléchissait à voix haute :

— Il l'a emmenée quelque part, c'est sûr. Dans un lieu où il pourrait prendre tout son temps avec elle, où personne ne risquait de les déranger... Pas bien loin de l'endroit où il l'a enlevée, à mon avis. Si nous pouvions mettre la main sur cette liste, cela nous donnerait peut-être quelques indications pour cibler nos recherches.

— Le problème, monsieur, c'est que j'ai couvert tout le terrain en voiture dans un rayon de dix kilomètres autour de l'endroit où on a retrouvé le corps. On se croirait dans un livre d'images. Il n'y a pas l'ombre d'un bâtiment abandonné ni d'un entrepôt désaffecté dans le secteur.

— Ce qu'il y a de plus évident ne saute pas toujours aux yeux, agent Tully. Et je vous donne mon billet que Stucky a joué là-dessus. Vous avez autre chose ?

Il s'était dégagé des étagères, parlait plus vite, plus sèchement.

— On a retrouvé un téléphone mobile dans la benne. Volé il y a quelques jours dans un centre commercial local. Le listing des appels entrants et sortants nous fournira peut-être des pistes.

— Bien. Vous semblez avoir la situation en main. Dites-moi quels sont vos besoins en personnel, surtout. Je ne suis pas en mesure de vous promettre toute une équipe, mais je pourrais sans doute si nécessaire vous affecter des gens pris sur d'autres enquêtes. Et maintenant, il est temps de rentrer chez vous, agent Tully. Temps de vous occuper de votre fille.

Il désignait la photo que Tully avait posée sur le coin de sa table. La seule dont il disposait, sur laquelle ils se tenaient par le cou, tous les trois, et souriaient à l'objectif. Elle devait être assez récente, et cependant, il ne se rappelait pas avoir été heureux à ce point. C'était aussi la première fois que Cunningham faisait référence à sa vie privée ; Tully s'étonna que ce patron distant se souvienne qu'il était séparé de sa femme.

— Euh... Une dernière chose, monsieur.

Cunningham s'arrêta au moment de franchir la porte.

— Oui ?

— Est-ce que je dois avertir l'agent O'Dell ?

— Non.

La réponse était ferme, définitive.

— Vous préférez attendre que nous soyons certains qu'il s'agit bien de Stucky ?

— Je suis sûr à quatre-vingt-dix-neuf pour cent que c'est Stucky.

— Dans ce cas, nous devrions peut-être la prévenir.

— Non.

— Mais, chef, elle pourrait...

— Ma réponse n'est-elle pas claire pour vous, agent Tully ?

De nouveau, le ton était sec, impérieux, sans que Cunningham n'ait eu à élever voix. Il regarda encore Tully quelques instants, puis il pivota sur lui-même et quitta le bureau.

21.

Une fois de plus, Turner et Delaney arrachèrent Maggie à sa chambre d'hôtel pour qu'elle dîne avec eux. Ce soir, leurs nouveaux amis de Kansas City, les inspecteurs Ford et Milhaven, les invitaient à goûter le meilleur barbecue de la ville, situé non loin du bar-grill de Newport où ils avaient passé la soirée précédente.

Maggie ne put que s'étonner devant la quantité faramineuse de bœuf engloutie par ses deux collègues du FBI. L'esprit de compétition qui les animait devenait quelque peu lassant et ridicule. Heureusement, le spectacle de leur rivalité ne lui était pas destiné. Spectateurs enthousiastes de ce sport inédit, Ford et Milhaven les poussaient à l'indigestion par leurs encouragements dignes de supporters de football. Ford avait même posé cinq dollars sur la table pour récompenser le premier à vider son assiette.

Calée contre le dossier de son siège, Maggie sirotait son whisky et cherchait à se distraire en observant la salle peu éclairée et emplie d'une brume de fumée de cigarette. Spontanément, son regard se dirigea vers la porte d'entrée. Elle s'attendait à voir Nick Morrelli apparaître d'un instant à l'autre et se demandait comment elle réagirait. Après le cours, Ford lui avait confié que Nick et lui étaient étudiants ensemble à l'université du Nebraska, et qu'il avait laissé un message à la réception de l'hôtel pour que son vieil ami les rejoigne après le repas. Plusieurs heures s'étaient écoulées, depuis. A l'évidence, Nick n'avait pas eu le message. Ou bien, il avait d'autres projets pour la soirée. Cela n'empêchait pas Maggie de le guetter. Aussi ridicule que cela paraisse, le seul fait de le savoir en ville avait réveillé en elle des émotions qu'elle croyait avoir refoulées en lieu sûr après leur dernière rencontre.

Cela remontait à cinq mois. L'événement datait très précisément du dimanche suivant Halloween, jour où elle avait quitté Platte City, dans le Nebraska, pour rentrer chez elle. Nick, alors shérif de la ville, avait passé une semaine à son côté pour traquer un psychopathe obsédé par la religion qui avait tué quatre jeunes garçons. Les deux hommes arrêtés attendaient leur procès mais, pour Maggie, le véritable coupable leur avait échappé. Elle restait convaincue que le tueur en série n'était autre que le très charismatique prêtre catholique du lieu, le père Michael Keller, disparu quelque part en Amérique latine sans laisser de trace. L'Eglise elle-même ignorait ce qu'il était advenu du prélat.

Au cours de ces cinq mois, les recherches de Maggie avaient abouti à des rumeurs concernant un jeune et séduisant prêtre qui voyageait d'une communauté agraire à l'autre et prenait en charge la paroisse sans le moindre mandat officiel. Le temps qu'elle localise le prêtre, il s'était envolé comme par enchantement et sans explication. Des semaines plus tard, elle avait retrouvé sa piste à des centaines de kilomètres de là. Et de nouveau, Keller avait disparu. Comme si ces petites communautés le protégeaient, le cachaient tel un fugitif qu'on poursuivait à tort. Ou bien comme un martyr.

Cette seule idée lui soulevait le cœur. Car, pour elle, cette idée de martyr était à l'origine de ses crimes. En tuant ces garçons qu'il croyait brutalisés, victimes de sévices sexuels, il pensait en faire des martyrs et les délivrer du mal à sa façon, en leur administrant son salut démoniaque. Qu'on le protège et qu'on fasse de lui un martyr, alors qu'il était un monstre, la révulsait.

Combien de temps s'écoulerait-il avant que ces pauvres paysans ne découvrent leurs fils assassinés en bordure d'une rivière, étranglés et poignardés, mais soigneusement lavés et ayant reçu l'extrême-onction ? Souhaiteraient-ils voir Keller châtié, alors ? Lutter contre le mal devenait chaque jour plus difficile ; insaisissable, il s'échappait entre les mailles du filet, se renforçait en s'alliant à d'autres forces mauvaises. Maggie savait que Keller avait rendu visite à Stucky dans sa prison de Floride. Plusieurs gardiens l'avaient identifié d'après photo. Et sans en avoir la preuve formelle, elle était persuadée que Keller avait donné un crucifix au prisonnier — crucifix aux allures de poignard avec lequel Stucky s'était libéré de ses liens et avait tué l'un de ses convoyeurs.

Agitant la tête pour chasser ces pensées de son esprit, elle termina son verre de whisky. Turner et Delaney avaient cessé de se goinfrer. Delaney semblait vaguement mal en point, et la peau noire de Turner luisait par endroits malgré ses efforts répétés pour s'essuyer. Elle s'apprêtait à commander un autre whisky quand Ford héla la serveuse pour réclamer l'addition. Les deux inspecteurs locaux insistèrent pour inviter toute la table. Maggie y consentit, à la condition de se charger du pourboire. Ford accepta sans se faire prier, peut-être soulagé au vu de ce que lui coûtait le monstrueux appétit de Turner et Delaney...

Si Milhaven les avait amenés en voiture, Maggie se demandait si elle n'allait pas rentrer à pied, pour ne pas se retrouver coincée entre ses deux gardes du corps, à l'arrière de la voiture. La nuit était belle, mais fraîche. Ils gagnaient le parking lorsqu'ils remarquèrent un attroupement dans la ruelle. Un policier en uniforme se tenait devant une benne à ordures afin d'en interdire l'accès à une petite foule de curieux, tous élégamment habillés.

Sans un mot, inspecteurs et agents du FBI se dirigèrent vers le groupe.

— Qu'est-ce qui se passe, Cooper, il y a un problème ? s'enquit Ford.

Pendant ce temps, Milhaven et Delaney refoulaient les badauds sur le parking situé en bordure de la ruelle.

Le flic de la police locale regardait Maggie et Turner sans oser répondre.

— Tu peux y aller, le rassura Ford. Ils sont du FBI. Alors, que se passe-t-il ?

L'agent Cooper fit un signe de tête en direction de la benne.

— Le plongeur du Bistro a sorti les poubelles, il y a une demi-heure, et il a aperçu une main qui dépassait du tas d'ordures, là-dedans. Il a appelé pour prévenir, sauf que dans la panique, il a mis tout le monde au courant.

Maggie sentit son estomac se nouer. Turner était déjà près de la benne et regardait dedans, du haut de son mètre quatre-vingt-dix. Beaucoup plus petite, Maggie trouva un casier à bouteilles et grimpa dessus pour jeter un coup d'œil. Le mouvement lui donna le vertige. Elle ferma les yeux et attendit que sa tête cesse de tourner, regrettant d'avoir trop bu. Lorsqu'elle rouvrit les paupières, elle remarqua d'abord un parapluie rouge accroché au bord de la benne — comme si le propriétaire avait voulu signifier que ce n'était pas un rebut. A moins qu'on l'ait délibérément laissé comme preuve…

— Agent Cooper ?

— Oui ?

— Quand les inspecteurs arriveront, signalez-leur la présence de ce parapluie, ici. Il faudrait l'expédier au labo et relever les empreintes.

— O.K. Je leur dirai.

Dans la benne, une femme gisait nue, étendue sur le dos. La toison pubienne rousse contrastait fortement avec le blanc de sa peau. Au premier coup d'œil, Maggie comprit que tout avait été mis en scène, ici. D'après Cooper, le plongeur avait vu une main dépasser des ordures, mais le torse de la victime était entièrement dégagé. Elle avait la tête de côté ; des épluchures de légumes lui couvraient le visage, et des restes de repas s'accrochaient à sa chevelure flamboyante. Sa bouche était partiellement ouverte, comme si on y avait introduit un objet. Maggie remarqua une tache — un grain de beauté au-dessus de la lèvre supérieure. Sa tension redoubla. Elle se pencha en avant, passa un bras à l'intérieur de la benne.

— Qu'est-ce que tu fabriques, O'Dell ? gronda Turner, qui l'observait.

Avec mille précautions, elle ôta une pelure de pomme de terre et un reste de pâtes du visage de la victime.

— C'est Rita, déclara-t-elle.

— Rita ? Qui ça, Rita ?

Maggie attendit en silence tandis que son collègue jetait un nouveau coup d'œil. Elle vit la consternation se peindre sur ses traits.

— Merde, alors ! Tu as raison.

— Vous la connaissez ? s'enquit Ford en se penchant à son tour sur la benne.

— C'est la serveuse du bar-grill, en bas de la rue, expliqua Maggie, tout en examinant ce qu'elle pouvait du cadavre.

La gorge était tranchée. L'entaille si profonde que la tête tenait à peine. Il y avait quelques ecchymoses sur le corps, mais pas de blessures ouvertes en dehors des traces de liens sur ses poignets. Quelle que soit la façon dont il l'avait capturée, il n'y avait pas eu beaucoup de lutte, et la mort était probablement survenue assez vite. Maggie en tira un certain soulagement.

Piètre soulagement, puisqu'elle aurait préféré mille fois que Rita soit en vie.

Et puis, cachée sous un amas de spaghetti, elle remarqua une incision sanglante au flanc de la jeune femme. Elle s'écarta de la benne, manqua tomber de son casier, et se rétablit d'un bond en sautant à terre. Cette fois, son vertige n'était pas seulement dû à l'alcool. Elle s'éloigna de la scène et noua ses bras autour d'elle pour juguler une crise d'angoisse. Bon sang ! Ça n'était pourtant pas son genre de tourner de l'œil sur le lieu d'un crime ! Sauf qu'il ne s'agissait pas là d'un simple malaise de novice. C'était de la terreur à l'état pur ; pas de la nausée.

— O'Dell ? Ça ne va pas ?

Turner, qui l'avait rejointe, posa une grande main amicale sur son épaule. Elle eut un mouvement de recul.

— C'est Stucky qui a fait ça, dit-elle dans un souffle en évitant son regard.

— Voyons, O'Dell...

— J'ai cru l'apercevoir, hier, pendant que nous dînions au bar-grill.

— Autant que je me souvienne, nous avions tous bu notre compte.

— Non, Turner, ce n'est pas cela. Stucky aura remarqué que nous bavardions et plaisantions avec elle. Il l'a prise pour victime à cause de moi.

— O'Dell, nous sommes à Kansas City. Et tu ne figures pas sur le programme du séminaire. Stucky ne peut pas savoir que tu es ici.

— Vous croyez que je perds les pédales, Delaney et toi, n'est-ce pas ? Seulement ça, mon vieux, c'est signé Stucky. Nous devrions nous mettre en quête d'un emballage de fast-food abandonné avant que quelqu'un d'autre ne le trouve.

— Je pense que tu es sur les nerfs et que...

— C'est lui, Turner, je le sais. Et ce qu'il a prélevé sur elle va reparaître à une terrasse de café. Peut-être même devant ce restaurant-ci.

Il jeta un coup d'œil alentour pour s'assurer que personne ne prêtait attention à eux, et il reprit à voix basse :

— Je comprends que tu surveilles tes arrières, que tu te sentes menacée et tout ça, mais...

— Tu ne me crois pas, hein ? Pourtant, je sais de quoi je parle. Ce n'est pas mon imagination.

De nouveau, il tendit la main vers l'épaule de Maggie pour la réconforter. Elle bondit en arrière, rétive. Au même moment, une silhouette sombre attira son attention, de l'autre côté de la ruelle.

— Respire, O'Dell. Calme-toi.

L'homme se tenait en bordure de la foule qui avait doublé en quelques minutes. Il était trop loin pour qu'elle puisse distinguer ses traits dans l'obscurité. Mais il portait une veste de cuir noir comme l'homme de la veille. Le rythme des battements de cœur de Maggie s'accéléra.

— Il est ici, murmura-t-elle en se plaçant derrière Turner pour l'observer à son insu.

— O'Dell, je t'en prie !

Le ton était sec. Turner perdait patience.

— Il y a un type dans la foule, expliqua-t-elle sans hausser la voix. Grand, brun, mince, au visage anguleux. A ce que j'aperçois de son profil, ce pourrait être Stucky. Et il porte un truc qui ressemble à un carton de fast-food.

— Comme beaucoup d'autres ici. Réfléchis. Nous sommes en plein dans le quartier des restaurants.

— C'est peut-être Stucky, Turner.

— Ou le maire de Kansas City.

— Très bien. Si tu le prends comme ça, je vais y aller moi-même.

Elle commença de marcher, mais Turner la retint par le bras avec un soupir exagéré.

— Tu ne bouges pas et tu restes calme.

— Qu'est-ce que tu vas faire ?

— Aller causer à ce bonhomme, lui poser quelques questions.

— Et si c'est Stucky ?

— Ne t'inquiète pas, je le reconnaîtrai, ce salopard. Sinon, c'est toi qui paies la note du dîner demain soir. Et d'après moi, tu peux déjà affûter ta carte de crédit pour la côte de bœuf du siècle.

Tandis que Turner s'éloignait, Maggie alla se positionner derrière Delaney et Milhaven afin de suivre la scène sans être vue. Ils discutaient base-ball, ne se doutaient de rien. Turner avançait d'un pas autoritaire. Hélas ! il ne l'avait visiblement pas prise au sérieux et il ne serait absolument pas prêt à passer à l'action si l'inconnu était bien Stucky.

Elle glissa la main sous sa veste, défit l'attache de son holster et referma les doigts sur la crosse de son revolver. Son cœur tambourinait contre ses côtes. La rumeur des conversations s'estompa et le temps parut s'arrêter alors qu'elle se concentrait sur l'homme à la veste de cuir noir. Etait-ce ou non Stucky ? Cette ordure aurait-il l'audace de tuer dans une ville qui grouillait de policiers venus du pays entier ? De rester là à jouer les curieux, juste sous leur nez ? Oui. Stucky y trouverait un défi digne de lui. Et une bonne occasion de se payer leur tête, à tous. Un souffle de vent humide fit courir un frisson le long de son dos tendu dans l'attente.

Turner n'avait pas atteint l'attroupement que l'homme tournait les talons pour s'en aller.

— Hé ! une minute, là-bas ! s'écria Turner. Je voudrais vous parler !

Le type partit en courant, poursuivi par Turner. Delaney se tourna vers Maggie, pour lui demander quelque chose, mais elle s'était déjà élancée. Elle traversa le parking, l'arme au poing, le canon dirigé vers le sol. La foule s'écartait sur son passage. Elle n'avait qu'une pensée en tête : cette fois, Stucky ne lui échapperait pas.

22.

Le cœur de Maggie battait à se rompre. Turner avait tourné à un coin et disparu dans une ruelle adjacente. Sans ralentir l'allure, elle s'y engouffra à son tour, sprinta encore sur une vingtaine de mètres, puis s'obligea à s'arrêter. La venelle, étroite, était à peine assez large pour une voiture, et les hauts murs de brique qui la cernaient bloquaient la lumière de la rue. Quelques ampoules nues éclairaient faiblement les portes de service, à l'arrière des immeubles. Plissant les yeux, Maggie scruta les ombres, tendit l'oreille et s'efforça d'entendre malgré le bourdonnement qui lui emplissait la tête. A bout de souffle, elle cherchait l'air, comme si elle avait couru un marathon. Elle avait la peau moite, les muscles tendus, tous les sens en alerte. Où diable étaient-ils passés ? Elle n'avait pourtant que quelques secondes de retard sur eux...

Il y eut un bruit derrière elle. Tenant fermement son Smith & Wesson près du corps, elle fit volte-face, prête à tirer — et à réduire en miettes le gobelet de carton vide que le vent poussait le long de la ruelle. Calme. Elle devait rester calme, concentrée.

De nouveau, elle scruta l'obscur passage en frissonnant dans l'air nocturne et frais. Il lui fallait retrouver le contrôle de sa respiration. Elle étouffait. Pas à cause de l'effort ; c'était la peur qui l'asphyxiait. Bon sang ! Elle ne se laisserait pas manipuler par ce salaud ! Il fallait qu'elle se calme, qu'elle maîtrise son souffle…

Elle reprit sa marche en avançant à pas prudents. La chaussée était vétuste, avec de vieux pavés érodés et disjoints. Une cheville tordue, une chute, et elle devenait une proie facile. Mais elle ne regardait pas ses pieds ; elle cherchait à détecter le moindre mouvement, sondait les recoins sombres, les entassements de caisses, la gueule noire des entrées, les escaliers de secours, les endroits susceptibles d'offrir une cachette. Cette fois, Albert Stucky ne la surprendrait pas.

Où diable était Turner ? Elle l'aurait bien appelé, mais c'était trop risqué. Et si elle s'était trompée de passage ? Non. Elle les avait bien vus emprunter celui-là.

Devant elle s'ouvrait un terrain vague sur lequel deux voitures étaient stationnées. Une benne à ordures lui bloquait la vue. Derrière, elle perçut un bruit de course dans la rue perpendiculaire, mais ils dépassèrent la venelle. Des voix étouffées lui parvinrent depuis le terrain vague. Elle se plaqua contre le mur de brique et s'approcha lentement. Sa poitrine la brûlait, ses jambes la soutenaient à peine mais, malgré ses paumes moites, elle tenait fermement en main son revolver, le canon toujours pointé vers le sol.

Parvenue au bout du bâtiment, elle s'accroupit pour se mettre à couvert derrière la benne. Que faisaient Delaney et Milhaven ? Ils auraient dû revenir sur leurs pas, à présent ! Et Dieu qu'il faisait noir ! Passé le bout de la ruelle, on ne distinguait plus rien.

A présent, toutefois, elle entendait des voix de façon claire et audible.

— Une petite minute. Qu'est-ce que vous avez dans les mains ?

C'était la voix de Turner. Il n'obtint pas de réponse. Si Stucky était armé d'un poignard, elle n'entendrait rien avant qu'il ne soit trop tard. Elle se pencha un peu. L'homme à la veste de cuir lui tournait le dos. Excellent. Mais à quelle distance était-il de Turner ?

Des pas résonnèrent derrière elle. On approchait, sans se soucier de faire du bruit sur les pavés. De sa cachette, les nouveaux venus lui étaient invisibles. Elle ne pouvait pas leur faire signe de s'éloigner, de se mettre à l'abri. Quel raffut ! S'ils continuaient, Stucky les entendrait. Il les avait peut-être même déjà entendus. Elle devait agir. Immédiatement.

D'un bond, elle sortit de derrière la benne, se campa sur ses jambes. Bras tendus devant elle, elle visa la tête de l'autre salaud et tira le chien de son arme vers l'arrière. Au même moment, Stucky tressaillit.

— Ne bouge plus ou je t'explose le crâne ! lui lança-t-elle.

— O'Dell, du calme ! protesta Turner.

Elle l'apercevait, maintenant. Il se tenait à proximité du bâtiment, le visage dans l'ombre. Avec Stucky entre eux, impossible de savoir s'il avait dégainé. Elle se concentra donc sur sa cible, qui se trouvait à moins de trois mètres d'elle.

— O'Dell, tout va bien, dit encore Turner.

Mais il était immobile, restait sur place. Stucky le tenait-il en joue ?

— Laisse tomber ce que tu tiens ! ordonna Maggie. Mains en l'air, et vite !

Les murs répercutèrent sa voix comme dans une cathédrale.

Derrière elle, les pas précipités s'étaient ralentis. Ils n'étaient que quelques hommes, et pas toute une armée comme on aurait pu le croire en raison de l'écho. Elle ne se retourna pas, demeura concentrée sur la tête de Stucky qui, figé, ignorait son ordre.

— J'ai dit les mains en l'air, bordel !

— O'Dell, tout va bien, répéta Turner.

Et cependant, ils restaient étrangement cloués sur place. Derrière elle, les autres gardaient leurs distances. Maggie se rapprocha, le dos ruisselant de sueur. Le vent lui ébouriffait les cheveux, des mèches lui tombaient dans les yeux. Peu importait. Le doigt sur la détente, prête à tirer, elle maintenait sa position de tir, tendue au point que ses muscles étaient proches de la tétanie.

— Pour la dernière fois, laisse tomber ce que tu tiens et lève les bras ou je te fais péter le crâne.

Elle avait grondé cet ultimatum entre ses dents serrées. Les tempes lui battaient. Sa main lui faisait mal tant elle serrait la crosse, tant il lui fallait d'effort pour retenir son doigt sur la détente et ne pas tirer.

Enfin, l'homme leva les bras. La boîte de plastique glissa sur le pavé, répandant son contenu qui éclaboussa les pieds de Maggie. Elle ne baissa pas les yeux ; elle ne voulait pas savoir quel organe de Rita il avait prélevé. Elle fixait sa cible — une touffe de cheveux bruns à la base de son crâne. Sous cet angle, et à cette distance, la balle irait droit au cerveau ; elle réduirait le cervelet en bouillie pour aller se loger dans le lobe frontal. Il serait mort avant que son corps ne touche le sol.

— Tout doux, Maggie. Du calme.

La voix de Delaney qui était près d'elle, à présent.

Les autres restaient en arrière. Turner sortit enfin de l'ombre. Il n'était visiblement pas blessé. Le silence était tel que Maggie eut l'impression qu'ils retenaient tous leur souffle. Mais elle garda la même position, n'abaissa pas son arme.

— Retourne-toi ! ordonna-t-elle à Stucky, qui lui tournait toujours le dos.

— O'Dell, tu peux ranger ton flingue, dit Turner.

Elle demeura concentrée sur sa cible. Pas question de le laisser filer à cause d'un moment d'inattention.

— Tu vas te tourner, bon sang ! lança-t-elle.

Son estomac n'était plus qu'une crampe. Serait-elle capable de le regarder en face ?

Lentement, il pivota. Le doigt de Maggie se crispa sur la détente. Il ne lui faudrait pas plus d'une fraction de seconde pour ajuster son tir, viser entre les yeux. Et un autre millième de seconde pour tirer. Mais elle tenait à ce qu'il voie le coup venir. Elle voulait qu'il la regarde, qu'il sache ce qu'une personne éprouve quand une autre avait sur elle pouvoir de vie ou de mort. Elle voulait qu'il éprouve de la peur ; elle voulait voir la peur s'inscrire dans ses yeux.

L'homme la fixait, maintenant, terrorisé, les traits défaits et les mains tremblantes. Il semblait sur le point de s'évanouir de frayeur. C'était la réaction que Maggie attendait, dont elle avait rêvé, la vengeance qu'elle espérait. A cela près que l'homme n'était pas Albert Stucky.

23.

Tôt le matin
Mardi 31 mars

Maggie ouvrit à Delaney puis, sans un mot, elle lui tourna le dos et recommença d'aller et venir dans sa chambre. Il était entré, mais restait immobile, gardant la main sur le bouton de la porte, comme si sa mission lui pesait et qu'il rêvait de s'échapper. Turner et lui avaient-ils joué à pile ou face pour savoir qui lui parlerait ?

Il finit par se décider et traversa la pièce en évitant de couper son chemin à Maggie, alors qu'elle continuait d'arpenter la chambre et l'ignorait. Il s'assit à la table bancale, examina le gobelet de plastique vide et la mignonnette de whisky, les renifla tour à tour avant de les remettre en place. Le col de sa chemise était ouvert, sans cravate, et les manches retroussées au-dessus du coude ; ses traits étaient creusés et il avait l'air accablé de fatigue. Au cours d'un de ses passages, Maggie le vit se passer une main sur le visage, puis dans les cheveux. Elle attendait qu'il s'exprime le premier ; elle n'était pas d'humeur à discuter, moins encore à subir un sermon. Si seulement ils pouvaient lui ficher la paix !

— Maggie, tu nous inquiètes.

Voilà. C'était parti. Et il fallait qu'il commence par un coup bas, qu'il joue sur le registre amical. Qu'il l'appelle par son prénom était mauvais signe. Elle aurait préféré avoir affaire à Turner qui, lui au moins, aurait râlé un peu.

— Vous vous inquiétez à tort, répondit-elle posément.

— Mais regarde-toi ! Tu es tellement à cran que tu ne tiens pas en place.

Sans cesser de marcher de long en large, elle enfouit les mains dans ses poches pour cacher le tremblement qui les agitait depuis son retour à l'hôtel. Bizarrement, son pantalon lui parut soudain bien lâche. Avait-elle donc maigri sans s'en apercevoir ? Elle y réfléchirait plus tard. Se doutant des reproches qui l'attendaient, elle alla droit au but :

— D'accord, je me suis trompée sur notre bonhomme. Mais c'était de bonne foi.

— Je n'en doute pas.

— De dos, il avait la même allure que Stucky. Et pourquoi cet imbécile n'a-t-il pas obéi à mes ordres ? Ce n'est pas faute d'avoir insisté.

— Il ne comprend pas l'anglais.

Elle s'arrêta net et le dévisagea. Cette pensée ne l'avait pas effleurée. Evidemment. Elle était convaincue qu'il s'agissait de Stucky, n'en avait pas douté une seconde.

— Pourquoi a-t-il pris la fuite quand Turner l'a appelé ?

— Va savoir. C'est peut-être un immigré en situation irrégulière. La question n'est pas là, Maggie. Ce qui me tracasse, c'est que non contente de lui faire répandre son foie de veau vénitienne sur le pavé, tu as bien failli lui exploser la tête.

— J'ai suivi les consignes, et rien d'autre. Je ne voyais pas Turner. Je ne voyais pas non plus ce que cet abruti tenait à la main et il n'obéissait pas aux ordres. Toi qui es si malin, Delaney, comment tu aurais réagi à ma place ?

Pour la première fois depuis son arrivée, il la regarda dans les yeux. Elle soutint son regard, bien qu'il lui en coûtât.

— J'aurais sans doute fait la même chose, reconnut-il.

Il se détourna sur cet aveu. Il était gêné, à présent, estima Maggie. Cette petite visite n'augurait décidément rien de bon ; elle dépassait le cadre de l'inquiétude amicale et du simple sermon. Dans l'attente de la suite, elle s'adossa à la commode, seul meuble à peu près solide de la pièce.

— Qu'est-ce qui se passe, Delaney ? Tu ne me dis pas tout, je le sens.

— J'ai appelé le directeur adjoint Cunningham. Il fallait que je le prévienne de l'incident de ce soir.

— Merde, tu charries ! marmonna-t-elle entre ses dents.

Et elle se remit à tourner comme un lion en cage dans la chambre.

— On s'inquiète pour toi, Maggie.

— Merci, j'avais compris.

— Rien qu'à te voir, hier soir, tu me flanquais la trouille. Tu avais l'œil mauvais. Et tu mourais d'envie de presser la détente.

— Mais je n'ai pas tiré, hein ? Cela ne compte pas pour rien, peut-être ? Je n'ai pas appuyé sur cette foutue détente !

— Non. Pas cette fois.

Elle s'arrêta près de la fenêtre, fixa les réverbères de la place en se mordant la lèvre. Sa vision se brouilla, mais elle ne pleurerait pas. Derrière elle, Delaney restait silencieux. Elle attendit, lui opposant son dos. Enfin, il se décida et reprit d'une voix basse :

— Cunningham a demandé que tu rentres à Quantico. Il nous envoie Stewart par le premier avion pour te remplacer au séminaire. Il sera là d'ici deux heures. Tu n'as pas à te soucier du cours de ce matin.

Maggie regardait en bas les premières voitures qui traversaient le carrefour. De cette hauteur, on aurait dit un jeu vidéo fonctionnant au ralenti. Les réverbères clignotèrent, avant de s'éteindre. Le jour se levait. Et elle ne s'était pas encore couchée.

— J'espère au moins que tu as parlé de Rita à Cunningham.

— Bien sûr.

Nouveau silence. Lentement, elle lui fit face pour observer ses réactions.

— Croit-il au moins que Stucky est derrière ce meurtre ?

— Je l'ignore. Il ne m'en a rien dit et je ne lui ai pas posé la question.

— Peut-être veut-il me remettre sur l'affaire, alors. Qu'en penses-tu ?

Delaney se détourna et baissa les yeux sur la nappe. Son attitude était plus éloquente qu'une réponse.

— Doux Jésus ! Cunningham croit que je perds la boussole, murmura Maggie avant de se retourner vers la fenêtre.

Elle appuya le front contre la vitre dans l'espoir que la fraîcheur lui calmerait les nerfs. Les émotions bouillonnaient en elle. A sa colère se mêlait maintenant un cuisant sentiment d'échec.

Un long moment passa, puis elle entendit Delaney se lever.

— J'ai réservé ton vol. L'avion décolle un peu avant 13 heures. Comme je n'ai pas de cours aujourd'hui, je peux te conduire à l'aéroport.

— Ne te dérange pas. Je prendrai un taxi.

Il attendait, s'agitait nerveusement, mais Maggie se refusait à lui faire face. A lui donner l'absolution sans laquelle Delaney culpabiliserait. En bas, le jeu vidéo s'animait, les rectangles de couleur se multipliaient — noirs, rouges, blancs —, s'arrêtaient et repartaient au rythme des feux du carrefour.

— Maggie, c'est qu'on s'inquiète tous pour toi, tu sais.

— C'est ça ! rétorqua-t-elle, sans chercher à masquer la rage qui l'étouffait.

Toujours face à la fenêtre, elle attendit que le battant se referme doucement sur lui, puis elle alla verrouiller la porte et s'adossa au mur, humiliée et furieuse ; blessée dans ses espoirs déçus, elle resta à écouter les battements précipités de son cœur. Pourquoi ne pouvait-elle pas accepter de se plier ? Elle devait rentrer chez elle, dans son immense maison, avec ses affaires dans des caisses, son système d'alarme dernier cri. Elle devait renoncer, lâcher prise, laisser tomber avant d'aller trop loin, de franchir le point de non-retour.

Le dos plaqué contre le battant de la porte, les yeux rivés au plafond, elle s'efforça de respirer lentement. Le temps que son cœur emballé s'apaise ou, au moins, qu'elle recouvre ses esprits. Et soudain, sa décision fut prise. Elle regagna le centre de la pièce, ôta les vêtements qu'elle portait depuis la veille pour se vêtir d'un jean et d'un sweat-shirt, assortis d'une vieille paire de Nike. Elle passa son holster à son épaule, avec le revolver dedans, glissa son badge dans sa poche arrière et enfila un coupe-vent du FBI.

Sa trousse de médecin légiste ne lui servait plus depuis des mois, mais elle ne partait jamais sans l'emporter. Elle en tira plusieurs paires de gants en latex, des sacs en plastique de labo et un masque de chirurgien, fourrant le tout dans ses poches de veste.

Il était presque 6 heures. En théorie, elle n'avait que six heures devant elle ; mais elle ne quitterait pas la ville sans avoir fait la preuve que le meurtre de Rita portait la signature d'Albert Stucky. Même s'il lui fallait pour cela fouiller toutes les bennes à ordures et vérifier tous les cartons de fast-food abandonnés dans le quartier commerçant de Westport. Galvanisée par sa décision, elle empocha la clé magnétique de sa chambre et sortit.

24.

— Hé ! la p'tite dame ! Qu'est-ce que vous cherchez là-dedans ?

Sans cesser de remuer les détritus, Maggie jeta un coup d'œil par-dessus son épaule. Elle était dans les ordures jusqu'aux genoux. Ses Nike étaient tachées de sauce tomate, ses mains gantées poisseuses. Les émanations d'ail, d'antimite et de nourriture avariée lui piquaient les yeux.

— FBI ! lança-t-elle en se tournant pour montrer les lettres jaunes sur le dos de sa veste.

— Merde, alors ! Je peux peut-être vous aider ?

Chassant les mouches qui la traitaient en envahisseur, Maggie regarda de nouveau celui qui l'interpellait. Il avait à peine une vingtaine d'années, une cicatrice récente à la mâchoire, et son nez cassé conservait des restes d'ecchymose. Autant d'indices d'une bagarre récente. Elle scruta vivement la ruelle au cas où le reste de sa bande serait dans les parages.

— J'ai plus d'aide qu'il ne m'en faut, assura-t-elle en bluffant froidement. Les flics de la police locale sont à deux bennes d'ici.

La réussite fut totale. Le garçon se mit à danser d'un pied sur l'autre, nerveux, prêt à filer.

— Bon, ben... Bonne chance alors.

Et plutôt que de partir dans un sens ou dans l'autre, il s'engouffra par la première porte ouverte et disparut à l'arrière d'un entrepôt.

Maggie écarta un gros sac-poubelle sans l'ouvrir. Ça n'était pas le style de Stucky qui, jusque-là, n'avait encore jamais caché ses paquets-cadeaux. Il les laissait toujours en évidence, à la portée du premier innocent venu. Peut-être même perdait-elle son temps à retourner les poubelles.

Elle s'interrogeait sur sa démarche quand son œil s'arrêta sur un carton de fast-food. Lentement, elle s'approcha, levant les genoux, comme si elle marchait dans l'eau, ignorant le bruit humide des ordures sous ses pieds. Les deux derniers emballages qu'elle avait examinés contenaient un reste de hamburger moisi et des reliefs de travers de porc nauséabonds. Mais à chaque fois, elle éprouvait la même chose : les battements de son cœur s'accéléraient sous l'effet de l'adrénaline tandis qu'elle écartait pêle-mêle mouches, mégots, papier aluminium froissé, épluchures de légumes et salade fanée.

Elle dégagea le carton et le souleva délicatement en le maintenant droit. Il était suffisamment grand pour un rein ou un poumon. Un jour, elle avait découvert un poumon, cadeau de Stucky, tassé dans une boîte pas plus grosse qu'un sandwich.

Malgré la fraîcheur matinale, son dos ruisselait de sueur. Elle devait avoir fière allure ! Et sentir aussi mauvais que les immondices dans lesquelles elle pataugeait. Elle prit une grande inspiration et souleva le couvercle. Malgré le masque qui lui couvrait le nez et la bouche, elle dut se détourner à cause de l'odeur. Qui aurait deviné que les fettucines d'Alfredo puaient l'œuf pourri au bout de quelques jours ? A moins bien sûr qu'il s'agisse d'autre chose ; mais pour s'en assurer, il faudrait ôter la couche de moisissure verdâtre. Elle fermait la boîte quand une voix lança :

— Vous trouvez votre bonheur ?

Elle sursauta. La jeune brute était-elle de retour ? Il ne manquerait plus que cela ! Elle coula un regard par-dessus le bord de la benne et vit l'inspecteur Ford qui l'observait. Comme elle, il s'était changé ; il portait un jean et un sweat-shirt gris à capuche, l'ensemble assorti d'une casquette bleue au logo des Kansas City Royals. Il paraissait plus jeune sans son costume et son compagnon plus âgé.

Elle se débarrassa de son masque, qu'elle laissa pendre autour de son cou.

— Je trouve surtout qu'on gaspille beaucoup trop de nourriture dans ce pays, déclara-t-elle en se dirigeant vers l'endroit où elle avait placé un casier à bouteilles pour grimper dans la benne.

— Tiens donc ! J'ignorais que le FBI se préoccupait de ce genre de questions.

Comptait-il lui aussi la chapitrer ? Non. Il souriait.

— Vous êtes ici en mission secrète, ou c'est votre jour de repos ? interrogea-t-elle d'un ton persifleur.

— Je pourrais vous demander la même chose.

— J'avais un moment de libre, ce matin, expliqua Maggie, comme si cela justifiait qu'elle soit à patauger dans les ordures jusqu'aux genoux.

— Hé ! Ford, où tu es passé ? lança alors une voix familière.

— Par ici ! cria l'inspecteur.

Nick Morrelli n'était pas encore dans la ruelle que Maggie sentit son estomac se nouer. Lorsqu'il apparut enfin, en jean et sweat-shirt rouge des Nebraska Cornhuskers, il se révéla aussi séduisant que dans ses souvenirs. Il la reconnut, et son visage s'éclaira d'un sourire.

— Maggie ?

Elle arracha ses gants et le masque de chirurgien, qu'elle jeta dans la benne.

— Salut, Nick, dit-elle.

Soudain consciente des mouches qui lui tournaient autour, elle les chassa, puis remonta ses cheveux derrière ses oreilles.

— J'oubliais que vous vous connaissiez, tous les deux, intervint Ford, qui indiqua à Nick : Maggie avait un peu de temps libre, ce matin.

— Cela me fait plaisir de te voir, Maggie.

Elle se sentit rougir et, furieuse contre elle-même, tenta de couper court à tout débordement sentimental.

— Mais sans doute pas de me sentir. J'empeste !

Agrippant le bord de la benne, elle passa une jambe par-dessus. Son pied n'eut pas le temps de trouver l'escabeau de fortune que les mains fermes de Nick la soulevaient par la taille. Le trouble de Maggie s'accrut. Malgré l'abominable odeur de poubelle, elle perçut le délicat parfum de son eau de toilette.

Lorsqu'il l'eut déposée à terre, il prolongea le contact physique quelques secondes encore. Gênée, elle n'osait pas lever les yeux sur les deux hommes. Pourquoi son cœur battait-il si fort ? Enfin, quoi, elle n'était plus une gamine !

Elle fixait ses pieds, et frotta ses Nike contre le bas de son pantalon souillé pour les nettoyer un peu. Manœuvre de diversion, le temps de se ressaisir. Enfin, elle se décida à lever la tête, pour s'apercevoir que les deux hommes l'observaient. Prudente, elle continua d'éviter les yeux de Nick, des yeux qui avaient le don de la percer, de détecter les failles qu'elle s'efforçait de cacher.

— Alors, reprit Ford, vous avez trouvé votre bonheur, là-dedans ?

Turner et Delaney lui avaient-ils parlé d'Albert Stucky et de son obsession ? se demanda Maggie. L'inspecteur Ford avait-il remarqué qu'elle avait failli perdre son sang-froid, la nuit dernière ? S'était-il renseigné auprès de Nick ? Car il se souvenait parfaitement que Nick et elle se connaissaient. N'avait-il pas invité Nick à les rejoindre la veille, au restaurant ? Nick qui n'était pas venu, d'ailleurs. Mais peut-être ne souhaitait-il pas la revoir ? S'il vivait à Boston à présent, pourquoi ne l'avait-il pas appelée ? En tout cas, il la détaillait en souriant — mais il se taisait, Dieu merci.

— Non, je n'ai rien trouvé, déclara-t-elle finalement.

Et pour détourner la conversation, ne pas se voir contrainte d'avouer qu'elle faisait les poubelles en quête d'organes prélevés par Albert Stucky, elle changea de sujet :

— C'est vous qui êtes sur l'enquête ?

— Pas officiellement. Maïs il y a de grandes chances que Milhaven et moi soyons chargés de l'affaire. En attendant, je suis de congé, aujourd'hui. J'avais prévu de bruncher en compagnie de Nick.

— Et vous passez par les allées, à l'arrière des restaurants ?

Ford se tourna vers Nick en grimaçant.

— Rien ne lui échappe, pas vrai ?

— Oh ! que non. Elle est impitoyable.

Le regard de Nick croisa celui de Maggie. Ses yeux bleus lui parlaient de tout autre chose, d'intimité partagée, de souvenirs troublants, beaucoup trop troublants. Mieux valait ne pas s'y attarder, ne pas gâcher l'humeur du moment... et relancer la discussion sans attendre que Ford lui fasse remarquer qu'elle empiétait sur son territoire. Elle avait suffisamment d'ennuis avec Cunningham sans s'en attirer d'autres.

— Alors, inspecteur, avouez. Vous êtes venu jeter un nouveau coup d'œil pour votre enquête, pas vrai ?

— O.K. Flagrant délit, je vous concède le point. Je racontais à Nick l'incident d'hier soir.

De nouveau, Maggie se demanda ce que les deux hommes s'étaient dit. Nick connaissait toute l'histoire de Stucky, jusque dans les détails les plus sanglants. Il avait été le témoin de ses cauchemars. Mais elle demeura impassible, comme si l'épisode de la veille n'avait été pour elle qu'une simple chasse de pure routine. En vérité, peu lui importait l'opinion de Ford. Pas question en revanche que Nick la croie en passe de perdre la tête.

— Pour ne rien vous cacher, O'Dell, vous avez éveillé ma curiosité, hier soir.

Aïe ! Voilà qui était mauvais signe.

— Vraiment ?

— Toutes ces références à Albert Stucky m'ont intrigué et vaguement flanqué la trouille.

Le regard de Maggie passa de l'un à l'autre, alors qu'elle cherchait à savoir s'ils la prenaient ou non au sérieux. Contre toute raison, elle ne put s'empêcher de demander :

— Vous me croyez donc paranoïaque ?

Il y avait un accent de colère dans sa voix, que Nick remarqua, car il prit un air soucieux. Ford, lui, paraissait décontenancé.

— Non, bien sûr. Ce n'est pas ce que je voulais dire... Enfin, si. Pour être franc avec vous, c'est ce que je pensais hier soir.

— Albert Stucky n'est pas un imbécile. Et il a les moyens de se rendre où il veut quand bon lui semble. N'allez donc pas imaginer que Kansas City est à l'abri sous prétexte qu'il n'a encore jamais frappé dans le Midwest.

Et voilà. La colère avait pris le dessus. A la seule mention de Stucky, elle démarrait au quart de tour. Preuve de l'emprise qu'il avait sur elle. Dieu que c'était exaspérant ! Sentant que Nick l'observait, elle évita son regard.

Ford la dévisageait, lui aussi. Mais, à son expression, elle comprit qu'il ne la jugeait pas ; il attendait simplement qu'elle termine sa tirade.

— Je peux parler, à présent ? demanda-t-il.

— Je vous en prie.

Maggie croisa les bras sur sa poitrine dans une attitude de défi, tout en se préparant au pire.

— Hier soir, je n'y croyais pas, avoua Ford. Je ne voyais pas pourquoi ce Stucky aurait brusquement décidé de sévir à Kansas City plutôt que sur la côte Est. J'en connais assez sur les tueurs en série pour savoir qu'en règle générale, ils restent en territoire familier. Seulement, avant de rejoindre Nick, j'ai assisté à l'autopsie de votre amie Rita.

Ford jeta un bref coup d'œil à Nick, avant de reporter son attention sur Maggie et de conclure :

— Il semblerait qu'on ait prélevé un rein sur la victime.

25.

Tully vérifia l'heure. Cela ne ressemblait guère à Cunningham d'arriver en retard pour un rendez-vous. Il se laissa aller sur son siège et attendit. Peut-être que sa montre avançait.

Derrière le bureau du patron, était accrochée une carte qui retraçait ses vingt ans de service à la tête de l'unité de soutien aux enquêtes. Des punaises y marquaient les lieux où les tueurs en série avaient frappé, chaque couleur désignant un criminel particulier. Les couleurs ne tarderaient d'ailleurs pas à manquer au vu des nuances qui, déjà, étaient apparues — violet, violet clair, violet transparent....

Tully savait que son chef avait participé aux enquêtes les plus éprouvantes, telles que l'affaire John Wayne Gacy ou celle du tueur de Green River, entre autres. En comparaison, il n'était qu'un bleu avec ses six ans d'expérience de profiler — derrière un bureau, pas même sur le terrain. Il se demandait comment on pouvait vivre jour après jour pendant des décennies au contact des pires brutalités sans devenir désabusé et cynique ?

Il jeta un nouveau coup d'œil sur le bureau. Il y avait là un agenda relié cuir, deux stylos à bille avec leur capuchon intact — lui mâchait les siens, ou bien les égarait —, un bloc-notes sans trace de griffonnage nerveux, et une plaque de cuivre au nom du patron, le tout en ordre militaire. Dans cette pièce austère, il n'y avait aucun objet personnel, pas de sweat-shirt roulé en boule dans un coin, pas de bibelots, de photos, de ballons de football miniatures. En réalité, Tully ignorait tout de la vie privée de son patron — s'il en avait une.

Le directeur adjoint Cunningham portait bien une alliance, mais il donnait l'impression d'habiter à Quantico. Jamais il ne déplaçait un rendez-vous à cause d'un match ou d'une fête scolaire ; jamais il ne s'absentait pour rendre visite à ses enfants, s'il en avait, dans leur résidence universitaire. Et jusqu'à ce matin, jamais ce petit homme discret à la voix douce qui était devenu une légende au FBI — mais à quel prix ? — n'était arrivé en retard pour un rendez-vous.

— Désolé de vous avoir fait attendre, lança-t-il lorsqu'il entra enfin dans le bureau.

Il ôta sa veste, la posa avec soin sur le dossier de sa chaise et s'assit.

— Alors, agent Tully, vous avez du nouveau ?

Les premiers temps, ces manières abruptes l'avaient désarçonné, mais il appréciait aujourd'hui de ne pas avoir à se répandre en politesses convenues et autres banalités. Même si cette absence de toute conversation non professionnelle rejetait leur vie privée dans l'ombre.

— Je viens de recevoir par fax les rapports de police de Kansas City, monsieur.

Il tira un résumé des dossiers qu'il avait apportés, s'assura qu'il était complet et le tendit à Cunningham. Celui-ci remonta ses lunettes pour lire cependant que Tully poursuivait :

— D'après les résultats de l'autopsie, elle serait morte égorgée. Pas d'autres blessures. La victime portait une entaille au flanc par laquelle on a extrait un rein.

— On a retrouvé l'organe manquant ?

— Non. Mais avant l'autopsie, la police de Kansas City ne l'avait pas cherché. Il est possible que quelqu'un l'ait trouvé par hasard et jeté sans savoir de quoi il s'agissait.

Le silence tomba. Cunningham termina sa lecture et se frotta le menton après avoir déposé le document sur le bureau.

— Quel est votre point de vue sur ce meurtre, agent Tully ?

— Il y a quelque chose qui cloche. Il survient beaucoup trop tôt après celui de la livreuse de pizzas ; et trop loin du territoire d'élection de Stucky. Pourtant, cette fois encore, il y avait une empreinte de pouce en évidence. Laissée sur le manche d'un parapluie appartenant à la victime, et qu'on avait préalablement essuyé. Et comme pour le meurtre précédent, cette empreinte ne correspond pas à celles de Stucky.

Cunningham plissa le front en se tapotant les lèvres de l'index. Ses rides semblaient plus prononcées, ce matin, et ses cheveux poivre et sel plus gris que d'ordinaire.

— Alors, Stucky ou pas ?

— Le style est bien celui de Stucky. Et l'autre meurtre est trop récent et a trop peu été évoqué dans la presse pour influencer un éventuel imitateur. Quant à l'empreinte, elle pourrait être celle d'un tiers qui serait passé là après le crime. Le cadavre a été découvert par un employé du restaurant, et sa description des choses n'est pas conforme à ce qu'ont trouvé les flics de Kansas City. Ils pensent que les lieux ont été contaminés. Quoi qu'il en soit, ils envoient une copie de l'empreinte à nos gars du centre de Clarksburg. Nous verrons bien si elle correspond à l'empreinte non identifiée de Newburgh Heights. Il y a de grandes chances que non.

— Admettons. Et si Stucky est bien l'auteur de cette boucherie ?

Tully se doutait déjà de ce que pensait son chef ; apparemment, il tenait à se l'entendre confirmer.

— Si c'est bien Stucky, tout porte à croire qu'il a suivi O'Dell à Kansas City. Il cherche peut-être un moyen de l'attirer dans un nouveau jeu.

Cunningham consulta sa montre.

— Elle devrait être dans l'avion du retour à l'heure qu'il est.

— Non, monsieur, elle a changé sa réservation. J'ai vérifié, car je comptais aller la chercher à l'aéroport. Elle ne part que dans la soirée.

Cunningham agita la tête avec un soupir frustré, puis il décrocha le téléphone et composa un numéro.

— Anita ? Vous avez le numéro de l'agent Margaret O'Dell à Kansas City ?

Un silence s'installa, et Tully imagina la très efficace Anita en train de consulter rapidement ses dossiers. Le directeur adjoint avait hérité sa secrétaire de son prédécesseur et se reposait sur son expérience pour toutes sortes de tâches. Aussi impensable que cela paraisse, Anita était encore plus méthodique que son patron.

— Excellent, reprit ce dernier. Soyez gentille de l'appeler. Au besoin, laissez-lui un message. Et tâchez de la localiser, si elle a déjà réglé sa note et quitté l'hôtel. Je la veux dans mon bureau demain matin à 8 heures.

Un nouveau silence. Il écoutait en se frottant les yeux sous ses lunettes.

— C'est vrai, j'oubliais. A 9 heures, alors. Je vous remercie, Anita.

Il raccrocha et reporta son attention sur Tully, sans dire un mot. Et il ne semblait pas décidé à reprendre la parole.

— Hum ! fit Tully. Vous comptez la garder longtemps à l'écart de l'enquête ?

— Aussi longtemps que nécessaire.

Tully examina le visage de son chef sans parvenir à deviner ce que cachait l'expression parfaitement sereine de ses traits. Il avait pour cet homme un immense respect, mais il ne le connaissait pas assez pour savoir ce qu'il pouvait ou non se permettre. Pourtant, il se lança.

— Vous avez compris, j'imagine, qu'elle mène sa propre enquête, en franc-tireur. Ce qui explique qu'elle ait changé son vol.

— Raison de plus pour qu'elle rentre au bercail, répliqua Cunningham. A part ça, vous avez du nouveau pour Newburgh Heights ?

— Nous avons retrouvé la voiture de la livreuse. Sur le parking longue durée de l'aéroport, à côté du fourgon d'une entreprise de téléphone volé il y a une quinzaine de jours.

— J'en étais sûr.

Cunningham se recala sur son siège et se mit à pianoter sur son bureau.

— Stucky nous a déjà fait le coup. Il vole un véhicule — parfois même seulement les plaques minéralogiques — sur un parking longue durée. Et il est capable de remettre tout en place avant le retour du propriétaire. On a fait saisir le fourgon ?

Tully hocha la tête tout en consultant ses documents.

— M'est avis qu'on n'en tirera rien. Il est propre comme un sou neuf. En revanche, nous avons retrouvé deux fiches de tournée dans la voiture de la fille.

Il fouilla dans un dossier, en tira un morceau de papier déchiré, puis un autre portant des traces de pliure et une tache rouge — qui, à l'analyse, s'était révélée être de la sauce tomate et non du sang.

— Celui-ci correspond à sa première tournée, expliqua Tully. La quatrième adresse est celle du nouveau domicile de l'agent O'Dell.

Cunningham se pencha pour examiner les papiers de plus près et, pour la première fois en trois mois, Tully vit la colère se peindre sur son visage.

— Elle vient de déménager, et non seulement ce fumier sait où elle habite, mais il la surveille !

— Il semblerait, en effet. J'ai eu l'agent Delaney au téléphone, et il m'a dit que la serveuse de Kansas City s'était occupée de leur table, qu'elle avait plaisanté et ri avec eux dimanche soir au restaurant. Il vise peut-être des femmes avec lesquelles O'Dell a des contacts afin qu'elle se sente responsable de leur mort.

— C'est encore un de ses putains de jeux ! Je m'en doutais. Elle l'obsède toujours. Ce malade fait une fixation sur O'Dell. Je savais bien qu'il ne la lâcherait pas.

— Ça m'en a tout l'air... Euh, une dernière chose, monsieur, si je peux me permettre.

— Allez-y.

— Vous avez proposé de m'affecter un agent pour m'aider dans l'enquête. Ainsi qu'un psychologue de la médecine légale et un spécialiste en anatomie. Si je ne m'abuse, cela correspond à la formation de O'Dell.

Tully marqua une pause. Contre toute attente, son supérieur ne broncha pas, et il poursuivit donc sur sa lancée :

— Plutôt que de mobiliser trois personnes, je vous demande officiellement de m'affecter l'agent O'Dell. Si Stucky l'a prise pour cible, elle est peut-être la seule à pouvoir le piéger.

Pas de réaction de la part de Cunningham ; pas trace d'irritation sur son visage serein.

— Je réfléchirai à votre requête, déclara-t-il. Et tenez-moi au courant de ce qui vous arrive de Kansas City.

— Bien, monsieur. Je n'y manquerai pas.

L'entretien était clos, et Tully se leva. Il n'avait pas atteint la porte que Cunningham était déjà au téléphone. Rejetterait-il sa requête sans plus de formalité qu'il le congédiait ?

26.

Maggie avait hâte d'arracher ses vêtements trempés et chargés d'une odeur infecte. Dans le hall, les gens s'écartaient sur son passage. Deux personnes avaient refusé de prendre l'ascenseur avec elle, et les braves âmes restées dans la cabine avaient retenu leur souffle jusqu'au vingt-troisième étage.

L'inspecteur Ford les avait déposés devant l'hôtel, Nick et elle, avant de rentrer chez lui raconter à sa femme comment il avait occupé sa journée de repos. La chambre de Nick se trouvait dans la tour sud de l'immense complexe hôtelier, à l'opposé de celle de Maggie — ce qui expliquait qu'ils ne se soient pas croisés plus tôt. Il avait dû empester un second ascenseur…

Durant plusieurs heures, ils avaient fouillé des bennes, remué des sacs d'ordures, cherché des cartons et des sachets de restauration rapide abandonnés sur les tables des cafés, les bords des fenêtres, les marches des escaliers de secours, et jusque dans les jardinières. Maggie n'avait pas même remarqué les lourds nuages orageux qui s'amoncelaient au-dessus de la ville quand, soudain, les vannes du ciel s'étaient ouvertes, les obligeant à renoncer. Seule, elle aurait peut-être continué. La pluie qui lui fouettait le corps soulageait sa tension, la lavait de la puanteur qui collait à sa peau. Mais le tonnerre et les éclairs mettaient ses nerfs à vif.

Durant le chemin du retour, l'inspecteur Ford l'avait assurée que, même s'ils ne retrouvaient pas le rein manquant de Rita, Albert Stucky serait retenu comme suspect. Un détail, néanmoins, troublait Maggie. Pourquoi le tueur avait-il modifié ses règles ? A moins qu'un client innocent ait emporté la boîte à son domicile… Se pouvait-il que quelqu'un l'ait mise au réfrigérateur sans en avoir vérifié le contenu ? Improbable. Quoi qu'il en soit, dans l'état actuel des choses, elle ne pouvait rien faire de plus.

En arrivant dans sa chambre, elle remarqua le témoin rouge du téléphone qui clignotait. Elle décrocha et composa le code pour écouter sa messagerie vocale. C'était presque une habitude pour elle qui recevait constamment des messages urgents l'informant que sa mère avait une fois de plus attenté à ses jours. Car elle se « suicidait » comme d'autres allaient chez le coiffeur. Un curieux passe-temps.

Mais le message unique ne venait pas de sa mère.

— Agent O'Dell, ici Anita Glasco. Je vous appelle de la part du directeur adjoint Cunningham. Il veut vous voir dans son bureau demain matin à 9 heures. Merci de me rappeler si vous avez un empêchement et bon voyage de retour.

Maggie sourit en entendant la voix apaisante d'Anita. Puis elle tapa le code pour effacer le message et raccrocha. Peu après, elle arpentait la pièce de long en large pour contenir la rage qui bouillonnait en elle. Plus rusé qu'un renard, Cunningham s'assurait ainsi qu'elle rentrerait sur-le-champ ; il savait que jamais elle n'oserait se soustraire à son ordre. Elle se demanda ce qu'il avait déjà appris sur le meurtre de Rita et s'il envisageait de s'y intéresser, ou non. Il était fort probable que Delaney avait raconté les choses à sa façon, la faisant passer pour une folle sujette à des visions.

Elle consulta sa montre. Encore six heures jusqu'à son vol, le dernier de la journée pour Washington D.C. Pour être à ce rendez-vous, il lui fallait absolument le prendre, elle n'avait plus le choix. Il lui en coûtait, pourtant, de quitter Kansas City, sachant qu'Albert Stucky s'y trouvait et traquait peut-être déjà sa prochaine victime.

Elle vérifia que la porte de sa chambre était bien verrouillée, mit la chaîne pour faire bonne mesure et bloqua la poignée avec une chaise. Puis, satisfaite, elle ôta ses Nike et ses vêtements pour fourrer le tout dans un sac de plastique. L'odeur passait sans peine à travers. Un deuxième sac, puis un troisième permirent de la neutraliser.

En slip et soutien-gorge, elle gagna la salle de bains munie de son fidèle Smith & Wesson qu'elle posa à portée de main près du lavabo. Laissant la porte ouverte, elle acheva de se dévêtir et passa sous la douche. Le jet puissant lui fouetta le sang, massa sa peau imprégnée par l'odeur de poubelle. Elle régla la température au plus chaud pour se débarrasser de la souillure, mais aussi de cette sensation répugnante qui l'envahissait et la rongeait telle une armée de vers dès que Stucky se trouvait à proximité. Elle se frotta, s'étrilla ; elle aurait voulu se laver l'âme, effacer les cicatrices de son corps.

Sortie de la cabine, elle essuya la buée qui couvrait le miroir. Dans les yeux bruns qui la regardaient, les siens, il y avait toujours cette fichue fragilité. Et les cicatrices étaient toujours là. Elle les collectionnait, comme d'autres les souvenirs dans leurs albums de photos.

Du bout du doigt, elle s'obligea à suivre la principale, qui commençait sous son sein et descendait, irrégulière, en travers de son abdomen. Elle entendait encore sa voix :

— Je pourrais t'éventrer tout de suite.

Il avait dit cela comme une promesse, un engagement. A ce moment-là, elle s'était déjà résignée à mourir. Il la tenait. Il l'avait obligée à regarder tandis qu'il tabassait et étripait deux autres femmes sous ses yeux. Des yeux qu'elle n'était pas autorisée à clore car, si elle les fermait, il l'avait menacée d'amener d'autres victimes et de recommencer jusqu'à ce qu'elle obéisse. Et il avait tenu parole.

Ces images, ces sons, ces cris de douleur la hantaient toujours. Seins mutilés, ensanglantés, craquement des os, bruit sourd et creux d'une batte de base-ball contre un crâne. Du sang, partout, tandis que les lames ouvraient des veines, des artères, se plantaient dans les ventres, les vagins et autres parties du corps qu'un couteau ne devrait pas même effleurer. Stucky ne connaissait pas de limites. Rien n'était tabou pour lui. Il taillait, découpait, encouragé par les hurlements de ses victimes. Non, pour lui, rien n'était sacré.

Après avoir été éclaboussée de sang, de fragments de cervelle et d'éclats d'os brisés, après avoir entendu des appels au secours et des hurlements de douleur qui vrillaient l'âme, elle avait tout vu, tout entendu, tout subi. Que pouvait-il lui faire de plus ? La mort aurait été un soulagement. Sauf qu'il l'avait laissée vivre avec, en souvenir de lui, cette cicatrice qui ne la quitterait plus.

Maggie agrippa un T-shirt et l'enfila en hâte sans achever de se sécher, trop pressée de cacher sa nudité. En courant presque, elle alla jusqu'à la commode, en tira des sous-vêtements propres et un pantalon kaki de style militaire. Les cheveux trempés, dégoulinant d'eau, elle se rua sur le mini-bar. Le service d'étage avait refait le plein de mignonnettes, constata-t-elle avec soulagement. Un whisky ne serait pas de trop...

On frappa à la porte de sa chambre, doucement. Avant d'ouvrir, elle passa prendre son revolver dans la salle de bains, puis regarda par l'œilleton. C'était Nick, vêtu de frais, les cheveux en bataille, encore humides de la douche. Elle dégagea la chaise et la remit en place, glissa son arme dans sa ceinture et ouvrit. Mais à la manière dont il la considérait, elle prit conscience qu'elle était nue sous son T-shirt qui lui collait à la peau. Un trouble qui n'avait rien à voir avec la gêne, loin de là, s'empara d'elle. Elle le refoula, agacée, et joua la légèreté.

— Eh bien, tu as fait vite !

— J'avais hâte de me débarrasser de mes vêtements. Je crois que je vais devoir jeter mes chaussures. Il y a une couche de cochonnerie dessus... je préfère ne pas savoir ce que c'est.

Le silence se fit. Nick avait rougi légèrement. Ils se regardaient, embarrassés. Maggie ne pensait plus droit, ne pensait plus du tout. Elle avait trop chaud, soudain. Sans doute l'effet de la douche.

Enfin, il se décida à parler.

— Nous pourrions manger un morceau ou boire un verre ensemble s'il te reste un moment avant ton départ. Cela te tenterait ?

— Euh... oui, je… je vais aller me changer, d'abord.

Les yeux de Maggie restaient obstinément fixés sur lui, ils refusaient d'obéir. Et cette envie qu'elle avait de le toucher... Dieu du ciel ! Il lui fallait fermer la porte, recouvrer ses esprits, reprendre le contrôle de ses nerfs. Au lieu de quoi elle s'entendit lui dire :

— Entre.

Il hésita. Elle pouvait encore se rétracter. Mais elle se retourna, regagna la commode pour fouiller les tiroirs en quête d'un vêtement — et d'une bonne excuse pour ne plus le regarder.

Il pénétra dans la pièce et ferma doucement le battant derrière lui.

— C'est fou ce que nous passons comme temps dans les hôtels, tous les deux.

Elle jeta un bref coup d'œil dans sa direction, et sentit le feu lui monter aux joues sous le flot des souvenirs. Cinq mois plus tôt, dans une minuscule chambre comme celle-ci, à Platte City, dans le Nebraska, ils avaient été tout près de faire l'amour. Et voilà que son corps s'embrasait de nouveau. C'était exaspérant.

Il suffisait que Nick Morrelli apparaisse pour que le tumulte d'émotions qui l'agitait ces derniers jours — l'horreur, la peur, la frustration et la colère — soit instantanément relégué au second plan par une autre émotion, très différente.

Elle arrêta son choix sur un pull blanc ras du cou en gros coton, à la fois frais et confortable, agrippa au hasard un soutien-gorge, et disparut dans la salle de bains après s'être excusée.

Là, elle se vêtit en hâte, se sécha vigoureusement les cheveux avec une serviette et les peigna à l'arrière. Elle tâta son Smith & Wesson et résolut de le laisser à sa ceinture. Arrangeant son pull pour mieux le cacher, elle vérifia dans le miroir qu'on ne voyait pas l'arme. Il lui faudrait aussi prendre son badge avant de quitter la chambre.

Depuis la fenêtre, Nick l'observait tandis qu'elle enfilait socquettes et chaussures de sport. Elle remarqua qu'il tenait à la main les deux mignonnettes de whisky.

— Tu as toujours des cauchemars ? s'enquit-il en scrutant ses yeux.

— Oui, répondit-elle simplement.

Puis elle lui tourna le dos pour prendre de l'argent et son badge. Elle se serait volontiers passée du retour de Nick Morrelli dans sa vie, qui débarquait sans prévenir et venait lui rappeler sa propre fragilité.

— Je suis prête, on y va, annonça-t-elle en se dirigeant vers la porte.

Elle l'ouvrit, se retourna pour voir si Nick la suivait et manqua buter sur le plateau posé à même le sol. Surprise, elle examina l'assiette unique recouverte d'une cloche d'argent. Il y avait aussi deux verres, et des couverts posés sur une serviette de lin blanc.

— Nick ? Tu as commandé quelque chose ?

Il l'avait rejointe, mais semblait aussi surpris qu'elle.

— Non. Et je n'ai pas entendu frapper.

Il enjamba l'obstacle, scruta le couloir à droite et à gauche. Maggie tendit l'oreille. Rien. Pas de claquements de porte, de bruits de pas, de chuintements d'ascenseur.

— C'est sûrement une erreur de service, dit Nick.

Sa voix était tendue ; le ton manquait de conviction.

Maggie s'agenouilla près du plateau. Son rythme cardiaque s'était accéléré. Avec précaution, elle ôta la serviette qui se trouvait sous les couverts, la déplia et s'en servit pour soulever la cloche d'argent. Une odeur caractéristique se répandit aussitôt dans le couloir.

— Merde ! s'exclama Nick en reculant d'un pas.

Au beau milieu de l'assiette immaculée trônait une masse sanguinolente que Maggie identifia sans peine. Le rein disparu de Rita.

27.

En l'espace de quelques minutes, le hall de l'hôtel grouillait de représentants des forces de l'ordre venus des quatre coins du Midwest. Des hommes gardaient les entrées et les sorties, surveillaient les ascenseurs, passaient les escaliers au peigne fin sur vingt-cinq étages. La cuisine avait été envahie et le personnel interrogé. Mais Maggie savait déjà que malgré ce déploiement policier spectaculaire, il leur échapperait.

N'importe quel criminel aurait jugé suicidaire de s'attarder dans un hôtel qui hébergeait ces centaines de flics, shérifs, inspecteurs et agents du FBI. Pour Stucky, en revanche, ce n'était qu'un défi à relever dans le cadre de son jeu. Maggie l'imaginait, tranquillement assis dans un coin, à observer ce remue-ménage et s'amuser des erreurs et vaines tentatives qui se multipliaient pour le piéger. En conséquence de quoi, elle s'intéressait aux endroits les plus en évidence.

Le premier étage était doté d'une galerie surplombant tout le hall de réception. Accoudée à la balustrade de cuivre, Maggie scrutait le rez-de-chaussée, examinait la file d'attente au comptoir des réservations, le pianiste sur l'estrade, les quelques clients attablés à la terrasse sous verrière, l'homme qui se tenait à la réception, le chauffeur de taxi qui emportait des bagages. Stucky était capable de se fondre dans n'importe quel décor. S'il avait pénétré dans les cuisines en veste blanche et cravate noire, le personnel de service n'y aurait vu que du feu.

— Alors, ça donne quelque chose ?

Surprise, Maggie sursauta, mais parvint à se retenir de porter la main sur son arme.

— Je t'ai fait peur, dit Nick. Excuse-moi.

Il lui sourit avec gentillesse, puis ajouta :

— A mon avis, il a filé depuis un bon moment. Il faudrait qu'il soit fou pour rester dans ce nid de flics.

— Stucky aime observer à chaud les réactions des gens. C'est son truc. Il a besoin de voir. Et c'est un vrai caméléon. S'il se tient tranquille, les policiers présents ici n'ont aucune chance de le repérer — d'autant qu'ils ignorent pour la plupart à quoi il ressemble.

Parfaitement calme, immobile, elle scrutait toujours le hall, mais sentait l'attention de Nick concentrée sur elle. Elle était lasse de tous ces gens qui l'examinaient, cherchaient en permanence à déceler chez elle des signes de dérèglement mental.

— Ça va, je vais bien, affirma-t-elle en réponse à la question muette que Nick n'osait pas poser.

— Je sais. Il n'empêche que je m'inquiète.

— Le directeur adjoint Cunningham croit me protéger en m'éloignant de l'enquête.

— C'est donc ça. Je me demandais pourquoi tu enseignais. D'après John, certains prétendent que tu t'es grillée, que tu as perdu la main.

Elle s'en doutait déjà, mais souffrait de se l'entendre dire ainsi, de vive voix. Evitant le regard de Nick, elle remonta une mèche pour la caler derrière son oreille. Avec ses vêtements lâches et ses cheveux trempés, elle avait le profil type de l'agent du FBI à l'esprit dérangé.

— Et toi ? Qu'est-ce que tu en penses ?

Ils étaient côte à côte, épaule contre épaule, à fixer le hall en silence. Enfin, il se décida à parler :

— J'ai répondu à John qu'à ma connaissance, tu étais une dure à cuire. Que je t'avais vue de mes yeux continuer à poursuivre un malfaiteur après avoir reçu un sévère coup de couteau.

Il faisait allusion à une autre de ses cicatrices. Le psychopathe tueur d'enfants que Nick et elle traquaient dans le Nebraska l'avait poignardée et laissée pour morte dans un tunnel de cimetière.

— Je t'avoue que ce genre de blessure me paraît plus supportable que ce que m'inflige Stucky.

— Tu ne vas pas être d'accord mais, pour moi, Cunningham a raison de te tenir à l'écart de l'enquête.

Cette fois, elle se tourna pour le dévisager.

— Là, tu exagères. Il est évident que Stucky a repris ses petits jeux avec moi.

— Justement. Il cherche à t'attirer de nouveau dans son délire. Et il me semble plus sage de lui refuser ce plaisir.

— Tu ne comprends pas, Nick.

Elle marqua une pause, réprimant sa colère. Il lui fallait garder son calme, ne rien laisser voir ni entendre de l'émotion intense que suscitait en elle le seul fait d'évoquer le criminel.

— Que je sois ou non sur l'enquête, il ne renoncera pas à me harceler. Cunningham ne peut pas me protéger. Le pire, c'est qu'en me mettant sur la touche, il m'ôte le seul moyen que j'aie de me défendre.

— Il tient absolument à ce que tu sois à bord du vol pour Washington, ce soir. Je présume qu'il te l'a dit ?

— L'agent Turner m'accompagne. Et Stucky, lui, est ici, à Kansas City. Je devrais rester, Nick. Tout cela est ridicule !

Nouveau silence. Calés contre la balustrade, ils scrutaient le hall, évitaient de se regarder. Nick se rapprocha d'elle, accroissant sciemment le contact physique. Maggie y trouva un certain réconfort, elle se sentit soudain moins seule.

— Je t'aime toujours, Maggie, déclara-t-il d'un ton posé. J'ai tenté de t'oublier, je croyais que c'était fini. Mais en te voyant ce matin, j'ai compris que je me trompais.

— Je préfère ne pas en parler, Nick. Ce n'est vraiment pas le moment.

La panique lui nouait le ventre. Le trouble du désir se mêlait à la peur. Or, elle n'avait pas besoin de ce surcroît d'émotion.

Ignorant sa remarque, il reprit :

— Je t'ai appelée quand je me suis installé à Boston.

Elle coula un regard dans sa direction. Etait-ce une ruse ? Un numéro de séducteur tel qu'il en servait à ses autres conquêtes ? Rien ne prouvait que ce don Juan dans l'âme ait changé. Et s'il bluffait, elle en aurait le cœur net.

— Je n'ai pas eu de message.

— Quantico a refusé de me transmettre tes coordonnées, de me dire où tu étais, ni quand tu rentrais. Je n'ai rien pu obtenir. J'ai pourtant précisé que je travaillais au bureau du procureur.

Il se tourna vers elle, sourit, puis ajouta :

— Cela n'a impressionné personne.

Son histoire était astucieuse, car Maggie n'était pas en mesure de la confirmer ou de l'infirmer. Elle concentra son attention sur le hall. En bas, trois hommes portaient les bagages d'une femme en ciré noir très chic — lequel n'avait probablement jamais connu la pluie.

— J'ai fini par appeler le cabinet de Greg.

— Quoi ?

Elle s'écarta de la balustrade pour lui faire face, et attendit qu'il l'imite et la regarde dans les yeux.

— Comme vous ne figuriez ni l'un ni l'autre dans l'annuaire de Virginie, je me suis dit que la firme Brackman, Harvey & Lowe se monterait peut-être plus compréhensive et ne s'étonnerait pas qu'un membre du bureau du procureur veuille parler à un de leurs juristes. Même après l'heure de fermeture officielle.

— Et tu as parlé à Greg ?

— Ce n'était pas mon intention. J'espérais obtenir un numéro pour te joindre chez toi, rien de plus. Sauf qu'on me l'a passé. Il était encore là. Je lui ai dit que j'avais besoin de te transmettre des renseignements concernant l'affaire du Nebraska. C'était plausible. Je savais que tu recherchais toujours le père Keller.

— Mais Greg n'y a pas cru.

— Non. Il m'a expliqué que vous vous employiez à reconstruire votre couple et m'a demandé de me conduire en gentleman…

— Greg t'a dit ça ? Vraiment ? Il ne sait même pas ce que c'est qu'un gentleman !

Elle secoua la tête, s'appuya de nouveau contre la rambarde et feignit de se concentrer sur l'activité du hall. Greg était vraiment devenu un as du mensonge. Mais croyait-il seulement à ce qu'il racontait ?

Nick s'accouda lui aussi au balcon, en prenant soin cette fois de garder ses distances.

— Il y a longtemps de cela ? interrogea-t-elle au terme d'un bref silence.

— Plusieurs mois.

— Plusieurs mois ?

Et Greg ne lui avait pas jeté l'incident au visage lors de leurs disputes ? Voilà qui semblait pour le moins bizarre.

— C'était juste après mon déménagement, expliqua Nick. Vers la fin janvier. J'ai eu le sentiment que vous viviez toujours ensemble.

— Pour des raisons de commodité, nous avions décidé de rester tous les deux dans l'appartement. Et puis, j'ai demandé le divorce le soir du nouvel an. Cela peut paraître cruel, mais… enfin, je comptais attendre un peu.

Des yeux, Maggie suivit une équipe de nettoyage qui poussait une énorme autolaveuse dans le hall.

— Nous participions au réveillon organisé par son cabinet, poursuivit-elle, et il tenait absolument à ce que nous jouions le numéro du couple comblé.

Le responsable de l'équipe de nettoyage avait un clip-board à la main et portait des chaussures de cuir vernies. Elle se pencha pour tenter d'apercevoir son visage. Non. Trop jeune et trop grand pour qu'il s'agisse de Stucky.

— Les participants à la fête ne cessaient de me féliciter, de me souhaiter la bienvenue au sein du cabinet. Naturellement, j'ai demandé à Greg des explications. J'ai ainsi découvert que, sans jamais me consulter, il m'avait obtenu un emploi dans la maison au service des enquêtes. Et il n'a pas compris pourquoi je ne sautais pas de joie à l'idée d'éplucher des dossiers financiers pour repérer malversations et détournements de fonds, plutôt que de faire les poubelles en quête d'organes humains.

— Je vois. Pauvre garçon, il est bien sot.

En réponse à ce sarcasme, Maggie le gratifia d'un sourire.

— Je suis une emmerdeuse, pas vrai ?

— Une ravissante emmerdeuse.

Elle rougit et se détourna, irritée de se sentir soudain féminine, vibrante de sensualité, alors même que le chaos menaçait de toute part.

— J'ai finalement emménagé chez moi la semaine dernière. Encore quelques semaines, et le divorce sera finalisé.

— Il aurait peut-être mieux valu que tu restes chez toi. Par rapport à Stucky, j'entends. C'était sans doute plus sûr.

— Newburgh Heights est juste à l'extérieur de Washington D.C., et c'est sans doute l'un des quartiers les plus sûrs qui soient en Virginie.

— Certes, mais je n'aime pas beaucoup te savoir seule.

— Je préfère être seule le jour où il viendra me chercher. Cela limitera les dégâts. Il n'y aura pas d'autre victime, cette fois.

— Bon sang, Maggie ! s'exclama Nick. A t'entendre, on croirait que tu n'attends que cela, qu'il vienne à toi !

Elle évita son regard. Elle ne voulait pas voir son inquiétude. C'était trop lourd, trop de responsabilité. Elle se concentra donc sur l'homme en combinaison bleue qui s'activait avec l'autolaveuse. Voyant qu'elle ne répondait pas, Nick lui prit doucement la main et la porta contre son torse, au niveau de son cœur. Ils restèrent ainsi, immobiles, en silence, à regarder l'équipe de nettoyage lessiver le sol du hall.

28.

Washington D.C
Mercredi 1er avril

Il sentait le regard du Dr Gwen Patterson posé sur lui tandis qu'il tapotait les meubles de sa canne blanche, cherchant un endroit où s'asseoir. Rien que des belles choses. Le bureau fleurait bon le luxe, le cuir de qualité, le bois vernis. D'ailleurs, il n'en attendait pas moins de cette femme cultivée, sophistiquée, sage et talentueuse. Enfin un défi à sa mesure.

De la main, il balaya la table de travail. Il n'y avait là que peu d'objets à déplacer — un téléphone, un répertoire d'adresses, quelques blocs et un agenda ouvert à la page du mercredi 1er avril. Date ironique s'il en était. Ce détail venait de le frapper. Il n'aurait pu souhaiter rendez-vous plus approprié. Réprimant un sourire amusé, il se retourna et buta contre un petit bahut, manquant renverser un vase ancien. Au-dessus du bahut, la fenêtre donnait sur la rivière Potomac. Dans la vitre, le reflet du Dr Patterson grimaçait de le voir tâtonner aussi dangereusement.

— Le canapé se trouve sur votre gauche, dit-elle enfin.

La voix était légèrement crispée. Elle réprimait son impatience. Elle resta pourtant derrière son bureau par crainte de le vexer en lui venant en aide. Excellent. Elle avait passé le premier test avec succès.

Il tendit la main, tapota le cuir souple jusqu'à trouver l'accoudoir et s'assit avec précaution.

— Désirez-vous boire quelque chose avant que nous commencions ?

— Non, répondit-il sèchement.

On pardonnait ce genre de grossièretés aux handicapés. Un avantage qui le réjouissait. Mais afin de prouver qu'il n'était pas si mauvais bougre, il ajouta fort poliment, après une pause :

— Je préfère que nous commencions.

Il posa sa canne au coin du canapé pour la retrouver facilement, roula sa veste en cuir et la plaça sur ses genoux. La pièce était sombre, avec les stores baissés. Il se demanda pourquoi elle avait pris cette peine. Puis il rajusta ses lunettes noires sur son nez. Les verres en étaient fortement teintés afin qu'on ne voie pas ses yeux. Ainsi, on ne le surprendrait pas dans ses observations. Plaisante variation sur le thème du voyeurisme. Tous se croyaient voyeurs, le regardaient sans crainte qu'il s'en aperçoive et s'apitoyaient sur son sort. Aucun d'eux ne songeait qu'il les voyait aussi. Naturellement. Qui donc aurait idée de feindre la cécité ?

Ironiquement, cette simulation n'était pas que du mensonge. Aveugle, il le devenait. Le traitement ne donnait rien et sa vue déclinait. Jusqu'ici, il avait eu de la chance, il s'était tiré miraculeusement de bien des mauvais pas. Le vent serait-il en train de tourner, finalement ? Non. Il ne croyait pas au destin. Tout cela n'était qu'un tissu de superstitions ridicules. Certes, il avait besoin d'un ou deux gadgets et de l'aide d'un vieil ami pour remettre du piment dans sa vie. Rien de bien grave. Et les amis étaient là pour ça, non ?

Il inclina la tête de côté et attendit qu'elle parle — comme s'il lui fallait l'entendre pour se tourner dans la bonne direction.

Il l'étudiait, en réalité. Mais pour la voir à travers ses verres sombres et dans la pièce obscure, il dut plisser les yeux. Elle le fixait toujours, bien calée dans son fauteuil, parfaitement à l'aise, maîtresse de la situation.

Elle se leva pour prendre sa veste de tailleur sur le dos de son siège, hésita, lui jeta un coup d'œil et, se ravisant, elle vint se placer devant le bureau, juste en face de lui. Elle paraissait douce, fragile, délicatement féminine, avec d'agréables rondeurs. Elle avait peu de rides et une jolie peau souple pour une femme qui approchait de la cinquantaine. La pointe de ses cheveux blond vénitien coiffés au carré effleurait sa mâchoire. Il se demanda si c'était sa couleur naturelle et esquissa un sourire. Il lui faudrait découvrir la vérité par lui-même.

Il se laissa aller contre le dossier du sofa et inspira pour sentir son parfum. Il perçut une odeur délicieuse qu'il n'aurait pu nommer. En général, il parvenait à cerner les essences, mais celle-ci lui était inconnue. Le chemisier de fine soie rouge révélait des petits seins ronds aux pointes saillantes. Une chance qu'elle n'ait pas jugé nécessaire de remettre sa veste. Il posa les mains sur ses genoux, s'assura que sa veste pliée cachait son érection et se réjouit des effets de son nouveau régime : les films pornos à haute dose compensaient ses faiblesses récentes.

Enfin, elle se décida à parler.

— Monsieur Harding, comme pour mes autres patients, j'aimerais savoir quels sont vos buts. Ce que vous souhaitez retirer de nos séances de travail.

Il réprima un sourire. Grâce à elle, il atteignait déjà l'un des objectifs souhaités. Tout en penchant légèrement la tête, il continua de fixer ses seins. Même si elle voyait ses yeux, elle ne s'en formaliserait pas. Les gens comprenaient que ses yeux infirmes pouvaient se fixer sur n'importe quoi — y compris sur les leurs.

— Je ne saisis pas bien le sens de votre question.

L'expérience lui avait appris que les femmes étaient toujours flattées de s'expliquer, que cela leur donnait un sentiment de pouvoir, de supériorité, et il tenait beaucoup à ce qu'elle se sente en position de force.

— Au téléphone, vous m'avez déclaré vouloir travailler sur des problèmes sexuels.

Elle parlait posément et semblait choisir ses mots avec soin ; mais elle n'avait pas hésité sur l'expression « problèmes sexuels », pas plus qu'elle ne l'avait soulignée. Excellent. L'affaire s'annonçait bien.

— Afin de vous aider, poursuivit-elle, j'aurais besoin de savoir plus précisément ce que vous attendez de moi. Qu'espérez-vous tirer de ces séances ?

— En réalité, c'est très simple. J'aimerais retrouver le plaisir de baiser avec une femme.

Elle cligna des yeux et rosit légèrement mais, déception, elle ne broncha pas. Peut-être devrait-il aller plus loin et lui expliquer qu'il souhaitait pouvoir baiser librement sans éprouver le besoin de baiser à mort. Cette habitude nouvelle chez lui n'était finalement pas si différente des pratiques rencontrées dans le règne animal et chez certains insectes. Ses mœurs sexuelles se rapprochaient de celles de la mante religieuse qui, de ses dents, arrachait la tête de son partenaire dès le début de la copulation.

Comprendrait-elle que la jouissance atteignait des sommets lorsqu'on y mêlait la douleur ? Devait-il lui avouer que de voir ses femmes couvertes de sang implorer pitié en criant lui causait des orgasmes d'une intensité impensable autrement ? Comprendrait-elle que cette chose hideuse qu'il portait en lui sapait les fondements mêmes de son être, le dépossédait de son dernier instinct primitif ?

Non. Il ne s'en ouvrirait pas à elle. Ce serait tenter le diable, une conduite à la mesure d'Albert Stucky. Mais il lui fallait résister à l'envie de s'abaisser au niveau de son vieil ami.

— Vous pensez pouvoir faire cela ? s'enquit-il en tendant le menton, comme s'il était à l'affût de ses moindres réactions.

— En tout cas, je peux essayer.

Il se pencha légèrement de côté, regardant par-delà son épaule.

— Vous rougissez, dit-il avec un bref sourire.

— Comment le savez-vous ?

Le nierait-elle ? Allait-elle le décevoir si vite avec un mensonge ?

— Je le devine, répondit-il d'une voix douce, rassurante.

Il devait gagner sa confiance, obtenir qu'elle se livre, dévoile ses faiblesses. Pour atteindre le but visé, il lui fallait veiller à ce que le Dr Gwen Patterson ne se sente pas menacé. Le bon docteur avait la réputation de sonder le psychisme des criminels les plus célèbres et les plus pervers. Mais là, il renversait les rôles, il faisait d'elle son cobaye. Avec une certaine curiosité, il se demandait comment elle réagirait si elle le savait.

— Je suis psychologue depuis fort longtemps, monsieur Harding. Au cours de ma carrière, j'ai entendu bien pire et autrement choquant que ce qui vous amène ici. N'ayez donc aucune crainte, vos propos ne risquent pas de m'embarrasser.

Elle avait néanmoins porté la main à son cou, comme pour endiguer le flot de la rougeur qui persistait. Très bien. Elle préférait jouer le détachement, refusait de se livrer. Libre à elle. Sa résistance l'excitait. Car il n'aimait rien autant que relever un défi.

— Vous pourriez par exemple commencer par me dire pourquoi vous ne prenez plus de plaisir aux rapports sexuels.

— Ce n'est donc pas évident ? répliqua-t-il d'un ton qu'il avait travaillé.

Vexé. Avec un soupçon de colère, un autre de reproche chagrin. Juste assez de tristesse pour éveiller la pitié de son interlocuteur. En général, c'était payant.

— Bien sûr que non. C'est tout sauf évident.

Il glissa une main sous le cuir de sa veste, sur son sexe en érection. Elle lui facilitait la tâche. Avec elle, il jouait sur du velours.

— Si vous pensez que… que votre, heu… handicap…

— N'hésitez pas à appeler les choses par leur nom. Je suis aveugle, et cela ne me gêne pas qu'on me le dise en face.

— D'accord. Mais votre cécité ne devrait pas entraîner une perte de libido.

Il aimait sa façon de prononcer ce mot — « libido ». Bien que petite, sa bouche avait un contour agréable. Il prenait plaisir à voir les lèvres minces se retrousser légèrement. Elle avait un léger accent qu'il ne parvenait pas à situer — New York, peut-être ? A présent, il brûlait de l'entendre dire « pénis » et « fellation » ; il avait hâte de voir ses lèvres se retrousser pour articuler ces mots...

Mais elle l'interrompit dans sa rêverie.

— C'est bien de cela que vous voulez parler, monsieur Harding ? Du fait que la perte de votre vue vous rend impuissant ?

— Les hommes sont très visuels. Surtout en ce qui concerne la stimulation sexuelle.

— C'est exact.

Sans se retourner, elle prit un dossier sur le bureau. Son dossier. La chronique de son cas.

— Quand avez-vous appris que vous perdiez la vue ?

— Il y a environ quatre ans. Est-il bien nécessaire d'en discuter ?

Elle le regarda par-dessus le dossier. Elle s'était déplacée, positionnée au bout de la table, mais il resta concentré sur l'endroit où elle se tenait précédemment.

— Si cela nous aide à résoudre votre problème, oui, je pense qu'il faut en discuter.

Sa franchise lui plaisait. C'était une femme directe, pas le genre à tourner autour du pot. « Tourner autour du pot… » Sans qu'il sache trop pourquoi, cette expression l'excitait. Sous le cuir de sa veste, il frottait sa main contre son sexe tendu.

— Vous avez une objection à cela, monsieur Harding ? Vous ne me semblez pourtant pas homme à reculer devant la difficulté.

Il marqua un temps d'hésitation. Il n'avait pas envie de devoir interrompre le flux des sensations. C'était sans importance. Elle croirait qu'il avait besoin de réfléchir.

— Je n'y vois aucune objection, déclara-t-il en réprimant un sourire.

Non, de l'avis de ceux qui le connaissaient, Walker Harding ne reculait devant rien. Mais s'il devait relever ce nouveau défi, il lui faudrait se fier à l'esprit du maître criminel que le Dr Patterson allait avoir le privilège d'étudier. Oui, dans son nouveau rôle, il lui faudrait compter sur le génie de son vieil ami Albert Stucky.

29.

Tully arracha le fax de la machine. C'était le dernier rapport en date de la police de Kansas City. Il le parcourut, tout en rassemblant ses dossiers, notes et documents. Il avait rendez-vous avec le patron dans dix minutes, et il ne pensait qu'à la dispute qui l'avait opposé à sa fille une heure plus tôt. Emma avait attendu qu'il la dépose devant le lycée pour lâcher sa bombe. Ah ! elle s'y entendait ! Rien de surprenant, d'ailleurs : elle avait appris l'art de l'attaque surprise auprès d'un maître — sa mère, bien sûr.

— Au fait, papa, lui avait-elle déclaré, Josh Reynolds m'invite pour l'accompagner au bal du lycée. C'est vendredi en huit. Il va me falloir une nouvelle robe. Et sans doute une paire de chaussures.

Elle vous annonçait cela avec un air dégagé, comme si c'était la chose la plus naturelle au monde. Depuis quand mademoiselle avait-elle le droit de sortir le soir avec les garçons ? La question n'avait jamais été soulevée.

— J'ai dû manquer le chapitre où tu me demandais l'autorisation ! avait-il rétorqué, sous le coup de la colère.

A présent, le sarcasme lui faisait honte.

Elle l'avait gratifié d'un regard de princesse outragée. Quoi ? Il n'avait pas confiance en elle ? A bientôt quinze ans ? Alors qu'elle était presque vieille fille en comparaison de ses camarades qui, à l'en croire, sortaient déjà depuis deux ou trois ans. Il s'était retenu de lui répondre qu'on ne saute pas d'un pont sous prétexte que les autres... Bref, le problème n'était pas là. Il ne doutait pas qu'Emma soit raisonnable ; cependant, à quarante-trois ans, il se souvenait encore de la folie hormonale qui possède les garçons adolescents. Il aurait aimé pouvoir en parler avec Caroline mais, bien sûr, elle prendrait le parti de sa fille. La protégeait-il trop ?

Il glissa le fax dans un de ses dossiers, ajoutant celui-ci à ceux qu'il tenait sous le bras et se dirigea vers le couloir. Après sa conversation tardive de la veille au soir avec l'inspecteur Ford de Kansas City, Tully s'attendait à trouver le chef Cunningham d'une humeur de dogue. Le meurtre de la serveuse portait assurément la marque d'Albert Stucky. Qui d'autre serait allé déposer un rein de femme sur un plateau devant la chambre d'hôtel de l'agent O'Dell ? Il ne comprenait d'ailleurs pas pourquoi il n'était pas déjà dans l'avion pour la rejoindre là-bas.

Il souhaita courtoisement le bonjour à Anita, la secrétaire aux cheveux gris, tirée à quatre épingles et bien disposée quelle que soit l'heure de la journée.

— Vous désirez du café, agent Tully ?

— Ce n'est pas de refus. Avec un nuage de lait, mais...

— … sans sucre, je me souviens. Je vous l'apporte tout de suite.

Et elle lui fit signe d'entrer. On ne pénétrait pas dans le bureau du patron sans l'autorisation expresse d'Anita.

Cunningham était occupé au téléphone, mais il salua Tully de la tête et lui désigna un siège.

— Oui, je comprends, disait-il à son interlocuteur. Bien sûr, je m'en occupe.

Et il raccrocha sans même dire au revoir, comme à son habitude. Puis, après avoir bu une gorgée de café et rajusté ses lunettes, il reporta toute son attention sur Tully. Malgré la chemise blanche repassée de frais, la cravate impeccablement nouée, ses yeux gonflés et injectés de sang trahissaient la fatigue, le manque de sommeil.

— Avant que nous commencions, avez-vous des renseignements sur Walker Harding ?

— Harding ?

Tully s'efforça de chasser les adolescents en rut et les robes de bal roses de son esprit pour pouvoir réfléchir.

— Désolé, monsieur, mais le nom m'est inconnu.

— C'était l'associé d'Albert Stucky, répondit une voix féminine depuis la porte.

Tully se tourna sur sa chaise et vit une jolie brune en tailleur pantalon bleu marine.

— Entrez et asseyez-vous, agent O'Dell.

Cunningham s'était levé pour l'accueillir. Encombré de ses dossiers, Tully les déposa sur le bureau.

— Agent spécial Margaret O'Dell, je vous présente l'agent spécial R.J. Tully.

Il se leva à son tour, serra la main qu'elle lui tendait et fut frappé par la fermeté de sa poigne, par son regard franc et direct.

— Enchantée de vous connaître, agent Tully, dit-elle.

Impressionnante. Une vraie pro. Impossible de se douter de l'épreuve qu'elle avait connue la nuit précédente. Elle était si posée qu'elle ne donnait pas non plus l'impression d'être un agent grillé, au bord de la dépression nerveuse.

— Le plaisir est pour moi, agent O'Dell. J'ai beaucoup entendu parler de vous.

Déjà, Cunningham s'impatientait. Les politesses avaient assez duré.

— Pourquoi demandiez-vous des renseignements sur Walker Harding ? s'enquit O'Dell en prenant place à côté de Tully.

Celui-ci reprit ses dossiers. Apparemment, elle était habituée à aller droit au but, comme le patron. Il regrettait maintenant d'avoir passé tout ce temps à s'inquiéter de la virginité d'Emma au lieu de se préparer. Mais pour être sincère, il ne pensait pas rencontrer l'agent O'Dell à ce rendez-vous.

— Pour la gouverne de l'agent Tully, expliqua Cunningham, Walker Harding était l'associé d'Albert Stucky. Ils ont monté l'un des premiers sites de courtage en ligne au début des années 1990. Ils ont gagné des millions.

Tully vérifia ses documents.

— Désolé, mais je n'ai rien sur lui.

— Cela ne m'étonne pas. Harding avait disparu de la scène longtemps avant que Stucky ne se découvre le hobby que nous lui connaissons. Ils ont vendu leur entreprise, partagé leurs millions, et chacun est reparti de son côté. Nous n'avions donc aucune raison de nous intéresser à Walker Harding.

— Je ne suis pas certain de vous suivre, monsieur.

Tully jeta un coup d'œil à l'agent O'Dell, curieux de savoir s'il était seul à ne pas comprendre, puis ajouta :

— Nous aurions aujourd'hui des raisons de nous intéresser à lui ?

Anita apparut alors, apportant une tasse de café fumant qu'elle déposa devant Tully.

— Je vous remercie, Anita.

— Vous désirez quelque chose, agent O'Dell ? Un café ? Ou plutôt votre habituel Diet Pepsi matinal ?

O'Dell eut un sourire complice, prouvant que les deux femmes s'entendaient bien et avaient leurs habitudes.

— C'est gentil, Anita, mais je n'ai besoin de rien.

La secrétaire serra affectueusement l'épaule de la jeune femme, en un geste plus maternel que professionnel, puis elle se retira.

Cunningham se recala sur son siège, joignit les doigts et reprit la conversation là où elle avait été interrompue :

— Depuis la vente de l'affaire montée avec Albert Stucky, Walker Harding vit en reclus. Il a quasiment disparu de la circulation. Plus trace de la moindre transaction, aucun signe du bonhomme.

— Je ne saisis toujours pas le rapport avec ce qui nous occupe, commenta Tully.

— J'ai vérifié les vols à partir de Dulles et Reagan National pour Kansas City sur toute la semaine dernière. Je ne comptais certes pas trouver Albert Stucky sur la liste des passagers, mais je cherchais les pseudonymes qu'il a utilisés par le passé.

Il marqua une pause, regarda tour à tour ses deux agents, et reprit :

— C'est ainsi que j'ai découvert que l'aéroport de Dulles avait vendu dimanche après-midi un billet pour Kansas City à un certain Walker Harding.

Cunningham attendit une réaction. Tully l'observa un instant en silence, sceptique, en tapotant nerveusement du pied.

— Si vous me permettez, monsieur, cela ne veut pas forcément dire grand-chose. Et rien ne prouve que ce soit le même homme.

— Certes, agent Tully. Je vous suggère tout de même de rassembler tout ce que vous trouverez sur Walker Harding.

— Pourquoi m'avez-vous convoquée, monsieur ? demanda alors l'agent O'Dell.

Le ton était poli, mais suffisamment candide pour laisser entendre qu'elle ne s'attarderait pas plus longtemps si la réponse ne venait pas. Tully se retint de sourire. O'Dell lui plaisait bien. Du coin de l'œil, il la voyait s'agiter sur son siège, mal à l'aise, impatiente, et cependant, elle tenait sa langue. Depuis le début de l'enquête, elle était sur la touche. Si on ne l'impliquait pas, entendre tous ces détails pour rien devait être irritant, à peine supportable. A moins que Cunningham ait changé d'avis à son sujet. Etait-ce possible ? Tully scruta les traits sans parvenir à deviner ce que pensait son patron.

Comme celui-ci ne répondait toujours pas, O'Dell reprit :

— Sauf votre respect, nous sommes ici tous trois à discuter d'un billet qui a ou n'a pas été vendu à un homme auquel Albert Stucky a ou n'a pas parlé depuis des années. A côté de cela, nous avons une certitude : Albert Stucky a tué une femme à Kansas City, où il se trouve probablement toujours.

Tully croisa les bras et attendit la suite. Il avait bien envie d'applaudir cette femme que l'on disait grillée, sur le point de craquer. Car ce matin en tout cas, elle était au mieux de sa forme.

Se penchant en avant, Cunningham croisa les doigts, les coudes sur sa table. On aurait dit un joueur d'échecs pris en embuscade, qui avait réfléchi et s'apprêtait à jouer.

— Samedi soir, à une trentaine de kilomètres d'ici, on a retrouvé le corps d'une jeune femme dans une benne à ordures. Sa rate avait été prélevée et déposée dans une boîte de pizza abandonnée.

— Samedi ? répéta l'agent O'Dell. Trop court. Le tueur de Kansas City n'est pas un plagiaire. Et il a déposé le fichu rein manquant devant ma porte.

Tully grimaça. Ce n'était pas une partie d'échecs, mais plutôt *Règlement de comptes à O.K. Corral* ! Cunningham ne cilla même pas.

— La jeune femme était une livreuse de pizzas. Elle a été enlevée durant sa tournée.

L'agent O'Dell s'agitait, croisait et décroisait les jambes. Elle rongeait son frein. Il lui en coûtait de se taire. Sans compter qu'elle devait être épuisée.

— Elle aurait été interceptée à proximité du lieu où on a découvert le corps. Quelque part dans le quartier. Il l'a violée, sodomisée, égorgée, et il lui a prélevé la rate.

— Quand vous dites sodomisée, vous signifiez qu'il l'a violée lui-même, ou bien à l'aide d'un objet quelconque ?

Tully ne voyait pas l'intérêt du détail. C'était une atrocité, d'une manière comme de l'autre. Cunningham le regardait, attendait qu'il fournisse une réponse. Pas besoin de consulter ses notes pour cela. Il ne s'en souvenait que trop bien. La jeune livreuse ressemblait si fort à Emma que tout était resté gravé dans sa mémoire.

— Il n'y avait pas de traces de sperme, mais le médecin légiste affirme qu'il s'agissait bien d'une pénétration pénienne. Il n'a pas trouvé de résidus provenant d'un corps étranger.

Assise au bord de sa chaise, O'Dell s'anima soudain.

— Stucky n'a jamais fait cela. Et il ne ferait jamais une chose pareille. Cela ne tient pas debout. Il aime les regarder, voir leur visage. En les prenant par derrière, il ne verrait rien.

Cunningham pianotait sur son bureau en attendant qu'elle termine. Lorsqu'elle se tut, il reprit :

— La nuit où elle a été tuée, la jeune femme a livré une pizza à votre nouvelle adresse.

Un silence de mort s'abattit sur la pièce. Plus un bruit. Tully et son patron fixaient O'Dell. Adossée à son siège, elle les regarda l'un et l'autre. Puis l'information fit son chemin. Elle avait compris. Mais au lieu de la peur, Tully s'étonna de la résignation qu'il lut dans son regard. Elle se passa la main sur le visage, remonta ses cheveux derrière ses oreilles. Il n'y eut pas d'autre réaction.

— Voici pourquoi, agent O'Dell, il importait si peu que vous restiez à Kansas City. Où que vous alliez, il vous suivra.

Comme s'il avait trop chaud, Cunningham desserra sa cravate et retroussa ses manches. Deux gestes incongrus chez lui.

— Albert Stucky vous entraîne dans son cirque, quoi que je fasse pour vous tenir à l'écart.

— Et en me tenant à l'écart, vous m'ôtez tout moyen de défense.

Tully remarqua qu'elle se mordait la lèvre. Pour contenir le tremblement de sa voix ? Ou bien pour retenir ses paroles ?

Cunningham soupira, résigné lui aussi.

— L'agent Tully a demandé à ce que vous l'assistiez dans son enquête.

Visiblement surprise, O'Dell dévisagea Tully. Il se sentit gêné, sans trop savoir pourquoi. S'il avait fait cette requête, ce n'était pas pour lui faire une fleur. D'autant qu'il était conscient de la mettre en danger. Mais il avait besoin de ses lumières, de son expérience.

— J'ai résolu d'accéder à la demande de l'agent Tully. A deux conditions, non négociables.

Cunningham se pencha de nouveau en avant.

— Premièrement, l'agent Tully demeure le responsable de l'enquête. Je compte sur vous pour partager idées et renseignements en permanence. Quant à vous, agent O'Dell, je ne veux pas — je répète : je ne veux pas — que vous partiez bille en tête sur une intuition sans que l'agent Tully vous accompagne. Est-ce clair ?

— Parfaitement, monsieur.

La voix de la jeune femme était ferme, ne tremblait plus.

— Deuxièmement, ajouta Cunningham, vous consulterez le psychologue du Bureau.

— Je ne pense pas que ce soit...

— J'ai dit « non négociables », agent O'Dell. Je laisse au Dr Kenan le soin de décider du nombre de séances hebdomadaires.

— Le Dr James Kenan ?

Elle semblait atterrée.

— Lui-même. J'ai demandé à Anita de fixer votre premier rendez-vous. Voyez-la en partant pour prendre la date et l'heure. Elle se charge également de vous trouver un bureau. L'agent Tully occupe votre ancien local, et je n'ai pas jugé bon de le déménager. Maintenant, si vous voulez bien m'excuser tous les deux, j'ai un autre rendez-vous.

Tully rassembla son bazar et attendit O'Dell près de la porte. Pour une femme qui venait d'obtenir ce qu'elle voulait depuis cinq mois, elle paraissait plus anxieuse que soulagée.

30.

Tess attendait avec impatience son rendez-vous matinal. Alors qu'elle roulait dans les rues désertes, elle éprouva cependant un pincement de remords pour avoir abandonné Daniel, qui dormait, et quitté la maison sur la pointe des pieds sans même un au revoir. Elle n'avait pas la force d'affronter une nouvelle bataille, c'était aussi simple que cela. Il se serait encore plaint qu'elle partait trop tôt pour se doucher et se changer chez elle alors qu'elle pouvait parfaitement le faire chez lui. En réalité, il tenait à ce qu'elle reste parce qu'il était plus en forme le matin, sexuellement parlant, et voulait faire l'amour. Bien sûr, il ne l'aurait pas avoué ; et il se justifiait par des arguments ridicules :

— Nous manquons de temps, l'un pour l'autre ; et ces quelques minutes de plus nous sont nécessaires.

A chaque fois qu'elle lui cédait, c'était la même rengaine :

— Tess, nous ne saurons jamais si nous sommes compatibles tant que nous ne lirons pas le *New York Times* ensemble ou prendrons le petit déjeuner au lit.

C'était mot pour mot ce qu'il lui avait dit. Croyait-il vraiment à de telles sornettes alors qu'il lui adressait tout juste la parole quand ils dînaient au restaurant ? De fait, il ne se souciait vraiment de leur « compatibilité » que le matin, lorsqu'il avait besoin d'elle pour une rapide partie de jambes en l'air. Le reste du temps, il se moquait bien de ce qui servait leurs relations. Non qu'elle eût la moindre idée de ce qui faisait le succès d'un couple. Peut-être que lire le *New York Times* et déjeuner au lit y contribuait, allez savoir ? Jamais elle n'avait eu de liaison durable, et jamais elle n'avait fréquenté un homme comme Daniel Kassenbaum.

Daniel était un homme de goût, cultivé et intelligent. La preuve, il bouclait les mots croisés du même *New York Times* en un temps record, directement à l'encre et sans rature. Mais contrairement à lui, elle ne se faisait aucune illusion sur leurs rapports. Ils avaient peu de choses en commun, et Daniel ne la traitait pas en égale, soulignait ses lacunes à plaisir, comme l'autre soir, quand elle lui avait demandé conseil pour placer l'argent de sa prime et qu'il lui avait répondu de ne pas se mêler de ce qu'elle ne comprenait pas.

Elle ne lui était supérieure que dans un seul domaine : le sexe. Là, son savoir-faire compensait les manques de Daniel. Il lui répétait souvent — mais seulement dans le feu de l'action — qu'elle était « de très loin le meilleur coup » qu'il ait jamais eu. Par quelque perversité, elle éprouvait une grande satisfaction à le tenir ainsi à sa merci. Mais cela ne lui réchauffait pas le cœur et la laissait avec un sentiment de vide. Car si Daniel trouvait leurs relations sexuelles « spectaculaires », et même « phénoménales », Tess n'y prenait pour sa part aucun plaisir.

Elle commençait d'ailleurs à se demander si elle était vraiment capable de désir, si elle atteindrait un jour les sommets d'extase qu'elle simulait avec lui. Le fait que Will Finley, un parfait inconnu, ait réveillé son désir perdu et certains sentiments la troublait et l'exaspérait plus qu'il ne la rassurait. Le souvenir encore frais de ses caresses savantes, de son besoin de la combler, rendait les maladresses et les faiblesses de Daniel plus flagrantes encore. Elle regrettait presque que la tequila n'ait pas effacé toute cette nuit de sa mémoire. Hélas ! elle ne pensait plus qu'à cela. Le film de cette nuit tournait en boucle dans sa tête.

Autrefois, oublier était sa grande spécialité. Grâce à la tequila, justement. Elle buvait trop, dansait, flirtait, couchait avec tout homme qui lui plaisait un peu. Elle jouait au billard, draguait de manière éhontée, se donnait en spectacle si on l'y encourageait. Elle vivait à un rythme d'enfer, fuite en avant dont le but était d'échapper aux horreurs de son enfance. Quoi qu'elle fasse, rien ne serait jamais aussi choquant, aussi destructeur et terrifiant que ce qu'elle avait connu durant ses jeunes années.

Cette course effrénée n'avait servi à rien. Dans ses moments de lucidité, elle se sentait vide à mourir. Ironiquement, il avait fallu une bouteille de vodka et un flacon de somnifères pour qu'elle se réveille. Cela remontait à près de sept ans. Ces cinq dernières années, elle avait travaillé d'arrache-pied à se reconstruire, laissant finalement derrière elle son enfance douloureuse et cette période noire de frénésie et de désordre.

Elle avait quitté l'agitation de Washington D.C., fuyant du même coup les tentations de la drogue, des boîtes de nuit, des lits des hommes politiques. Son passage chez Louie avait été une étape transitoire. Elle avait pris un emploi de barmaid, trouvé un petit appartement en bordure de la rivière, et lorsqu'elle s'était sentie prête, elle avait regagné Blackwood, en Virginie, pour vendre la ferme — l'enfer sur terre — où elle avait grandi entre son oncle et sa tante. Ils étaient morts depuis des années, déjà. Quelle surprise lorsque la nouvelle lui était parvenue par le biais d'un acte notarié ! Curieusement, elle croyait qu'elle en serait avertie comme par magie, par un soupir de soulagement cosmique qui n'était naturellement pas venu.

Tess regarda son reflet dans le rétroviseur, agacée de constater que ces souvenirs creusaient des rides sur son front et lui faisaient crisper sa mâchoire. Après le décès de son oncle et de sa tante, elle s'était refusée à remettre les pieds sur leurs terres et avait laissé la ferme à l'abandon. Lorsqu'elle avait enfin trouvé le courage d'y retourner, c'était pour vendre. Auparavant, il lui avait fallu raser les bâtiments qui se délitaient et s'assurer que l'abri souterrain contre les tempêtes — son cachot lorsqu'elle était punie — avait été détruit et comblé par le bulldozer.

Au bout du compte, elle en avait tiré un bon prix. Assez pour refaire sa vie, reprendre ses études, obtenir sa licence d'agent immobilier, acheter et meubler une petite maison de brique dans un endroit tranquille où personne ne la connaissait. Ce n'était que justice. Cette ferme damnée ne l'avait-elle pas privée de sa jeunesse ?

Après avoir obtenu un emploi au sein du cabinet immobilier Heston, elle s'était affiliée à différentes associations professionnelles. Delores l'avait inscrite d'office au country club de Skyview, estimant que les contacts lui seraient nécessaires pour recruter d'éventuels clients. Tess, qui ne se voyait pas fréquenter ce genre de lieu, y avait pourtant rencontré Daniel Kassenbaum. Pour elle, c'était une victoire considérable, la preuve que son nouveau mode de vie lui réussissait. Si elle était capable de conquérir un tel homme, toutes les portes s'ouvriraient à elle.

Elle se rappela que Daniel lui était utile et lui faisait du bien. Il était stable, établi, ambitieux, pragmatique ; et surtout, on le prenait au sérieux. Exactement ce qu'elle recherchait. Qu'il ne sache pas la caresser et s'en soucie comme d'une guigne importaient peu dans sa perspective d'ensemble. D'autant qu'elle n'était pas amoureuse de lui et préférait ne pas s'impliquer émotionnellement. De son point de vue, l'amour, les sentiments, n'étaient pas les éléments clés d'un couple réussi, mais plutôt les ingrédients parfaits pour un désastre.

Tess gara sa Miata devant le 5349, Archer Drive. Elle parcourut l'impasse des yeux. Comme elle s'en doutait déjà, elle était en avance pour son rendez-vous de 10 heures. Il n'y avait pas âme qui vive, dehors. Les habitants du quartier étaient déjà partis depuis longtemps pour leurs lointains bureaux ; les autres, ceux qui ne travaillaient pas, étaient probablement encore au lit. Elle décida de mettre le temps à profit pour s'assurer que la maison était en bon ordre pour son visiteur.

Une fois encore, elle vérifia son reflet dans le rétroviseur. Depuis quand avait-elle ces rides autour de la bouche et des yeux ? A présent, elle paraissait son âge ; c'était nouveau. Il lui avait fallu des années pour arriver là où elle en était. Elle avait dû travailler dur pour devenir la femme qu'elle était. Daniel était une des pièces maîtresses de son identité de femme d'affaires. Il lui conférait une certaine crédibilité. Pas question de gâcher cela. Alors, pourquoi ne parvenait-elle pas à se débarrasser de l'image de Will Finley, drapé dans sa serviette bleue, si mince, si séduisant qu'il réveillait en elle un désir qu'elle croyait à tout jamais enfoui en elle ?

Elle agita la tête, empoigna son attaché-case et sortit en claquant la portière. Trop violemment. Le bruit se répercuta dans tout le voisinage. Pour se racheter, elle marcha d'un pas mesuré, empêchant ses talons de cliqueter sur le trottoir.

La maison était en vente depuis plus de huit mois. Et pas une seule offre au cours des trois derniers, les propriétaires refusant de baisser leur prix. Comme souvent à la périphérie de Newburgh Heights, ils n'avaient pas besoin d'argent et n'étaient donc pas pressés de vendre, ce qui rendait les négociations difficiles.

Tess inséra la clé dans la serrure pour ouvrir la porte blindée et sécurisée. Pas de résistance. Le battant était juste tiré, pas verrouillé. Et quand elle entra dans le hall, elle constata que le système d'alarme avait également été désactivé.

31.

— Zut ! marmonna Tess.

Elle pressa le commutateur électrique, et la lumière se fit aussitôt. L'électricité fonctionnait. Il n'y avait donc pas de raison pour que l'alarme soit coupée.

A son retour, elle vérifierait quel était le dernier agent à avoir fait visiter l'endroit — sans doute un imbécile de chez Peterson Brothers. Ils étaient coutumiers des négligences de ce genre, et leur morale professionnelle laissait aussi à désirer. Des rumeurs couraient selon lesquelles les frères Peterson utilisaient les maisons vides pour donner des soirées... douteuses. Or, ici, la salle de bains de la chambre principale était dotée d'une belle et grande lucarne.

— J'espère qu'ils ne m'ont pas laissé trop de désordre, grommela-t-elle, agacée.

Elle jeta un bref coup d'œil à sa montre. Il lui restait encore un quart d'heure avant le rendez-vous. Elle abandonna sa mallette dans un coin de la pièce et se précipita vers l'escalier, ôtant ses escarpins en bas des marches. Elle n'avait vraiment pas besoin de cela, surtout ce matin, alors qu'elle était encore énervée par la façon sournoise dont elle avait quitté le lit de Daniel. Heureusement, son mobile était resté dans la voiture, car il ne manquerait pas de l'appeler pour l'accabler de reproches.

Elle avait à peine gravi quelques marches qu'elle entendit la porte d'entrée s'ouvrir. Flûte ! Son client était en avance. Elle redescendit en hâte, passa ses chaussures et rejoignit le grand homme brun qui errait à travers le salon. Par les fenêtres dépourvues de rideaux, les rayons du soleil entraient à flot, l'enveloppant d'une lumière éblouissante.

— Bonjour ?

— Je sais que je suis un peu en avance.

— Pas de problème, dit aimablement Tess.

Zut, et rezut ! Elle aurait aimé jeter un coup d'œil à la chambre avant de commencer la visite. Mais il était trop tard.

Il se tourna alors pour lui faire face, révélant la canne blanche qu'elle n'avait pas encore remarquée. Comment était-il arrivé jusque-là ? Il n'y avait pas d'autre voiture dans l'allée que la sienne.

Il devait avoir à peu près le même âge qu'elle — entre trente-cinq et quarante ans. Encore que, sans voir ses yeux cachés par des Ray-Ban particulièrement sombres, elle n'en aurait pas juré. Il portait une chemise de soie au col ouvert, une veste de cuir coûteuse, un pantalon de coton au pli impeccable. Le visage était agréable, malgré des traits anguleux : la mâchoire prononcée, un peu trop crispée, les lèvres minces mais bien dessinées, les pommettes saillantes. Ses cheveux épais, coupés court, formaient un V au milieu de son front.

— Je m'appelle Walker Harding. Vous êtes bien la personne de l'agence à qui j'ai parlé au téléphone ?

— Oui, je suis Tess McGowan.

D'instinct, elle lui tendit la main, pour la retirer aussitôt, gênée. Quelle sotte ! Il ne la voyait pas.

Hésitant, l'homme sortit lentement la sienne de sa poche et la lui offrit. Le geste était approximatif. Légèrement décalé sur sa gauche. Elle se rapprocha pour le saluer. Dès que le contact fut établi, la large paume de son client engloutit sa main ; ses longs doigts musclés enveloppèrent son poignet. C'était étrange. On aurait dit une caresse. Tess chassa cette pensée de son esprit, ignora un soudain sentiment de malaise.

— Je viens tout juste d'arriver, expliqua-t-elle en dégageant sa main. Je n'ai pas eu le temps de vérifier les lieux.

Remarque superflue. S'il y avait du désordre, il ne se rendrait compte de rien. Faire visiter une propriété à un aveugle était une tâche aussi délicate qu'inédite. Comment était-elle censée s'y prendre ?

Sans un mot, il s'éloigna d'elle et traversa le salon en tapotant le sol de sa canne. Il marchait avec assurance. S'arrêtant près de la baie vitrée qui donnait sur le jardin, il tâtonna pour trouver la poignée et l'ouvrit. Puis il demeura immobile, comme plongé dans une mystérieuse contemplation.

— Le soleil est bien doux, déclara-t-il enfin.

Il rejeta la tête en arrière pour offrir son visage aux rayons et reprit :

— Cela peut paraître ridicule, mais j'aime qu'il y ait beaucoup de fenêtres.

— Non, ce n'est pas ridicule.

Tess s'en voulut d'avoir parlé trop fort. L'homme était aveugle, pas sourd !

Durant le silence qui suivit, elle examina le profil de son client. Le nez était légèrement tordu et, sous cet angle, on apercevait une cicatrice juste en dessous de la mâchoire. Aurait-il perdu la vue dans un accident ? En tout cas, il y avait une certaine raideur dans ses mouvements ; sa main libre ne cessait de revenir dans sa poche. Etait-il tendu, inquiet ?

— Quelle est la taille des pins ? interrogea-t-il soudain.

— Pardon ?

— Je sens une odeur de pin. Il y en a beaucoup ? Sont-ils grands ? Petits ?

Tess le rejoignit près de la fenêtre en veillant à maintenir entre eux une certaine distance. Le terrain était bordé d'une armée de conifères, des cèdres et des pins qui formaient une clôture naturelle autour de la propriété. Elle ne les sentait pas, mais son client aveugle avait probablement un odorat plus développé qu'elle.

— Ils sont très grands. Il y a un mur de cèdres et de pins tout au bout du jardin.

— Excellent. J'aime ma tranquillité.

Il se tourna vers elle, sourit.

— J'espère que cela ne vous gêne pas de me décrire ce que je ne peux voir ?

— Mais pas du tout ! s'empressa de répondre Tess. Par quoi souhaitez-vous que nous commencions la visite ?

— Par la chambre principale, dont on m'a dit qu'elle était splendide. Ce serait possible ?

— Excellent choix.

Et voilà ! Elle aurait vraiment dû venir plus tôt. A présent, il ne lui restait plus qu'à espérer que ce crétin de Paterson n'ait pas fait trop de dégâts.

— Vous voulez que je vous donne le bras, ou vous préférez monter seul ?

— Vous sentez délicieusement bon.

Déroutée par cette remarque, Tess le dévisagea, surprise. Cherchait-il à flirter ?

— Chanel n° 5, si mon nez ne me trompe pas ?

— Exactement.

— Conduisez-moi. Je suivrai votre délicat parfum.

— Oui, bien sûr.

Elle monta à pas lents, trop lentement sans doute car, sur le palier, la main de son client heurta sa hanche et resta posée là, comme s'il avait besoin d'un ancrage pour s'orienter. Ce fut du moins le raisonnement qu'elle se tint.

Parvenue dans la chambre, Tess jeta un rapide coup d'œil pour en vérifier l'état. Tout y était en ordre. On l'avait récemment nettoyée, et une odeur forte de désinfectant persistait. Mais M. Harding s'abstint de tout commentaire

— La pièce fait plus de cinquante mètres carrés, commença Tess. Il y a une grande baie vitrée exposée au sud, avec vue sur le jardin. Le plancher est en chêne et….

— Excusez-moi, mademoiselle McGowan…

— Je vous en prie, appelez-moi Tess.

— Tess. Oui, bien sûr.

Il marqua une pause, sourit.

— Je ne voudrais pas vous choquer, mais j'aime avoir une idée de la personne à qui je parle. Puis-je toucher votre visage ?

Elle crut avoir mal entendu, d'abord. Puis elle ne sut que répondre. Ce contact prolongé tout à l'heure, sur le palier, était-il prémédité ? Profitait-il de sa cécité pour se livrer à de discrets pelotages ?

— Pardonnez-moi, je vous ai vexée, reprit-il d'une voix douce, rassurante.

— Non, pas du tout ! se défendit-elle vivement.

Si elle cédait à la paranoïa, elle risquait de manquer sa vente. Elle devait faire attention.

— Je crains fort d'être mal préparée pour vous aider, expliqua-t-elle encore en guise d'excuse.

— Ce n'est pas bien méchant, ne craignez rien. Je palpe du bout des doigts pour me faire une idée. Vous ne courez aucun risque. Je n'abuserai pas.

Ses lèvres esquissèrent un nouveau sourire, et Tess se sentit aussitôt ridicule. Malgré son appréhension, elle s'approcha.

— Allez-y.

Il posa sa canne contre le mur, effleura d'abord ses cheveux des deux mains, avec beaucoup de délicatesse. Elle évitait ses yeux, fixait le mur au-delà de son épaule. Les doigts descendirent jusqu'à son front, glissèrent sur ses paupières. Ils sentaient vaguement l'ammoniaque. A moins que ce soit l'odeur dominante du désinfectant avec lequel on avait lavé le plancher ?

Le contact était moite, déplaisant. Refoulant une réaction de dégoût, elle regarda ses traits pour voir s'il était aussi gêné qu'elle. Non. Il semblait parfaitement serein, concentré. Des doigts, il traça le contour de ses joues. Elle eut la sensation qu'il la caressait et repoussa cette impression. Puis, du bout de l'index, il trouva ses lèvres, s'attarda trop longtemps sur leur dessin, les frotta légèrement. L'espace d'un instant, elle crut qu'il allait enfoncer cet index dans sa bouche. Décontenancée, elle chercha ses yeux à travers les lunettes noires ; quand elle les trouva finalement, son malaise s'accrut. Les prunelles noires à peine distinctes paraissaient la scruter. Etait-ce possible ? Non, bien sûr. Son imagination lui jouait des tours. Ou plutôt, elle était sous l'emprise de vieilles peurs venues de son passé. Dieu que c'était irritant !

Les doigts poursuivaient leur chemin, sur son menton, le long de son cou, ils s'infiltrèrent brièvement dans l'échancrure de son corsage pour suivre le tracé des clavicules. Il marqua une légère hésitation, comme s'il testait les limites de ce qu'elle lui permettrait. Elle esquissa un recul au moment où les doigts enveloppaient sa gorge.

— Qu'est-ce qui vous prend ? s'exclama Tess en agrippant ses larges mains pour se dégager.

A présent, il lui serrait le cou à l'étouffer. Et il la regardait tandis qu'un sourire pervers lui étirait les lèvres. Elle se mit à le griffer, à se débattre, mais il la repoussa. Sa tête cogna violemment contre le mur. Une douleur terrible la submergea, un vertige contre lequel elle ferma les paupières. Impossible de respirer, de réfléchir, de se libérer de l'étau qui l'étouffait. Cet homme avait une force incroyable !

Lorsqu'elle rouvrit les yeux, il ne la maintenait plus que d'une main. Elle parvint à prendre une inspiration, avala goulûment l'air. Mais avant qu'elle n'ait eu le temps de se ressaisir, il la plaqua contre le mur et l'immobilisa en pesant de son bras contre sa gorge, lui coupant de nouveau le souffle. Dans sa main libre, il tenait une seringue.

La panique s'empara de Tess, mais ses gesticulations furent vaines. Il était bien trop fort. L'aiguille s'enfonça dans son bras à travers le tissu de sa veste. Tout son corps se raidit, puis la pièce se mit à tourner. Ses muscles se relâchèrent. Elle ne sentait plus rien. Et elle sombra dans les ténèbres.

32.

Dès que Maggie pénétra dans le cabinet du Dr James Kernan, elle redevint l'étudiante de dix-neuf ans qu'elle avait été ; elle retrouva ce sentiment mêlé de confusion, d'émerveillement et de timidité qui l'habitait lorsqu'elle avait rendu pour la première fois visite à son professeur. Si le cabinet était aujourd'hui situé dans les tours Wilmington de Washington, et non plus sur le campus de l'université de Virginie, il n'avait pas changé et conservait cette même odeur de cigare froid, de vieux cuir et de pommade contre les douleurs. Le même étrange bric-à-brac encombrait le petit bureau. Un bocal de verre contenant le lobe frontal d'un cerveau humain, dans du formol, servait de serre-livres au bout d'une étagère sur laquelle on trouvait un bizarre assortiment d'ouvrages — *L'Interprétation des rêves* de Freud, *Comprendre Hitler : recherche sur les origines du mal*, et une première édition fort rare d'*Alice au pays des merveilles*. Ce dernier volume convenait tout particulièrement au professeur en psychologie qui n'était pas sans rappeler le Chapelier Fou du conte.

Sur un meuble en acajou, au fond de la pièce, étaient disposés des outils anciens aux formes curieuses qui, à l'examen, se révélaient être des instruments chirurgicaux utilisés autrefois pour pratiquer des lobotomies. Derrière le bureau, en acajou lui aussi, des photos noir et blanc accrochées au mur retraçaient les étapes de cette opération. Un autre cliché, également dérangeant, montrait une jeune femme au cours d'un électrochoc. Face à cette malheureuse, résignée, le regard vide, prisonnière de l'inquiétant dispositif métallique, Maggie songeait plus à une exécution qu'à un traitement médical ; elle se demandait parfois si elle avait sa place au sein d'une profession qui avait soumis les patients à de telles brutalités sous couvert de soigner les maladies mentales.

Kernan avait adopté sans problème les bizarreries de leur profession, et son cabinet n'était qu'une extension de sa personnalité pour le moins étrange. Il était réputé pour ses blagues de mauvais goût sur les « dingues » et il avait mis au point son propre traitement de choc sur ses élèves.

Le bonhomme avait une passion pour les jeux de l'esprit, redoutables traquenards dans lesquels il vous entraînait sans crier gare. On le voyait ainsi bombarder de questions un étudiant de première année pris au dépourvu, lui laissant à peine le temps de répondre ; et l'instant d'après, il était dans un coin, au fond de la classe, face au mur, parfaitement silencieux. Et puis, il bondissait sur un bureau, poursuivait son tour en passant de l'un à l'autre, oscillant dangereusement au bord du vide dans de constants déséquilibres. Même ses élèves de dernière année demeuraient incapables de prévoir sa conduite. Et c'était là l'expert auquel le FBI confiait le soin de décider de la santé mentale de Maggie !

En entendant le frottement familier de ses semelles dans le couloir, Maggie se redressa sur son siège, instinctivement, et cessa de fouiller la pièce du regard. Le seul bruit de ses pas suffisait à la faire régresser au stade d'étudiante incapable.

Le Dr Kernan entra dans son bureau sans cérémonie, se dirigea en traînant les pieds jusqu'à son bureau sans saluer Maggie ni se soucier de sa présence, puis il se laissa choir sur son fauteuil de cuir qui protesta en grinçant et craquant. Mais peut-être les articulations rouillées du vieux professeur contribuaient-elles aussi à ce concert…

Il farfouilla parmi ses piles de papiers tandis qu'elle l'observait en silence, les mains croisées sur les genoux. Kernan semblait avoir rétréci depuis leur dernière rencontre, dix ans plus tôt. Déjà âgé à l'époque, il était à présent voûté, et ses mains couvertes de tache brunes tremblaient. Ses cheveux, toujours aussi blancs mais plus clairsemés, laissaient voir son crâne, lui aussi parsemé de taches brunes, et des touffes de poils blancs lui sortaient des oreilles.

Enfin, il parut avoir trouvé ce qu'il cherchait ; il se débattit avec une petite boîte de métal pour l'ouvrir, y prit deux bonbons à la menthe, et la referma sans en proposer à Maggie.

— O'Dell, Margaret, marmonna-t-il pour lui-même.

Il se remit à fourrager dans son bazar.

— Classe de 1990.

Il s'arrêta, feuilleta un dossier. Maggie, à qui il ne s'adressait toujours pas, examina la chemise pour savoir ce qu'il lisait. L'étiquette portait l'inscription « Les meilleurs sites pornos du Web ».

— Je me souviens d'une Margaret O'Dell, dit-il sans lever les yeux.

Puis, d'une voix sénile, il chantonna vaguement :

— O'Dell, O'Dell, le fermier et sa belle.

Maggie s'agita sur sa chaise, réfrénant son impatience par politesse. Décidément, il n'avait pas changé. Pourquoi s'étonnerait-elle qu'il traite ses patients comme il traitait naguère ses étudiants ? Qu'il joue avec les mots et réduise leur nom et leur identité à de ridicules semblants de comptines ? C'étaient les rituelles manœuvres de déstabilisation.

— Prépa médecine, poursuivit-il en consultant sa liste de sites pornographiques.

Il s'arrêta à diverses reprises pour agiter la tête en faisant claquer sa langue contre son palais.

— Assise au fond à gauche pendant mes cours. Bonne élève. Ne posait de questions que sur les comportements criminels et l'hérédité.

Maggie réfréna une réaction de surprise. Il avait sans doute pris note de ces détails — et bien sûr relu son dossier avant le rendez-vous pour s'assurer un avantage. Qu'il avait de toute façon. Attendant la suite, elle s'obligea au calme malgré une folle envie de se lever et de filer pour échapper à cette démonstration grotesque.

— Maîtrise en psychologie du comportement. A réussi à obtenir une bourse pour des études médico-légales à Quantico.

Enfin, il daigna lever la tête et posa sur elle ses yeux bleus délavés démesurément grossis par ses épais verres rectangulaires. Ses sourcils en broussaille partaient dans tous les sens. Il se frotta la mâchoire, reprit après une pause :

— Je me demande ce que vous auriez fait si vous aviez été une excellente élève.

Sur ces mots, il la dévisagea en silence.

Comme à son habitude, il la prenait au dépourvu ; elle ne savait que dire. Cet homme avait l'art de vous décontenancer ; il vous ignorait, jusqu'à ce que vous vous sentiez invisible, et soudain, il se taisait, dans l'attente d'une réponse à une question qui n'en était pas une. Maggie soutint son regard en se jurant de ne pas baisser les yeux. Elle lui en voulait de la réduire ainsi au rôle d'écolière muette. Ce n'était pas son idée d'une thérapie. Cette fois, le directeur adjoint Cunningham avait commis une sérieuse erreur de jugement. L'envoyer consulter un psychologue ne servirait à rien ; mais l'envoyer à Kernan aurait pour seul effet de la fragiliser davantage encore.

— Ainsi, Margaret O'Dell, la petite souris au fond de la classe, la bonne élève qui s'intéressait à la psychologie criminelle mais ne pensait pas avoir sa place à mes cours est aujourd'hui l'agent spécial O'Dell, porte un badge et un revolver, et pense en ce moment même qu'elle n'a rien à faire dans mon cabinet.

Il la dévisageait toujours, attendait une réponse à ses questions fantômes, les doigts croisés, les coudes calés sur ses piles de papiers chancelantes.

— C'est exact, n'est-ce pas ? Vous pensez que vous n'avez aucune raison d'être ici ?

— Aucune, en effet.

— Vos supérieurs se trompent, donc ? Des années d'étude, d'expérience, et ils se plantent royalement ? C'est bien cela ?

— Ce n'est pas ce que j'ai dit.

— Vraiment ? Vous ne l'avez pas dit ?

Jeux d'esprit, détournements de sens, Kernan était un maître. Maggie devait se concentrer et surveiller la moindre de ses paroles si elle ne voulait pas se laisser piéger par cet être retors.

— Vous m'avez demandé si je croyais avoir des raisons d'être ici et j'ai répondu non.

Il soupira longuement en se laissant aller contre le dossier de son siège, recroisa les mains sur son large torse.

— Eh bien, je suis heureux que vous ayez clarifié les choses, Margaret O'Dell.

Elle se souvint que les entretiens particuliers avec lui ressemblaient toujours à des interrogatoires. Etrange que ce drôle de bonhomme qui semblait dormir dans ses vêtements tant ils étaient froissés ait conservé ce même pouvoir de la déstabiliser. Mais elle ne se laisserait pas faire. Sans cesser de le regarder dans les yeux, elle attendit qu'il se décide.

— Alors, Margaret O'Dell qui croit n'avoir aucune raison d'être ici, dites-moi un peu : ça vous amuse, cette fixation que vous faites sur Albert Stucky ?

L'estomac de Maggie se noua sur-le-champ. Bon sang ! On pouvait compter sur Kernan pour frapper dans le mille au moment le plus inattendu.

— Bien sûr que non, cela ne m'amuse pas.

Sa voix était posée, le ton ferme, et elle ne cilla pas ; elle savait que malgré ses culs-de-bouteille, Kernan guettait la moindre grimace, comptait ses battements de paupières.

— En ce cas, pourquoi vous obsède-t-il toujours ?

— Je veux qu'on l'arrête.

— Et vous êtes la seule à pouvoir l'arrêter ?

— Je le connais mieux que quiconque.

— Bien entendu. Il est vrai qu'il vous a impliquée dans son charmant passe-temps, qu'il vous a laissé un tatouage en souvenir, marquée pour ainsi dire comme une bête afin que vous ne l'oubliiez pas.

Dieu que ce type pouvait se montrer cruel ! Mais elle ne craquerait pas, ne céderait pas à la colère — ce serait là jouer son jeu.

— Si je le connais mieux que quiconque, c'est parce que j'ai passé deux ans à le traquer.

— Je vois. Votre obsession cessera donc quand vous l'aurez capturé.

— Oui.

— Et qu'il sera puni.

— Oui.

— Parce qu'il doit être puni, n'est-ce pas ?

— Il n'existe pas de châtiment assez sévère pour un criminel tel qu'Albert Stucky.

— Vraiment ? L'exécuter ne suffirait donc pas ?

Elle hésita. Ce sarcasme sentait le piège ; elle devait se méfier.

— Quel que soit le nombre de ses victimes, le nombre de femmes qu'il a tuées et tuera, Stucky ne mourra jamais qu'une fois.

— Je vois. Si la mort n'est pas une punition suffisante, qu'est-ce qui vous donnerait satisfaction ?

Maggie s'abstint de répondre. Pas question de mordre à l'hameçon.

— Vous aimeriez qu'il souffre, n'est-ce pas, Margaret O'Dell ?

Elle soutint son regard. Ne pas cligner des yeux. Ne pas se trahir. Il la jaugeait, l'aiguillonnait pour qu'elle laisse éclater sa rage.

— Comment choisiriez-vous de le faire souffrir ? En le torturant longuement, en lui infligeant des douleurs terribles ?

Il l'observait et attendait une réaction de sa part. Peine perdue. Elle ne céderait pas sous la pression ; elle ne lui ferait pas ce plaisir.

— Non, pas par la douleur, reprit-il, comme s'il avait obtenu une réponse. Non. Vous préféreriez la peur. Qu'il souffre par la peur, n'est-ce pas ?

Il parlait d'un ton mesuré, sans chercher l'affrontement, ni l'accuser de rien. Il l'encourageait à la confidence.

Les mains sagement croisées sur les genoux, Maggie demeurait droite et continuait de le fixer, cependant que la colère bouillonnait en elle.

— Vous souhaitez qu'il éprouve la même terreur, le même sentiment d'impuissance que ses victimes, déclara-t-il.

Il se pencha en avant. Son fauteuil émit un grincement, amplifié par le silence.

— La terreur que vous avez vous-même éprouvée quand il vous tenait à sa merci, poursuivit-il. Quand son couteau entamait votre chair.

Il marqua une pause. Il faisait soudain une chaleur étouffante, l'air devenait irrespirable. Elle se retint de se mordre les lèvres, de remonter la mèche humide qui tombait sur son front moite. Elle se contenta de l'observer tandis qu'il la scrutait.

— C'est bien cela, Margaret O'Dell ? Vous voulez voir M. Albert Stucky en baver. En baver comme vous en avez bavé avec lui.

« M. Albert Stucky ? » Comment osait-il traiter ce criminel, ce monstre avec autant de respect ?

— Qu'il en bave sur la chaise électrique ne vous suffit pas, c'est cela ?

Les mains de Maggie se crispèrent. Elles étaient trempées de sueur. Pourquoi diable faisait-il si chaud dans cette fichue pièce ? Elle avait les joues en feu, le sang battait à ses tempes.

— Non, la chaise électrique n'est pas le châtiment approprié pour ses crimes, déclara Kernan. Et vous avez une meilleure idée en tête. Comment vous proposez-vous de le punir, Margaret O'Dell ?

— En obligeant ce salopard à me regarder droit dans les yeux quand je lui tirerai une balle en plein front.

Voilà. C'était dit. Elle avait craché le morceau. Et peu lui importait de s'être laissé prendre aux ruses psychologiques du Dr James Kernan.

33.

Tess McGowan tenta d'ouvrir les yeux, mais ses paupières étaient trop lourdes. Elle parvint brièvement à les soulever, aperçut de la lumière, puis ce fut de nouveau le noir. Elle était en position assise, mais le sol remuait sous elle, il vibrait sous l'effet d'un bourdonnement sourd et régulier. Quelque part, une voix grave et douce chantait un air de country, une chanson qui parlait de faire souffrir ceux qu'on aime.

Pourquoi ne pouvait-elle pas bouger ? Ses jambes, ses bras étaient comme en plomb. Elle n'était retenue que par une sangle qui descendait de son épaule en diagonale, et une autre en travers de ses cuisses. Une voiture. Elle se trouvait dans une voiture. Maintenue par la ceinture de sécurité. Ce qui expliquait le mouvement, les vibrations. Mais pourquoi demeurait-elle incapable d'ouvrir les yeux ?

Elle s'y employa de nouveau, cligna légèrement. Derrière ses paupières closes, elle percevait la lumière des phares. C'était la nuit. Comment était-ce possible ? Ses derniers souvenirs remontaient au matin.

Elle cala sa nuque contre l'appuie-tête et perçut une odeur de jasmin, délicate, subtile. Elle se rappela avoir acheté un sachet de jasmin pour le placer sous le siège quelques jours plus tôt. Elle était donc dans sa voiture. L'idée la rassura jusqu'à ce qu'elle prenne conscience qu'elle ne conduisait pas. Qui donc était au volant ? Daniel ? Pourquoi avait-elle perdu la mémoire ? Avait-elle de nouveau trop bu ? Seigneur ! Avait-elle encore dragué un inconnu ?

Elle tourna imperceptiblement la tête. Quel effort ! Quelle lenteur ! Une fois de plus, elle tenta d'ouvrir les yeux. Il faisait trop sombre pour y voir, mais elle perçut comme un mouvement. Et ses paupières trop lourdes retombèrent.

Elle tendit l'oreille. Un bruit de respiration, près d'elle, lui parvint. Il y avait bien quelqu'un. Elle voulut parler, demander où on la conduisait, mais aucun son ne franchit ses lèvres. Il y eut un grognement. La voiture ralentit, s'arrêta. Une sorte de bourdonnement électrique se fit entendre. De l'air frais lui caressa le visage. On avait ouvert la vitre. Le moteur de la voiture tournait toujours. A l'odeur de gaz d'échappement, importante, elle comprit qu'ils étaient coincés dans un embouteillage. De nouveau, elle tenta d'ouvrir les yeux.

— Bonsoir, monsieur l'agent, dit une voix grave, sur le siège voisin.

Elle connaissait cette voix. Etait-ce celle de Daniel ?

— Bonsoir, répondit une autre voix, forte.

Il y eut une pause, puis la même personne ajouta, plus bas :

— Oh ! excusez-moi, je n'avais pas vu que votre épouse dormait.

— Que se passe-t-il, ici ?

Bonne question. Tess voulait elle aussi savoir ce qui se passait. Savoir pourquoi elle ne pouvait ni bouger, ni ouvrir les yeux. Savoir quelle épouse dormait. Etait-ce à elle que le policier faisait allusion ?

— Il y a eu un accident. Nous achevons de dégager la route de l'autre côté du pont à péage. C'est arrivé pendant les heures de pointe. Mais vous devriez être en mesure de passer d'ici deux à trois minutes.

— Pas de problème, je ne suis pas pressé.

Non, ça n'était pas Daniel. Danicl qui était toujours pressé. Et qui ne se serait pas privé de faire un esclandre, afin que ce flic comprenne à quel personnage important il avait affaire. Dieu qu'elle avait horreur de ces scènes ! Mais si ce n'était pas Daniel, qui conduisait sa voiture ?

Une bouffée de panique l'envahit. « Pas pressé. » La voix lui était familière…

Et le voile de brume qui lui brouillait l'esprit se déchira.

« Vous sentez délicieusement bon », lui avait dit cette même voix. Peu à peu, les pièces du puzzle se remettaient en place. La maison d'Archer Drive. Il désirait commencer sa visite par la chambre principale. « Sans vouloir vous choquer. »

Il désirait voir son visage. « Ce n'est pas bien méchant, ne craignez rien. » Pas voir, non, il voulait toucher son visage. Ses mains sur ses cheveux, ses joues, son cou. Puis ces mêmes mains qui lui enserraient la gorge. Un étau qui l'étranglait. Impossible de bouger, de respirer. Douleur. Non ! Faites que cela cesse ! Le choc de son crâne contre le mur. Un bruit sourd. La douleur, encore. Elle se débattait, griffait pour se défendre. Dieu qu'il était fort !

Et puis, à travers sa veste, une aiguille s'était plantée dans son bras. Elle se rappelait encore la sensation de chaleur ; la pièce qui tournait autour d'elle comme un carrousel en folie.

Maggie s'efforça de lever le bras où elle avait été piquée. Il était douloureux, n'obéissait pas. Quelle drogue lui avait-il injectée ? Et qui était ce type ? Où diable l'emmenait-il ? Elle se sentait piégée, prisonnière jusque dans sa peur. Ses muscles ne répondaient plus. Impossible de cogner, de donner des coups de pieds, de courir pour s'enfuir. Et la terreur qui brûlait de s'exprimer restait bloquée dans sa gorge sans voix, l'étouffait. Seigneur ! Elle ne pouvait même pas crier !

34.

Après son rendez-vous avec Kernan, Maggie était rentrée droit chez elle, sans même un regard à la bretelle de sortie pour Quantico. Drôle de séance et vaste plaisanterie ! A présent, elle arpentait son salon de long en large. Le trajet d'une heure depuis Washington D.C. n'avait pas suffi à calmer sa colère. Avait-on jamais vu un psychologue mettre ses patients dans un tel état de rage ?

Au pied de l'escalier, les bagages qu'elle n'avait pas défaits depuis son retour de Kansas City l'attendaient ; les cartons s'entassaient toujours dans les coins. Elle avait les nerfs à vif, la nuque affreusement nouée et sa tête lui faisait mal. Elle ne se souvenait plus quand elle avait mangé pour la dernière fois. Sans doute dans l'avion, la veille au soir.

Elle songea un moment à se changer pour sortir courir. La nuit tombait. Cela ne l'arrêtait nullement, d'ordinaire ; mais aujourd'hui, l'idée que Stucky était peut-être en embuscade à l'observer lui donnait à réfléchir. Etait-il rentré de Kansas City ? Etait-il tapi dehors, à la guetter depuis quelque cachette ? Elle alla de fenêtre en fenêtre, examina la rue, le jardin et ses arbres, l'arrière de la maison, plissant les yeux pour mieux scruter les ombres, à l'affût du moindre mouvement inhabituel. Comment savoir où se terrait le danger avec cette brise qui agitait doucement branches et buisson ? Son malaise s'accrut. Ses muscles se nouèrent davantage encore. L'angoisse la tenaillait.

Un peu plus tôt, elle avait remarqué un ouvrier qui inspectait les bouches d'égouts et les pylônes, au bout de la rue. Il portait une combinaison de travail beaucoup trop propre, des chaussures trop cirées. A l'évidence, c'était un agent de surveillance dépêché par Cunningham. Espérait-il vraiment piéger Albert Stucky avec ces pauvres ruses d'amateur ? Si Maggie avait repéré l'imposteur au premier coup d'œil, sa présence n'échapperait pas à Albert Stucky, roi des caméléons et maître du déguisement, capable de se fondre dans tout environnement avec une discrétion exemplaire. Il trouverait cela risible ; une fois de plus, il se moquerait d'eux.

Maggie tournait comme un lion en cage, exaspérée de se sentir prisonnière. Pour ne rien arranger, un silence oppressant régnait sur la maison comme sur le voisinage. On n'entendait rien d'autre que le cliquetis léger de ses talons sur le parquet. Pas un bruit. Pas de tondeuses, de voitures ou d'enfants en train de jouer. Rien. Mais n'avait-elle pas justement choisi cette propriété pour son calme et son isolement ?

Elle exhuma d'une caisse un poste de radio bon marché avec lecteur de CD, puis fouilla parmi ses disques. Certains étaient encore sous cellophane — des cadeaux de ses amis qu'elle n'avait pas eu le temps de déballer, moins encore celui de les écouter. Elle arrêta son choix sur un enregistrement de Jim Brickman dans l'espoir que les harmonies de son piano l'apaiseraient. Quelques mesures après le début du premier morceau, Maggie remarqua Susan Lyndell qui remontait l'allée menant à la maison. Décidément, ce n'était pas son jour !

Elle ouvrit la porte avant même que Susan atteigne le perron, scruta les environs à droite et à gauche, vérifiant qu'il n'y avait personne d'autre en vue, pas de mouvement suspect.

— Votre voyage s'est bien passé ? s'enquit Susan d'un ton aimable.

— Très bien.

Maggie lui prit le bras et l'entraîna vivement à l'intérieur. Susan parut surprise. Il y avait de quoi : lors de sa première visite, c'était à peine si Maggie l'avait laissée entrer.

— Je suis revenue hier soir, expliqua-t-elle en fermant derrière elles.

Anxieuse, elle se demandait si Stucky n'était pas en train de l'observer, et de choisir déjà sa prochaine victime.

— Je voulais vous appeler, mais vous n'êtes pas encore dans l'annuaire.

— Non, je n'y suis pas, confirma Maggie, catégorique.

Un ton propre à décourager toute tentative d'obtenir son numéro.

— Avez-vous contacté l'inspecteur Manx ? demanda-t-elle.

— Justement, c'est à ce propos que je tenais à vous parler. Je crois que mes hypothèses de l'autre jour étaient fausses.

— Vraiment ? Et pourquoi cela ?

Silence. Susan examinait le salon spacieux et ses tas de cartons, s'interrogeant sans doute sur le manque de mobilier, sur les moyens financiers de Maggie. Enfin, elle se décida à répondre :

— J'en ai discuté avec Sid.

— M. Endicott ? Et que lui avez-vous raconté ?

— Sid est un brave homme. Cela m'ennuyait qu'il se fasse du mauvais sang, tout seul dans son coin. Et puis, il est en droit de savoir. Alors j'ai préféré le mettre au courant... pour Rachel et cet homme, vous comprenez ?

— Le réparateur de la compagnie du téléphone ?

— Oui.

A présent, Susan ne s'intéressait plus au décor, mais elle évitait toujours le regard de Maggie.

— Que lui avez-vous dit, au juste ? interrogea celle-ci.

— Qu'elle avait peut-être fugué avec cet homme.

— Je vois.

Susan Lyndell avait été bien prompte à trahir son amie ; à se réconcilier avec l'idée que Rachel était partie en compagnie de ce réparateur qu'elle croyait capable de violences quelques jours plus tôt. Voilà qui était étrange.

— Et que vous a dit M. Endicott ?

— Oh ! vous ne savez pas, bien sûr. La voiture de Rachel n'était pas dans le garage. La police ne s'en est pas rendu compte, au départ, parce que la Mercedes de Sid s'y trouvait. Sid tient beaucoup à sa voiture, voyez-vous. Lorsqu'il doit s'absenter, Rachel le conduit toujours à l'aéroport pour éviter qu'elle reste sur le parking, vous comprenez ? Bref. Toujours est-il que je suis convaincue que Rachel est partie avec ce type. En tout cas, elle avait le béguin pour lui.

— Et le chien ?

— Le chien ?

— Nous avons retrouvé son chien sous le lit. Blessé. A coups de couteau.

Susan haussa les épaules.

— Je n'ai aucune idée sur la question.

Le mobile de Maggie se mit à sonner dans sa poche de veste. Elle hésitait à décrocher quand Susan reprit :

— Ne vous gênez pas pour moi, je ne vous dérangerai pas plus longtemps. Je passais en coup de vent pour vous tenir au courant.

Maggie n'eut pas le temps de protester que sa voisine était déjà sortie et descendait l'allée d'une démarche primesautière. Elle n'avait décidément plus rien à voir avec la femme anxieuse et agitée qu'elle avait rencontrée quelques jours plus tôt...

Le téléphone sonnait toujours lorsque Maggie eut verrouillé la porte derrière sa visiteuse et rebranché l'alarme. Enfin, elle tira l'appareil de sa poche.

— Ici Maggie O'Dell, j'écoute…

— Ah, je te trouve enfin ! Tu devrais changer de mobile, Maggie. Ta batterie se décharge en permanence. On ne peut pas te joindre.

De nouveau, la tension lui crispait la nuque et les épaules. Greg la saluait toujours par des reproches.

— J'étais en déplacement et je l'avais coupé. Tu as eu mon message ?

— Franchement, Maggie, tu devrais t'abonner à un service de messagerie, c'est infernal ! poursuivit Greg sur sa lancée. Ta mère m'a appelé, il y a deux jours. Elle ignorait que tu avais déménagé. Tu aurais pu lui donner ton nouveau numéro, tout de même !

— Je lui ai téléphoné avant de partir. Elle se porte bien ?

— Elle avait l'air en pleine forme. Apparemment, elle était à Las Vegas.

— A Las Vegas ?

Sa mère ne quittait pas Richmond. Curieux choix pour l'une de ses rares sorties : Las Vegas, un paradis pour alcooliques suicidaires !

— Elle m'a dit qu'elle était avec le révérend père Everett. Tu devrais la surveiller de plus près, Maggie. C'est ta mère, que je sache.

Greg ne comprendrait jamais la dynamique de leurs rapports. Comment pourrait-il, lui qui avait grandi au sein d'une famille modèle digne des publicités des années 1950 ?

— Greg, est-ce que j'ai oublié un carton à l'appartement ?

— Non. Il n'y a plus rien à toi ici. Tu l'as perdu ? Ça ne serait pas arrivé si tu avais pris des déménageurs sérieux, comme United.

— Tu es sûr qu'il n'est pas là-bas ? Je me fiche que tu l'aies ouvert, que tu aies fouillé dedans...

— Non, mais écoute-toi ! Tu doutes de tout, tu ne fais plus confiance à personne. Est-ce que tu te rends compte que ce fichu métier te détruit ?

Elle se massa la nuque. Pourquoi lui rendait-il la vie impossible ?

— Tu as regardé dans la cave ? insista-t-elle.

Le carton ne risquait pas d'y être, mais elle lui tendait une perche, elle lui donnait une chance de s'en tirer honorablement s'il avait fouiné dans ses affaires.

— Il n'est pas là, je te l'ai déjà dit. Qu'est-ce qu'il y a de si précieux dans ce carton ? Un de tes trois ou quatre flingues, sans lesquels tu ne dors plus ?

— Je n'en ai que deux, Greg. Presque tous les agents en ont un de secours.

— Pour moi, c'est un de trop.

— Tu m'appelles si tu le retrouves, d'accord ?

— Je ne l'ai pas.

— En ce cas, au revoir.

— Passe donc un coup de fil à ta mère, lança-t-il en guise de conclusion.

Lorsqu'elle eut raccroché, Maggie s'adossa au mur et ferma les yeux. La migraine menaçait. Il lui fallait se calmer. Respirer lentement... Le bruit de la sonnette la fit sursauter. Instinctivement, elle porta la main à son revolver. Seigneur ! Greg avait raison. Elle vivait dans un monde de folie paranoïaque.

Dans l'allée, près du réverbère, il y avait une camionnette blanche marquée du logo de la clinique vétérinaire Riley ; et sous le porche, se tenait un homme en combinaison blanche, coiffé d'une casquette de base-ball, qui tenait en laisse un labrador blanc, avec un gros pansement sur le poitrail et l'épaule. Maggie reconnut le chien des Endicott. Elle prit néanmoins son temps pour étudier l'homme avec soin et s'assurer que ce n'était pas Stucky, dans un de ses travestissements. Mais il était vraiment trop petit.

— Désolée, lui dit-elle après avoir ouvert, mais les Endicott habitent un peu plus bas.

— Je sais, j'en viens, répondit l'homme, le visage rouge et en sueur, comme s'il avait couru. Mais M. Endicott refuse de prendre le chien.

— Pardon ?

— Il ne veut pas du chien.

— Vraiment ? Il vous l'a dit ?

Maggie n'en revenait pas qu'on rejette ainsi une malheureuse bête, blessée et traumatisée.

— Il m'a dit texto que ce « foutu clébard » était à sa femme, et que si sa femme avait filé en l'abandonnant, il n'en voulait pas non plus !

Maggie jeta un coup d'œil à l'animal inquiet, qui se terrait contre le sol. Sans doute parce que l'homme avait haussé le ton. Peut-être avait-il aussi compris qu'on parlait de lui.

— Je ne vois pas ce que vous attendez de moi. Je doute fort que M. Endicott change d'avis si je vais lui parler. D'ailleurs, je ne le connais pas.

— Vos nom et adresse figurent sur la décharge que vous avez signée en amenant l'animal à la clinique. L'inspecteur Manx nous a demandé de vous le confier.

Vraiment ? L'inspecteur ne manquait pas de toupet !

— Et si je refuse de le prendre, qu'en ferez-vous ? interrogea Maggie.

— Je l'emmène à la fourrière sur ordre de M. Endicott.

Maggie baissa de nouveau les yeux vers le chien, qui la fixait de son regard brun suppliant. Peste ! Elle ignorait tout des chiens et de la manière dont on s'en occupait ; elle venait d'emménager et s'absentait souvent... Non, elle ne pouvait pas le prendre. Elle n'avait jamais eu d'animal, chez elle. Sa mère n'en voulait pas. Greg, quant à lui, était allergique aux poils. Il le lui avait dit le jour où elle avait ramené une pauvre bête perdue qui l'avait suivie pendant qu'elle faisait son jogging. De toute façon, allergique ou pas, il n'aurait jamais toléré qu'un animal grimpe sur ses précieux fauteuils de cuir... Soudain, Maggie comprit qu'elle tenait là une raison suffisante de garder le labrador. Au diable Greg et sa mère !

Déjà, elle tendait la main vers la laisse.

— Il a un nom, au moins ?

— Harvey, dit l'homme. Il s'appelle Harvey.

35.

Boston, Massachusetts
Jeudi 2 avril

Will Finley ne tenait pas en place. Il avait eu les nerfs en pelote durant toute la matinée et, à présent, il arpentait les couloirs du tribunal. Trop de caféine, sans doute. Et le manque de sommeil. Pour ne rien arranger, Tess ne répondait pas à ses appels. On était déjà jeudi, et depuis lundi, il avait laissé quantité de messages sur son répondeur et à son bureau. Ou ce qu'il pensait être son numéro professionnel. Il avait subtilisé une carte de visite sur le bureau ancien de sa chambre. Sans cela, il n'aurait pas même su son nom de famille. Il avait même laissé des messages pour elle, au bar, jusqu'à ce que le gros Louie l'envoie promener d'un brutal : « Vous allez lui foutre la paix, oui ? »

Pourquoi ne renonçait-il pas ? Pourquoi l'obsédait-elle ainsi ? Jamais encore une femme ne l'avait obnubilé de la sorte ; alors, pourquoi elle ? Il était si nerveux que Melissa lui en avait fait la remarque. Fort heureusement, elle avait accepté ses explications bancales — une surcharge de travail dans son nouvel emploi et le stress des préparatifs de mariage.

Pire encore, il avait évité tout rapport sexuel avec sa fiancée depuis sa nuit chez Tess. Hier soir, elle avait habilement manœuvré pour rester chez lui, mais il avait repoussé ses avances sous prétexte qu'il lui fallait du repos avant l'importante audience de ce matin. De quoi avait-il peur ? Que Melissa s'aperçoive qu'il l'avait trompée s'il la caressait différemment ? De perdre les souvenirs de ses étreintes avec Tess ? Depuis trois jours, il ne cessait de les revivre en esprit.

Bon sang ! Il était dans de sales draps !

En tournant sur la droite pour se rendre au greffe, il percuta Nick Morrelli, laissant tomber le dossier qu'il tenait à la main. En moins de temps qu'il n'en faut pour le dire, il était à quatre pattes pour ramasser les papiers épars tandis que Nick s'exclamait :

— Hé, tu es bien pressé ! Il n'y a pourtant pas le feu.

Puis, il imita son ami pour l'aider dans sa tâche. D'autres employés passaient dans le couloir, les contournant sans leur prêter attention. Enfin, ils se redressèrent. Will prit les feuillets que Nick lui tendait, tout en s'assurant qu'aucun des précieux documents n'avait échappé à leur vigilance. Le moment était mal choisi pour égarer une pièce maîtresse du procès et risquer de donner l'avantage à la défense !

— Alors, où tu courais ? interrogea Nick.

— Je ne courais pas.

Arrangeant la liasse de feuillets, Will la rangea dans sa chemise et se passa une main dans les cheveux. Nick avait-il remarqué que ses mains tremblaient ? Tous deux étaient nouveaux au bureau du procureur, mais il avait été l'élève de Nick en faculté de droit à l'université du Nebraska, et le considérait toujours comme un mentor plutôt qu'en collègue. D'ailleurs, depuis son arrivée à Boston, Nick veillait sur lui et l'avait pris sous son aile.

— Tu as une sale mine. Tu n'es pas souffrant, au moins ?

— Non, ça va.

Nick ne parut pas convaincu. Il consulta rapidement sa montre.

— Ecoute, il est presque l'heure de déjeuner. Si on allait manger un hamburger en bas de la rue. Je t'invite.

— Bon. D'accord. Si tu m'invites, ça ne se refuse pas, hein ? Donne-moi juste le temps de déposer ça au greffe.

Quel énervement ! Et Dieu qu'il faisait chaud. Une horreur. S'il continuait à transpirer ainsi, il lui faudrait garder sa veste toute la sainte journée pour cacher sa chemise trempée aux aisselles. Il se détraquait dangereusement. Sans doute l'effet de la panique, songea Will pour se rassurer. Après tout, le mariage n'était plus qu'à... quatre semaines. Quatre petites semaines. Mince, alors ! Si proche, déjà ?

Durant le déjeuner, Will raconta en long et en large les détails des audiences que Nick avait manquées pendant son séjour à Kansas City. Parler était le seul moyen d'échapper aux questions de son ancien professeur qui, visiblement, s'inquiétait pour lui. Il l'écouta poliment et attendit que Will ait la bouche pleine pour passer à l'attaque :

— Tu vas me dire enfin ce qui te ronge ?

Will avala sa bouchée en hâte et se rua sur son verre de Pepsi pour ne pas s'étouffer.

— Ça va très bien, je t'assure.

— Et moi je vois bien que quelque chose te tracasse.

— Ah bon ?

Tout en s'essuyant la bouche avec sa serviette en papier, Will chercha le moyen de gagner du temps.

— Alors, crache le morceau, insista Nick. Qu'est-ce qui t'arrive ?

Will repoussa son assiette. Il avait réussi à engloutir la moitié d'un hamburger et une portion de frites avant que Nick ait eu le temps de prendre une seconde bouchée. Déjà, son estomac le brûlait. Comme s'il avait besoin de nouveaux tracas physiques !

— Je crois que j'ai merdé.

Nick mâcha posément, tout en l'examinant pendant quelques secondes, puis il se décida.

— Pas sur l'affaire Procello, j'espère ?

— Non. C'est sans rapport avec le boulot.

Visiblement soulagé, Nick plissa le front.

— Tu paniques à l'approche du mariage, c'est ça ?

Will termina son Pepsi, puis il attira l'attention du serveur et lui montra son verre pour qu'il le remplisse. Une boisson plus forte n'aurait pas été de trop.

— Peut-être. Je ne sais pas.

Il rapprocha sa chaise de la table et se pencha en avant pour pouvoir parler à voix basse malgré le bruit ambiant. Les tables voisines étaient occupées par des employés du tribunal.

— Dimanche soir, j'ai rencontré une femme comme tu n'imagines pas. Depuis, je pense à elle sans arrêt.

Nick mâchait toujours, sans le quitter des yeux ; il semblait réfléchir. Si quelqu'un était en mesure de comprendre ce qui lui arrivait, songea Will, c'était bien Nick Morrelli. Autrefois, sur le campus, on parlait de ses liaisons avec ses étudiantes et certains professeurs. Les rumeurs n'avaient rien d'infondées. Il avait eu plus que sa part d'aventures d'un soir, et sa réputation de don Juan l'avait suivi quand il avait quitté l'enseignement pour devenir shérif de Platte City.

— Cette femme, demanda-t-il, c'était une prostituée ?

Will manqua s'étrangler.

— Ah non ! Certainement pas !

Il jeta autour de lui un coup d'œil nerveux et reprit :

— C'est à cause des copains — Mickey, Rob, Bennet, la petite bande. Ils m'ont mis au défi de draguer cette femme qui était au bar. Une femme incroyable, sexy à se damner et puis... comment te dire ? Très extravertie. Mais pas une pute, ça non.

Voyant qu'on le regardait, il marqua une pause, puis poursuivit un ton plus bas :

— Elle est plus vieille que moi, à peu près de ton âge. Très attirante, sensuelle... Mais sophistiquée, hein, pas vulgaire, tu comprends ? Je crois même qu'elle est agent immobilier, un truc comme ça.

Le serveur apporta son Pepsi à Will, qui se saisit du verre et en vida d'un trait la moitié. Nick mangeait toujours comme si de rien n'était. Cela devenait agaçant, à la fin ! estima Will. Il venait de cracher le morceau, de se mettre à nu, et son ancien professeur semblait s'intéresser davantage à son repas !

— En fait, tu essaies de me dire que c'était le coup du siècle, pas vrai ? déclara-t-il enfin.

— Nick, franchement ! Tu exagères !

— Alors, c'est ça ou pas ?

— Laisse tomber. Avec ton expérience, je croyais que tu comprendrais, mais… Je ne t'ai rien dit, d'accord ?

Sur ces mots, Will reprit son hamburger abandonné et mordit dedans. A la table voisine, une femme lui sourit. Ne savait-elle donc pas qu'il était le roi des imbéciles ?

— Réfléchis une seconde, Will, reprit Nick au bout d'un long silence. Tu serais prêt à jeter aux orties quatre années avec Melissa pour un bon coup ?

— Non. Evidemment pas.

Il s'affaissa sur sa chaise, desserra sa cravate et regarda Nick dans les yeux.

— Je n'y comprends plus rien, ça me dépasse.

— Ecoute, j'ai couché avec des tas de femmes et, dans le lot, il y en avait d'extraordinaires. Mais on ne laisse pas un bon coup décider de sa vie.

Il y eut un nouveau silence, pendant lequel Nick termina son repas. Agité, Will se redressa, se pencha de nouveau en avant. Et il se rendit compte que sa manche traînait dans son assiette. Merde ! Elle était couverte de ketchup. Ces derniers temps, sa note de pressing prenait des proportions alarmantes.

— Ce n'est pas qu'une histoire de sexe, Nick. Il y a autre chose. Un truc chez elle m'accroche. Je n'arrive pas à l'oublier. Imagine une femme solide, sexy, passionnée, indépendante, et en même temps... je ne sais pas comment te dire, vulnérable, tendre et drôle et puis... et puis vraie. C'est ça, vraie. D'accord, nous avions trop bu tous les deux et nous nous connaissons à peine... mais je ne peux pas m'empêcher de penser à elle.

Il regarda Nick sortir des billets de sa poche et les poser sur la soucoupe de plastique avec l'addition. Avait-il eu tort de se confier ? N'aurait-il pas mieux fait de garder cela pour lui ?

— Bien. Et tu envisages la suite comment ?

— Je n'en sais trop rien.

Will prit une serviette en papier et s'employa à nettoyer sa manche tachée.

— Je crois que j'aimerais bien la revoir... juste pour parler, pour voir... Merde, à la fin ! Je ne sais pas.

— Eh bien, appelle-la. Qu'est-ce qui te retient ?

— J'ai essayé, mais elle ne répond pas à mes messages.

— Alors, passe chez elle, invite-la à déjeuner. De l'initiative, vieux ! Les femmes préfèrent les hommes qui agissent à ceux qui discutent.

— Mouais. Pas si facile. Il y a cinq heures de route pour aller là-bas. Elle habite un petit bled à la périphérie de Washington... Newton, Newberry... non, Newburgh. Je crois que c'est ça, Newburgh.

— Près de Washington, hein ? Ce ne serait pas Newburgh Heights, par hasard ?

— Si. Tu connais ?

— Si ma mémoire ne me trompe pas, une amie vient d'acheter une maison dans le bled en question.

— Le monde est petit.

Will observa Nick qui, tout à coup, semblait soucieux.

— Tu crois qu'elles se connaissent ?

— J'en doute. Maggie est profiler au FBI.

— Attends ! La même Maggie du FBI qui t'a aidée dans ton enquête l'automne dernier ?

Nick acquiesça d'un hochement de tête. Geste superflu, d'ailleurs. Will s'en doutait déjà. Il avait depuis longtemps remarqué que la seule mention du nom de cette femme au cours d'une conversation mettait Nick dans un état second. Peut-être l'obsédait-elle, après tout. Le moment était venu de lui rendre la monnaie de sa pièce.

— Tu ne l'as jamais appelée, cette Maggie, que je sache ? Tu pourrais passer la voir, non ?

— Pour ta gouverne, j'ignorais même jusqu'à ces jours derniers qu'elle divorçait.

— Ces jours derniers ? Tu veux dire qu'elle était à Kansas City ?

— Précisément. Elle animait des séminaires.

— Et alors ?

— Alors, rien.

L'attitude de Nick avait changé du tout au tout. A présent, il paraissait frustré, irrité.

— Mais tu l'as revue, non ? Tu lui as parlé ?

— Ouais. On a passé tout un après-midi à fouiller les bennes à ordures ensemble.

— Pardon ? C'est le dernier nom de code à la mode pour les préliminaires ?

— Non, coupa Nick, cinglant. C'est à prendre littéralement.

Il se leva, rajusta sa cravate et boutonna sa veste.

— Bon, on retourne au boulot ?

Il n'était plus d'humeur. Will, pourtant, décida de pousser l'avantage.

— M'est avis que cette Maggie est ta Tess…

— Qu'est-ce que tu nous chantes là ? Tu débloques complètement !

En scrutant le regard de son ami, Will comprit qu'il avait tapé juste.

— Cette Maggie te rend fou comme Tess me rend fou, insista-t-il. On devrait peut-être se payer une virée à Newburgh Heights tous les deux. Qu'est-ce que tu en dis ?

36.

Maggie découvrit avec surprise que sous l'influence de l'agent Tully, son ancien bureau paraissait beaucoup plus petit qu'il n'était. Des livres trop grands pour les rayonnages étroits qui couvraient un pan de mur s'entassaient pour former une tour instable dans un coin. La chaise destinée aux visiteurs avait disparu sous un tas de journaux. Sur le bureau lui-même, la corbeille de réception croulait sous une pile irrégulière de chemises et de dossiers. Des chaînes de trombones traînaient çà et là, trahissant la nervosité d'un homme et son besoin compulsif de s'occuper les mains. Un mug solitaire trônait en équilibre sur un tas de blocs-notes et de manuels informatiques. Maggie jeta un coup d'œil derrière la porte et aperçut un survêtement accroché à la patère où les gens normaux suspendaient un manteau ou un imperméable.

Un objet, un seul, se détachait au milieu de ce désordre : une photo, dans un cadre en bois bon marché, posée sur le coin droit de la table. Là, pas trace de fouillis. On lui avait fait une place pour la mettre à l'honneur. Le cliché remontait à plusieurs années. Maggie y reconnut l'agent Tully. La petite fille blonde qui avait hérité ses yeux bruns était pour le reste le portrait craché de sa mère. Tous trois semblaient heureux.

Maggie résista à l'envie de s'approcher pour les examiner de plus près, sans doute par crainte de découvrir leurs secrets.

Comment se sentait-on quand on était aussi heureux ? L'avait-elle jamais été, même brièvement ? L'instinct lui soufflait que l'agent Tully ne l'était plus, que le bonheur avait disparu de sa vie. Elle préférait ne pas savoir comment en était arrivé là celui qui serait son partenaire. Voilà des années qu'elle ne travaillait plus en équipe. Mais c'était cela, ou rester à l'écart de l'affaire Stucky. En lui imposant cette condition frustrante, Cunningham la punissait encore pour l'unique et stupide erreur qu'elle avait commise dans toute sa carrière — se rendre seule dans cet entrepôt où Stucky l'attendait pour la piéger, l'obliger à regarder.

Certes, Cunningham cherchait à la protéger. Pour des raisons de sécurité, les agents travaillaient ainsi en général par deux. Pas les profilers. Habituée à avoir les coudées franches, Maggie étouffait depuis des mois entre Turner et Delaney, ses deux anges gardiens, qui ne la quittaient pas d'une semelle. Elle s'en tiendrait néanmoins aux règles dictées par le patron, même s'il lui en coûtait de revenir à l'enquête flanquée d'un équipier. Elle s'en inquiétait d'autant plus que les meilleurs agents, les partenaires les mieux rodés omettaient parfois de se transmettre certaines informations — problème de communication qui pouvait se révéler crucial sur une affaire de ce genre.

L'agent Tully entra, encombré de deux cartons empilés l'un sur l'autre. Maggie le débarrassa de l'un d'eux, et ils trouvèrent un espace libre où les poser.

— Je crois que ce sont les dernières archives du précédent dossier.

Les copies qu'elle en avait faites tenaient dans un unique carton, mais elle se garda de toute remarque sur l'organisation de son collègue ; elle le laissa trier son fouillis, impatiente de découvrir les documents qui avaient été ajoutés au dossier dans les cinq derniers mois.

— Je pourrais jeter un coup d'œil sur le rapport le plus récent ?

— L'affaire de la livreuse est sur mon bureau.

Il se leva d'un bond pour aller fouiller dans son tas de papiers.

— Ah ! L'affaire de Kansas City est là, aussi. Ils nous ont faxé une tonne de trucs.

Maggie s'abstint de l'aider dans ses recherches malgré son envie folle de classer cet invraisemblable capharnaüm. Comment diable s'y retrouvait-il ?

— Tenez, dit-il. C'est la livreuse.

Papier et photos débordaient de la chemise cartonnée qu'il lui tendait. Il y en avait dans tous les sens. Avant d'examiner les pièces, Maggie les remit soigneusement en ordre.

— Cela vous gêne si nous l'appelons par son nom ?

— Pardon ?

L'agent Tully fourrageait toujours dans le désordre qui encombrait son bureau. Enfin, il trouva ses lunettes cerclées d'acier, les chaussa et leva les yeux sur elle.

— La livreuse de pizzas, expliqua Maggie. Cela vous ennuie que nous l'appelions par son nom ?

— Pas du tout.

Il prit une autre chemise, la feuilleta rapidement. A son agitation, Maggie comprit qu'il avait besoin de consulter ses notes pour se souvenir du nom de la jeune femme. La chose était fréquente dans la profession. Les profilers se référaient en général à la « victime » ou au nom de code générique de « Jane Doe » ; il s'agissait pour eux d'introduire une distance. En outre, le cadavre défiguré ou mutilé qu'il découvrait au premier contact ressemblait peu à ce qu'avait été la personne de son vivant. Maggie avait elle aussi adopté cette attitude favorisant le détachement. Jusqu'à sa précédente enquête dans le Nebraska. Là, elle avait rencontré un petit garçon du nom de Timmy Hamilton, qui lui avait montré sa chambre, ses posters et sa collection de cartes de base-ball avant d'être enlevé. A présent, il lui semblait important de connaître le nom de la jolie blonde si pleine d'entrain et de joie de vivre qui lui avait livré une pizza moins d'une semaine plus tôt. Et qui en était morte.

— Jessica, lança finalement l'agent Tully. Elle s'appelait Jessica Beckwith.

Maggie s'aperçut qu'elle aurait pu trouver le renseignement seule — et plus vite. Le premier document de la chemise était le rapport d'autopsie, et son identité, déjà confirmée au moment de l'examen, était portée dessus. Elle s'efforça de ne pas penser aux parents de la malheureuse. Une mesure de dissociation professionnelle s'imposait.

— A-t-on découvert des traces de matière organique sur le lieu du crime ? Des résidus qui permettraient des tests d'ADN ?

— Rien de marquant. Juste des empreintes, et qui ne correspondent pas à celles de Stucky. Le plus curieux, c'est que tout semblait avoir été essuyé, sauf ces deux empreintes — un pouce et un index —, sans doute laissées par un flic, un bleu sans doute, qui a commis une bourde et ne veut pas le reconnaître. Le service d'identification n'a encore rien trouvé.

Il s'assit sur le bord du bureau, posa son dossier ouvert sur son fouillis, et s'occupa les mains à enchaîner des trombones.

— Je présume que l'arme du crime manque toujours à l'appel ? interrogea encore Maggie.

— Exact. A l'évidence, il s'agit d'un outil tranchant à lame fine très aiguisée. Peut-être même un scalpel, si j'en juge par le joli découpage auquel il s'est livré.

Maggie grimaça, et il s'en aperçut.

— Désolé. C'est le premier mot qui m'est venu à l'esprit.

— Pas de salive sur le corps ? Pas de traces de sperme dans la bouche ?

— Non. Ce qui diffère de la routine habituelle de Stucky.

— Si c'est bien lui.

Elle sentit qu'il la dévisageait, mais évita son regard, se concentra sur le rapport d'autopsie. Pourquoi Stucky se serait-il retenu ou retiré avant l'éjaculation, cette fois ? Et il n'était pas le genre à employer de préservatif. Lorsqu'ils avaient fini par découvrir et confirmé son identité, il n'avait en rien modifié son rituel qui visait à prouver sa grande virilité — il violait ses victimes à diverses reprises et les obligeait à la fellation. Maggie aurait aimé de nouveau examiner le corps de la jeune femme. Depuis le temps qu'elle traquait Stucky, elle était devenue sensible à d'infimes détails qui signaient ses crimes et pouvaient aisément passer inaperçus. Hélas ! d'après le formulaire, le corps de Jessica avait été rendu à la famille. Et il ne servirait à rien d'intervenir pour empêcher l'inhumation, car les employés des pompes funèbres auraient déjà préparé le corps, effaçant tout indice d'ordre physiologique.

— Nous avons aussi retrouvé un téléphone mobile volé dans la benne à ordures.

— Il avait été soigneusement essuyé, j'imagine ?

— Exact. Toutefois, d'après le relevé des appels, nous avons découvert qu'on avait appelé la pizzeria depuis cet appareil un peu plus tôt dans la soirée.

Maggie leva la tête vers son collègue.

— Il l'aurait enlevée en commandant une pizza ?

— C'était notre hypothèse de départ. Nous venons de découvrir la fiche de tournée de la victime dans sa voiture abandonnée. Depuis, nous nous employons à vérifier que les coordonnées des clients sont correctes. Quand Cunningham a vu qu'il s'agissait de Newburgh Heights, nous avons cherché votre adresse sur la liste. Elle y était. Jusqu'ici, tous les gens que j'ai pu contacter ont reçu livraison de leur pizza. Il me reste encore deux ou trois personnes à joindre. Je compte me rendre sur place pour voir ce qu'il en est.

Il lui tendit deux photocopies de feuillets manuscrits arrachés à un carnet. Sur chacune figurait une douzaine d'adresses, dont la sienne, en haut de la liste portant la référence #1 . Soudain accablée de fatigue, Maggie s'adossa au mur. Comment s'étonner qu'elle soit ainsi épuisée ? Elle avait passé la nuit à arpenter le salon et surveiller les fenêtres. Elle n'avait pas dormi, ou presque, depuis le vol qui l'avait ramenée de Kansas City. Car on ne se repose pas dans les turbulences, à dix mille mètres d'altitude.

— Où était la voiture ?

— A l'aéroport, sur le parking longue durée. A côté d'un fourgon d'une compagnie de téléphone déclaré volé il y a une quinzaine de jours.

— Vous avez trouvé des indices dans le véhicule de Jessica ?

— Pas grand-chose. De la boue sur l'accélérateur, et dans le coffre, des traces de son sang et des cheveux blonds. Les siens, bien sûr. Il a probablement chargé le corps dedans pour s'en débarrasser. Nous n'avons relevé aucun signe de lutte dans la voiture. Le problème, c'est qu'il n'y a pas beaucoup d'entrepôts ou de propriétés à l'abandon, à Newburgh Heights. Je me demande s'il n'aurait pas donné l'adresse d'une entreprise, sachant que les bureaux seraient vides durant la soirée. Malheureusement, il n'y a rien qui ressemble à cela sur aucune des deux listes.

Soudain, Maggie reconnut une adresse sur le feuillet qu'elle avait sous les yeux. Elle se redressa vivement. Non. C'était trop facile. Elle relut l'adresse et déclara :

— Je pense qu'il avait peut-être un endroit beaucoup plus luxueux en vue.

Dans la seconde, Tully se trouva auprès d'elle, fixant le papier qu'il avait pourtant dû déjà examiner des dizaines de fois.

— Là, dit Maggie en montrant une ligne au milieu de la page. Cette maison est en vente. Et inoccupée.

— Vraiment ? Vous en êtes sûre ? Si je ne me trompe pas, le téléphone est toujours connecté à un service de messagerie vocale.

— Les propriétaires doivent faire suivre leurs appels. Mais je suis certaine de ce que j'affirme. La maison est à vendre. Je l'ai visitée avec mon agent immobilier il y a une quinzaine de jours.

Le reste du dossier ne l'intéressait plus. Elle l'avait rangé sous son bras et se dirigeait au pas de charge vers la porte quand Tully l'arrêta.

— Holà, doucement !

Il agrippa sa veste froissée sur le dossier de son siège, trébucha sur une paire de tennis que Maggie n'avait pas encore remarquée et se rattrapa au coin du bureau, répandant une pile de papiers et de photos sur le sol. Elle se précipita pour l'aider à ramasser le désastre, mais il la retint du geste. Alors, elle se cala contre le chambranle de la porte en attendant qu'il ait terminé. En silence, elle maudissait Cunningham. Non seulement il l'envoyait voir le Dr James Kernan, mais il fallait de surcroît qu'il l'affuble d'un équipier de comédie. C'était grotesque !

37.

Maggie s'efforçait de rester patiente cependant que Delores Heston, patronne de l'agence Heston Realty, cherchait le bon trousseau de clés. Le soleil disparaissait derrière la crête des arbres. Que de temps perdu à tenter de retrouver la trace de Tess McGowan ! Malgré la gentillesse et la compréhension de Mme Heston, Maggie était sur les nerfs, anxieuse. C'était ici, à coup sûr, qu'Albert Stucky avait tué Jessica Beckwith. Elle le savait ; elle le sentait, d'instinct. C'était si simple, si évident, si caractéristique de Stucky.

Mme Heston tira un nouveau trousseau de son sac, et elle remarqua alors que Maggie s'agitait, dansait d'un pied sur l'autre.

— J'ignore où est passée Tess. Elle aura sans doute décidé de prendre quelques jours de congé.

C'était la même explication qu'elle leur avait donnée au téléphone ; pourtant, cette fois encore, une évidente inquiétude perçait dans sa voix.

— Bien, dit-elle. J'espère que celui-ci est le bon.

— Vous devriez les étiqueter, suggéra Maggie en réfrénant son irritation.

Il était inutile de vexer cette dame qui leur rendait service et leur faisait une faveur en acceptant de se déplacer alors qu'ils avaient fourni un prétexte bancal, inventé de toute pièce — une vérification de routine concernant une effraction éventuelle. Piètre excuse, car le FBI n'enquêtait évidemment jamais sur de petits cambriolages. Mais Mme Heston n'avait pas tiqué.

— En fait, ce sont des doubles, expliqua-t-elle. Les jeux de clés originaux sont correctement étiquetés, mais Tess a oublié de rapporter le sien, hier, après avoir fait visiter la maison à un client.

— Hier ? Elle l'a fait visiter hier ?

Mme Heston jeta un coup d'œil surpris par-dessus son épaule, et Maggie prit conscience d'avoir réagi trop vivement.

— Oui, oui, c'était hier. Mercredi 1er avril. J'ai vérifié le planning des visites avant de quitter le bureau. Il y a un problème ? Vous pensez que la maison a été victime de cambrioleurs, avant cela ?

— Je l'ignore, dit Maggie. Vous connaissez le nom de l'acheteur potentiel ?

— Non. Pour des raisons de confidentialité, nous ne notons pas les noms sur le planning.

— Le nom de ce client ne figure donc nulle part ?

La question de Maggie lui valut un regard inquiet de Mme Heston , dont le front à la peau brune et lisse affichait à présent un pli soucieux.

— J'imagine que Tess l'a écrit quelque part. J'ai entière confiance dans mes agents et je ne leur demande pas de comptes.

A présent, Mme Heston perdait patience. Sans le vouloir, Maggie l'avait froissée. Et cette satanée porte ne s'ouvrait toujours pas.

Se tournant vers la rue, Maggie vit l'agent Tully qui sortait enfin de la maison d'en face. Il y était resté un bon moment, et elle se demandait si la femme blonde en tenue moulante qui l'avait accueilli le trouvait séduisant, ou si elle avait des renseignements utiles à leur enquête. Son collègue traversa la rue à grandes enjambées. En dehors de son bureau, il semblait à l'aise, sûr de lui. Avec son costume sombre, ses lunettes de soleil et ses cheveux coupés court, il était le portrait type de l'agent du FBI — à cela près qu'il était trop poli, trop amical, et beaucoup trop accommodant. S'il ne lui avait pas dit être originaire de Cleveland, elle l'aurait cru du Midwest.

Mme Heston cherchait toujours la bonne clé.

— La maison dispose d'un système de sécurité... Ah ! Nous y voilà !

La clé tourna dans la serrure au moment où Tully gravissait les marches du perron. Surprise par cette apparition soudaine, Mme Heston se retourna.

— Madame Heston, dit Maggie, je vous présente l'agent R.J. Tully.

— Eh bien ! Ce doit être important pour que vous soyez deux…

— Simple routine, affirma Tully. Et nous travaillons en général par paire.

Son sourire chaleureux eut pour effet de détendre Mme Heston. Maggie brûlait de savoir s'il avait appris quelque chose, mais il lui faudrait attendre pour l'interroger. Attendre, toujours attendre… Elle avait horreur de cela.

Dès qu'ils pénétrèrent dans le hall d'entrée, elle remarqua que le système d'alarme était coupé. Les témoins de veille ne clignotaient pas. Puisqu'ils n'avaient pas tapé le code, l'ouverture de la porte aurait dû déclencher une sonnerie au bout de quelques secondes...

— Vous êtes sûre que l'électricité fonctionne ? interrogea-t-elle en désignant le panneau de programmation éteint.

— Absolument certaine ! C'est une clause du contrat avec nos clients.

Delores Heston pressa une combinaison de touches, et les voyants du panneau s'allumèrent.

— Je ne comprends pas ce qui se passe. Tess n'aurait pas oublié de rebrancher l'alarme.

Maggie se rappelait effectivement que Tess McGowan veillait à ce genre de détail. Au cours de leurs visites, elle avait posé une foule de questions sur les dispositifs de sécurité, qui l'intéressaient tout particulièrement ; elle savait que celui-ci était très ordinaire — suffisant pour un client normal, pas pour un agent du FBI contraint de se protéger nuit et jour contre les tueurs en série.

— Nous pouvons jeter un coup d'œil ? s'enquit courtoisement l'agent Tully.

Maggie, qui ne s'était pas embarrassée de formalités, était déjà à mi-chemin de l'escalier quand Mme Heston s'écria :

— Doux Jésus ! C'est à Tess.

Maggie se pencha par-dessus la rampe pour voir de quoi il s'agissait. Au rez-de-chaussée, Mme Heston montrait du doigt un attaché-case abandonné dans un coin du salon. Le temps que Maggie redescende, l'agent Tully avait pris la mallette et en sortait le contenu à l'aide d'un mouchoir blanc.

— Jamais elle n'aurait laissé ça ici, affirma Dolores Heston. Elle serait revenue chercher ses affaires. Regardez ! Il y a son agenda... son portefeuille, son chéquier... Ce n'est pas normal. Je ne comprends pas ce qui a pu se passer.

Mme Heston parlait à un débit précipité. Son calme tout professionnel avait cédé la place à l'affolement.

Agenouillé près d'elle, l'agent Tully poursuivait son inventaire. Lorsqu'il sortit de l'attaché-case un trousseau de clés étiqueté, Maggie devina que c'était celui de la maison. Le malaise s'empara d'elle. Si Tess McGowan avait bien fait visiter cette maison hier, elle ne l'avait pas quittée de son plein gré.

38.

— Rien ne prouve que Stucky y soit pour quelque chose.

Le ton se voulait convaincant, mais Tully n'y croyait pas lui-même. Il s'efforçait à l'objectivité. Naturellement. Il fallait bien que l'un d'eux garde son sang-froid.

Depuis que Mme Heston les avait quittés, l'agent O'Dell semblait sur le point de craquer. Elle marchait de long en large, d'un pas pressé, se passait une main dans les cheveux, remontait une mèche derrière son oreille, se décoiffait et recommençait. C'en était fini du calme et du détachement professionnels. Elle parlait d'une voix saccadée qui avait perdu toute douceur et tremblait légèrement.

Tully avait le sentiment d'être laissé sur la touche tandis qu'elle ne cessait d'aller et venir devant lui. Ne sachant pas quoi faire de ses mains, elle les plongeait dans ses poches, se les passait de nouveau dans les cheveux et, de temps en temps, les glissait sous sa veste — pour s'assurer que son revolver était bien là. La femme posée avec laquelle il avait passé le plus clair de la journée s'était muée en une pelote de nerfs.

Comme la nuit tombait, l'agent O'Dell avait parcouru toute la maison, allumant les lumières et tirant les rideaux après avoir soigneusement scruté l'obscurité depuis chaque fenêtre. Croyait-elle donc qu'il était là, tapi dehors ?

A présent, elle reprenait sa ronde, vérifiait le rez-de-chaussée pour la seconde fois. De l'avis de Tully, il était largement temps de partir. La maison était immaculée, et si la chambre principale dégageait une forte odeur de détergent ammoniaqué, elle ne présentait aucun indice de violence — moins encore de meurtre sanglant et brutal.

Tully consulta sa montre. Il était 21 heures passées. Emma serait furieuse qu'il l'ait une fois de plus condamnée à rester chez Mme Lopez.

— Il n'y a aucune preuve qu'il se soit passé quelque chose de suspect ici, dit-il. Nous devrions rentrer.

— Tess McGowan est l'agent qui m'a vendu ma maison, répéta O'Dell, dont le discours se limitait à peu de choses près à cette phrase depuis des heures. Vous ne comprenez donc pas ?

Il comprenait parfaitement ce qu'elle voulait dire ; il s'était tenu le même raisonnement. Albert Stucky savait que McGowan et O'Dell étaient en relation ; épiait celle-ci et les avait probablement vues ensemble — comme cela s'était passé avec la livreuse de pizzas et la serveuse de Kansas City. Pourtant, ils n'avaient aucun élément de preuve pour étayer la thèse de l'enlèvement. En dehors de l'attaché-case, peut-être oublié par mégarde. Et Tully se refusait à alimenter l'angoisse de sa collègue.

— Pour le moment, aucun indice concret ne permet d'affirmer que Tess McGowan ait disparu, affirma-t-il. Nous ne pouvons rien faire de plus ici. D'ailleurs, il se fait tard. Nous tâcherons de retrouver la trace de Tess McGowan demain.

— Nous ne la retrouverons pas. Il l'a kidnappée pour l'ajouter à sa collection. Elle est peut-être déjà morte.

La voix de Maggie tremblait. Sa main se porta sur son holster et son revolver avant de s'enfoncer dans sa poche.

— Si ça n'est pas le cas, ajouta-t-elle dans un murmure, elle doit regretter d'être encore en vie.

Tully se frotta les yeux. O'Dell était en train de lui communiquer sa panique. Il préférait ne pas s'appesantir sur cette histoire de collection. Sur son bureau, enfoui sous les piles de manuels et de documents, il avait un énorme dossier concernant des femmes disparues sans laisser de traces en différents endroits depuis l'évasion de Stucky.

Leur nombre n'avait en soi rien d'inhabituel. Des femmes disparaissaient quotidiennement. Certaines couvraient leurs traces ; elles avaient leurs raisons pour ne pas qu'on les retrouve. D'autres fuyaient un mari ou un amant violent. Mais dans ce dossier, il y en avait trop qui s'étaient évanouies dans la nature sans que rien en apparence le justifie, et Tully en savait assez sur les jeux pervers de Stucky pour souhaiter de tout cœur qu'elles n'aient pas atterri dans sa nouvelle collection.

— Soyez raisonnable, insista-t-il. Nous n'accomplirons plus rien ce soir.

— Il faut faire le test au luminol. Demander à Keith Ganza d'apporter son matériel pour examiner la chambre principale.

— Tout est en ordre. Rien n'indique qu'il se soit passé quoi que ce soit dans cette maison.

— Le Lumi-Light peut révéler des empreintes imperceptibles ; et le luminol des traces de sang dans les fissures, des taches invisibles à l'œil nu. A l'évidence, il a nettoyé derrière lui, mais on ne se débarrasse pas du sang si facilement.

Elle ne l'écoutait pas, ne l'entendait pas, se comportait comme s'il n'était pas là ; elle semblait se parler à elle-même.

— Nous ne pouvons rien faire de plus à l'heure qu'il est, déclara Tully. Je suis épuisé. Vous devez l'être aussi.

Lorsqu'elle se dirigea de nouveau vers l'escalier, il la retint doucement par le bras.

— Agent O'Dell, je vous en prie.

Elle se dégagea d'une secousse, se tourna vers lui, furieuse, et resta plantée là, à le foudroyer du regard. Et puis, sans prévenir, elle pivota sur les talons et se dirigea vers la porte, éteignant les lumières sur son passage.

Avant qu'elle change d'avis, Tully se précipita à l'étage pour faire de même en haut. Lorsqu'il redescendit, O'Dell était dans l'entrée, occupée à reprogrammer l'alarme. Quelques instants plus tard, ayant verrouillé la porte, ils marchaient côte à côte dans la rue pour regagner la voiture ; il fallut quelques secondes à Tully pour remarquer qu'elle tenait son revolver en main, plaqué contre sa cuisse, le canon dirigé vers le sol.

Alors, il comprit que l'hystérie, la frustration, la colère dont il avait été le témoin n'étaient que des symptômes de la peur de la jeune femme. Quel imbécile de ne pas y avoir songé plus tôt ! L'agent spécial O'Dell avait une frousse de tous les diables. Pas seulement pour Tess McGowan, mais aussi pour elle-même.

39.

Tess s'éveilla en sursaut, la gorge douloureuse, si sèche qu'elle avait de la peine à déglutir. Ses paupières lourdes semblaient de plomb et sa poitrine lui faisait mal, comme si une masse énorme pesait dessus. Ce n'était pourtant pas le cas. Elle découvrit qu'elle était étendue sur un lit de camp, étroit et inconfortable. Dans la pièce si sombre qu'il lui fallait plisser les yeux pour en percer l'obscurité, il régnait une odeur déplaisante de moisi. Un courant d'air la fit frissonner, et elle remonta la couverture rugueuse sous son menton.

Une sensation de paralysie lui revint en mémoire. Prise de panique, elle leva les deux bras, découvrant avec bonheur qu'ils lui obéissaient et qu'elle n'était pas attachée. Mais, comme ses paupières, ses membres paraissaient de plomb, tout mouvement lui était pénible.

Elle tenta de s'asseoir. Ses muscles protestèrent sous l'effort et la pièce se mit à tourner autour d'elle. Ses oreilles bourdonnaient, la migraine lui vrillait le crâne et un violent accès de nausée l'obligea à se rallonger. C'était bien pire qu'une simple gueule de bois… Brusquement, elle se souvint. On lui avait injecté une drogue. L'homme aux cheveux bruns, avec sa seringue. Seigneur ! Où l'avait-il emmenée ? Et lui ? Où était-il ?

Sans lever la tête de l'oreiller, Tess examina sa prison — une simple cabane de bois, apparemment, dont les vieilles planches disjointes laissaient filtrer de pâles rais de lumière. Etait-ce l'aube ? Le crépuscule ? Le temps était-il couvert ? Impossible d'en juger. Et il n'y avait pas d'autre source d'éclairage. On avait ainsi condamné l'unique ouverture qui tenait peut-être lieu autrefois de fenêtre. En dehors du lit de camp et d'un grand seau de plastique, dans un coin de la pièce, il n'y avait pas d'objet ni de mobilier d'aucune sorte.

A force de scruter les murs, Tess parvint à repérer la porte grâce à ses gonds rouillés et au trou de la serrure. Naturellement, elle serait fermée — voire verrouillée et cadenassée de l'extérieur. Il lui fallait néanmoins y regarder de plus près.

Lentement, elle se redressa mais, sous l'effet d'un nouvel accès de nausée, sa tête retomba sur l'oreiller.

— Merde ! s'écria-t-elle, frustrée.

Elle regretta aussitôt d'avoir lancé ce juron si fort. Et s'il l'observait ? S'il écoutait ?

Elle devait se concentrer. Elle y arriverait bien. N'avait-elle pas survécu à d'innombrables gueules de bois ? Hélas ! sa situation présente la fragilisait. Pourquoi cet homme la gardait-il en otage ? Que lui voulait-il ? L'avait-il prise pour une autre ? Trop de questions angoissantes. Ne pas céder à la panique, se répéta-t-elle. Ne pas penser à ce type ni à ses intentions. Ne pas se demander comment elle avait atterri dans cette cabane sordide. Réfléchir à tout cela la paralyserait aussi efficacement que le produit contenu dans cette maudite seringue.

Elle roula de côté pour contenir sa nausée. Aussitôt, une douleur aiguë au flanc lui coupa le souffle. De la main, elle tâta le vieux matelas défoncé, cherchant un ressort saillant, un objet pointu. Rien. Ses doigts glissèrent sous son corsage... qu'on avait relevé par-dessus sa ceinture de pantalon et qui était boutonné de travers. Il y manquait d'ailleurs un bouton...

Non ! Elle ne devait pas s'interroger sur ce qu'il lui avait fait ou non pendant qu'elle était inconsciente. Il lui fallait rester concentrée pour agir. Et d'abord, s'assurer qu'elle n'était pas blessée.

Ses doigts reprirent leur examen et ne trouvèrent pas de sang. Mais le point douloureux sous son sein signalait une côte cassée — ou bien un mauvais bleu —, elle ne le savait que trop bien grâce à son expérience passée. Se livrant à une nouvelle exploration, elle décida qu'il s'agissait plutôt d'un bleu. Pénible, mais pas très gênant. Et en tout cas préférable à une côte cassée, qui risquait de lui perforer un poumon. Cela aussi, elle avait malheureusement de bonnes raisons de le savoir.

Elle sortit une jambe de sous la couverture, la laissa pendre et s'aperçut qu'elle était pieds nus. Qu'étaient devenus ses souliers et ses bas ? Elle parcourut de nouveau la pièce du regard. Ses yeux s'étaient accoutumés à l'obscurité, mais sa vision demeurait floue, et ses lentilles l'irritaient. Aucune importance. D'autant qu'il n'y avait rien à voir.

Sous ses orteils, le sol était plus froid qu'elle ne l'aurait cru. Froid et humide, comme l'air ambiant. Elle devait s'habituer à ce contact, ainsi qu'à la température, avant de se lever.

Dehors, il pleuvait. D'ordinaire, le doux crépitement des gouttes sur le toit l'apaisait. Pas aujourd'hui. Pas ici, dans cette cabane en planches mal isolée, où les fuites étaient possibles — même si le seau posé dans le coin de la pièce avait été placé là pour son confort, et non pour récupérer l'eau. A l'évidence, son ravisseur comptait la garder un certain temps. Cette pensée raviva son angoisse.

Elle devait agir ! S'asseyant, elle posa les pieds à plat sur le sol glacé et se pencha en avant en se tenant au lit pour lutter contre le vertige et l'envie de vomir. Les battements de son cœur s'étaient accélérés, sa tête bourdonnait. Elle tenta de se concentrer sur la pluie dans l'espoir que ce bruit naturel, familier, l'apaiserait. Soudain, le tonnerre claqua comme une détonation. Elle sursauta et se tourna vers la porte, terrorisée.

Elle resta ainsi une ou deux secondes, avant de recouvrer son calme et la raison. Quelle sotte ! Ce n'était que la foudre, un simple coup de tonnerre. Rien de plus.

Lentement, elle se leva, s'assura que ses jambes la portaient, et dut se rasseoir. La nausée la tenaillait toujours, ses côtes la faisaient souffrir ; essoufflée par l'effort, elle respirait par saccades. Une boule lui nouait la gorge, menaçait de s'échapper en un cri — qu'elle retint.

Elle se mit à trembler, soudain ; des frissons convulsifs la parcoururent. Agrippant la couverture, elle la drapa autour de ses épaules et en noua les coins pour avoir les mains libres. Puis elle tâta sous le lit dans l'espoir d'y trouver un objet quelconque qui pourrait lui servir pour s'évader de sa prison — ou au moins ses chaussures. Rien. Pas même un mouton de poussière. Il avait donc balayé récemment, préparé la cabane pour elle. Si seulement il ne lui avait pas pris ses chaussures…

Cette pensée en amena une autre : elle se souvint qu'elle portait un collant sous son pantalon. Seigneur ! Il l'avait donc déshabillée ! Non, non, songea-t-elle aussitôt. Elle ne devait pas essayer de se souvenir. Elle devait se concentrer sur autre chose. Ignorer les bleus et les douleurs, ces témoignages de ce qu'elle avait subi. Surtout, ne pas s'interroger sur ce qu'il avait pu lui faire. Agir. Employer toute son énergie à sortir de cette geôle.

La pluie... Elle écouta la pluie, attendit que le rythme régulier des gouttes sur le toit l'apaise et régule son souffle.

Lorsqu'elle se sentit la force de se lever, de marcher sans nausée ni vertige, elle alla jusqu'à la porte. Il n'y avait pas de poignée pour l'ouvrir. Juste une simple serrure dont on tirait la clenche. Fermée à clé, bien sûr. Elle se lança aussitôt dans une nouvelle exploration de la pièce, en quête d'un objet qui lui aurait échappé et permettrait de crocheter la serrure. Mais son geôlier avait fait place nette ; il semblait avoir tout balayé jusque dans les moindres coins… Enfin, elle avisa un vieux clou rouillé, coincé entre deux lattes de parquet ; elle parvint à le sortir avec ses ongles.

Après un bref examen de la serrure, elle l'inséra dans le trou en priant le ciel que son ravisseur n'ait pas tiré un verrou, à l'extérieur. Puis, en tâtonnant, elle chercha à faire jouer le penne. Un talent qu'elle avait acquis au cours de son passé illustre. Elle avait un peu perdu la main, depuis le temps. Encore que... Oui, elle le sentait ! La rouille rendait l'exercice plus difficile, mais le « clic » attendu finit par résonner.

Tess tira sur la clenche, et le battant s'ouvrit. Elle en fut la première surprise. Pas de verrou dehors, pas de cadenas. C'était presque trop facile. Au seuil de la liberté, elle hésitait. Etait-ce un don du ciel, ou bien un nouveau piège ?

40.

Vendredi 3 avril

Tully conduisait d'une main et de l'autre se débattait avec le couvercle de son gobelet de café. Il finit par percer de l'index le triangle prédécoupé, et le liquide jaillit sur son pantalon.

— Saleté de truc ! s'écria-t-il.

D'un coup de volant, il se rangea sur le bord de la route et pila, renversant un supplément de café sur le velours beige de la banquette. Il attrapa des Kleenex pour limiter les dégâts. Mais le mal était fait. En levant les yeux, il consulta un peu tard son rétroviseur. Pas de véhicule en vue. Il avait eu de la chance. Il en fallait moins pour provoquer des accidents.

Il se mit au point mort, tira le frein à main. Bon sang, qu'il était tendu ! L'effet du stress, évidemment. Il se cala contre le dossier de son siège, se frotta la mâchoire et sentit sous ses doigts les coupures qu'il s'était infligées en se rasant. En une seule journée, O'Dell l'avait transformé en loque nerveuse, et attiré au bord de sa propre folie. Le précipice béant s'ouvrait devant lui, le sol s'effritait sous ses pieds…

Peut-être avait-il commis une erreur en demandant à Cunningham de lui affecter la jeune femme pour l'aider dans l'affaire Stucky. La soirée de la veille prouvait qu'elle avait atteint le point de rupture et n'était pas en mesure de soutenir la pression. Et son message de ce matin, dans lequel elle lui donnait rendez-vous à Archer Drive, promettait des heures plus difficiles encore.

Ils n'avaient rien trouvé qui justifie des recherches supplémentaires dans cette maison. Pourtant, O'Dell lui avait affirmé détenir une autorisation écrite des propriétaires et de Mme Heston pour procéder à une nouvelle visite. Les avait-elle tirés du lit entre le moment où ils s'étaient quittés hier soir et son appel matinal pour obtenir ces papiers ? Comment diable lui ferait-il comprendre qu'elle se fourvoyait, cédait à la paranoïa et perdait un temps précieux ?

A présent qu'il l'avait vue à l'œuvre, il savait qu'elle était tendue comme un ressort, que jamais il ne parviendrait à la contrôler. Et toute tentative en ce sens ne servirait qu'à aggraver les choses. Mais il n'en dirait rien à Cunningham. Ou du moins, pas encore. Il lui faudrait se débrouiller seul, reprendre le dessus et calmer les ardeurs de O'Dell pour qu'ils puissent avancer de concert.

Il but le reste de son café et consulta sa montre — qui retardait à en croire l'horloge digitale de la voiture. Il n'était pas encore 7 heures. O'Dell lui avait laissé un message à 6 heures, pendant qu'il se douchait. Avait-elle seulement dormi, la nuit dernière ?

Ayant posé le gobelet vide en lieu sûr, il massa sa nuque crispée et reprit la route. Il n'était guère qu'à trois pâtés de maisons du lieu de rendez-vous. Lorsqu'il tourna au coin de la rue, sa tension se mua en colère. Dans l'allée de la propriété, garé devant la Toyota rouge de O'Dell, il y avait le fourgon bleu du labo de médecine légale. Voilà qu'elle faisait donner l'artillerie lourde sans même attendre son feu vert ! A quoi bon être nommé responsable d'une enquête si personne ne vous écoutait ? Il allait y mettrait bon ordre, et tout de suite !

Tandis qu'il se dirigeait vers la porte, les réverbères clignotèrent avant de s'éteindre. Le sol trop sec avait besoin de pluie, remarqua Tully. Mais les nuages annonciateurs d'averses printanières crevaient toujours à proximité de la côte. Ce matin toutefois, le ciel était couvert pour de bon. Le tonnerre gronda au loin, signalant un orage qui s'accordait à l'humeur de Tully. Il serrait les poings quand il gravit les marches du perron. Il avait une sainte horreur des conflits. Et pouvait-il espérer soumettre l'agent O'Dell, lui qui ne parvenait pas à obtenir que son adolescente de fille lui obéisse ?

La porte était ouverte, le système d'alarme coupé. Guidé par les voix, il monta à l'étage et se dirigea vers la chambre principale, où il trouva Keith Ganza en blouse blanche. Jamais Tully ne l'avait vu en veste. C'était à se demander s'il en avait une...

O'Dell sortit de la salle de bains, les mains gantées de latex et chargées de carafes remplies de liquide.

— Ah ! agent Tully. Nous terminons tout juste de préparer le Luminol. Nous sommes presque prêts.

Elle déposa les carafes sur le sol, dans le coin de la pièce où Ganza avait installé son matériel.

— Vous vous connaissez, tous les deux, non ?

— Oui, répondit Tully, laconique.

Ganza le salua d'un hochement de la tête, tout en chargeant un caméscope. Une autre caméra était déjà installée sur un trépied, au centre de la pièce. Sur le sol, des carafes et des vaporisateurs étaient soigneusement alignés le long de sacs de toile et Tully reconnut, calée contre le mur, la mallette noire contenant la lampe spéciale. Les fenêtres avaient été couvertes de plastique noir fixé aux montants par du ruban adhésif, afin de faire le noir complet. La lumière était d'ailleurs allumée dans la chambre comme dans la salle de bains. Là, ils avaient également obturé la grande lucarne percée dans le toit. Cela devenait ridicule !

L'agent O'Dell remplissait maintenant les vaporisateurs de luminol à l'aide d'un entonnoir. Ses mains ne tremblaient pas. Sa nervosité de la veille avait totalement disparu.

— Agent O'Dell, j'aurais deux mots à vous dire.

— Eh bien, faites. Je vous écoute.

Mais elle continuait de verser et restait concentrée sur ses flacons.

Jusqu'ici, Ganza semblait ignorer la colère à peine contenue de Tully. Une excellente chose. Mieux valait le laisser en dehors de leur querelle.

— J'aimerais vous parler en privé.

Cette fois, les deux autres le regardèrent — sans pour autant s'interrompre dans leur tâche. Imperturbable, O'Dell reboucha le vaporisateur qu'elle achevait de remplir.

— Le luminol n'attend pas, déclara-t-elle. Dès que le mélange est prêt, il faut l'utiliser.

— Merci, je sais, grommela Tully entre ses dents serrées.

— J'ai une autorisation écrite, poursuivit-elle en débouchant un second vaporisateur. Le luminol n'a pas d'odeur et ne laisse presque pas de traces. Juste une fine poudre blanche lorsqu'il est sec. Ça se voit à peine.

— Je sais.

Silence. A présent, O'Dell et Ganza le dévisageaient. Comme s'il était devenu hystérique, se conduisait soudain de manière irrationnelle.

— Où est le problème, agent Tully ? s'enquit O'Dell en se redressant.

La voix était posée, sans accent de défi. Le visage flétri et vaguement hagard de Ganza affichait une légère impatience. Ils attendaient qu'il s'explique, comme un enfant pris en faute.

— Je croyais que nous avions décidé qu'il n'y avait plus rien à faire ici, hier soir.

— Non. Nous avons décidé que nous ne pouvions rien faire de plus étant donné l'heure tardive. Encore que la nuit aurait été plus propice pour ce genre de test. J'espère que la lumière ne nous gênera pas. Une chance que le temps soit couvert.

Ganza acquiesça d'un hochement de tête. Un nouveau silence s'installa. Les objections de Tully, si logiques et raisonnables quelques minutes plus tôt, semblaient à présent ridicules. Et pourtant, il avait raison. Il ne s'était rien passé dans cette maison. Ils ne trouveraient pas le moindre indice et perdaient des heures précieuses en vains efforts. Mais peut-être valait-il mieux qu'il garde ces réflexions pour lui, que O'Dell s'en rende compte par elle-même. Alors, il reprendrait la main.

— Eh bien, finissons-en, dit-il. Qu'est-ce que je dois faire ?

— Fermer la porte et rester près du commutateur, déclara Ganza en prenant son caméscope. Je vous dirai quand éteindre et rallumer. Maggie, tu attrapes les vaporisateurs et tu pulvérises. Je te suis et je filme à côté de toi.

Tully rejoignit son poste en traînant les pieds. Il ne tentait même plus de cacher son agacement. Ce qui n'avait aucun effet sur les deux autres, trop absorbés par leur tâche pour prêter attention à ses humeurs.

Il regarda O'Dell agripper les flacons qu'elle tenait comme des revolvers, prête à tirer.

— On commence par le mur le plus proche de la porte, et on va vers la salle de bains, indiqua Ganza. Tu connais les consignes, Maggie. De haut en bas pour le mur, et du mur vers le centre pour le plancher. Tu pulvérises non-stop jusqu'à la salle de bains. Là, on marquera une pause, le temps que tu recharges en luminol.

— O.K.

Tully comprit qu'ils avaient déjà effectué ce travail en équipe. Ils paraissaient à l'aise, ensemble, rodés à l'exercice. Et puis,

O'Dell avait réussi à faire venir Ganza sur place dès l'aube, malgré son emploi du temps surchargé.

Calé contre la porte, les bras croisés, il attendait en tapotant du pied — un tic nerveux qui, selon Emma, lui venait inconsciemment lorsqu'il se braquait. Où diable la gamine allait-elle chercher ça ?

— Nous sommes prêts, agent Tully, lança Ganza. Vous pouvez éteindre.

Il obéit, et le noir total se fit. Pas un rai de lumière ne filtrait par les fenêtres obturées et invisibles.

— Parfait, commenta la voix de Ganza.

Tully entendit un léger bourdonnement électronique, et le témoin rouge de la caméra apparut.

— C'est quand tu veux, Maggie.

Le pschitt-pschitt régulier des pulvérisateurs s'éleva. Elle semblait partie pour asperger tout le mur. Combien de flacons de luminol gâchés avant qu'elle s'aperçoive qu'il n'y avait rien ici ?

Tully achevait de se faire cette réflexion quand le mur se mit soudain à luire. Il se redressa, éberlué.

— Ça alors ! s'exclama-t-il.

Tandis que la pulvérisation progressait, des coulées, des taches, des marques de doigts apparaissaient, qui brillaient dans le noir. On les aurait dites tracées à la peinture fluorescente.

41.

Maggie s'écarta pour faire place à Keith. C'était pire que tout ce à quoi elle s'attendait. Il y avait là des traces, des traînées en tout sens, griffures et balayages frénétiques d'un être au désespoir, terrorisé. Les empreintes de mains étaient à peine plus grandes que celles d'un enfant. Maggie se souvint des celles de Jessica Beckwith, délicates, alors qu'elle lui tendait sa pizza.

— Bon sang, c'est incroyable ! s'exclama encore Tully, invisible dans le noir.

Fermement convaincu qu'ils ne trouveraient rien, qu'il ne s'était rien passé dans cette chambre, il n'en revenait à l'évidence pas. Maggie ne tirait toutefois aucune gloire de lui offrir ainsi la preuve qu'il se trompait. Prise de vertige, de nausée, elle étouffait soudain dans cette pièce sans air. Elle n'était pourtant plus sujette aux malaises des débutants dans la profession ; il fallait qu'elle soit ébranlée pour que son corps se rebelle de la sorte, pour la seconde fois en moins d'une semaine.

— Keith, y a-t-il une chance que ce soit les résidus d'un désinfectant ? La maison est en vente, et le ménage a été fait. On sent encore l'odeur des produits de nettoyage.

— Ça, on a sérieusement nettoyé la chambre. Pour se débarrasser de tout ça, je présume.

— Mais le luminol est sensible à l'eau de Javel. Une entreprise a peut-être tout lessivé pour les visites ?

Après une nuit d'insomnie passée à imaginer et appréhender ce qu'elle avait à présent sous les yeux, Maggie se refusait à le croire, contre toute logique.

— Dans le placard, il y a tout un assortiment de produits ménagers, de chiffons, de balais et de serpillières. L'odeur est la même que dans la pièce. Et rien ne contient de la Javel. J'ai vérifié. De plus, quand on nettoie, on ne laisse pas de traces de mains comme celles-ci.

Elle s'obligea à regarder les empreintes avant qu'elles ne s'estompent. Les petits doigts fins s'écartaient, glissaient, cherchaient à s'accrocher au mur. En fermant les yeux, Maggie voyait la scène au ralenti, comme dans un film d'épouvante.

— Tu es prête, Maggie ?

La voix de Keith l'arracha à ce cauchemar. Il fallait vite revenir au travail, il avait raison. Déjà, la luminescence disparaissait, laissant place à l'obscurité.

— On attaque le plancher en partant d'ici pour aller vers la salle de bains.

Les doigts de Maggie tremblaient lorsqu'ils se repositionnèrent sur les vaporisateurs. Ses collègues, heureusement, ne pouvaient pas s'en apercevoir. Elle inspira lentement, chercha à s'orienter, estima en pensée la distance qu'elle avait à parcourir. Lorsqu'elle eut retrouvé la maîtrise de ses nerfs, elle reprit ses pulvérisations régulières en veillant à ne pas projeter de liquide sur ses pieds. Elle atteignait la porte de la salle de bains quand la réaction de chimioluminescence se produisit. Une large traînée luisait maintenant derrière elle.

— Seigneur Dieu ! marmonna Tully dans son coin.

Il ne pouvait donc pas se taire ? Ses exclamations horrifiées déstabilisaient Maggie, accentuaient son propre malaise.

Le témoin rouge de la caméra décrivit un arc de cercle. Ganza filmait le sol, suivait la trace laissée par des pieds couverts de sang et traînés sur le parquet. Maggie remonta une mèche de cheveux et s'épongea le front de sa manche. Jessica était-elle encore consciente lorsqu'il l'avait tirée dans la salle de bains ? A en croire les marques sur le mur, elle avait perdu beaucoup de sang. Etait-elle consciente quand il l'avait placée dans la baignoire à remous ? Quand il lui avait décrit les horreurs auxquelles il comptait se livrer sur elle ? Etait-elle encore vivante lorsqu'il l'avait finalement égorgée ?

— On s'arrête un moment, annonça Keith. Agent Tully ? Vous pouvez rallumer.

Maggie cligna des yeux, aveuglée mais soulagée par le flot de lumière venu interrompre la scène conjurée par son imagination. Avec un petit effort, elle était capable d'entendre les hurlements désespérés de Jessica, ses suppliques, ses appels au secours. Sa mémoire était pleine de ces cris de femmes que jamais elle n'oublierait.

— Agent O'Dell ?

Elle sursauta, surprise, et s'aperçut que l'agent Tully se tenait devant elle, alors qu'elle ne l'avait pas entendu venir. Dans le coin de la pièce, Keith remplissait les vaporisateurs qu'il lui avait à l'évidence pris des mains sans qu'elle s'en rende compte non plus.

— Agent O'Dell, je vous dois des excuses, reprit Tully. Je croyais dur comme fer que nous ne trouverions rien ici. Maintenant, je me fais l'effet d'un imbécile.

Il avait ôté sa veste, remonté ses manches à la diable, dégrafé son col, desserré sa cravate, et il semblait marri, sincèrement désolé. Maggie n'en revenait pas qu'il reconnaisse aussi humblement son erreur.

— Pour être franche, agent Tully, j'ai agi selon mon instinct.

— Maggie, nous devrions démonter l'écoulement de la baignoire, suggéra Keith Ganza en les interrompant. Je parie qu'il l'a égorgée dedans. Il y a peut-être des résidus dans la canalisation.

Tully pâlit et grimaça. Maggie le remarqua et elle lui trouva un prétexte pour aller prendre l'air :

— Il y a une chose que nous n'avons pas vérifiée hier soir, agent Tully. Les poubelles, dehors. Comme la maison est à vendre, les éboueurs ne les auront peut-être pas vidées.

— Je vais regarder immédiatement, répondit-il, visiblement soulagé et reconnaissant qu'elle lui donne l'occasion de s'échapper.

Alors qu'il quittait la chambre, Maggie songea qu'il risquait de tomber sur d'autres horreurs, dans les ordures, et qu'il n'était donc pas nécessairement au bout de ses peines. Puis elle enfila des gants de latex propres. Keith s'arma d'une clé anglaise, d'un tournevis, et de quelques sacs plastiques pour y ranger ses éventuelles trouvailles.

— Tu es drôlement gentille avec le nouveau, remarqua-t-il avec un sourire en coin.

— Cela m'arrive, tu sais.

— Je n'ai jamais dit le contraire.

Il sortit des Coton-Tige de son sac, des pincettes, des petits flacons bruns, et aligna soigneusement son matériel, comme pour un inventaire.

— Ne t'inquiète pas, Maggie, je ne le répéterai à personne. Je ne voudrais pas ruiner ta réputation.

Cette fois, il lui adressa un clin d'œil. Une lueur malicieuse dansait dans ses yeux bleus aux paupières tombantes — un regard qui, en trente ans, avait vu assez d'horreurs pour rendre n'importe qui fou.

— Keith, qu'est-ce que tu sais de l'agent Tully ?

— C'est un brave. Je n'en ai entendu que du bien.

— Cela ne m'étonne pas. Il me rappelle Fox Mulder.

— Fox Mulder ?

— Oui, le type de X Files, à la télé.

— Ça va, je connais. C'est seulement que je ne m'attendais pas à cela de toi. Tu regardes la série, maintenant ?

Maggie sentit son visage s'enflammer, comme si elle venait de livrer un secret.

— J'ai suivi deux ou trois épisodes. Alors, Tully ? Qu'est-ce qu'on raconte sur lui ?

— Il est venu de Cleveland à la demande de Cunningham. Ce qui prouve que c'est un bon, non ? Apparemment, rien qu'en étudiant les photos prises sur les lieux d'un crime, il est capable d'établir un profil précis du tueur qui se révèle juste neuf fois sur dix.

— A partir des photos ? Je comprends mieux qu'il soit mal à l'aise sur le terrain.

— Je crois qu'il n'est pas dans la maison depuis bien longtemps — cinq ou six ans, par là. Il aura intégré le Bureau juste avant la limite d'âge.

— Qu'est-ce qu'il faisait avant ? Ne me dis pas qu'il était juriste, hein ?

— Vous avez un problème avec les juristes ? interrogea Tully depuis la porte.

Maggie se tourna vers lui pour s'assurer qu'il ne leur en voulait pas tandis que Keith Ganza reportait son attention sur son matériel.

— Je suis curieuse, expliqua-t-elle, sans chercher à s'excuser.

— Vous n'aviez qu'à me le demander.

Il était donc vexé. Mais il s'efforçait de le cacher. Contrôlait-il toujours ses émotions de la sorte ?

— Eh bien, que faisiez-vous avant d'entrer au FBI ?

— J'enquêtais sur les fraudes pour les assurances.

De sa main gantée de latex, il tenait une poignée d'emballages de barres chocolatées.

— Et je peux vous dire que notre bonhomme a un faible pour le sucré.

42.

Revolver au poing, Maggie visa la silhouette noire, devant elle. Sa main droite tremblait. Elle sentit sa mâchoire se crisper, ses muscles se raidir.

— Bon sang, c'est pas vrai ! s'écria-t-elle.

Personne ne l'entendit. La salle était déserte. Elle était arrivée au moment où l'agent Ballato, responsable de l'entraînement au tir, terminait son cours. On était vendredi, et elle savait qu'elle serait seule à cette heure avancée de la journée.

Une fois de plus, elle abandonna sa posture de tir, baissa le bras, fit tourner ses épaules et étira sa nuque. Pourquoi ne parvenait-elle pas à se détendre ? Elle se sentait sous pression, au bord de l'explosion.

Avec un soupir, elle remonta ses lunettes sur le haut de son front et se cala contre le muret de son couloir de tir. Après avoir quitté la maison d'Archer Drive avec l'agent Tully, elle avait appelé l'inspecteur Ford, à Kansas City, qui lui avait donné tous les détails sur le meurtre de Rita — l'appartement couvert de sang, les draps tachés de sperme, les restes de matière organique prélevés par la médecine légale dans la baignoire. Même scène qu'à Archer Drive. A cela près que Stucky n'avait pas pris la peine de faire le ménage chez Rita. Pourquoi avait-il nettoyé la maison d'Archer Drive après avoir tué Jessica ? Parce qu'il comptait réutiliser la maison ? Y avait-il attiré Tess McGowan pour l'enlever et se la réserver pour plus tard ? Possible. Mais où diable l'avait-il emmenée ?

Maggie ferma les yeux. Le nœud qu'elle avait au niveau de la poitrine entravait sa respiration. Il lui fallait se calmer, lâcher prise, se recentrer. Les images d'atrocités lui venaient trop facilement. Cette faculté, acquise par son métier, lui était souvent utile, mais aujourd'hui, elle s'en serait passée, elle aurait aimé couper le robinet de son imagination. La tâche semblait hélas impossible. Malgré tous ses efforts, elle revoyait les petites mains de Jessica Beckwith lui tendre la pizza ; elle les voyait tenter d'agripper les murs de la chambre. Pourquoi n'y avait-il eu personne pour entendre ses cris, quant ils résonnaient si clairement et si fort dans l'esprit de Maggie ?

Elle posa son arme et se frotta les yeux des deux mains. Sans effet. C'était un visage, qu'elle voyait à présent, celui de Rita, la serveuse du bar-grill aux traits tirés par sa journée de travail, mais aimable, souriante. Et puis, sans transition, elle revoyait son corps couvert d'ordures, sa gorge tranchée, son rein sanguinolent posé sur une assiette. Les deux femmes étaient mortes parce qu'elles avaient eu la malchance de croiser son chemin. Et maintenant, Maggie était certaine que deux autres avaient été kidnappées pour l'unique raison qu'elles l'avaient rencontrée.

L'envie de hurler l'étouffait. Si seulement ce battement, à ses tempes, pouvait cesser ! Si seulement ses mains s'arrêtaient de trembler ! Depuis que Tully avait ramené cette poignée de papiers d'emballage, Maggie s'interrogeait sur Rachel Endicott. N'avait-elle pas tiré des conclusions trop hâtives ? Ne s'efforçait-elle pas de rapprocher à tout prix la disparition de Rachel et celle de Tess ?

Chez Rachel, il y avait de la boue, dans l'escalier. Une boue contenant du métal. D'après ce que lui avait dit Tully, on avait retrouvé des traces d'une terre scintillante sur la pédale d'accélérateur de la voiture de Jessica. Etait-ce la même substance, provenant d'un même endroit ? Et puis, il y avait cet autre détail que lui avait confié Tully et qu'elle ne parvenait pas à se rappeler. De quoi s'agissait-il ? Un détail du rapport de police, peut-être ?

— Et merde !

Rien à faire. Cela ne revenait pas.

Ces temps derniers, il lui semblait que sa tête se délitait, que son cerveau tombait en morceaux. Elle avait les nerfs à vif, et son corps était épuisé à force d'être toujours sur le qui-vive. Ses muscles n'étaient plus qu'une crampe. Et le pire, le plus exaspérant, c'était qu'elle n'y pouvait rien. Elle avait perdu tout contrôle.

Albert Stucky l'avait amenée exactement où il voulait. Au bord du gouffre. Il avait fait d'elle sa complice dans le mal. C'était elle qui, maintenant, choisissait ses victimes. Il souhaitait qu'elle ait une part de responsabilité ; qu'elle comprenne le pouvoir du mal et le touche du doigt. Espérait-il ainsi libérer quelque bête immonde et malfaisante tapie en elle ?

Elle reprit son Smith & Wesson, en effleura le métal glacé puis, posément, presque avec révérence, elle enveloppa la crosse de sa main. Laissant le casque anti-bruit autour de son cou et les lunettes sur le haut de son front, elle leva le bras droit, coude légèrement fléchi. Sa main gauche vint soutenir la droite, et elle visa. Ne pas bouger, ne pas trembler. Enfin, elle pressa la détente et vida le chargeur, tirant à six reprises, aussi vite qu'elle en était capable.

Lorsqu'elle baissa le bras, elle était assourdie par le vacarme des détonations successives, et l'odeur de poudre lui emplissait les narines. Son cœur semblait marteler ses côtes quand elle pressa le bouton pour ramener la cible vers elle. La silhouette noire de son agresseur fictif vint la rejoindre dans un grincement. Elle avait visé juste, constata-t-elle avec un soupir. Mais au lieu de la soulager, sa réussite l'accabla davantage encore. Le bord du précipice s'effritait sous ses pieds. Les six balles qu'elle avait si adroitement tirées s'étaient logées précisément à l'endroit visé : entre les yeux de sa cible.

43.

Tess dérapa et s'arrêta dans une glissade. Ses pieds nus étaient couverts de boue. Elle en sentait l'odeur putride ; elle en avait sur les mains, sur son pantalon. Son corsage, sans doute déchiré dans l'une de ses chutes, laissait voir ses coudes éraflés, sanguinolents. La pluie avait cessé sans qu'elle le remarque ; accalmie temporaire, car le ciel était noir de nuages lourds. La brume montait du sol, s'enveloppait autour d'elle dans une danse inquiétante, fantomatique et… Mais elle ne devait pas penser à cela ! Il fallait juste courir, s'enfuir.

Haletante, elle s'adossa à un arbre pour reprendre son souffle. Elle avait suivi le seul sentier qu'elle avait pu trouver dans ce bois à la végétation touffue. Menait-il à la liberté ainsi qu'elle l'avait cru ? Elle commençait à en douter. La terreur lui mettait les nerfs à vif ; ne se contrôlant plus qu'à grand-peine, elle s'attendait à tout moment à le voir surgir et la capturer de nouveau.

Des brindilles restaient prises dans l'étoffe de sa couverture drapée en cape, les ronces s'y accrochaient, comme pour la retenir. Même si elle la ralentissait, elle ne renoncerait pas à cette maigre protection. D'autant qu'elle était trempée, par la pluie, par la sueur due à l'effort. Ses cheveux collaient à ses joues, son chemisier à sa peau.

Le brouillard ajoutait encore à l'humidité ambiante, mais aussi à sa panique. Dans moins d'une heure, l'obscurité engloutirait cette forêt qui n'en finissait pas. Déjà, elle ne distinguait plus grand-chose à travers la brume. Par deux fois, elle avait glissé le long d'une berge, manquant tomber dans une pièce d'eau qui, vue d'en haut, ressemblait à un lac de brouillard gris bleuté. La nuit lui rendrait la marche impossible.

Pour des raisons évidentes, il lui avait pris sa montre, mais elle avait toujours la bague et les boucles d'oreilles en saphir qu'elle aurait volontiers troquées en cet instant contre sa vieille Timex. Sans une idée de l'heure, elle se sentait perdue. Elle ne savait pas non plus d'ailleurs quel jour de la semaine on était. Pas mercredi, assurément. Durant le trajet en voiture, elle se rappelait avoir vu la lumière des phares. Elle avait donc dormi la majeure partie du jeudi... En réalité, elle n'était plus certaine de rien. Combien de temps était-elle restée sans connaissance ? Une journée ? Deux ? Davantage, peut-être ?

Tenaillée par une peur qui lui nouait la gorge, elle pouvait à peine respirer. Du calme, se dit-elle pour la énième fois. Elle devait garder son calme. Et réfléchir à ce qu'elle ferait pour la nuit. Car, malgré le besoin impérieux de continuer à courir, mieux valait trouver un endroit où se mettre à l'abri pour attendre le jour. Elle se demandait à présent si elle n'avait pas eu tort de quitter la cabane. Au moins, y était-elle au sec ; et le lit de camp, avec son mauvais matelas, lui semblait brusquement d'un confort luxueux. En partant à l'aventure à travers ces bois sans fin, elle avait couvert du terrain sans savoir où elle allait et n'était pas plus avancée. La prison de la forêt valait bien l'autre.

Elle s'accroupit, le dos calé contre l'écorce rugueuse. Ses jambes protestaient. Elle aurait aimé s'asseoir pour les soulager, mais il lui fallait rester en éveil, prête à reprendre sa course si nécessaire. Au-dessus d'elle, les cris des corneilles attirèrent son attention. Il y en avait des centaines, qui venaient de toutes les directions, prenaient d'assaut les arbres pour y passer la nuit en colonies.

Tess réfléchit : si les oiseaux s'installaient là, c'était sans doute parce que l'endroit était assez sûr. En cas de danger, elles réagiraient, et leur tapage vaudrait tous les systèmes d'alarme.

Des yeux, elle chercha un coin où se réfugier. Le sol était couvert de feuilles mortes et d'aiguilles de pin tombées à l'automne, mouillées par la pluie et la brume. Elle frissonna à l'idée de s'étendre sur le sol humide et glacé.

Là-haut, les corneilles s'égosillaient toujours. Levant les yeux, elle examina les branches. Elle n'avait plus grimpé aux arbres depuis l'enfance, une époque où c'était l'une de ses tactiques de survie, un moyen d'échapper à son oncle et sa tante. L'exercice n'aurait rien de facile, avec ses muscles douloureux, mais elle serait en sécurité, sur son perchoir. Il ne la chercherait pas en l'air... pas plus que les prédateurs nocturnes, s'il y en avait. Seigneur ! Elle n'avait même pas envisagé une rencontre avec un ours ou un puma…

L'arbre le plus proche d'elle disposait d'une fourche idéale. Elle se redressa, puis commença de rassembler bûches et branches mortes pour confectionner un escabeau improvisé. Si elle parvenait à atteindre les basses branches, elle pourrait se hisser jusqu'à la fourche.

Ignorant sa fatigue, ses courbatures et ses pieds entaillés, elle continua d'entasser les matériaux avec une énergie nouvelle. Si son cœur battait à se rompre, à présent, c'était d'espoir.

Les corneilles s'étaient tues et semblaient observer son manège. A moins qu'elles aient entendu quelque chose... Tess s'arrêta, les bras chargés. Elle tendit l'oreille, retint son souffle trop bruyant. Un silence total régnait sur la forêt, comme si l'approche de la nuit absorbait tous les sons.

Puis elle perçut une légère plainte, une sorte de petit cri aigu, étouffé ; on aurait dit un animal blessé.

Elle pivota lentement, plissant les yeux pour tenter de percer le brouillard et les ténèbres. Une brise soudaine anima les ombres ; les branches devinrent des bras qui s'agitaient. Et le froissement des feuilles faisait un bruit semblable à des pas.

Tess déposa sa charge et regarda autour d'elle. Parviendrait-elle à sauter pour grimper dans l'arbre par ses propres moyens ? Elle agrippa le tronc pour se stabiliser, se hissa sur la pile de bûches et de bois mort qui craquait sous ses pieds. En s'étirant, elle atteignait tout juste la première branche. Elle s'y accrocha. Elle s'apprêtait à lancer ses jambes vers la fourche salvatrice quand la plainte étouffée se transforma en supplique :

— Au secours ! Je vous en prie, aidez-moi !

Ces paroles flottèrent sur la brise, parfaitement distinctes. Tess s'immobilisa, suspendue à la branche. Elle entendait des voix… Etait-ce la fatigue ? N'était-elle pas en train d'halluciner sous l'effet de la fatigue ?

Ses bras lui faisaient mal, elle avait les doigts gourds. Si elle comptait se mettre à l'abri dans l'arbre, il lui faudrait user de toute son énergie ; elle y épuiserait ses dernières forces.

De nouveau, la voix résonna dans le brouillard :

— Au secours ! Aidez-moi, je vous en prie !

C'était une voix de femme, et elle était toute proche.

Tess se laissa tomber au sol. Avec la nuit et la brume, elle ne voyait presque rien, maintenant. Elle marcha prudemment le long du sentier, comptant ses pas, les bras tendus devant elle. Des rameaux l'agrippaient, se prenaient à ses cheveux. Elle se laissait guider par le son de la voix, sans oser répondre de peur que son ravisseur en embuscade la découvre ; elle avait toujours l'espoir de pouvoir regagner son abri en cas de nécessité.

Vingt-deux, vingt-trois... Elle fit un pas encore, et la terre s'ouvrit sous ses pieds pour l'engloutir.

44.

Tess gisait au fond du trou. Un bourdonnement intense lui emplissait la tête ; le souffle s'échappait en râles de sa poitrine en feu. Et une terreur absolue l'habitait. Tout autour d'elle, la boue se refermait sur ses bras et ses jambes, comme du sable mouvant. Sa cheville droite, tordue, était coincée sous elle, et sans même essayer, elle savait déjà qu'elle aurait de la peine à la bouger.

L'odeur fétide de la terre et des végétaux en décomposition lui donnait des haut-le-cœur. Les ténèbres l'enserraient, lui collaient aux yeux. C'était à peine si elle distinguait, là-haut, la silhouette des branches. La nuit et le brouillard dévoraient les dernières lueurs crépusculaires. Du peu qu'elle percevait des ombres, sa tombe était profonde de trois à quatre mètres. Jamais elle ne sortirait de là.

Elle tenta de s'extirper de la fange ; elle se releva et tomba aussitôt. Sa cheville ne la portait pas. Une nouvelle vague de panique déferla en elle. Griffant, grattant, elle cherchait une saillie pour s'accrocher à la paroi qui s'effritait. Elle sentait les insectes et les vers qui remuaient sous ses doigts, les rejetait vivement. Elle avait horreur des vers, de toutes les créatures rampantes, et surtout des serpents. Cette seule pensée suffit à redoubler son effroi.

Soudain, ses pieds nus trouvèrent une prise, de même que ses mains, avant de glisser. C'était comme un vent de terreur qui hurlait dans sa tête. Il lui semblait que son cœur lui martelait les côtes. Elle étouffait, elle était incapable de respirer. Et brusquement, elle prit conscience qu'elle criait à pleins poumons. Ce fut moins le bruit en lui-même qui l'alerta, que la douleur de sa gorge à vif, de sa poitrine en feu. Lorsque, à bout de souffle, elle se tut, le cri se poursuivit. Elle crut qu'elle devenait folle. Puis le son s'atténua en une plainte, un long gémissement qui provenait d'un coin de la fosse.

Un frisson parcourut son dos couvert de sueur et de boue. Elle se souvint de la voix qui l'avait attirée jusque-là. Etait-ce un piège ?

— Il y a quelqu'un ? murmura-t-elle. Qui êtes-vous ?

Les plaintes se muèrent en sanglots.

Tess attendit. S'adossant à la paroi, elle se laissa glisser sur les talons malgré les élancements de sa cheville. Pas question de s'asseoir. Elle devait rester sur le qui-vive pour se défendre en cas d'attaque. Elle leva les yeux vers le bord de la crevasse, craignant d'y voir son ravisseur, un grand sourire aux lèvres. Au même moment, un éclair déchira la nuit, suivi quelques secondes plus tard d'un grondement sourd.

— Qui êtes-vous ? répéta-t-elle en criant, hystérique. Qu'est-ce que vous fichez là ?

— C'est lui..., répondit la voix tremblotante. C'est lui qui m'a fait ça... ces choses affreuses... Il a... Il m'a... J'ai essayé de l'en empêcher. Je n'ai pas pu... Il était trop fort.

Et les gémissements reprirent.

La peur de cette femme, palpable, prenait Tess à la gorge et lui donnait froid, très froid. Elle n'avait pas besoin de cela, elle avait assez de sa propre frayeur, qu'elle ne contrôlait pas.

— Il avait un couteau..., sanglota encore l'inconnue. Il m'a... coupée avec.

— Vous êtes blessée ? Vous saignez ? interrogea Tess.

Mais elle resta contre la paroi, tétanisée. Ses yeux cherchaient à mieux voir dans le noir sans y parvenir. A peine distinguait-elle une silhouette plus sombre, recroquevillée sur elle-même à environ deux mètres d'elle.

— Il m'a dit... Il m'a promis qu'il me tuerait.

— Quand vous a-t-il jetée dans ce trou ? Vous vous souvenez ?

— Il m'a attaché les poignets.

— Je vais vous aider à...

— Il m'a attaché les chevilles. Je ne pouvais plus bouger.

— Si vous voulez...

— Il a déchiré mes vêtements, et puis il a ôté le bandeau de mes yeux. Il m'a dit qu'il voulait que je voie. Et puis... et puis, il m'a violée.

Tess essuya ses larmes de sa main boueuse. Elle se souvint de ses propres vêtements — son corsage boutonné de travers, son collant disparu. Une nouvelle vague de nausée lui souleva le cœur… Non ! elle ne devait pas y penser ; elle devait oublier cela, ne pas se poser de questions. Ce n'était pas le moment.

— Il m'a coupée avec son couteau quand j'ai crié, poursuivait la femme. Il voulait que je crie. Je ne pouvais pas lutter. Il était trop fort. Et si lourd... si lourd... Il m'écrasait la poitrine quand il était assis sur moi. Mes bras étaient coincés sous ses jambes, et il s'est assis sur moi pour me... pour pouvoir... Il m'a fourré son truc dans la gorge... j'avais envie de vomir... et il l'a enfoncé plus loin. Je ne pouvais pas respirer, pas bouger. Et lui, il continuait à...

— Taisez-vous ! hurla Tess. Pour l'amour du ciel, taisez-vous !

Le silence se fit aussitôt. Soudain, il n'y eut plus de gémissements, plus de hoquets. Tess tremblait comme une feuille. Une sueur glacée ruisselait le long de son dos. Il régnait dans ce trou une odeur de mort — de cadavre.

Les coups de tonnerre se rapprochaient, faisaient vibrer la terre, dans son dos. Au-dessus d'elle, les éclairs déchiraient la nuit, mais la lumière ne parvenait pas au fond de la crevasse. Tess avait mal partout à force de tenter de réprimer les spasmes qui la secouaient.

Elle passa les bras autour d'elle, fermement résolue à ne pas succomber à ses souvenirs d'enfance, à ces terreurs qu'elle avait combattues si longtemps pour s'en débarrasser et qui, à présent, menaçaient de rompre les digues qu'elle avait construites pour s'en protéger. Elle les sentait s'infiltrer dans ses veines tel un poison. Non ! Elle ne les laisserait pas reprendre le dessus. Elle ne se laisserait pas paralyser par ces horreurs. Il lui avait fallu des années pour les refouler, et des années encore pour les effacer de sa mémoire. Pas question de les laisser remonter à la surface. Surtout pas maintenant, alors même qu'elle était fragile, désemparée.

La pluie se mit à tomber. Lovée sur elle-même pour se protéger du froid et des odieux souvenirs, les pieds engloutis dans la boue, Tess commença de se balancer d'avant en arrière. Et bientôt, malgré elle, les images affluèrent à sa conscience. Comme si c'était hier, elle revivait le cauchemar et retrouvait toutes les sensations de cette enfant de six ans enterrée vive.

45.

— J'ai peur que Stucky ait également enlevé ma voisine.

— Allons, Maggie, n'exagère pas ! Cela tourne à la paranoïa.

Dans le fauteuil relax, Gwen dégustait un verre de vin en caressant la grosse tête de Harvey posée sur ses genoux. Le chien et elle étaient instantanément devenus des amis.

— Cela n'a rien à voir, mais tu t'améliores, dit-elle encore. Ce vin est excellent. Comme quoi, il n'y a pas que le whisky…

Le verre de Maggie n'en restait pas moins plein cependant qu'elle feuilletait les dossiers que Tully lui avait confiés, sur les meurtres de Jessica et Rita. Elle n'avait d'ailleurs pas attendu l'arrivée de Gwen pour absorber la dose de whisky nécessaire à calmer son agitation devenue chronique. L'alcool n'avait hélas pas eu l'effet souhaité ; il troublait sa vision, de sorte qu'elle avait de la peine à déchiffrer ses propres notes manuscrites. Elle se réjouissait malgré tout d'avoir enfin trouvé une bouteille acceptable pour Gwen, qui appréciait le bon vin et la cuisine fine.

Lorsqu'elle avait appelé un peu plus tôt pour proposer d'apporter le dîner, Maggie s'était précipitée chez Shep's Liquor Mart pour fouiller parmi les rayons. La vendeuse, une jolie brune un peu trop enthousiaste prénommée Hannah, lui avait affirmé que le Bolla Sauve était « un blanc demi-sec délicieux, avec une note florale légèrement épicée et une touche d'abricot ». Toujours selon la demoiselle, il s'accorderait fort bien au poulet aux asperges en papillotes promis par Gwen.

Maggie l'avait crue sur parole. Elle ne comprenait rien aux vins. Avec le whisky, au moins, pas besoin de se compliquer l'existence, de choisir entre sec, demi-sec et doux, blanc, rouge ou rosé ; il n'y avait pas de cépage, pas d'années fastes, rien. Un bon blend, et le tour était joué. A cela près que ce soir, sa potion magique n'avait pas dénoué ses tensions. Ses muscles contractés lui faisaient mal, et son diaphragme crispé rendait sa respiration laborieuse.

— Que dit la police sur la disparition de Rachel ? demanda Gwen.

— Je n'en sais trop rien.

Maggie continuait de feuilleter un dossier contenant des coupures de presse sans y retrouver ce qu'elle cherchait.

— Le responsable de l'enquête a appelé Cunningham pour se plaindre que j'empiétais sur son territoire. Alors, tu imagines bien que je ne peux pas prendre mon téléphone pour lui demander des nouvelles de l'affaire. Mais mon autre voisine m'a laissé entendre que tout le monde, y compris le mari, est d'avis que Rachel est partie comme ça, sur un coup de tête.

— Cela me paraît curieux. Elle a déjà fait ce genre de chose ?

— Aucune idée. Le plus bizarre, c'est que le mari n'ait pas voulu du chien.

— Pas tant que cela. S'il pense qu'elle a filé avec un autre, c'est l'un des quelques moyens qu'il lui reste de se venger.

— Ce qui n'explique pas pourquoi nous avons découvert ce labrador en si piteux état sous le lit. Il y avait beaucoup de sang, et je ne suis toujours pas convaincue que c'était seulement celui de Harvey.

Maggie observa Gwen, qui caressait la tête de l'animal avec douceur.

— Pauvre bête ! A-t-on idée d'appeler un chien Harvey !

— C'est un nom comme un autre, remarqua Gwen sans cesser ses caresses. Je ne vois pas ce qui te chagrine.

— C'était le nom du labrador noir que le tueur David Berkowitz croyait possédé du démon.

Gwen leva les yeux au ciel.

— Voilà donc la première chose qui te vient à l'esprit ! Pour ce que nous en savons, Rachel Endicott est peut-être une fan de James Stewart ou une fêlée de cinéma, et que Harvey est un hommage au lapin géant invisible…

— Bien sûr ! ironisa Maggie, vaguement agacée. J'aurais dû y penser tout de suite !

Préférant ne pas trop réfléchir au sort qu'elle imaginait être celui de la propriétaire du chien, elle reporta son attention sur ses dossiers. Si seulement elle parvenait à se souvenir de ce que Tully lui avait dit ! Un détail qui lui échappait, qui reliait la disparition de Rachel au meurtre de Jessica. Pas uniquement la boue. Autre chose. Qui se trouvait peut-être dans les rapports de police.

— Pourquoi diable le mari n'est-il pas considéré comme le suspect numéro un ? interrogea soudain Gwen avec une nuance d'irritation. Ce serait pourtant logique, non ?

— Il faudrait que tu rencontres l'inspecteur Manx. La logique n'est pas son fort.

— De mon point de vue, il n'est pas le seul dans ce cas. Alors que le mari me paraît le suspect désigné, te voilà déjà arrivée à la conclusion que Stucky a enlevé Rachel parce que... Si je suis ton raisonnement, tu crois que Stucky a enlevé Rachel Endicott parce qu'il a tué la livreuse de pizzas et qu'on a trouvé des emballages de barres chocolatées sur les lieux des deux drames.

— Et de la boue. N'oublie pas la boue.

Maggie vérifia le rapport du labo concernant la voiture de Jessica. La boue prélevée sur la pédale de l'accélérateur contenait des traces de métal, que Keith devait analyser. Elle revit la boue avec ses paillettes scintillantes dans l'escalier de Rachel Endicott. Manx en avait-il seulement pris un échantillon ? Et en supposant que oui, comment comparer les deux prélèvements ? Il faudrait convaincre l'inspecteur de donner le sien, ou au moins ses résultats, ce qui n'irait pas sans mal.

— Bien, reprit Gwen. La boue, je peux comprendre. Si les analyses se révèlent identiques, tu tiens quelque chose de concret. Mais les papiers d'emballages dans les deux maisons, c'est un peu tiré par les cheveux, Maggie…

— Stucky laisse traîner des organes humains dans des cartons de restauration rapide pour s'amuser. Pourquoi ne laisserait-il pas traîner des emballages de barres chocolatées en manière de pied de nez ? Pour montrer qu'il est capable de s'offrir des sucreries après avoir commis les pires atrocités.

— Les emballages feraient donc partie du jeu ?

— Oui.

Maggie leva les yeux vers Gwen, qui restait dubitative, puis ajouta :

— C'est donc si difficile à croire ?

— As-tu réfléchi que le tueur ou ses victimes souffrent peut-être de diabète ? Les diabétiques ont souvent des confiseries sur eux pour réguler leur taux d'insuline, qui varie sous l'effet du stress, ou suite à l'injection d'une dose trop forte.

— Stucky n'a pas de diabète.

— Tu en es sûre ?

— Oui, répondit Maggie, catégorique.

Puis elle s'avisa que les analyses de sang et d'ADN dont ils disposaient ne mentionnaient pas de test pour le diabète.

— A ta place, je me poserais tout de même la question, insista Gwen. Un tiers des personnes affectées par le diabète de type 2 ignore souffrir de la maladie. On ne pratique les tests que s'il y a des symptômes ou une prédisposition héréditaire. Et pour ne rien te cacher, les symptômes sont très discrets, surtout les premiers temps.

Gwen avait raison, Maggie le savait. Mais si Stucky était diabétique, elle le saurait aussi, non ? Le labo s'en serait bien aperçu. Et puis, elle n'imaginait pas Stucky souffrant d'une quelconque maladie. Dans son esprit, il dormait le jour dans un cercueil et ne succomberait qu'à une balle d'argent ou à un pieu dans le cœur.

— Et les victimes, Maggie ? Peut-être que les sucreries étaient celles des victimes. Et c'étaient elles qui souffraient de diabète…

— Deux coup sur coup ? Trop de coïncidences. Je ne crois pas aux coïncidences.

— Non. Tu préfères croire qu'Albert Stucky a kidnappé ta voisine qui, entre nous soit dit, n'était pas encore ta voisine, et qu'il a enlevé un agent immobilier sous prétexte que tu lui as acheté ta maison. Je suis désolée, Maggie, mais c'est plutôt léger. Tu n'as aucune preuve que ces femmes ont disparu, et moins encore que Stucky les tient à sa merci.

— Gwen, ce n'est pas une coïncidence si la serveuse de Kansas City et la livreuse de pizzas ont été tuées de la même façon quelques heures seulement après avoir été en contact avec moi. Je suis le seul lien entre les deux. Et je t'avoue que j'aimerais autant croire que Rachel et Tess sont au soleil sur une plage, à siroter des cocktails avec leur amant plutôt que de me demander si Stucky les garde prisonnières quelque part.

Le son de sa voix était trop aigu, désagréable à son oreille. Elle se rendit compte que ses mains tremblaient, aussi, que son cœur battait trop fort. Dieu que c'était pénible !

Elle se replongea dans ses dossiers et feuilleta les documents en s'efforçant de s'y retrouver dans le désordre de Tully. Gwen l'observait, bien sûr ; elle sentait son regard peser sur elle. Au fond, son amie psy avait peut-être raison. La paranoïa pouvait entamer sa lucidité. Et si elle grossissait les événements hors de toutes proportions ? Si elle déraillait, pour tout dire ? Vu sa fragilité mentale actuelle, cela n'avait rien d'impossible.

— Si tu dis vrai, souligna Gwen, cela implique que Stucky te surveille, qu'il te suit.

— Exact.

— S'il choisit des femmes qu'il a vues en ta compagnie, pourquoi ne s'en prend-il pas à moi ?

Maggie leva la tête de ses papiers. Elle s'étonna de déceler une lueur de crainte dans les yeux si sereins de Gwen.

— Il vise des femmes qui croisent mon chemin, pas celles que je connais et fréquente. Ainsi, il est plus difficile de prévoir où il va frapper. Il cherche à m'impliquer pour que je me sente complice et coupable ; je ne pense pas qu'il veuille me détruire. S'il s'en prenait à toi, j'en serais anéantie.

Elle reprit ses recherches, désireuse d'en rester là sur le sujet et de rejeter cette hypothèse qu'elle avait déjà envisagée. Si Stucky décidait un jour de faire monter les enchères, rien ne l'empêcherait de s'attaquer à des femmes qui lui étaient proches… Mieux valait ne pas trop y penser.

— Tu as parlé de tout ça avec l'agent Tully ? interrogea Gwen.

— Tu es mon amie, et tu me prends pour une folle. Pourquoi irais-je lui parler ?

— Parce que vous faites équipe et que vous devriez travailler ensemble pour tirer cette affaire au clair, mettre en commun tous les détails, toutes les idées, même les plus saugrenues en apparence.

Gwen marqua une brève pause, avant d'ajouter :

— Promets-moi de ne pas enquêter en franc-tireur, cette fois.

Maggie découvrit un nouveau dossier et en parcourut rapidement le contenu. Se trompait-elle ? Avait-elle inventé ce détail qui, dans son esprit, faisait le lien entre Rachel Endicott et Stucky ?

— Maggie ? Tu m'entends ?

Elle releva les yeux sur le visage soucieux de son amie.

— Promets-moi de ne pas partir à l'aventure toute seule comme la dernière fois.

— Je ne partirai pas toute seule.

Elle sortit une enveloppe brune de la chemise, entreprit d'en extraire des documents.

— Je ne plaisante pas, Maggie !

Celle-ci jeta un nouveau coup d'œil à Gwen. Même le chien la fixait maintenant de ses grands yeux bruns liquides pleins de tristesse ! Ce même Harvey qui, la nuit dernière, allait et venait de la porte aux fenêtres, guettant son maître pour rentrer chez lui, comme s'il ne supportait pas de passer dix minutes de plus avec elle.

— Ne t'inquiète pas, Gwen, je t'en prie. Je te promets que je ne ferai pas de sottises.

Elle déplia plusieurs papiers et trouva enfin ce qu'elle cherchait. Le rapport des services de sécurité de l'aéroport, et un ordre de saisie de la police concernant un fourgon Ford blanc.

— Ça y est ! Je tiens le truc qui m'échappait.

— Quoi ?

Maggie se leva et se mit à arpenter la pièce.

— Susan Lyndell m'a dit que Rachel Endicott était peut-être partie avec un réparateur de la compagnie des téléphones.

— Alors ? Tu as sa facture téléphonique, et tout s'éclaire, c'est ça ?

— J'ai ici un ordre de saisie. Quand la police a découvert la voiture de Jessica Beckwith, à l'aéroport, elle était stationnée à côté d'un fourgon déclaré volé quinze jours plus tôt.

— Excuse-moi, Maggie, mais je ne te suis plus. En supposant que Stucky ait volé un fourgon et l'ait abandonné après s'en être servi, je ne saisis pas le rapport avec ta voisine disparue.

— Le fourgon en question appartenait aux téléphones Bell, région Nord-Est.

Maggie attendit la réaction de Gwen. Laquelle n'était toujours pas convaincue.

— Bon, j'admets que c'est un peu tiré par les cheveux, ajouta-t-elle, mais reconnais tout de même que la coïncidence a de quoi...

— Je sais, je sais, j'ai compris, coupa Gwen. Et toi, tu ne crois pas aux coïncidences.

46.

Malgré toutes les nuits pénibles connues dans son enfance, Tess ne se rappelait pas en avoir vécu de plus noire, plus longue ou plus pénible que celle-ci. Recroquevillée dans un coin, serrant ses genoux contre sa poitrine pour se tenir chaud, elle s'efforçait de ne pas penser à ses pieds nus, enflés et égratignés, qui s'enfonçaient dans la boue putride. La pluie avait enfin cessé, mais le tonnerre grondait toujours, au loin. Et le soleil ne perçait pas. Etait-ce à cause des nuages ? Ou bien le fou avait-il passé un pacte avec le diable ?

Par moments, elle entendait les plaintes de la femme qui geignait doucement pour elle-même. Le son était tout proche. Heureusement, les sanglots, hoquets et gémissements suraigus s'étaient tus. A mesure que le jour se levait, la silhouette tassée sur elle-même se dessina progressivement.

Tess ferma les paupières sur ses yeux irrités. Pourquoi avait-elle refusé avec tant d'obstination de porter des lentilles permanentes ? Elle ne devait surtout pas frotter pour ne pas aggraver la sensation de brûlure. Etait-il bien prudent de garder ces verres de contact ? Il serait sans doute plus sage de les ôter. Reportant cette décision à plus tard, elle cligna des paupières et les ferma de toutes ses forces pour provoquer les larmes, avant de lever les yeux. Le spectacle qui l'attendait la laissa incrédule. En face d'elle, la femme était complètement nue, lovée en position fœtale, couverte de boue, de sang et d'excréments.

— Seigneur ! s'exclama Tess à mi-voix. Vous auriez dû me dire que vous n'aviez pas de vêtements.

Elle tenta de se lever, mais sa cheville blessée céda, et elle se retrouva à genoux. La douleur, toutefois, était négligeable face à l'état lamentable de sa compagne d'infortune. Elle fit un nouvel essai. En portant tout son poids sur sa bonne jambe, elle parvint à se redresser et s'escrima sur le nœud de sa couverture. L'inconnue frissonnait et claquait des dents. Tous ses muscles étaient agités de spasmes convulsifs ; sa lèvre inférieure saignait. Sans doute à force d'être mordue.

— Vous souffrez ? s'enquit Tess.

Quelle question stupide ! Bien sûr qu'elle souffrait ! Il n'y avait qu'à regarder ces bleus, ces entailles, ces empreintes de morsures, ces lambeaux de chair qui semblaient avoir été arrachés à coups de dents.

Ayant dénoué sa cape, elle en recouvrit le corps nu de l'inconnue. Bien qu'humide, la laine avait gardé sa chaleur emmagasinée durant la nuit. Avec ou sans ce manteau improvisé, la situation ne serait guère pire, pour elle. Elle avait déjà touché le fond.

— Il faut qu'on vous conduise à l'hôpital, murmura-t-elle.

Autre remarque imbécile ! Comment parlait-elle de trouver des secours, alors qu'elle n'était pas sortie de ce trou, loin de là.

L'autre ne semblait pas l'entendre. Ses yeux grands ouverts fixaient la paroi de la fosse. Ses cheveux emmêlés lui collaient au visage. Tess se pencha sur elle, ôta délicatement une mèche de sa joue. La femme ne cilla même pas. En état de choc, elle s'était retirée au plus profond d'elle-même, en un lieu mystérieux où plus rien ne l'atteignait. Tess le savait d'expérience pour s'être ainsi fermée au monde lorsque, enfant, on l'exilait parfois des jours durant dans le cachot souterrain de l'abri anti-tempête.

Elle effleura doucement le visage de l'inconnue, écarta les cheveux de son cou pour découvrir de nouvelles morsures, et la marque laissée par une corde si serrée qu'elle avait entamé la peau.

— Vous pouvez bouger ? demanda-t-elle encore.

Silence. Pas de réponse.

Le jour s'était levé, dissipant l'obscurité de la fosse. Elle l'examina et en évalua la profondeur. Environ trois mètres à trois mètres cinquante. Pour trois de long, et deux de large. Le trou ressemblait à une ancienne tranchée partiellement effondrée. Des racines et des pierres sortaient ici et là de la paroi. Mais on l'avait recreusée. Il y avait des marques de pelle récentes. Preuve que c'était bel et bien un piège.

Quel genre de monstre agresserait une femme de la sorte pour la jeter ensuite dans une fosse ? se demanda Tess, avant de se rappeler à l'ordre. Elle ne devait pas penser à lui, plutôt se concentrer pour sortir d'ici. Mais comment ?

Elle s'agenouilla près de la femme dont les spasmes s'étaient calmés sous l'abri et la chaleur de la couverture. Il lui faudrait l'examiner pour s'assurer qu'elle n'avait pas de fractures. Il y avait assez de pierres, de racines, de creux et de bosses sur la paroi pour leur permettre de grimper jusqu'à la surface. Mais Tess n'aurait jamais la force de hisser l'inconnue là-haut.

Tandis qu'elle tendait la main pour palper l'épaule de la blessée, son regard tomba sur ce que les yeux écarquillés de l'inconnue fixaient avec obstination. D'horreur, de dégoût, elle eut un mouvement de recul. Puis, surmontant sa répulsion, elle s'obligea à examiner l'objet. Partiellement déterré, c'était un crâne humain dont les orbites creuses semblaient les narguer.

Tess comprit, alors. Cette fosse n'était pas un piège, mais une tombe. Leur tombe.

47.

Samedi 4 avril

Elle portait de nouveau un corsage en soie rouge. Le rouge la flattait, mettait en valeur le blond vénitien de ses cheveux. Elle avait pris l'habitude de laisser la veste de son tailleur sur le dossier de son siège et de se tenir devant le bureau, à moitié assise sur le coin. Aujourd'hui, elle ne prenait pas même la peine de tirer sur sa jupe qui, dans cette position, remontait légèrement sur ses cuisses. De jolies cuisses, lisses et bien galbées, dans lesquelles il ferait bon planter ses dents.

Elle attendait qu'il parle, tout en griffonnant des notes sur un bloc. Si elles le concernaient, il n'était pas curieux de savoir ce qu'elles racontaient. Il s'intéressait davantage aux gémissements qu'elle produirait quand, enfin, il s'enfoncerait en elle, profondément, l'assaillirait de coups de boutoir pour qu'elle crie. Il aimait tant les entendre crier ! Surtout lorsqu'il était en elles. Les vibrations se communiquaient à lui, ondes de choc du tremblement de terre qu'il causait en les pilonnant.

C'était là un des nombreux traits qu'il avait en commun avec son vieil ami, son ancien associé. Pas besoin de jouer la comédie, sur ce plan-là. Il remonta ses lunettes et s'aperçut qu'elle attendait toujours.

— Monsieur Harding, vous n'avez pas répondu à ma question.

Question ? Quelle question ? Distrait par ses pensées, il avait oublié, n'avait pas entendu. Aucune importance. Il inclina la tête de côté et tendit le menton, dans cette attitude pitoyable qui semblait dire : « Excusez-moi, je suis aveugle. »

— Je vous demandais si les exercices que je vous ai proposés vous ont aidé en quoi que ce soit.

Et voilà. Il suffisait de temporiser, et les gens se répétaient ou répondaient eux-mêmes. Facile. Il devenait très bon à ce petit jeu. Un excellent entraînement s'il devait perdre la vue définitivement.

— Monsieur Harding ?

Elle manquait de patience, aujourd'hui. Il fut tenté de lui demander quand on l'avait sautée pour la dernière fois. Le problème venait de là, assurément. Peut-être avait-elle besoin de quelques films pornos de sa collection privée ?

Il savait par ses recherches qu'elle était divorcée depuis presque vingt-cinq ans. Le mariage n'avait duré que deux ans. Une erreur de jeunesse. Depuis, elle avait sans doute eu plusieurs amants. Mais ce genre de renseignements n'était pas accessible sur Internet.

A présent, elle s'énervait. Il le voyait à la manière dont elle croisait les bras. Enfin, il se décida et déclara poliment :

— Les exercices sont apparemment efficaces, mais cela ne prouve pas grand-chose.

— Expliquez-vous.

— Je ne vois pas l'utilité de — passez-moi l'expression — mettre ma pauvre queue dans tous ses états alors que je suis tout seul.

Elle sourit, une première depuis leur rencontre.

— Il faut bien commencer quelque part.

— D'accord, mais sachez que je ne vous suivrai pas si vous me suggérez de passer aux poupées gonflables.

Nouveau sourire. Il tenait le bon filon. Se risquerait-il à lui dire qu'il aimerait qu'elle lui serve de poupée gonflable ? Avec cette petite bouche sexy, qu'il remplirait à merveille, elle devait faire des pipes merveilleuses.

— Rassurez-vous, je ne vous proposerai rien de plus pour le moment. Mais je vous encourage vivement à persévérer dans vos exercices. Cela afin que vous ayez une méthode d'excitation garantie en cas de défaillance avec une femme.

Assise sur le coin du bureau, elle balançait négligemment le pied gauche, jouait avec son escarpin accroché au bout. Il aurait voulu que la chaussure tombe. Pour savoir si ses ongles étaient vernis. Il adorait les orteils aux ongles laqués de rouge vif.

Son attention était ailleurs, tandis qu'elle poursuivait :

— Que cela nous plaise ou non, beaucoup de nos idées préconçues sur la sexualité nous viennent de nos parents. Les garçons, en particulier, tendent à imiter les comportements de leur père. Comment était votre père, monsieur Harding ?

— Il n'avait pas de problème dans ce domaine, répliqua-t-il trop vivement.

Et aussitôt, il regretta d'avoir révélé par inadvertance que le sujet était tabou — ou, pour le moins, sensible. A présent, elle ne le lâcherait plus, insisterait pour le sonder, pour qu'il élabore, creuse, s'étende, et elle finirait bien par amener sa mère sur le tapis. A moins que... à moins qu'il parvienne à retourner la situation, à la choquer pour qu'elle renonce à le questionner.

— Mon père ramenait souvent des femmes à la maison. Il m'autorisait même à regarder ce qu'ils faisaient. Parfois, les femmes voulaient que je participe… Quel garçon de treize ans est en mesure de se vanter qu'une femme lui a fait une pipe pendant que son père la prenait furieusement par-derrière ?

Et voilà, elle était tout embarrassée. Bientôt, sa gêne se transformerait en pitié. Etrange pouvoir que celui de la vérité.

On frappa à la porte, et elle sursauta. Lui continua de regarder dans le vide, comme un bon petit aveugle.

— Désolée de vous interrompre, lui dit son assistante depuis la porte, mais j'ai le coup de fil que vous attendiez sur la ligne trois.

— Il faut que je prenne cet appel, monsieur Harding.

— Très bien.

Il se leva, chercha sa canne en tâtonnant.

— Nous pouvons peut-être arrêter là pour aujourd'hui.

— Etes-vous sûr de ne pas vouloir continuer ? Je n'en ai vraiment que pour une minute ou deux.

— Non, je suis épuisé. De plus, vous avez largement gagné vos honoraires.

Il la récompensa d'un sourire afin de mettre un terme à ses protestations, et il gagna la porte avant qu'elle ne se propose d'appeler son prétendu chauffeur.

La rage bouillonnait en lui tandis qu'il attendait l'ascenseur. Il avait horreur de penser à ses parents. De quel droit osait-elle les mêler à cette histoire ? Elle avait dépassé les bornes. Parfaitement. Aujourd'hui, le Dr Gwen Patterson était allée trop loin.

48.

Le directeur adjoint Cunningham avait réquisitionné pour eux une petite salle de réunion au rez-de-chaussée. Tully ne se sentait plus de joie à l'idée d'avoir des fenêtres — deux, qui donnaient sur les bois, en bordure du terrain d'entraînement. Peu lui importait de monter et descendre les escaliers pour aller récupérer ses dossiers dans son étroit bureau souterrain, à l'autre bout du bâtiment.

Il étalait tous les documents amassés au cours des cinq derniers mois, cependant que O'Dell passait derrière lui, faisait de jolies petites piles bien nettes qu'elle alignait sur la longue table, de gauche à droite, en ordre chronologique. Plutôt que de s'énerver, il s'amusa de sa maniaquerie. Visiblement, ils abordaient les puzzles différemment ; elle préférait chercher les pièces d'angle, les bordures, commencer par reconstituer le cadre, alors que lui mettait les pièces en vrac au milieu de la table et fouillait dans le tas, construisant de menus fragments au hasard. Ces deux méthodes n'étaient ni bonnes ni mauvaises en soi. Affaire de préférences. Encore que O'Dell ne serait certainement pas d'accord avec lui sur ce point de vue.

Ils avaient accroché au mur une carte des Etats-Unis, marquant les meurtres récents de Newburgh Heights et Kansas City par des punaises rouges, tandis que les bleues indiquaient les lieux où Stucky avait fait des victimes avant sa capture au mois d'août. Du moins celles qu'on avait retrouvées et dont on était sûr. Les femmes qu'il prenait pour sa collection étaient le plus souvent enterrées dans des bois reculés, où elles attendaient d'être découvertes par des randonneurs ou des pêcheurs de passage. On estimait leur nombre à plus d'une douzaine. Au vu du palmarès de Stucky en moins de trois ans, Dieu seul savait ce qu'il avait pu accomplir ces cinq derniers mois.

Laissant O'Dell à ses rangements, Tully examina la carte. Celle-ci permettait de voir que Stucky s'était, en gros, cantonné à la bordure Est du pays — de Boston à Miami. La côte de la Virginie semblait son terrain de prédilection. Excentrée par rapport à son rayon d'action, Kansas City faisait figure d'anomalie. S'il avait effectivement enlevé Tess McGowan, il ne faisait aucun doute qu'il jouait avec O'Dell, l'impliquant indirectement dans ses crimes. Mais plutôt que de choisir ses amies ou ses proches, il s'en prenait aux femmes qui, d'une manière ou d'une autre, croisaient son chemin ; ainsi, on ne pouvait prévoir où il frapperait. Quelle parade y avait-il ? Enfermer O'Dell jusqu'à l'arrestation du tueur ? Pas très réaliste. Et puis, Cunningham l'avait déjà placée sous surveillance. Des agents la suivaient, d'autres montaient la garde autour de sa maison. Curieusement, elle n'avait pas protesté.

On était samedi matin, et elle était immergée dans le travail, comme tous les autres jours. Après la semaine qu'elle venait de passer, n'importe qui serait encore au lit. Elle n'avait toutefois pas pris la peine de se maquiller pour cacher les cernes qui soulignaient ses yeux. Vêtue d'un jean, chaussée d'une vieille paire de Nike, elle portait une chemise de flanelle aux manches remontées jusqu'aux coudes et rentrée dans sa ceinture, et elle gardait à l'épaule son .38 Smith & Wesson, dans son holster. A côté d'elle, il se sentait presque trop élégant. Sauf quand le directeur adjoint Cunningham leur rendait de brèves visites, tiré à quatre épingles, sans un faux pli, comme à l'accoutumée. Ce qui rappela à Tully le négligé de sa mise : sa cravate desserrée et sa chemise blanche étaient tachées de café.

Il consulta sa montre. Il avait promis à Emma de déjeuner avec elle pour évoquer sérieusement cette histoire de bal. Sa décision était prise, il n'y reviendrait pas, même si elle le traitait de « coincé ». Elle était encore trop jeune pour sortir le soir avec des garçons. L'année prochaine, peut-être, mais pas maintenant.

Près de la table, O'Dell examinait le rapport que Keith Ganza leur avait faxé un peu plus tôt. Sans même lever les yeux, elle demanda :

— Rien de neuf de l'aéroport ?

— Non, mais Tess McGowan est portée disparue. Delores Heston a fait une déclaration dans les règles. Nous pouvons donc lancer un avis de recherche sur la voiture. Une Miata noire, cela doit se repérer facilement. Il n'empêche que j'ai tout de même un doute. Rien ne prouve qu'elle n'est pas partie en vacances pour quelques jours…

— Si c'est le cas, nous gâcherons ses vacances. Et le petit ami ?

— Daniel Kassenbaum ? Il a une résidence et un bureau à Washington D.C., ainsi qu'à Newburgh Heights. J'ai fini par le joindre hier soir à son club. Il n'a pas eu l'air de s'inquiéter beaucoup. Il pense qu'elle le trompe, mais il s'est empressé de préciser qu'ils n'avaient aucun engagement l'un envers l'autre. Quoi qu'il en soit, si ce type a raison, elle a peut-être filé en douce avec un amant secret.

— Si le petit ami croit qu'elle le trompe, sommes-nous absolument certain qu'il n'est pas impliqué dans sa disparition ?

— J'ai comme l'impression qu'il s'en fiche. Tant qu'elle lui donne ce qu'il veut.

O'Dell le dévisagea, visiblement mystifiée. Le sujet réveillait en lui des émotions douloureuses, et il lui faudrait sans doute s'expliquer. Mais ce Kassenbaum lui rappelait par trop le crétin que Caroline lui avait préféré.

— Il m'a dit l'avoir vue pour la dernière fois jeudi soir. Elle a passé la nuit chez lui, à Newburgh Heights. A votre avis, pourquoi l'invite-t-il encore chez lui s'il pense qu'elle le trompe ?

O'Dell haussa les épaules.

— Aucune idée. Pourquoi ?

— Eh bien, parce que c'est un trou-du-cul arrogant qui ne pense qu'à lui. La petite, monsieur s'en bat l'œil tant qu'elle assure la maintenance de ses joyeuses. Franchement, allez comprendre ce que les femmes trouvent à des types comme ça ?

— La maintenance de ses joyeuses ? C'est une expression de l'Ohio ?

Tully s'empourpra violemment. O'Dell sourit et, sans insister davantage, elle reporta son attention sur les rapports. Excellente chose. Le souvenir de sa conversation avec Daniel Kassenbaum irritait Tully au plus haut point. Cet abruti l'avait traité comme un domestique, lui reprochant d'interrompre son dîner — sans penser que Tully avait lui-même peut-être mieux à faire que de passer ses soirées à rechercher sa copine. Si Tess McGowan était vraiment partie avec son amant, tant mieux pour elle !

Il reprit l'examen de la carte. Ils avaient encerclé des cachettes possibles — des lieux reculés, dans des zones boisées, trop nombreux pour qu'on puisse les explorer tous. Leur seul indice était la boue trouvée dans la voiture de Jessica Beckwith. Keith Ganza en avait analysé la composition, identifié les traces de métal, mais il restait encore trop de possibilités. Peut-être s'embarquaient-ils sur une fausse piste et feraient-ils mieux de chercher des sites industriels. Après tout, c'était dans un entrepôt désaffecté que Stucky avait abrité sa précédente collection, jusqu'à ce que O'Dell le débusque. Au point de confusion où ils en étaient, il ne perdait rien à se risquer...

— Et s'il utilisait une ancienne usine ?

Elle s'interrompit dans sa tâche pour venir le rejoindre devant la carte.

— A cause des produits chimiques que Keith a détectés dans la boue ?

— Je sais bien que cela ne colle pas avec son scénario habituel, mais l'entrepôt de Miami ne collait pas davantage.

Il se mordit presque la langue d'avoir parlé trop vite et jeta un bref coup d'œil à O'Dell. Si elle était encore chatouilleuse sur la question, elle n'en montrait rien.

— Où qu'il se terre, je gage que ce n'est pas bien loin, déclara-t-elle. Une heure ou une heure et demie de route tout au plus.

Du doigt, elle traça un cercle autour de Newburgh Heights.

— Dans un rayon de cent vingt kilomètres maximum. Plus loin, il ne serait pas en mesure de surveiller mes mouvements.

Tully continuait de l'observer discrètement. Elle semblait calme et posée, mais la terreur qu'elle avait manifestée l'autre soir couvait, juste sous la surface. Si O'Dell n'était pas le seul agent du FBI à savoir se dissocier de ses émotions, il lui en coûtait, à l'évidence. Combien de temps réussirait-elle à les contenir avant de craquer ?

— La carte n'indique pas les sites industriels désaffectés. Je vais me renseigner auprès du Département d'Etat.

— N'oubliez pas d'inclure le Maryland et la région de Washington dans vos recherches.

Tully griffonna des notes sur le sac de papier Kraft qui avait contenu son petit déjeuner : un hot-dog et des pommes de terre sautées de chez McDonald's. Cela faisait des lustres qu'il n'avait pas mangé un repas normal ! Aujourd'hui, c'était décidé, il n'y aurait pas de restauration rapide, pas de plats à emporter. Il emmènerait Emma au restaurant, dans un cadre agréable, avec de vrais couverts, des assiettes et une nappe !

Le temps qu'il se retourne, O'Dell avait regagné la table. Devant elle s'étalaient les photos prises sur les lieux des crimes. Sans les quitter des yeux, elle murmura dans un souffle :

— Il faut que nous les retrouvions, agent Tully. Il faut que nous les retrouvions, et vite. Sinon, il sera trop tard.

Elle se référait bien sûr à Tess McGowan, et à sa voisine, Rachel Endicott, que Tully ne croyait pas plus disparues l'une que l'autre, et moins encore prisonnières de Stucky. Il se garda toutefois de faire part de ses doutes, tout comme il s'était gardé de mentionner la conversation qu'il avait eue avec l'inspecteur Manx, de Newburgh Heights. Dans un élan de générosité, ce flic borné et têtu transcenderait peut-être son isolationnisme pour leur livrer le résultat des fouilles menées chez les Endicott. Mieux valait toutefois ne pas trop compter sur cette piste. De l'avis de Manx, toute l'affaire se réduisait à une épouse désœuvrée, partie en goguette avec un réparateur de téléphone.

Si l'inspecteur avait raison, c'était à se demander ce qui se passait dans la tête des femmes mariées. Ce qui ramenait une nouvelle fois Tully à Caroline, qui l'avait quitté pour un autre.

Il secoua la tête pour chasser cette pensée parasite, puis s'enquit d'un ton neutre, en choisissant ses mots :

— Si Stucky a bien enlevé Tess McGowan et Mme Endicott, cela fait deux meurtres et deux rapts en l'espace d'une semaine. Cela vous semble possible pour un seul homme ?

— Difficile, mais réalisable. Il faudrait qu'il ait kidnappé Rachel Endicott dans la matinée de vendredi, qu'il soit revenu à Newburgh Heights pour voir Jessica me livrer la pizza, l'attirer dans la maison d'Archer Drive et la tuer dans la nuit de vendredi ou tôt le samedi matin.

— Ce n'est pas un peu beaucoup ?

— Pas pour Stucky.

— Et là, il apprend par un biais ou un autre que vous partez pour Kansas City. Il sait même où vous logez. Il vous suit, il vous surveille, vous voit avec Delaney, Turner et la serveuse...

— Rita.

— Rita, oui. Et cela, c'était le dimanche soir ?

— Passé minuit. Soit dans la nuit de dimanche à lundi. Si Delores Heston ne se trompe pas, Tess McGowan a fait visiter la maison d'Archer Drive le mercredi. Je vous concède que cela semble excessif, mais ne perdons pas de vue ce qu'il a fait dans le passé.

Evitant son regard, elle se remit à trier les photos.

— Etablir une chronologie n'a jamais été facile. Certains corps ont été découverts bien après que la victime était portée disparue. Souvent dans un état de décomposition si avancé qu'il devenait presque impossible de déterminer la date de la mort. Au printemps précédant sa capture, il nous a laissé deux cadavres de femmes dans des bennes à ordures, et nous estimions à cinq le nombre de celles qu'il avait enlevées pour sa collection. Tout cela en deux à trois semaines si l'on se reporte aux dates de disparition des victimes. Les cinq corps ont été découverts des mois après les événements. Tous ensemble, dans une même fosse. Ces femmes avaient été torturées et tuées à différents intervalles. D'après les examens, il semblerait qu'il ait donné la chasse à deux d'entre elles. Avec un arc et des flèches.

Tully reconnut la série de clichés Polaroïd que O'Dell venait d'étaler devant elle, des photos qui détaillaient les blessures d'une de ces cinq femmes, la seule dont le cadavre n'était pas encore décomposé ou dévoré par divers carnassiers.

— Il s'agit d'Helen Kreski, déclara O'Dell sans même vérifier le nom. Une des cinq disparues. Stucky l'a étranglée et criblée de coups de couteau ; il lui a arraché le mamelon gauche à coups de dents. Elle avait une fracture du bras droit et du poignet, et le reste d'une flèche brisée lui perçait le mollet.

La voix était calme. Trop calme. Comme résignée.

— Nous avons retrouvé de la terre dans ses poumons. Preuve qu'elle n'était pas morte quand il l'a enterrée.

— Ce type est malade.

— Agent Tully, il faut que nous l'arrêtions avant qu'il ne se réfugie dans je ne sais quel trou. Avant qu'il ne se cache quelque part pour jouer avec sa nouvelle collection.

— Et nous y arriverons, affirma Tully. Dès que nous saurons où il se terre.

Il s'éloigna de la table et consulta sa montre.

— Je dois partir à 11 heures. J'ai promis à ma fille de déjeuner avec elle.

O'Dell avait repris les rapports de Keith Ganza et relisait l'analyse des empreintes digitales pour la troisième fois. L'avait-elle seulement entendu ?

— Au fait, pourquoi ne vous joindriez-vous pas à nous ?

Elle leva les yeux, surprise par cette invitation.

— Je reste persuadé que ces empreintes ont été laissées par un précédent visiteur, remarqua-t-il en désignant les papiers qu'elle étudiait.

C'était aussi une manière de lui éviter tout embarras au cas où elle préférerait ignorer son offre.

— Il a tout essuyé dans la salle de bains, souligna-t-elle. Tout, sauf ces deux empreintes, complètes et parfaitement lisibles. Non. Il tenait à ce que nous les trouvions. Il a déjà fait le coup. C'est ainsi que nous l'avons finalement identifié.

Elle se frotta les yeux, comme si ce seul souvenir accroissait sa fatigue.

— A l'époque, nous ignorions qui était « Le Collectionneur ». A l'évidence, Stucky a estimé que nous mettions trop longtemps à le démasquer. Je crois qu'il nous a délibérément laissé une empreinte. La négligence était par trop flagrante. Il ne pouvait l'avoir fait que sciemment.

— En ce cas pourquoi aurait-il pris la peine de nettoyer ? En général, ce n'est pas son genre.

— Peut-être qu'il comptait réutiliser la maison.

— Avec Tess McGowan ?

— Oui.

— D'accord. Mais alors, pourquoi nous laisser des empreintes qui ne sont pas les siennes ? Comme sur la benne derrière la pizzeria, et sur le parapluie de Kansas City…

O'Dell marqua un temps d'hésitation, puis elle se décida :

— Keith n'a pas pu identifier ces empreintes à partir de la base de données, mais il est à peu près certain que ces trois jeux d'empreintes ont été laissés par la même personne.

— Vraiment ? Il en est sûr ? Parce que si tel est le cas, ces meurtres ne sont peut-être pas signés de Stucky.

Il l'observait, guettant une réaction, mais elle demeura impassible, aussi calme que sa voix lorsqu'elle déclara :

— Le meurtre de Jessica et celui de Rita à Kansas City sont très rapprochés. D'accord, je viens de dire que cela ne posait pas de problème à Stucky, mais la pénétration anale, dans le cas de Jessica, ne lui ressemble guère. Et puis, elle est beaucoup plus jeune que ses autres victimes.

— En clair, qu'est-ce que ça signifie, d'après vous ? Qu'il s'agit d'un imitateur ?

— Ou qu'il a un complice.

— Allons, cela ne tient pas debout !

Elle baissa le nez sur ses papiers. Visiblement, elle réfléchissait, doutait de sa propre théorie. Elle avait l'habitude de travailler seule, de tout penser par elle-même. Brusquement, Tully comprit que partager ainsi ses idées constituait une énorme preuve de confiance.

— Ecoutez, je sais que vous parlez sérieusement, mais pourquoi diable Stucky s'encombrerait-il d'un complice ? D'autant que ce n'est pas le style des tueurs en série.

En réponse, O'Dell tira d'une chemise des photocopies qui semblaient provenir de journaux. Elle les lui tendit.

— Vous vous souvenez que Cunningham a découvert le nom de Walker Harding, l'ancien associé de Stucky, sur la liste des réservations à l'aéroport ?

Tully hocha la tête, tout en feuilletant les papiers.

— Certains de ces articles remontent à dix ans, précisa O'Dell.

Ils étaient tirés de *Forbes*, du *Wall Street Journal*, de *PC World*, ainsi que de divers magazines et revues économiques. L'article de *Forbes* était illustré d'une photo. Malgré la mauvaise qualité de la reproduction, qui gommait les traits des deux hommes, ils auraient pu passer pour frères. Tous deux avaient les cheveux bruns, le visage étroit, anguleux. En dépit du grain de l'image, Tully reconnut le regard noir et perçant d'Albert Stucky. Le plus jeune souriait, mais les traits de Stucky demeuraient impassibles, sévères.

— Je présume que l'autre est ce fameux associé ?

— Absolument. Quelques articles soulignent les similitudes entre ces deux hommes et mentionnent la compétition à laquelle ils se livraient entre eux. Pourtant, il semblerait qu'ils aient rompu leur partenariat à l'amiable. Et je me demande s'ils ne seraient pas restés en contact. S'ils ne continueraient pas leur petite compétition sur un autre terrain.

— Pourquoi reprendre maintenant, après toutes ces années ? Pourquoi pas dès que Stucky a commencé ses jeux ?

O'Dell s'assit et remonta ses cheveux derrière ses oreilles. Elle semblait épuisée et avait attaqué son troisième Diet Pepsi de la matinée — boisson qui lui tenait lieu de café.

— Stucky a toujours été un solitaire, expliqua-t-elle. En dehors de ces articles, je n'ai pas mené de recherches particulières sur ce Harding, mais le fait que Stucky l'ait pris pour partenaire en affaires est en soi surprenant. Je viens d'y réfléchir, et je me dis qu'il existe peut-être un lien entre ces deux hommes, un lien puissant qui les unit, dont Stucky n'aurait pris conscience que récemment. Ou alors, il a eu besoin de son vieil ami pour une raison x ou y.

Tully agita la tête.

— Je n'y crois pas, O'Dell. Et vous savez comme moi, les statistiques le prouvent, que les tueurs en série ne s'encombrent pas de partenaires ni de complices. Ils agissent seuls.

— Stucky est loin de correspondre aux critères des statistiques. J'ai demandé à Keith de regarder si nous avions des empreintes digitales pour Harding. Si oui, nous verrons bien si ce sont les mêmes que celles retrouvées sur les lieux de nos crimes.

Tully parcourut rapidement les articles, jusqu'à ce qu'un détail retienne son attention.

— Il semblerait que votre théorie tombe à l'eau, O'Dell.

— Pardon ?

— Il y a une note au bas de l'article du *Wall Street Journal*. Nos deux bonshommes ont mis un terme à leur association quand Harding a eu des problèmes de santé.

— Oui, j'ai vu.

— Vous avez tout lu, jusqu'au bout ? La copie est un peu pâle en bas. Mais à moins qu'il ait trouvé un remède miracle, Walker Harding ne peut pas être le complice de Stucky. Il devenait aveugle.

49.

Dès que Tully fut parti rejoindre sa fille, Maggie se mit en devoir d'amasser autant de renseignements que possible sur Walker Harding. Rivée à l'écran de son ordinateur, elle fouillait les bases de données du FBI, lançait les moteurs de recherche sur Internet en quête de sites et de répertoires où son nom était mentionné. Après l'annonce qu'il se retirait des affaires pour raisons médicales quatre ans plus tôt, il avait virtuellement disparu. Et Keith Ganza avait peu de chances de retrouver ses empreintes. Pourtant, son instinct lui disait que Harding était resté en contact avec Stucky, qu'il l'aidait d'une manière ou d'une autre, continuait à travailler avec lui.

D'après le peu qu'elle avait lu, Harding était le cerveau de leur affaire, un génie de l'informatique. Stucky avait, quant à lui, endossé les risques financiers en investissant des centaines de milliers de dollars pris sur sa fortune personnelle — fortune qu'il se vantait d'avoir gagnée en un week-end à Atlantic City. Maggie nota d'ailleurs que le lancement de leur start-up et ces investissements étaient intervenus au cours de l'année où le père de Stucky avait trouvé la mort dans un accident inexpliqué. Pendant l'enquête de routine, on l'avait bien sûr interrogé, puisqu'il était seul légataire d'un héritage colossal en comparaison duquel les sommes investies faisaient figure d'argent de poche ; mais jamais on ne l'avait tenu pour suspect.

Apparemment, Harding vivait en reclus bien avant le début de leur aventure financière. Malgré le peu de détails disponibles sur son enfance, Maggie découvrit que, comme Stucky, il avait été élevé par un père tyrannique sans le soutien d'une mère. Un répertoire le donnait pour diplômé de MIT — le très réputé Massachusetts Institute of Technology, à Cambridge — en 1985, ce qui lui faisait environ trois ans de moins que Stucky. Sur les listings de l'Etat de Virginie, pas trace de certificat de mariage, de permis de conduire ou de titre de propriété au nom de Walker Harding. Maggie s'apprêtait à examiner les listings du Maryland quand Thea Johnson, de l'accueil, frappa à la porte ouverte de la pièce.

— Agent O'Dell, j'ai un coup de fil pour l'agent Tully. Je sais qu'il s'est absenté. Vous voulez prendre la communication ? Ça a l'air important.

— Je prends, bien sûr. Sur quelle ligne ?

— La cinq. C'est un inspecteur de Newburgh Heights. Je crois qu'il s'appelle Manx.

L'empressement de Maggie en prit un coup. Elle inspira pour se donner du courage, puis elle décrocha et enfonça la touche correpondant à la ligne.

— Bonjour, inspecteur Manx. L'agent Tully est sorti déjeuner. Nous travaillons ensemble. Agent Margaret O'Dell à l'appareil.

Pause au bout du fil. Soupir. Nouvelle pause, puis :

— Agent O'Dell, hein ? Vous avez débarqué comme un chien dans un jeu de quilles sur d'autres enquêtes criminelles, récemment ?

— Aussi bizarre que cela puisse paraître, inspecteur, au FBI, nous attendons rarement qu'on nous envoie le carton d'invitation.

Peu lui importait que ce rustre perçoive son agacement. S'il appelait Tully, il avait quelque chose pour eux. Que pouvait-il faire, de toute façon ? Se plaindre à Cunningham parce qu'elle n'était pas gentille avec lui ?

— Il rentre quand, Tully ?

Ah ! il voulait la jouer comme ça, ce macho ! Eh bien, il en serait quitte pour une déception.

— Au juste, je n'en sais trop rien. Il ne m'a pas donné d'heure. Il ne sera peut-être de retour que lundi matin.

Elle attendit patiemment la réaction. Elle l'imaginait, le front plissé, se passant nerveusement une main sur ses cheveux en brosse.

— Ecoutez, Tully m'a parlé hier soir de cette McGowan, de Newburgh Heights, qui est censée avoir disparu.

— Elle a disparu, inspecteur. Même si, à l'évidence, vous refusez d'admettre que des femmes disparaissent dans votre juridiction. Alors, de quoi s'agit-il ?

Elle prenait un malin plaisir à le bousculer. Ce n'était pas bien prudent, elle s'en rendait compte, et il était temps d'y mettre un frein.

— Il faut qu'il sache que nous sommes passés chez elle ce matin, pour vérifier, et que nous avons trouvé un type qui fouinait autour de la maison.

Maggie se redressa et serra le combiné.

— Pardon ?

— Le gars prétend être un ami qui s'inquiétait pour elle. Il avait ôté la moustiquaire d'une fenêtre, à l'arrière, et semblait sur le point d'entrer par effraction. Nous l'avons embarqué pour l'interroger. Je tenais à ce que Tully soit au courant.

— Vous ne l'avez pas encore relâché, j'espère ?

— Non. Les collègues le cuisinent toujours. Je crois qu'on lui a flanqué la trouille. Il a commencé par demander à appeler son avocat. De mon point de vue, il n'a pas la conscience tranquille.

— Ne le libérez pas avant que l'agent Tully et moi-même ayons eu une chance de lui parler. Nous serons sur place dans la demi-heure.

— Entendu. J'ai hâte de vous revoir, O'Dell.

Maggie raccrocha. Elle avait saisi sa veste et sortait déjà lorsqu'elle s'avisa qu'elle devrait sans doute prévenir Tully. Elle tâta sa poche. Son mobile y était. Elle l'appellerait en route. Et puis non, finalement. Se rendre au commissariat, ce n'était pas partir à l'aventure, ni enfreindre les ordres de Cunningham. Inutile de gâcher le déjeuner de l'agent Tully avec sa fille…

Du moins était-ce l'excuse qu'elle se donna. En réalité, elle tenait à aller vérifier cette histoire par elle-même, sans être accompagnée. Si Manx avait mis la main sur Albert Stucky — ou même Walker Harding —, elle le voulait pour elle seule.

50.

A mesure que le soleil montait, que la lumière éclairait la fosse, Tess put l'examiner à loisir. Quelle horreur ! Le crâne qui les fixait de ses yeux vides n'était pas le seul reste humain dans ce trou infernal. Blanchis par les intempéries, d'autres os dépassaient des parois et du sol boueux, pointant à des angles divers.

Tess crut d'abord qu'il s'agissait d'un ancien cimetière, ou peut-être d'une fosse commune remontant à quelque bataille de la guerre de Sécession. Puis elle découvrit un soutien-gorge noir, un escarpin en cuir dont le talon brisé émergeait de la boue. Objets récents, modernes, trop peu détériorés pour dater de plus de quelques semaines. Au pire, quelques mois.

On avait entassé de la terre dans un coin et, malgré la pluie, le monticule tout frais n'était pas encore tassé. Redoutant quelque nouvelle abomination, Tess le regardait avec méfiance et évitait de s'en approcher.

Le soleil était doux, mais ses rayons ne s'attarderaient guère dans leur tranchée. Elle tira précautionneusement l'inconnue dans la lumière pour qu'elle se réchauffe. La couverture de laine commençait à sécher. Tess l'étendit sur des pierres, laissant la femme nue, mais au chaud. A présent, elle s'était habituée à son odeur fétide et pouvait rester près d'elle sans avoir de haut-le-cœur. La malheureuse était couverte de ses propres excréments. Sans eau, il était hélas impossible de la nettoyer.

De l'eau. La bouche pâteuse et la gorge en feu, Tess se rendit compte à quel point elle avait soif. L'inconnue, elle, devait souffrir de déshydratation. Ses convulsions s'étaient calmées, cédant la place à de légers tremblements ; elle ne claquait plus des dents et sa respiration semblait presque normale. Sous la caresse du soleil, elle avait fermé les yeux, comme si elle avait décidé de se reposer enfin. Ou bien de se laisser mourir.

Assise sur une grosse branche cassée, Tess examina la fosse une fois de plus, persuadée qu'elle trouverait le moyen de les en sortir. A deux reprises déjà, elle s'était hissée jusqu'en haut de la paroi, avait regardé hors de ce trou, émue aux larmes de soulagement et de satisfaction. Mais elle était redescendue, prudemment, en veillant à ménager sa cheville enflée.

A la réflexion, cette fosse offrait une sécurité relative. Le fou qui l'avait enlevée, et auquel elle préférait ne pas penser, y avait sans doute jeté l'inconnue pour qu'elle y meure de ses blessures, de froid, de déshydratation. Il reviendrait, bien sûr, pour la recouvrir de terre, créer un second monticule. Lorsqu'il s'apercevrait que Tess s'était échappée de la cabane, il ne songerait peut-être pas à la chercher ici.

Elle n'avait évidemment pas l'intention de rester dans cette tombe. Elle s'y sentait enfermée, à l'étroit. Ce trou de malheur lui rappelait l'abri anti-tempête où son oncle et sa tante la confinaient pour la punir.

Enfant, la seule idée de passer une heure sous terre la terrorisait. Un jour, deux jours dans ce cachot représentaient un supplice tout simplement inimaginable. Aujourd'hui encore, elle se demandait quelles fautes elle avait pu commettre pour mériter un tel châtiment. Il fallait que sa tante ait raison, qu'elle ait été une enfant diabolique pour qu'on la traîne, hurlante, dans cette chambre de torture humide. Elle avait beau supplier, demander pardon et promettre de ne plus recommencer, jamais on n'avait pitié d'elle. Devant ce déchaînement, son oncle éclatait de rire et déclarait :

— Il n'y a pas d'excuse qui tienne.

Dans le noir, Tess priait le ciel pour que sa mère vienne la délivrer ; elle se répétait aussi les dernières paroles de sa mère, comme une formule magique : « Ne t'inquiète pas, Tessy, je reviens tout de suite. » Mais elle n'était jamais revenue, ne l'avait pas délivrée. Comment une mère pouvait-elle laisser un enfant entre les mains d'un couple aussi cruel ?

Avec l'âge, Tess était devenue plus forte que sa tante. Son oncle avait alors pris le relais ; il la punissait à sa manière, tard le soir, en venant dans sa chambre. Lorsqu'elle avait tenté de verrouiller sa porte, il avait tout simplement démonté le battant. De sorte que la pièce était ouverte en permanence et qu'il entrait comme bon lui semblait. Elle avait d'abord cru que ses cris alerteraient sa tante… pour découvrir qu'avec ou sans porte, celle-ci entendait tout et s'en souciait comme d'une guigne.

A quinze ans, Tess s'était enfuie pour chercher fortune à Washington D.C. Là, elle n'avait pas tardé à comprendre qu'elle pouvait gagner beaucoup d'argent en faisant ce que son oncle lui avait appris. Quinze ans, et elle couchait avec des députés, des sénateurs, des généraux bardés d'étoiles. Cela remontait à presque vingt ans, et elle commençait tout juste à s'en sortir, à se construire une nouvelle vie qui lui appartenait en propre. Pas question de mourir dans ce trou, pas maintenant. Pas dans une fosse perdue au fond des bois, où on ne la retrouverait jamais.

Se redressant, elle alla s'accroupir près de l'inconnue et posa doucement la main sur son épaule.

— Vous m'entendez ? Je m'appelle Tess. Je veux que vous sachiez que je ne vous abandonnerai pas. Je ne vous laisserai pas mourir ici.

Tess tira sa branche pour s'asseoir au soleil, près de la femme. Il lui fallait reposer sa cheville. Elle enfonça les orteils dans la boue. Malgré les vers de terre, le contact frais et humide apaisait les nombreuses égratignures de ses pieds.

De nouveau, elle examina les pierres et les racines qui dépassaient des parois, réfléchit au moyen de les sortir de là. Au moment où le découragement s'emparait d'elle devant l'impossibilité de cette tâche, la femme remua et dit sans rouvrir les yeux :

— Moi, c'est Rachel.

51.

Maggie ne savait pas trop ce qui l'attendait au poste de police. Néanmoins, elle imaginait mal Albert Stucky ou Walker Harding assez sots pour se laisser prendre par les flics de Newburgh Heights. Quand Manx l'introduisit dans la salle d'interrogatoire, elle tomba de haut en découvrant le beau garçon qui attendait là, et qui ressemblait davantage à un étudiant qu'au criminel endurci décrit par Manx, convaincu de sa culpabilité.

Incapable de réprimer sa bonne éducation, même dans cette situation, le jeune homme se leva à son arrivée.

— C'est un affreux malentendu, déclara-t-il, comme si elle était l'incarnation de la raison dans un océan de folie.

Il portait un pantalon de style militaire et un pull ras du cou, tenue que l'inspecteur Manx jugeait sans doute appropriée pour cambrioler les villas de Newburgh Heights.

— Assieds-toi, le môme ! aboya-t-il, comme si le malheureux s'apprêtait à bondir sur elle et l'agresser.

Contournant l'inspecteur, Maggie alla prendre place à la table, en face du jeune homme. Il se laissa tomber sur sa chaise et commença de se tordre les mains. Ses yeux allaient de Manx aux deux policiers en uniforme qui se trouvaient déjà dans la pièce. Quand son regard se posa sur elle, Maggie lui dit :

— Je suis l'agent spécial Margaret O'Dell, du FBI.

— Du FBI ? répéta-t-il, inquiet. Il est arrivé quelque chose à Tess, n'est-ce pas ?

— Vous avez sans doute tout expliqué à ces messieurs, mais j'aimerais savoir depuis quand vous connaissez Mlle McGowan, monsieur...

— Finley. Will Finley. J'ai rencontré Tess le week-end dernier.

— Le week-end dernier ? C'est une amitié récente, dans ce cas. Elle vous a fait visiter une propriété, peut-être ?

— Pardon ?

— Mlle McGowan est agent immobilier. Vous a-t-elle fait visiter une maison le week-end dernier ?

— Non. Nous avons fait connaissance dans un bar et nous avons... euh, passé la nuit ensemble.

Mentait-il ? Tess McGowan ne semblait pas être du genre à traîner les bars. Et puis, elles étaient du même âge, et Maggie ne l'imaginait pas s'intéresser à ce gamin monté en graine. A moins, bien sûr, qu'elle ait voulu se venger de son petit ami, ce monsieur qui fréquentait les clubs huppés et se croyait important. A la réflexion, Maggie ne l'imaginait pas davantage avec ce type que Tully lui avait décrit comme un crétin arrogant ou quelque chose d'approchant. Mais que savait-elle de cette femme ? Rien. Elle n'avait pas pris le temps de bavarder avec elle, de faire sa connaissance. Quoi qu'il en soit, Will Finley n'était pour rien dans sa disparition. De cela, elle était sûre. Une chance qu'elle n'ait pas arraché Tully à sa fille pour cette histoire.

— Qu'est-il arrivé à Tess ? s'enquit Will Finley, anxieux.

— C'est peut-être à toi de nous le dire, répliqua Manx.

— Pour la centième fois, je n'ai rien fait ! Je ne l'ai pas revue depuis lundi matin. Elle n'a pas répondu à mes messages, et je m'inquiétais.

Il se passa une main sur le visage. Il paraissait épuisé, et Maggie se demanda depuis combien d'heures ils l'interrogeaient.

A entendre les mêmes questions, sans cesse ressassées, enfermé dans la même pièce, assis dans une même position, Maggie savait d'expérience que les plus innocents étaient capables de craquer, d'avouer n'importe quoi.

— Will, nous ignorons s'il lui est ou non arrivé quelque chose, mais elle a disparu. Et j'espère que vous pourrez nous aider à la retrouver.

Il la dévisageait, soupçonneux, incrédule, craignant une ruse, un piège.

Contrairement à Manx, elle poursuivit avec autant de calme que de douceur :

— Vous souvenez-vous d'un détail, n'importe lequel, qui nous mettrait sur la voie ?

— Je ne sais pas... enfin... je ne la connais pas très bien.

— Assez pour la sauter, gronda Manx, dans son rôle de méchante brute.

Maggie l'ignora, mais le pauvre Will le regarda avec un air de chien battu, en se tordant les mains. La parfaite attitude de coupable. En un sens, Manx avait vu juste, et le jeune homme n'avait pas la conscience tranquille. Mais il se tracassait pour des raisons morales, à cause de cette liaison vaguement douteuse, et non pas parce qu'il avait commis un crime.

— Où avez-vous passé la nuit, tous les deux ? lui demanda-t-elle.

— Ecoutez, je connais mes droits. Rien ne m'oblige à répondre à vos questions.

Il se rebiffait, sur la défensive. Et quoi de plus naturel, puisque Manx le traitait en coupable ?

— Certes, rien ne vous y oblige. Mais vous souhaitez peut-être nous aider à la retrouver.

— Je ne vois pas en quoi cela vous aiderait de savoir ce que nous avons fait, où et comment.

— Hé, le gamin, tu t'es sauté une vieille, pas vrai ? Tu n'as pas envie de profiter de l'occasion pour partager ça avec nous ?

Maggie se leva et se tourna vers Manx en s'efforçant de réfréner son irritation.

— Inspecteur Manx, si cela ne vous ennuie pas, j'aimerais parler à M. Finley en privé.

— Je regrette, mais ça n'est pas une bonne idée.

— Pourquoi cela ?

Manx hésitait, se cherchait des raisons. Pour un peu, il semblait à Maggie qu'elle entendait grincer les rouages grippés et rouillés de sa cervelle.

— Eh bien... Ce ne serait pas prudent de vous laisser seuls. Question de sécurité.

— Je suis un agent du FBI expérimenté, inspecteur.

— Vous n'en avez pas la tenue, agent O'Dell, rétorqua-t-il en l'examinant de pied en cap.

— Disons que je suis prête à prendre le risque de rester seule avec M. Finley.

Elle regarda tour à tour les deux policiers en uniforme, puis ajouta :

— Messieurs, cette responsabilité n'engage que moi, vous m'en êtes témoins.

Manx hésita encore, puis finit par se décider. De la main, il congédia ses hommes et les suivit à regret — non sans avoir foudroyé Will Finley du regard avant de sortir.

Lorsque la porte se fut refermée, Maggie reporta son attention sur le jeune homme.

— Je le devrais, sans doute, mais je n'excuserai pas la conduite de l'inspecteur Manx, que je trouve personnellement inqualifiable.

Elle rejoignit sa chaise, s'assit avec un soupir et se frotta distraitement les yeux. Lorsqu'elle les releva sur Will, il souriait.

— Je viens de comprendre qui vous êtes.

— Pardon ?

— Nous avons un ami commun, vous et moi.

La porte se rouvrit. Maggie se leva d'un bond, prête à affronter l'inspecteur Manx. Mais c'était l'un de ses hommes, tout penaud et embarrassé.

— Excusez-moi, mais l'avocat du môme vient d'arriver. Il insiste pour le voir avant que vous procédiez à un nouvel interroga…

— Personne n'aurait dû l'interroger sans que son avocat soit présent ! coupa une voix masculine depuis le couloir.

Nick Morrelli écarta le policier et pénétra dans la pièce. Son regard croisa celui de Maggie, et sa colère tomba d'un coup, laissant la place à un sourire.

— Maggie ! Ça alors ! Tu ne crois pas qu'on devrait essayer de trouver d'autres moyens, pour se rencontrer ?

52.

Harvey accueillit Nick d'un grondement féroce en montrant les crocs. Maggie, qui l'avait prévenu, ne put s'empêcher de sourire de sa surprise.

— Je t'ai dit que j'avais mon garde du corps privé. Couché, Harvey. Brave chien.

Elle lui caressa affectueusement la tête, et il remua la queue avec enthousiasme.

— En fait, nous vivons temporairement ensemble, lui et moi. Harvey, je te présente Nick. Il fait partie des gentils, d'accord ?

Nick tendit timidement sa main à l'animal pour qu'il la sente. En l'espace de quelques secondes, Harvey décida que le nouveau venu méritait un traitement de faveur et enfouit le museau dans l'entrejambe de Nick pour le renifler. Maggie éclata de rire en tirant sur le collier de son compagnon à quatre pattes. Nick semblait plus amusé que gêné.

— A ce que je constate, tu lui as appris à vérifier tout un tas de choses.

Prise au dépourvu, Maggie se sentit rougir, et elle entraîna aussitôt Harvey dans le salon avec l'espoir de cacher son embarras.

— J'ai emménagé la semaine dernière, expliqua-t-elle. Je n'ai pas eu le temps de meubler et tout juste celui d'accrocher les stores hier soir.

Nick alla jusqu'à la véranda, contemplant le jardin.

— Superbe propriété, Maggie. A l'abri des regards et isolée. Est-elle bien protégée, au moins ?

Maggie leva les yeux du système d'alarme qu'elle était en train de reprogrammer.

— Je suis aussi protégée ici que je le serais ailleurs. Cunningham m'a placée sous surveillance constante. Tu as remarqué la camionnette de télévision, dans la rue ? Il prétend que c'est pour coincer Stucky, mais je sais que c'est pour assurer ma sécurité — enfin, essayer...

— Tu ne sembles pas très convaincue.

Elle déboutonna sa veste pour lui montrer son revolver.

— En ce moment, c'est la seule protection qui me paraisse convaincante.

— Mince, tu m'excites quand tu montres ton arme ! plaisanta-t-il en riant.

S'empourprant de nouveau, Maggie se détourna de lui. Son cœur battait trop vite. Et ce trouble... Dieu que c'était agaçant ! Avait-elle eu tort de l'inviter chez elle ? N'aurait-elle pas mieux fait de le renvoyer à Boston en compagnie de Will ?

— Je vais regarder si j'ai de quoi préparer à dîner. Ce sera frugal. Je n'ai guère que des produits de base.

Et elle battit en retraite vers la cuisine en se demandant comment elle réagirait s'il dépassait le stade du simple flirt. Saurait-elle garder la tête froide ?

— Cela t'ennuierait de sortir Harvey dans le jardin ?

— Non, pas du tout.

— La laisse est près de la porte. Appuie sur le bouton vert de l'alarme pour sortir.

Nick examina le panneau de commandes.

— Zut ! On se croirait dans un fort, ici. Tu sais te servir de tout ça ?

— Je n'ai pas vraiment le choix.

Il haussa les épaules, et leurs regards se croisèrent. Maggie comprit qu'il se sentait impuissant, qu'il aurait aimé pouvoir lui venir en aide.

— Ce sont les inconvénients du métier, Nick. Beaucoup de profilers habitent des résidences closes, avec personnel de gardiennage, ou des maisons disposant de systèmes d'alarmes sophistiqués. On finit par s'habituer à ne pas être dans l'annuaire, à s'assurer que son adresse ne figure dans aucun répertoire. C'est une composante de ma vie — celle que Greg ne supportait pas. Au fond, c'est peut-être insupportable. Personne ne devrait avoir à supporter cela.

Nick mit le collier au chien, qui lui lécha la main.

— Greg est un imbécile, qui ne sait pas ce qu'il perd. En un sens, tant mieux pour moi…

Il lui sourit, pressa le bouton vert, et se laissa entraîner dans le jardin par Harvey, qui tirait sur sa laisse.

Maggie les suivit des yeux. Pourquoi ce corps mince et souple, ce sourire creusé d'adorables fossettes, éveillaient-ils en elle des émotions qu'elle n'avait plus éprouvées depuis des années ? N'était-ce qu'une simple attirance physique ? Une réaction hormonale, et rien de plus ?

Lorsqu'ils s'étaient rencontrés l'automne dernier à Platte City, Nick était un shérif prétentieux et macho, doté d'une solide réputation de séducteur. Elle s'était irritée de lui trouver du charme, d'être troublée par son physique d'athlète et ses yeux bleu de ciel. Mais au cours de cette semaine aussi terrible qu'épuisante, elle avait découvert en lui un homme tendre et sensible qui tenait sincèrement à bien faire.

Avant son départ, il lui avait avoué qu'il l'aimait. Elle avait attribué cette déclaration à la confusion émotionnelle générée par la crise, le stress et la proximité constante. Puis, à Kansas City, il lui avait dit qu'il l'aimait toujours. Il la savait maintenant en instance de divorce, et elle s'interrogeait sur ses intentions. Tenait-il sérieusement à elle, ou n'était-elle pour lui qu'une aventure de plus, un nom à ajouter sur la liste de ses conquêtes ?

Peu importait. Elle n'avait pas d'énergie à gâcher en vaines supputations. Il lui fallait rester concentrée sur son enquête, se fier à sa raison, à son instinct, mettre son cœur entre parenthèses. Plus important encore, elle ne voulait pas s'attacher à une personne dont Albert Stucky pouvait la priver en un clin d'œil.

Les paroles de Gwen qui, la veille au soir, avait suggéré que Stucky pourrait s'en prendre à elle ne la quittaient plus. Sans doute n'y avait-il pas de raison véritable de s'inquiéter pour Gwen. Stucky ne s'attaquait qu'à des femmes qu'elle connaissait à peine, afin que ses meurtres restent imprévisibles. Ils étaient tous d'accord sur la question. Mais Maggie ne laissait entrer que peu de gens dans sa vie. Gwen attribuait cette réserve au fait qu'elle ne s'était pas remise de la mort de son père ; elle se rendait inaccessible à ses collègues et amis par peur de l'intimité. Combien de fois ne lui avait-elle pas répété à propos de son prétendu « détachement professionnel » :

— Si tu ne laisses personne entrer dans ta vie, personne ne te fera souffrir, c'est sûr. Mais on ne t'aimera pas non plus.

Nick et Harvey revenaient. Le chien portait fièrement dans sa gueule l'os qu'elle lui avait acheté. Quand il l'avait emporté dehors pour l'enterrer, elle avait cru qu'il n'en voulait pas ; mais apparemment, le trou tout frais creusé sous le cornouiller était une cachette pour ses réserves. Elle avait beaucoup à apprendre sur son nouveau compagnon.

Dès que Nick eut détaché l'animal, celui-ci se précipita à l'étage.

— Il a l'air bien déterminé, ton chien, remarqua Nick.

— Il va se poser dans un coin de la chambre et ronger ce truc pendant des heures.

— Vous faites une paire d'amis, tous les deux, à ce qu'il semble.

— Amis, mon œil ! Dès qu'on aura retrouvé sa maîtresse, cette brute épaisse retournera chez sa maman.

Elle se tenait ce discours, tout en sachant qu'elle se sentirait affreusement trahie le jour où Rachel Endicott frapperait à sa porte et que le chien lui ferait la fête sans un remords, sans un regard pour elle. Cette seule idée lui fendait le cœur. Enfin, pas tout à fait. Mais elle lui causait un petit pincement douloureux, tout de même.

Preuve qu'avec tout son bagage psychologique, Gwen ne comprenait rien à rien. Il suffisait de laisser quelqu'un approcher de soi, y compris un gros bêta de chien, pour s'exposer à souffrir le martyre. Elle se protégeait, donc. Dans son existence compliquée, c'était même l'une des rares choses dont elle pouvait se protéger efficacement ; sur lesquelles elle avait encore une mesure de contrôle.

Calé contre le comptoir de la cuisine, Nick l'observait, un nuage d'inquiétude dans ses yeux bleus.

— Ça va, Maggie ?

— Ça va.

— Hmm. J'ai une idée.

Il s'avança vers elle sans cesser de la regarder, puis ajouta :

— Si je m'occupais de toi, ce soir ?

Ses doigts lui effleurèrent la joue. Un courant électrique, familier, la traversa à ce seul contact. Elle ne savait que trop ce qu'il entendait par là.

— Non, Nick, je ne peux pas, protesta-t-elle faiblement.

Déjà, le souffle de Nick lui caressait ses cheveux. Ses lèvres suivirent le chemin dessiné par ses doigts, passèrent d'une joue à l'autre, se posèrent sur les paupières de Maggie, légères, délicates, puis sur son front. Elle avait chaud, soudain, son cœur battait trop vite, trop fort.

— Nick, non, murmura-t-elle encore.

Le sang battait à ses oreilles. Elle ne s'entendait plus penser. Ne pensait plus droit, de toute façon. Plutôt que de se laisser emporter par les caresses de Nick, elle se concentrait sur l'angle du comptoir qui lui meurtrissait le dos, comme si ce désagrément pouvait l'ancrer dans la réalité, l'empêcher de perdre la tête.

Enfin, les baisers de Nick cessèrent. Leurs regards se rencontrèrent, restèrent pris l'un dans l'autre. Dieu qu'il serait facile de se noyer dans ces yeux bleus comme des mers tièdes ! Ses mains lui massaient les épaules, s'égaraient dans l'échancrure de son corsage pour frôler sa gorge, dénouer les tensions de sa nuque.

— J'aimerais te faire du bien, Maggie.

— Nick, je ne peux pas, répéta-t-elle à contrecœur.

Nick sourit, effleura de nouveau sa joue, puis inspira profondément et dit :

— Je sais. Je sais que tu n'es pas prête, que c'est trop tôt après Greg.

Il semblait résigné, mais pas déçu — comme s'il s'attendait à essuyer un refus. En tout cas, il comprenait. A l'évidence mieux qu'elle.

— C'était si facile avec Greg...

Aïe ! songea-t-elle aussitôt. Elle avait gaffé. Et il accusait le coup.

— Parce qu'avec moi, c'est difficile ?

—Avec toi, c'est...

La caresse des doigts de Nick la déconcentrait ; elle respirait avec peine, haletait presque. Pourquoi cherchait-il à la faire changer d'avis ? Se rendait-il compte qu'il s'en faudrait d'un rien pour qu'elle cède ?

— Avec toi, c'est si intense que j'ai peur.

Voilà. C'était dit.

— Parce que tu as peur de t'abandonner, de perdre tout contrôle, murmura-t-il en plongeant les yeux dans les siens.

— Tu me connais trop bien, Morrelli.

— Ecoute, Maggie, quand tu sera prête — et je dis bien « quand », pas « si » — quand tu seras prête, donc, je te laisserai contrôler tout ce que tu voudras. Mais ce soir, je souhaite m'occuper de toi, te cajoler pour que tu te sentes bien.

Le trouble de Maggie redoubla ; elle en avait le vertige.

— Nick, je...

— Pour commencer, je pensais préparer à dîner.

Aussitôt, elle se détendit, soupira et sourit.

— J'ignorais que tu cuisinais.

— Je sais faire tout un tas de choses que tu ignores encore. Mais je te montrerai, c'est promis.

Et il lui rendit son sourire, doublé d'un clin d'œil complice.

53.

Maggie avait peine à le croire : sa cuisine embaumait d'odeurs alléchantes, au point que Harvey lui-même avait délaissé son os pour descendre y renifler de plus près.

Devant la cuisinière, Nick remuait une cuillère en bois dans une casserole de sauce tomate.

— Où diable as-tu appris à cuisiner comme ça ?

— Hé, yé souis italien, moi ! s'exclama-t-il avec un faux accent. Mais surtout, pas un mot à Christine, d'accord ?

— Pourquoi ? Tu as peur de gâcher ta réputation de macho ?

— Non. Je tiens à ce qu'elle continue de m'inviter à dîner.

Maggie désigna la planche de bois et l'ail qu'elle venait de hacher en fines lamelles.

— Regarde. Il y en a assez ?

— Voyons… Non, encore une gousse.

— Comment vont Christine et Timmy ?

Au cours de son bref séjour dans le Nebraska, Maggie s'était attachée à la sœur de Nick et à son neveu.

— Ils vont bien. Très bien, même. Bruce a pris un appartement à Platte City. La vie de famille, ça se mérite. Avant de l'autoriser à rentrer au foyer, elle tient à s'assurer qu'il ne court plus les jupons.

Il lui tendit la cuillère en bois.

— Goûte pour voir s'il manque quelque chose.

Maggie lécha la sauce.

— Un peu de sel. Et de l'ail, tu as raison.

— Raconte-moi ce que tu sais sur cette Tess dont Will est fou ? Tu as une idée de ce qu'il lui est arrivé ?

Délicate question. Par où commencer ? Devait-elle tout lui confier, ou pas ? D'autant qu'elle n'avait rien de concret, juste une poignée d'hypothèses, de la spéculation pure.

Elle l'observa tandis qu'il versait du sel dans le creux de sa paume et fermait le poing pour le saupoudrer sur la sauce qui mijotait à feu doux. Il paraissait aussi à l'aise dans sa cuisine que s'il lui préparait des repas depuis des années. C'était troublant. Harvey le suivait partout, comme s'il voyait en Nick le nouveau maître des lieux.

— Tess était mon agent immobilier. Elle m'a vendu cette maison et, une semaine plus tard, elle a disparu.

Elle attendit une réaction. Tirerait-il spontanément les mêmes conclusions qu'elle ? Etait-ce une évidence pour d'autres que pour elle ?

Il vint la rejoindre près du comptoir central, où elle hachait l'ail, perchée sur un tabouret. Il leur versa du vin, en but une gorgée.

— Et tu penses que Stucky l'a tuée, déclara-t-il d'un ton posé, de façon directe.

— Oui. Et s'il ne l'a pas tuée, elle doit le regretter à l'heure qu'il est.

Elle évitait son regard, se concentrait sur sa tâche. L'idée que Stucky avait enlevé Tess McGowan pour se livrer sur elle à ses jeux pervers et à ses tortures lui était insupportable. Quand elle se rendit compte qu'elle se vengeait sur l'ail à coups de couteau hargneux, elle s'arrêta net. Et laissa retomber la colère. Elle tendit à Nick la planche à découper. Dieu merci, il la prit sans relever le fait que ses mains tremblaient. Sitôt l'ail dans la sauce, une nouvelle odeur emplit la cuisine.

— Will m'a dit avoir vu une voiture devant chez elle quand il l'a quittée pour rentrer à Boston.

— Manx a fait procéder aux vérifications d'usage. Le numéro d'immatriculation renvoie à Daniel Kassenbaum, le petit ami officiel de Tess.

Sur ce point au moins, cet ours mal léché d'inspecteur avait accepté de coopérer avec Maggie.

— Le petit ami, hein ? On l'a interrogé ?

— Mon collègue lui a parlé brièvement. Manx a promis de le questionner plus en détail.

— S'il a vu Will sortir de chez Tess ce matin-là, il doit l'avoir mauvaise. Stucky n'est peut-être pour rien dans cette disparition.

— Je ne crois pas que ce soit si simple, Nick. Il semblerait que le petit ami se fiche éperdument que Tess se soit évaporée ou qu'elle le trompe. De toute façon, mon intuition me souffle que Stucky est là-dessous.

Le mobile de Maggie se mit à sonner. Elle fouilla les poches de sa veste, sur le tabouret voisin, et finit par le trouver.

— Ici l'agent O'Dell.

— Tully à l'appareil, agent O'Dell.

Bon sang, elle l'avait complètement oublié ! Elle ne l'avait pas contacté et n'avait pas même pensé à laisser un message...

— Ah ! agent Tully.

Avant qu'elle n'ait le temps de formuler une excuse, il reprit :

— Nous avons un nouveau cadavre.

54.

En apprenant que le cadavre n'avait pas été trouvé à Newburgh Heights, Tully avait d'abord éprouvé du soulagement. L'appel était venu d'une patrouille de l'Etat de Virginie. Au téléphone, le policier lui avait expliqué qu'un camionneur regagnait son véhicule avec le reste d'un repas commencé au comptoir d'un petit café, losrqu'il s'était aperçu que le carton fuyait comme une passoire. Ce qu'il pensait être son hamburger frites dégoulinait de sang.

Tully se souvenait de l'aire de repos destinée aux chauffeurs routiers, un peu au nord de Stafford, en retrait de la nationale 95. Mais lorsqu'il s'arrêta sur le parking du café, il prit soudain conscience que l'agent O'Dell passait très certainement devant en rentrant de Quantico. C'en fut terminé du soulagement. Même si le cadavre n'était pas celui de Tess McGowan, O'Dell serait sans doute en mesure d'identifier le corps.

En voyant les régies mobiles et les projecteurs des chaînes de télévision, il jura dans sa barbe. Jusqu'ici, ils avaient échappé aux vautours des médias. Seules les petites chaînes locales s'étaient intéressées aux meurtres ; mais cette fois, les chaînes nationales étaient présentes en force. Un groupe de journalistes, avec micros et caméras, s'agglutinait autour d'un géant barbu, probablement le camionneur.

Dieu merci, les hommes de la patrouille avaient eu le bon sens de confisquer le carton contenant les reliefs de repas et d'interdire le périmètre à l'arrière du café — périmètre à l'intérieur duquel se trouvait, le long d'un grillage, une grande benne à ordures métallique haute de près de deux mètres. Comment Stucky s'y était-il pris pour jeter un cadavre dedans — un exploit en soi — sans se faire remarquer, alors que le café et la station-service étaient ouverts vingt-quatre heures sur vingt-quatre et sept jours sur sept ?

Tully montra son badge aux deux flics en uniforme qui maintenaient la meute de médias derrière les barrières et la bande jaune du périmètre de sécurité. L'inspecteur du comté de Stafford, que Tully avait rencontré à l'arrière de la pizzeria, était déjà sur place et dirigeait les opérations. Impossible de se souvenir de son nom, bien sûr. Dès que l'homme l'aperçut, il lui fit signe de le rejoindre.

— Elle est toujours dans la benne. Doc Holmes est en route. Nous réfléchissons au moyen de la sortir de là.

— Comment l'avez-vous découverte ?

L'inspecteur tira d'une poche un étui de chewing-gums, en débarrassa un de son emballage et le mit dans sa bouche. Il avait déjà rangé le paquet lorsqu'il s'avisa qu'il avait omis d'en offrir à Tully. Sa main replongea dans la poche, mais Tully déclina du geste. Il n'avait pas le cœur à manger, pas même à mâchouiller de la gomme.

— Sans le carton-repas qu'il nous a laissé, on n'aurait probablement jamais retrouvé la fille.

Heurté par la désinvolture du policier, Tully grimaça tandis que l'autre poursuivait dans la même veine :

— En tout cas, pas avant que la voirie vide le monstre — et encore. Vous savez, ces gros trucs, ça contient des tonnes de saloperies. Et personne ne serait venu se plaindre de l'odeur vu que, de toute façon, ça pue. Enfin, cette fois, il semblerait bien que notre gus reprenne du service…

— Cela y ressemble, en effet.

— Je travaillais à Boston, la dernière fois.

Avec son accent, il n'avait pas besoin de préciser ses origines bostoniennes. Tout en parlant, il gardait un œil sur les journalistes, le long du ruban jaune. Tully se doutait déjà que peu de choses lui échappaient. Sans rien savoir de lui, il le trouvait sympathique. Ce qui n'avait aucune importance, car l'inspecteur ne semblait guère s'inquiéter de l'opinion des autres. Et cela aussi, Tully appréciait.

— Oui, je me rappelle. Ils avaient retrouvé le corps d'une conseillère municipale dans les bois. Les traces de morsures, la peau arrachée, des entailles dans des endroits qui ne sont pas faits pour ça.

— Ce Stucky est un tordu de première, c'est sûr.

Tully revit les photos de sa fameuse « collection », que Maggie avait étalée sur la table de conférence. A croire qu'une meute de loups affamés avait déchiqueté les corps pour les abandonner aux vautours.

— Il ne jouait pas à un petit jeu pervers avec un de vos agents, à l'époque ? interrogea l'inspecteur. Il me semble avoir lu quelque part qu'il la harcelait, lui envoyait des notes, des trucs…

— C'est exact.

— Qu'est devenu cet agent ?

— Si je ne m'abuse, c'est sa voiture rouge qui vient d'arriver sur le parking.

— Sans blague ? Elle travaille toujours sur l'enquête ?

— Elle n'a pas vraiment le choix.

— Merde ! Elle a des couilles.

— Façon de parler, oui. Je pense que l'agent O'Dell sera en mesure d'identifier la victime pour nous.

Tully regarda sa collègue approcher. Son badge lui ouvrait le passage, mais les hommes se retournaient pour la suivre des yeux. Dans la police comme au Bureau, il avait déjà travaillé avec de jolies femmes mais, contrairement à la plupart, Maggie n'éprouvait pas de gêne, ne se rengorgeait pas et semblait oublieuse des réactions qu'elle suscitait.

Lorsqu'elle les eut rejoints, il remarqua qu'en guise de sac à main, elle portait une sacoche noire. Aïe ! Ils n'étaient pas censés toucher au corps tant que le médecin légiste n'était pas sur les lieux. Il espérait que l'agent O'Dell n'insisterait pas pour prendre des initiatives.

— Inspecteur..., commença Tully.

Et comme il ne se souvenait toujours pas de son nom, il enchaîna après une brève hésitation :

— ... voici l'agent spécial Maggie O'Dell.

Elle tendit la main à l'inspecteur, dont le visage sévère s'adoucit aussitôt.

— Sam Rosen, se présenta-t-il en souriant.

— Bonsoir, inspecteur.

— Je vous en prie, appelez-moi Sam.

Tully se retint de lever les yeux au ciel.

— Sam — puisque c'est Sam – travaille dans les services du shérif du comté. Il était sur les lieux du meurtre de la livreuse... Jessica Beckwith.

— La victime est toujours dans la benne ? demanda Maggie.

A l'évidence, elle tentait de réfréner son besoin d'action sans y parvenir. Déjà, elle tirait des gants de latex de sa sacoche.

— Nous attendons le Dr Holmes…

— Y aurait-il moyen que je jette un coup d'œil sur le corps, si je ne touche à rien ?

— On ferait peut-être mieux d'attendre, dit Tully.

Il s'inquiétait de la voir ronger son frein. Elle examinait la benne plus haute qu'elle, pressée d'identifier la victime.

— Comment vous y êtes-vous pris pour regarder là-dedans ? demanda-t-elle à Rosen.

— Nous avons amené la voiture de patrouille le long de ce truc, et Davis est grimpé sur le toit pour prendre des photos Polaroïd. Vous voulez que j'aille vous les chercher ?

A la grande surprise de Tully, Sam semblait prêt à faire tout ce que O'Dell lui demanderait. Et plus curieux encore, celle-ci ne s'en rendait apparemment pas compte.

— Si cela ne vous ennuie pas, Sam, vous pourriez ramener la voiture le long de la benne ?

Finalement si, elle s'en rendait compte. Et sans hésiter une seconde, l'inspecteur Rosen héla l'un de ses hommes qui surveillait le groupe de journalistes, puis il les quitta pour rejoindre le policier à mi-parcours et lui donner ses ordres avec force gestes à l'appui.

— Ce n'est peut-être pas elle, dit Tully à Maggie, convaincu qu'elle pensait trouver l'agent immobilier au milieu des ordures.

— Je tiens à participer à l'autopsie. Vous pensez que nous pourrons convaincre le Dr Holmes de la pratiquer ce soir même ?

Elle évitait son regard, gardant les yeux fixés sur Rosen. C'était la première fois qu'elle lui demandait quelque chose, et il sentait que cela n'était pas facile pour elle.

— Nous insisterons, promit-il.

Elle hocha la tête, suivit du regard la voiture de patrouille qui approchait et se rangeait le long de la grande benne de métal. Tully l'entendit prendre une longue inspiration, puis elle posa sa sacoche et les gants qu'elle en avait sortis. L'inspecteur Rosen l'attendait près du véhicule pour l'aider à grimper, mais elle déclina l'offre, ôta ses chaussures et se hissa sans effort sur la malle arrière, puis sur le toit du véhicule.

— Quelqu'un aurait une torche électrique ? lança-elle de son perchoir.

L'un des policiers venus regarder ce qui se passait se précipita pour lui tendre la sienne. De là-haut, elle avait une vue plongeante sur le contenu de la benne, qu'elle balaya consciencieusement de son faisceau lumineux en prenant tout son temps. Tully, qui l'observait, comprit que, faute de pouvoir toucher, elle examinait tout dans le moindre détail. A ses traits impassibles, il n'aurait su dire si la victime était Tess McGowan ou pas.

Enfin, elle redescendit, rendit la lampe, et cogna à la vitre de la voiture pour remercier le chauffeur. Après quoi, elle renfila ses chaussures.

— Alors ? s'enquit Tully, à l'affût d'une réaction.

— Ce n'est pas Tess McGowan.

Il soupira, soulagé.

— Cela me rassure un peu.

— Pas moi.

A la lumière du réverbère, il voyait maintenant qu'elle était tendue, anxieuse. La fatigue brouillait son regard.

— Ce n'est pas Tess, mais je la connais.

Tully sentit son estomac se nouer. Il préférait ne pas imaginer ce qu'éprouvait O'Dell.

— Qui est-ce ?

— Elle s'appelle Hannah. C'est la vendeuse de chez Shep's Liquor Mart qui m'a aidée à choisir une bouteille de vin, hier soir.

Elle se passa une main sur le visage. Ses doigts tremblaient un peu.

— Il faut vraiment que nous en finissions avec ce salopard, déclara-t-elle.

Et Tully s'aperçut que sa voix ordinairement si calme tremblait aussi.

55.

A mesure que la lumière déclinait, que les ombres s'allongeaient et se faisaient plus noires, Tess sentit l'angoisse la gagner. Elle s'efforçait d'ignorer la petite voix qui l'enjoignait de sortir de ce trou et de s'enfuir, n'importe où, le plus loin possible de cette fosse infernale, avec ses os brisés, ses restes de corps mutilés, ses âmes en perdition.

Assise près de la femme qui disait s'appeler Rachel, elle l'observait, écoutait son souffle irrégulier. Bientôt, il ferait noir, elle n'y verrait plus rien. Mais sous sa couverture, sa compagne d'infortune serait un peu protégée des éléments.

Pourquoi était-elle revenue ? Pourquoi n'était-elle pas revenue pour de bon ? Elle savait que, ne fût-ce que pour Rachel, elle devait trouver de l'aide au plus vite. Hélas ! l'après-midi passé à errer dans les bois lui avait appris qu'il n'y avait pas de secours à portée de main ni de voix. Elle avait eu des difficultés à retrouver son chemin, malgré les pommes de pin qu'elle semait derrière elle ; à présent, elle se demandait si elle n'aurait pas mieux fait de continuer ses explorations et si, en regagnant la fosse, elle n'avait pas signé son arrêt de mort… Pourtant, elle ne pouvait se résoudre à abandonner cette femme. Par générosité ? Par égoïsme, plutôt. Car elle se sentait incapable de passer une nuit seule dans la forêt.

Tess avait réussi à rapporter de l'eau dans la chaussure de cuir qu'elle avait déterrée. Rachel devait avoir soif, mais elle y avait tout juste trempé ses lèvres enflées, laissant dégouliner le liquide le long de son menton meurtri.

Elle ne parlait plus guère depuis qu'elle avait dit son prénom ; elle se contentait de répondre par oui ou par non aux questions de Tess et restait le plus souvent silencieuse, comme pour économiser le peu de forces qui lui restaient. Tess avait remarqué que sa respiration s'était altérée, était devenue sifflante, laborieuse. Elle avait de la fièvre, aussi ; des spasmes violents la secouaient pendant de longues périodes sans qu'il soit possible de la soulager.

Après avoir étudié leur prison, examiné chaque pierre, chaque racine, chaque trou de la paroi, Tess s'était rendue à l'évidence : jamais elle ne parviendrait à hisser Rachel hors de ce trou. Et tout le repos du monde ne suffirait pas à guérir les blessures de la malheureuse.

Résignée, Tess s'adossa au mur de terre. Peu lui importait à présent qu'il s'effrite dans son cou. Elle ferma les yeux pour tenter de penser à des choses agréables. Etant donné sa vie, le stock était limité et, très vite, le souvenir de Will affleura. Elle revit son visage, son corps, ses mains ; elle entendit sa voix, retrouva les sensations de ses caresses — douces et tendres malgré l'ardeur de son désir. Comme s'il éprouvait plus que du plaisir, cherchait à partager avec elle une émotion profonde. Comme si elle comptait vraiment.

Dans toute sa vaste expérience avec les hommes, jamais elle n'avait songé à associer le sexe à l'amour. Oh ! Elle savait que les deux étaient censément liés, mais cela relevait pour elle de la théorie pure. Même avec Daniel, elle n'éprouvait rien qui ressemblât à de l'amour. En bref, elle n'attendait pas de miracle. Et le miracle s'était produit. Peut-être.

Elle ne connaissait pas Will Finley. Pouvait-on sérieusement aimer un inconnu ? Un étranger , avec qui on avait une aventure d'un soir ? Etait-il donc si différent de tous ces hommes auxquels elle s'était livrée ? Ici, au fond de ce trou, il lui était inutile de se mentir à elle-même. En vérité, sa nuit avec Will Finley se détachait de toutes les autres. Elle n'avait rien de commun, rien de vulgaire ni de sale. Tess ne souillerait pas le seul souvenir qu'elle eût d'une tendresse proche de l'amour. Certainement pas ici, pas maintenant qu'elle en avait besoin. Elle s'efforça de tout revivre — le contact de ses lèvres, de ses mains expertes, de son corps ferme et souple ; elle se rappela ses soupirs, ses paroles murmurées, son énergie et sa chaleur.

Pendant un temps, ces pensées l'éloignèrent de sa prison, l'élevèrent au-dessus de la boue, de l'odeur infecte de putréfaction. Elle crut même un moment qu'elle pourrait s'endormir. Et soudain, prenant conscience du silence, elle retint son souffle et tendit l'oreille. Rien. Pas un bruit. Le choc lui fit l'effet d'une douche d'eau glacée, dont le froid s'insinuait en elle. La peur s'empara d'elle. Elle se mit à trembler de tous ses membres, s'enveloppa de ses bras pour se bercer, se réconforter.

— Oh ! mon Dieu ! Mon Dieu, non ! Ce n'est pas possible, répétait-elle comme une litanie.

Lorsque enfin elle parvint à se calmer un peu, elle écouta de nouveau, avec l'espoir qu'elle s'était trompée. Peine perdue. Le silence ne mentait pas. Rachel était bien morte.

Alors, Tess se roula en boule sur la terre humide, et s'autorisa une chose qu'elle ne s'était pas autorisée depuis l'enfance. Elle pleura sans retenue, laissa libre cours à ses sanglots, à des années de souffrance refoulée qui s'échappaient de son corps, secoué de spasmes qu'elle ne contrôlait plus. Ses plaintes, montant du plus profond d'elle-même, déchiraient la nuit et le silence. Il n'y avait aucun moyen de les arrêter de les réprimer, et elle s'y abandonna.

56.

Devant la table métallique, Maggie regardait le Dr Holmes inciser avec précision le torse de la morte. En blouse, les mains couvertes de gants de latex, elle se retenait de participer ; elle attendait qu'il lui demande de l'aide, réfrénant son impatience quand il s'attardait sur sa tâche sans nécessité. D'autant qu'elle lui était reconnaissante d'avoir accepté de pratiquer l'autopsie un samedi soir.

Jusqu'ici, il l'avait autorisée à exécuter de menus travaux — prendre les mesures du corps, effectuer des prélèvements de cheveux, de salive, de sécrétions, racler sous les ongles de la victime. A en juger par ses multiples hématomes, Hannah s'était débattue comme une diablesse, et le bleu qui s'étendait de sa hanche à sa cuisse suggérait une chute dans l'escalier au cours de la lutte.

Tout en observant le Dr Holmes, Maggie imaginait le meurtre brutal, étape par étape, à partir des indices fournis par le corps. Hannah avait griffé son agresseur, comme Jessica, mais elle avait réussi à lui arracher un peu de peau. Pourquoi n'avait-elle pas bénéficié d'une mort rapide ? Pourquoi ne l'avait-il pas ligotée pour la violer et l'égorger, comme il l'avait fait pour Jessica et Rita ? Sa résistance aurait-elle pris Stucky de cours ?

Maggie brûlait d'envie de remonter ses manches. Elle transpirait sous le tablier de plastique. Quelle chaleur ! N'était-il pas possible d'améliorer la ventilation ?

Sinistre à souhait avec ses murs gris sans fenêtre, ses comptoirs de Formica d'un jaune terne, et cette odeur envahissante de désinfectant, la morgue du comté était plus spacieuse qu'elle ne l'aurait cru. Au-dessus de la table, les néons trop bas leur effleuraient le crâne lorsqu'ils se redressaient. Habitué à l'installation, le Dr Holmes baissait machinalement la tête lorsqu'il s'approchait des lampes, malgré sa petite taille.

Grâce à sa formation, Maggie avait pratiqué de nombreuses autopsies, participé à beaucoup d'autres, et acquis par l'expérience le détachement nécessaire à ce genre d'exercice. Ce soir, pourtant, elle avait de la peine à prendre ses distances avec le corps de la jeune femme étendu sur la table. Sans doute la fatigue, le stress émotionnel lié à cette affaire. En tout cas, elle avait trop chaud ; elle étouffait dans ce local aveugle. La tension qui nouait sa nuque et ses épaules s'étendait progressivement à tout son dos.

Depuis qu'elle avait reconnu la victime, elle se sentait responsable de sa mort. Si elle s'était abstenue de lui demander conseil pour choisir un vin, la malheureuse serait encore en vie. Cette pensée était inutile, négative, elle ne menait à rien, mais elle tournait en boucle dans sa tête sans qu'elle puisse s'en défaire. Bien sûr, c'était exactement le but visé par Stucky. La culpabiliser, la déstabiliser. Et il réussissait ! Cette nouvelle pensée négative ne fit qu'attiser sa rage, son désir de vengeance. Elle brûlait de lui mettre une balle entre les yeux. Et cette colère à peine contrôlable l'effrayait davantage encore que les jeux pervers auxquels Stucky la soumettait.

— Elle n'est pas morte depuis très longtemps.

La voix du Dr Holmes ramena Maggie à la réalité de l'instant.

— D'après sa température, le décès remonte à moins de vingt-quatre heures.

Elle le savait déjà, mais le médecin ne parlait pas pour elle : il enregistrait ses impressions et conclusions sur le magnétophone placé près d'eux.

— Aucun signe de *rigor mortis*. Elle a donc été tuée ailleurs et transportée où nous l'avons trouvée dans les deux ou trois heures.

Le ton était ferme, neutre. Maggie appréciait cela. La révérence exagérée d'autres médecins légistes l'exaspérait. Pour elle, une autopsie était une intervention de nature scientifique. La personne était morte et l'âme envolée depuis longtemps quand on étudiait le corps étendu sur la table en métal. A ce stade, le mieux qu'on pouvait faire au nom de la victime, c'était trouver au plus vite des indices permettant d'arrêter le tueur pour l'empêcher de recommencer. Hélas ! Hannah ne leur révélerait pas la cachette d'Albert Stucky.

— J'ai entendu dire que vous aviez hérité du chien…

Maggie s'avisa avec un temps de retard que le Dr Holmes s'adressait à elle, plus au magnétophone. Comme elle ne répondait pas, il leva la tête et lui sourit.

— Il m'a eu l'air d'un brave chien. Et c'est un rude gaillard pour survivre à ses blessures.

— Effectivement.

Comment avait-elle pu oublier Harvey de la sorte ? Quelle piètre maîtresse elle faisait ! Au fond, Greg ne s'y était pas trompé : elle n'avait de place dans sa vie pour personne, pas même un animal.

— Ce qui me rappelle que je devrais passer un coup de fil, dit-elle. Vous avez un téléphone, ici ?

— Sur le mur, là-bas, dans le coin.

Il lui fallut un instant de réflexion pour se souvenir de son nouveau numéro. Avant de le composer, elle ôta ses gants de latex, essuya son front moite sur la manche de sa blouse d'emprunt, puis décrocha le combiné, qui sentait lui aussi le désinfectant. Elle tapa les chiffres, écouta les sonneries. Elle aurait dû penser à appeler plus tôt ! Il était déjà 22 h 30 ! Si Nick était parti furieux, elle ne s'en étonnerait pas.

Enfin il répondit :

— Allô, oui ?

— Allô, Nick, c'est Maggie.

— Tu tiens le coup ?

Il s'inquiétait pour elle. Aucune trace de colère dans sa voix. Sans doute avait-elle tort d'imaginer qu'il pouvait réagir comme Greg.

— Ça va. Ce n'était pas Tess.

— Tu me rassures. Will en serait devenu fou.

— Je suis à la morgue du comté pour l'autopsie.

Silence. Et toujours pas d'explosion de colère.

— Excuse-moi, Nick, je suis vraiment désolée.

— Ne t'en fais donc pas.

— J'en ai encore pour près de deux heures.

Nouveau silence.

— Je regrette d'avoir gâché la soirée... et ton dîner.

— Ce n'est pas ta faute, Maggie. Urgence professionnelle, tu n'y peux rien. Harvey et moi avons mangé sans toi. Mais nous t'avons laissé ta part. Ça se réchauffe bien au micro-ondes.

Il était très compréhensif — trop, même —, et Maggie ne savait que lui répondre.

— Maggie ? Tu es toujours là ? Tu es sûre que tu vas bien ?

— Je suis vannée. Et je regrette de ne pas avoir pu dîner avec toi.

— Moi aussi. Veux-tu que je reste avec Harvey jusqu'à ton retour ?

— Je ne peux pas te demander ça, Nick. Je ne sais même pas à quelle heure je vais rentrer.

— J'ai toujours un sac de couchage dans le coffre de ma voiture. Cela te gêne si je campe chez toi pour la nuit ?

Pour une raison ou une autre, l'idée que Nick Morrelli reste dormir dans sa grande maison vide lui apportait un immense réconfort.

Se méprenant sur son silence, il s'empressa d'ajouter :

— J'ai parlé trop vite. Ce n'est peut-être pas une très bonne idée.

— Au contraire. Harvey en sera ravi.

Et voilà, elle détournait la balle, bottait en touche pour ne rien révéler de ce qu'elle ressentait. Cela devenait une habitude...

— Et j'en serai ravie aussi.

Voilà. C'était dit.

— Sois prudente, sur la route.

— Pas de problème. Oh ! et… Nick ?

— Oui ?

— N'oublie pas de reprogrammer l'alarme après avoir sorti le chien. Et il y a un Glock calibre 40 dans le dernier tiroir de la commode. Pense à tirer les stores. Si tu as besoin de...

— Ne te tracasse pas pour moi, je me débrouillerai, coupa Nick. Veille seulement à prendre soin de toi, d'accord ?

— Entendu.

— Je te verrai à ton retour.

Elle raccrocha, s'adossa au mur et ferma les yeux, soudain accablée de fatigue. Il lui fallait se reprendre, résister à l'envie de partir sur-le-champ pour rentrer chez elle et se réfugier entre les bras de Nick devant un bon feu de cheminée. Elle se souvenait encore de ce que l'on éprouvait, alors. Elle s'était endormie ainsi, une nuit — une seule. C'était cinq mois plus tôt. Nick l'avait rassurée, réconfortée, avait tenté de la protéger de ses cauchemars, et il y avait réussi pendant quelques heures. Malheureusement, Nick Morrelli ne pouvait rien contre Albert Stucky. Lequel, à présent, l'accompagnait partout, où qu'elle aille.

Elle regarda la table en acier sur laquelle reposait le corps féminin à présent ouvert. Le Dr Homes en ôtait les organes un à un, il les pesait et les mesurait, tel un boucher qui prépare sa viande. Remontant une mèche de cheveux derrière son oreille, Maggie enfila une paire de gants propres et alla le rejoindre.

— Pas facile d'avoir une vie à soi dans ce métier, hein ? remarqua-t-il, tout en continuant à ciseler et découper.

— On ne souhaiterait pas cela à un chien. Pauvre Harvey ! Je ne suis jamais là.

— En tout cas, il est mieux chez vous. A ce que j'ai cru comprendre, Sidney Endicott est un abruti fini. Je ne serais pas surpris qu'il ait tué sa femme et enseveli le corps dans un endroit que nous ne retrouverons jamais.

— C'est dans cette direction que s'oriente l'enquête de Manx ?

— Aucune idée. Jetez donc un œil sur le tissu musculaire, par ici.

Maggie ne prêta pas grande attention à la zone qu'il lui désignait ; elle se demandait si le médecin légiste était conscient que ce qu'il venait de dire était enregistré. Et s'il avait raison ? Si Stucky n'avait pas enlevé Rachel Endicott. Si c'était le mari le coupable ? Non. Ce serait trop facile. Brusquement, elle s'aperçut que le Dr Holmes la fixait par-dessus ses lunettes à double foyer, qui avaient glissé au bout de son nez.

— Excusez-moi, j'étais distraite. Qu'est-ce que j'étais censée regarder ?

Il lui montra de nouveau l'endroit critique. Aussitôt, Tess vit des traces d'hémorragie dans le tissu musculaire. La colère s'empara d'elle.

— Pour que le sang se répande dans le muscle à ce point, commença le médecin, cela signifie...

— Je sais, coupa-t-elle. Cela signifie qu'elle était encore en vie quand il a commencé à la charcuter.

Il acquiesça d'un hochement de tête et reprit son travail, ligaturant les artères à mesure qu'il avançait, pour que les embaumeurs puissent faire leur travail. Puis, ayant libéré le cœur, il le prit précautionneusement dans ses mains et le déposa sur la balance.

— Le cœur semble en bon état. Il pèse 270 grammes.

Tandis qu'il plongeait l'organe dans un bocal de formol, Maggie s'obligea à examiner de plus près l'incision que Stucky avait pratiquée. Elle pouvait en admirer l'invraisemblable précision, à présent qu'elle voyait l'intérieur du corps. Il avait prélevé l'utérus et les ovaires de sa victime avec l'expertise d'un chirurgien.

Organes que contenait l'emballage en carton de fast-food qui trônait sur un plan de travail, près de l'évier.

Le Dr Holmes suivit son regard, alla se laver les mains et rapporta l'objet, qu'il posa près de ses instruments. Il achevait d'en soulever le couvercle quand la sonnerie de l'interphone fit sursauter Maggie.

— C'est sans doute l'inspecteur Rosen, indiqua le médecin. Il m'a dit qu'il passerait s'il trouvait quelque chose.

Otant ses gants, Holmes se dirigea vers la porte.

— Une minute ! lança Maggie, stupéfaite qu'il puisse ouvrir ainsi, sans vérification. Etes-vous sûr que c'est lui ? Il n'est pas un peu tard ?

Le médecin légiste s'arrêta pour la regarder par-dessus son épaule.

— Sûr et certain. Au cas où vous ne l'auriez pas remarqué, je crois que Rosen en pince pour vous.

— Pardon ?

— La preuve. Vous n'y avez vu que du feu.

Il sourit puis, sans plus de précaution, tira le verrou et ouvrit le battant.

— Bonsoir, Sam.

— 'Soir, Doc.

Les yeux de l'inspecteur allèrent droit à Maggie, sans se préoccuper du cadavre. Il brandissait deux sachets de plastique qui contenaient des échantillons de terre.

— Agent O'Dell, je crois que nous avons là quelque chose d'intéressant.

Après ce que le Dr Holmes venait de lui dire, Maggie se demanda si Rosen avait vraiment découvert un indice, ou s'il avait sauté sur le premier prétexte pour justifier sa visite. C'était ridicule ! Elle devenait paranoïaque, se méfiait de tout et tout le monde. Là encore, Greg avait raison : elle ne faisait plus confiance à personne.

L'inspecteur lui tendit l'un des sachets au-dessus de la table d'autopsie et, cette fois, il regarda le corps, avec un naturel confondant. A l'évidence, il en avait vu d'autres. Preuve qu'il n'avait pas passé toute sa carrière dans un poste de police de comté.

Maggie prit le sachet, en inspecta le contenu à la lumière et reconnut aussitôt la terre avec ses paillettes dorées et argentées qui brillaient sous le néon.

— Où avez-vous déniché cela ?

— Sur le côté de la benne, près du grillage. Il y a là comme des marches métalliques, une sorte d'escabeau. Nous y avons trouvé des empreintes boueuses, de bottes ou de chaussures. J'imagine que c'est là-dessus qu'il a grimpé pour jeter le cadavre dans les ordures. Personne ne pouvait le voir, c'est à l'opposé du parking.

Visiblement, Rosen était très fier de sa trouvaille.

— Avez-vous montré cela à l'agent Tully ?

— Non, pas encore. Mais je pense que ça devrait nous conduire à la cachette de notre gus…

Maggie attendit qu'il s'explique, mais il était distrait par le contenu sanguinolent du carton repas qu'examinait le Dr Holmes.

— Inspecteur Rosen, en quoi pensez-vous que nous tenons une piste ? insista-t-elle.

— D'abord, c'est de la boue.

Il annonçait cette évidence comme s'il venait de découvrir un secret vital. Maggie resta sans réaction. Voyant qu'elle ne percevait pas l'importance cruciale du détail, il développa :

— Il n'a pas plu ici depuis longtemps. Les nuages crèvent au large ou sur la côte, mais pas dans le coin.

Impatiente, Maggie pianotait sur la table et ne commentait toujours pas. Alors, il ouvrit son sachet, prit une pincée de terre entre le pouce et l'index pour la lui montrer.

— Regardez. C'est de la glaise bien grasse, collante. Elle sent même un peu le moisi. Nous n'avons pas cela, par chez nous.

Elle aurait pu mettre un terme à son numéro de super flic en lui révélant qu'elle avait déjà vu cette même terre et que le labo l'avait analysée, mais elle le laissa poursuivre.

— Deux de nos gars qui ont vécu ici toute leur vie affirment n'avoir jamais rien vu de tel. Regardez comme c'est curieux, ces morceaux de roche rouge, et ces paillettes qui brillent… Bizarre, non ? A croire que c'est fait par l'homme.

Enfin, elle se décida :

— Nous avons trouvé des traces d'une terre semblable sur deux autres lieux, inspecteur Rosen. Seulement...

— Sam.

— Pardon ?

— Appelez-moi Sam.

Agacée, Maggie releva une mèche humide qui lui tombait sur le front. Le Dr Holmes avait-il raison ? Rosen… enfin, Sam ne cherchait-il qu'à l'impressionner ?

— Nous avons analysé ce truc, Sam, lui dit-elle. Il peut provenir d'un site industriel désaffecté. Plusieurs de nos hommes effectuent des recherches en ce sens.

— Eh bien, je peux peut-être vous faire gagner du temps.

Elle le dévisagea, exaspérée par son sourire triomphant.

— Je crois savoir d'où sort cette boue. Je suis allé pêcher, il y a une quinzaine, dans un petit coin qui se trouve à environ quatre-vingts kilomètres d'ici. Je devais y retrouver un ami, mais je ne connais pas bien la région, et je me suis perdu au beau milieu des bois. Personne, pas de maisons, rien. Quand j'ai fini par rentrer chez moi, mes bottes étaient couvertes de glaise comme celle-ci. J'ai mis deux heures à les nettoyer. Et je me demandais bien ce que c'était que ces paillettes.

A présent, il avait toute son attention. Les battements de son cœur s'étaient accélérés. Le lieu qu'il décrivait ferait une cachette idéale pour Stucky. L'inspecteur Rosen avait vu juste : ils tenaient peut-être une vraie piste.

— Eh bien, j'espère que vous avez le bon filon, déclara le Dr Holmes en levant le nez de son carton d'organes. Ce type est une ordure de première. M'est avis que cette malheureuse lui a tout avoué dans l'espoir d'éveiller en lui un reste d'humanité.

Maggie regarda le médecin s'éponger le front de ses mains gantées couvertes de sang. Il fallait qu'il soit troublé pour perdre ainsi son calme professionnel.

— Vous avez découvert quelque chose ?

— Ce n'est sans doute pas par hasard si ce salopard a choisi de prélever l'utérus.

Il s'écarta de la table et secoua la tête.

— Cette femme était enceinte.

57.

Sitôt établi le fait que Hannah Messinger avait été enlevée dans le débit de spiritueux local, l'inspecteur Rosen avait appelé le poste de police de Newburgh Heights pour les avertir. Alors que l'agent O'Dell partait avec le médecin légiste pour assister à l'autopsie, l'inspecteur était resté sur les lieux où avait été retrouvé le corps, en quête d'indices. Tully, quant à lui, avait pris le parti d'aller rejoindre l'inspecteur Manx et ses hommes. A la manière dont cet idiot imbu de lui-même traînait les pieds sur l'affaire McGowan, il fallait quelqu'un de sérieux à son côté pour veiller au grain, si jamais la moindre preuve se révélait.

En attendant qu'un des agents de Manx ouvre la porte de service du magasin, Tully se demandait s'il n'avait pas arraché l'inspecteur à quelque boîte de nuit. Il portait un ample pantalon de coton noir, une veste orange et une cravate turquoise ornée de petits dauphins. Sa coupe en brosse accentuait sa mâchoire carrée et ses traits à la serpe. Mais peut-être les femmes le trouvaient-elles attirant dans le genre brute épaisse… A vrai dire, il n'avait plus aucune idée de ce qui plaisait aux femmes.

D'où il se tenait, dans le passage, Tully reconnut l'arrière de la pizzeria Mama Mia. Une benne flambant neuve avait remplacé celle dans laquelle ils avaient découvert le corps de Jessica Beckwith. A l'évidence, le propriétaire tenait à effacer tout souvenir du meurtre ; il aurait une mauvaise surprise en apprenant qu'une autre jeune femme avait été assassinée à quelques boutiques de la sienne.

L'agent du FBI frissonna et remonta son col de veste pour se protéger de la fraîcheur nocturne. En vain. Ce n'était pas l'air ambiant, mais l'image de la jolie livreuse morte et nue parmi les ordures qui lui glaçait le sang. Et cette image lui faisait immanquablement penser à Emma, pour laquelle il s'inquiétait. Comment faire comprendre à sa fille rebelle qu'il ne s'opposait pas à ses désirs par pure méchanceté, mais veillait par prudence sur sa sécurité ? Non que l'adolescente se soucie beaucoup des explications. D'ailleurs, elle ne lui adressait plus la parole depuis qu'il lui avait interdit de se rendre au bal du collège avec Josh Reynolds.

La voix de Manx le tira de ses réflexions :

— Nous avons tenté de joindre le proprio. Il est en déplacement et ne rentrera que demain en fin de journée. Sa femme m'a dit que Hannah Messinger s'occupait de tout en son absence.

Tully fouilla sa poche et chaussa ses lunettes. Le policier s'échinait toujours sur la serrure. Le malheureux aurait fait un piètre cambrioleur. Enfin, quelque chose céda, et le battant s'ouvrit tandis que la poignée tombait à terre.

A tâtons, Manx trouva le commutateur électrique. Aussitôt, l'arrière-boutique s'éclaira, et les néons du magasin s'allumèrent l'un après l'autre. Tout paraissait en ordre. La caisse enregistreuse était éteinte, le tiroir verrouillé. En devanture, l'écriteau affichait « Fermé ». Pas le moindre signe d'effraction ou de lutte.

— Il l'aura chopée pendant qu'elle rejoignait sa voiture, remarqua Manx en se grattant la tête.

Un policier partit examiner la ruelle tandis que les autres fouillaient l'arrière-boutique.

— Rosen m'a mis au courant, pour O'Dell.

Tully s'interrompit pour regarder l'inspecteur. Son visage de dogue s'était radouci. Il devenait humain, presque compatissant.

— A présent, vous comprenez sans doute pourquoi elle s'inquiète tant de la disparition de Tess McGowan.

— Non seulement cela, mais je pense qu'il y a tout lieu de rouvrir le dossier Endicott.

Manx marqua une pause stratégique avant d'annoncer :

— J'ai des photocopies de tous les documents pour vous dans ma voiture.

De sa part, il s'agissait d'une concession majeure.

— Inspecteur ? lança alors un policier depuis l'arrière-boutique. Il y a une cave à vin en sous-sol. Vous devriez venir jeter un œil.

Tully emboîta le pas de Manx. Ils s'engagèrent dans l'étroit escalier, à peine éclairé par une ampoule nue. Mais Tully n'avait pas besoin d'y voir plus clair pour savoir qu'ils venaient de trouver le lieu du meurtre. Il n'avait pas descendu quatre marches que l'odeur du sang assaillit ses narines. Aussitôt, son estomac se noua. La nausée menaçait à l'idée du spectacle qui l'attendait en bas. Il n'était pas prêt ; il ne s'y ferait sans doute jamais...

58.

Il ne parvenait pas à croire qu'elle se soit échappée, qu'elle ait réussi à ouvrir la porte aussi facilement. Et cependant, il n'éprouvait aucune déception. Il se réjouissait au contraire du défi qu'elle lui lançait et, malgré sa fatigue, le plaisir de la chasse l'emplissait déjà d'impatience.

Ses lunettes de vision nocturne ne lui étaient d'aucun secours. Enfin, si : elles lui permettaient de voir. Mais il n'y avait rien à voir. Où diable cette petite salope était-elle passée ? Il avait eu tort de la laisser aussi longtemps sans surveillance. La faute en incombait à la jolie brunette qui l'avait distrait. Elle s'était montrée aussi serviable qu'envers l'agent Maggie, prenant tout son temps pour l'aider à choisir une bonne bouteille, alors même qu'elle s'apprêtait à fermer et avait déjà retourné l'écriteau lorsqu'il s'était précipité dans la boutique. Charmante jeune personne, qui lui avait aimablement proposé un vin blanc italien bien sec pour sa soirée de fête — une fête dont elle ignorait alors être le plat de résistance.

Hélas ! ce petit détour l'avait épuisé. Il aurait dû prendre sa récompense et abandonner le cadavre dans la cave du magasin. Les efforts superflus lui avaient donné des courbatures. Et voilà qu'à présent, les lignes rouges entravaient sa vision, comme cela arrivait de plus en plus fréquemment. A moins que ses lunettes de nuit ne soient défectueuses. Sa vue ne s'était tout de même pas dégradée à ce point en l'espace d'une semaine ? L'idée de devenir dépendant le hérissait. Mais il ferait le nécessaire pour atteindre son but, pour terminer le jeu avant qu'il ne soit trop tard.

Il errait au hasard à travers les bois sombres, irrité que ses pieds buttent sans cesse sur des racines ou dérapent sur la boue. Il était tombé une fois. Une seule. Oh ! elle n'avait pas pu aller bien loin. Elles restaient toutes à proximité de la cabane ; elles y revenaient parfois, effrayées par la nuit, désireuses de s'abriter du froid et de la pluie. Ces chiennes étaient aussi stupides et naïves les unes que les autres. Elles suivaient toutes le même chemin dans l'espoir que le vieux sentier les conduirait vers la liberté. Sans imaginer qu'il pouvait les entraîner dans un nouveau piège.

Force lui était de reconnaître que Tess McGowan s'était bien cachée. Mais cela n'aurait qu'un temps. Il connaissait ces bois comme sa poche. Elle n'en sortirait pas, à moins de se résoudre à nager. Curieux, songea-t-il en ajustant le réglage de ses lunettes. Aucune d'elles ne s'y était risquée — bien peu en avaient eu l'occasion, à vrai dire. Tess, elle, avait eu de la chance qu'il s'attarde en route ; de la chance d'avoir trouvé le moyen de s'évader. En toute logique, il devrait lui en vouloir, mais tant de talent l'excitait. Rien ne le réjouissait plus que ce genre de défi. La victoire finale n'en serait que plus douce. Quel plaisir il aurait quand enfin il briserait la rétive, la posséderait corps et âme !

En gravissant la pente, il se prit à espérer qu'elle ne s'était pas rompu les os en tombant dans une faille. Ce serait vraiment dommage. Un beau gâchis. Car il comptait se venger sur elle de la déception que lui avait causée Rachel. En voilà une qui n'avait pas tenu ses promesses. Une jolie petite allumeuse tant qu'elle le croyait simple employé du téléphone et s'imaginait le tenir à sa merci. Elle qui paraissait si vive, si pleine d'énergie, elle s'était mise à geindre comme une gamine tandis qu'il la baisait. En un clin d'œil, sa combativité s'était évaporée. Pire encore, elle n'avait pas résisté une demi-heure quand il l'avait relâchée dans les bois. Vraiment minable.

Il s'aida des lianes et des plantes grimpantes pour se hisser jusqu'à la crête. De là-haut, il verrait sur une bonne distance. Mais il ne vit rien. Pas trace d'une masse de chaleur dans ses lunettes. Où diable se terrait-elle ?

Il glissa les doigts sous les deux tubes porte-oculaire pour se frotter les yeux. Plus que de punir Tess McGowan en la tringlant comme un malade, il avait peut-être besoin de sommeil. Une léthargie familière envahissait son corps. Il serait doublement déçu s'il n'était pas en mesure de... de la sauter. Un échec trop cuisant pour en prendre le risque. Inutile de se gâcher le plaisir de la chasse. Il reprendrait sa traque demain matin, dès l'aube, quand il aurait refait le plein de vitalité. Le temps était venu pour lui de rentrer.

Il passa la corde enroulée à son épaule, reprit son arbalète et s'en retourna en songeant qu'il ouvrirait peut-être cette bouteille de vin italien dont Hannah lui avait promis qu'il s'en délecterait.

59.

Maggie avait l'esprit brumeux et le corps engourdi. C'était à peine si elle parvenait à garder les yeux ouverts. En s'engageant dans l'allée de sa propriété, elle s'aperçut qu'elle était rentrée chez elle en pilote automatique. Elle ne se rappelait plus avoir quitté la nationale pour la route 6, avec ses précipices et ses virages en épingles à cheveux. Un miracle qu'elle soit arrivée jusqu'à chez elle dans ce brouillard mental !

Nick avait laissé la lumière allumée à l'extérieur. Elle s'arrêta le long de sa vieille Jeep couverte de poussière dont la seule vue lui procurait un immense réconfort. A présent, elle ne regrettait plus de s'être laissé convaincre par l'inspecteur Rosen d'attendre le lendemain. Il fallait qu'elle soit folle pour vouloir se lancer en pleine nuit sur les traces de Stucky dans des bois inconnus — surtout dans son présent état de lassitude. Et pourtant, une heure plus tôt, cela semblait raisonnable. Elle était prête à organiser sur-le-champ une attaque surprise, oubliant que sa dernière tentative pour piéger Stucky s'était retournée contre elle. Décidément, cet homme la privait de tout bon sens avec une facilité confondante.

Ils n'en auraient sans doute jamais la preuve, mais elle était certaine que le Dr Holmes avait raison en affirmant que Hannah avait tenté de marchander avec le tueur, de susciter sa pitié. Maggie pouvait entendre ses suppliques. Dans sa tête, la bande son se mettait en marche sans prévenir et sans qu'il soit possible de l'arrêter.

Hannah avait d'abord supplié Stucky pour elle-même puis, voyant que le monstre restait de marbre, elle avait plaidé pour son enfant à naître. Sans aucun doute, il en avait ri. Il se fichait bien du bébé. Mais elle avait continué de l'implorer, sans relâche. Etait-ce pour cela qu'il avait entrepris de l'inciser alors qu'elle était encore en vie ? Avait-il tenté de lui montrer le fœtus ? L'exploit semblait digne de lui, à ajouter à la liste des horreurs qu'il avait commises. Cela paraissait grotesque, excessif, inconcevable. Mais Albert Stucky ne reculait devant rien.

En s'efforçant de chasser les images de sa tête, Maggie ouvrit la porte le plus doucement possible. Il y avait bien longtemps qu'elle ne s'encombrait plus de ces précautions. Des mois qu'elle rentrait dans une maison vide, sans lumière, sans personne qui l'attende. Bien avant que Greg et elle ne commencent à s'éviter, leurs absences respectives faisaient qu'ils se croisaient rarement. Depuis quelques années, ils partageaient un lieu et se laissaient des messages. Du moins, dans les débuts. Car les mêmes messages avaient fini par disparaître. Seuls, les cartons de lait vide dans le réfrigérateur et le linge sale dans le panier signalaient le passage de l'un ou l'autre.

L'alarme sonna une fois, le temps que Maggie tape le code. Presque aussitôt, la truffe froide de Harvey lui renifla la main, puis la lécha. Elle gratifia le chien d'une caresse.

Depuis l'entrée, elle vit le salon baigné par le clair de lune. Nick n'avait pas tiré les stores, ce dont elle lui sut gré. Elle aimait la magie de cette lumière bleutée. Etendu à même le sol, à demi recouvert par son sac de couchage, il dormait, torse nu, les bras croisés. Le spectacle de son corps ferme, abandonné, eut sur elle un effet électrisant. Alors même qu'elle se croyait vidée au point de ne plus rien ressentir, un trouble familier s'était emparé d'elle.

Après avoir déposé sa sacoche, elle ôta sa veste. Elle se défaisait de son holster quand elle entendit un froissement de tissu. Harvey était retourné sur le sac de couchage, la tête sur les jambes de Nick.

— Ne fais pas trop comme chez toi, murmura-t-elle au chien.

— Il est un peu tard pour ce genre de consigne, dit Nick en se redressant sur un coude.

Elle lui sourit.

— Ce n'est pas à toi que j'en ai. Je m'adressais à Harvey.

— Ah ! Je préfère ça.

Il se frotta le visage, passa la main dans ses cheveux courts en désordre. Maggie eut envie de les lisser, d'y enfouir les doigts, d'effleurer sa joue, de suivre la ligne de sa mâchoire...

— Ça va ? Tu tiens le choc ?

— Franchement, Nick, je n'en sais rien. Ça ne va pas bien fort.

Elle s'adossa au mur et ferma les paupières. Ne plus voir le regard vide de la vendeuse morte. Ne plus voir ce fœtus rabougri dans l'utérus de sa mère.

— Viens donc nous rejoindre, proposa Nick.

Et il souleva le duvet, laissant entrevoir un slip moulant et des cuisses musclées qui attisèrent le désir de Maggie. Surprise, elle se sentit rougir. Elle savait pourtant qu'il n'avait pas d'intentions cachées et l'invitait simplement à se lover contre lui.

Voyant qu'elle hésitait, il ajouta :

— C'est toi qui décides de tout, je te le promets.

Décidément, cet homme lisait dans ses pensées. Etait-elle donc si prévisible ?

Mais peu importait. Elle avait tant besoin de se changer les idées, d'oublier un moment sa fatigue, ses tensions, ses nerfs à vif et ce sentiment chronique de baigner dans le cauchemar. Elle ne se rappelait plus avoir eu chaud au cœur ni s'être sentie en sûreté depuis des années lumières. Ce soir, dans la cuisine, avant le coup de fil fatal, la présence de Nick lui avait rappelé à quel point, ces dernières années, le désir et la passion lui étaient devenus étrangers. Ironiquement, c'était avec Nick qu'elle avait retrouvé ces émotions intactes, lorsqu'ils étaient ensemble dans le Nebraska.

Sans un mot, elle ôta ses chaussures et entreprit de dégrafer son pantalon. Leurs regards se croisèrent. Il semblait surpris. Une question flottait dans ses yeux bleus, comme s'il ne savait trop à quoi s'attendre. Elle n'en avait elle-même aucune idée.

Gardant sa chemise et son slip, elle se glissa auprès de lui. Harvey se leva, fit trois tours sur lui-même avant de se laisser choir près de Nick. Ils ne purent s'empêcher d'en rire.

A présent, ils étaient face à face, tous deux calés sur un coude. Nick la regardait, mais ne la touchait pas. Elle comprit que, comme promis, il lui laissait l'initiative, curieux sans doute de ce qu'elle allait faire. Du bout des doigts, elle effleura sa joue, sa barbe naissante, s'attarda sur ses lèvres, suivit de l'index la cicatrice blanche de son menton, descendit jusqu'à sa gorge. Elle le vit déglutir. Il se contenait. Sans quitter ses prunelles, elle caressa les muscles de son torse, glissa jusqu'à son ventre plat et ferme. Son souffle se faisait haletant. Et lorsqu'elle posa la main sur la protubérance de son slip, il lui souffla dans un soupir :

— Mince, si j'avais su...

Elle le fit taire d'un baiser tandis que sa main s'insinuait sous l'élastique. Aussitôt, il frissonna et posséda sa bouche avec ardeur. Elle se sentit vibrer tout entière, se pressa contre lui et quitta ses lèvres pour son oreille ; de la pointe de la langue, elle en caressa le contour avant de murmurer :

— S'il te plaît, Nick, ne te retiens pas.

Il gémissait maintenant sous sa caresse, se tendait, serrait les dents. Quelques instants plus tard, il étouffa un cri et libéra sa semence dans une série de spasmes, puis roula sur le dos, le souffle saccadé, les yeux clos. Maggie vibrait, électrisée, sans autre stimulation que le plaisir de Nick. Par quel phénomène cet homme la comblait-il sans même la toucher ? Jamais elle ne s'était sentie plus vivante, plus sensuelle, plus heureuse qu'en cet instant. Et pourtant, elle se contentait de le regarder.

Son souffle s'apaisait. Il avait croisé les mains sous sa nuque et la sueur perlait à son front. Il souleva les paupières, sonda ses yeux comme pour lire ses pensées, deviner ses intentions, puis son regard alla vers le chien qui s'était retiré sous la véranda.

— A ton avis, c'est pour nous laisser seuls, ou il en a assez qu'on le dérange ?

Sans lui répondre, elle sourit et se recala sur le coude pour mieux le contempler. Pourquoi n'était-elle plus épuisée, à présent ?

Nick tendit la main vers ses cheveux, remonta une mèche vagabonde, puis il lui effleura la joue. Elle ferma les yeux, se concentra sur les sensations délicieuses qui se répandaient par tout son corps. Il était si proche d'elle qu'elle sentait son souffle tiède sur son cou et cependant, il ne faisait rien pour accroître le contact. Sa main glissa lentement, s'insinua dans l'échancrure de sa chemise, entreprit de la déboutonner. Il hésitait à chaque bouton, lui donnait le temps de protester. Au lieu de quoi, elle s'étendit sur le dos, offerte. Il poursuivit avec la même lenteur. L'attention était délicate, mais elle ne contrôlait plus rien, brûlait d'ardeur sous cette tendre torture.

Alors, les lèvres de Nick prirent le relais. Il la couvrit de baisers en achevant de dégrafer sa chemise. Ses lèvres descendaient le long de sa gorge, sa langue caressait la pointe d'un sein avant de poursuivre son chemin. Et brusquement, il s'interrompit. Haletante, trop excitée, Maggie ne le remarqua pas immédiatement. Puis, du bout de l'index, il suivit la balafre dont Albert Stucky lui avait marqué l'abdomen. Comment avait-elle pu oublier cela ?

D'un bond, elle se redressa, s'extirpa du sac de couchage et s'échappa avant que Nick puisse réagir. Dans sa hâte, elle manqua buter sur le chien. Rassemblant les pans de sa chemise dans son poing, elle scruta le jardin baigné de clarté lunaire. Elle frissonnait, malgré la douceur de l'air.

Quelques secondes plus tard, Nick était derrière elle et l'enveloppait de ses bras. Elle s'abandonna contre son corps tiède, rassurant.

— Maggie, tu devrais savoir que tu ne te débarrasseras pas de moi si facilement, murmura-t-il dans ses cheveux. Quoi que tu fasses ou dises, je n'ai pas peur.

— Tu en es sûr ?

— Certain.

— Le problème, c'est lui, Nick, dit-elle dans un souffle, d'une voix éteinte. Il ne me quitte pas. Je ne peux pas lui échapper. J'aurais dû me douter qu'il trouverait le moyen de tout gâcher. Même ça.

Il resserra son étreinte et enfouit son visage dans les cheveux de Maggie. Mais il se taisait, ne tentait pas de la rassurer, de la convaincre qu'elle se trompait. Il se contentait de la tenir au chaud dans le tendre abri de ses bras.

60.

Maggie se leva avant l'aube. Elle griffonna un message à l'intention de Nick, avec des excuses et de brèves instructions concernant le système d'alarme. Il lui avait dit devoir regagner Boston pour préparer un procès, mais elle avait senti qu'il cherchait un biais pour se dégager de cette obligation. Inutile qu'il compromette son nouvel emploi pour elle. Du moins était-ce le prétexte qu'elle avait invoqué pour l'éloigner. D'elle, mais surtout du mal que Stucky pourrait lui faire s'il restait à proximité.

Sitôt en route, elle appela l'agent Tully pour le prévenir qu'elle arrivait mais, lorsqu'il lui ouvrit la porte, il était tout sauf prêt. Pieds nus, vêtu d'un jean et d'un T-shirt blanc, il n'était pas encore rasé et avait les cheveux en bataille. Après un salut sommaire, il l'invita à entrer, rassembla les différentes sections du *Washington Post* et prit un mug sur le poste de télévision.

— Le café est en train de passer. Vous en voulez une tasse ?

— Non, merci.

L'heure n'était pas à traînasser autour d'un café, eut envie d'ajouter Maggie. Ne savait-il donc pas que chaque minute comptait ?

Il disparut dans ce qui devait être la cuisine. Plutôt que de le suivre, elle s'assit sur un canapé trop ferme qui sentait encore le neuf. La maison n'était pas bien grande, et les rares meubles semblaient achetés d'occasion, en dehors d'une lampe halogène et du sofa. Ce salon lui rappelait l'appartement où elle vivait avec Greg quand ils étaient étudiants — même cageot retourné sous le téléviseur, mêmes étagères faites de briques et de planches de pin brut teintées au brou de noix. Il ne manquait que les gros coussins de sol.

Une gamine aux longs cheveux blonds emmêlés entra dans la pièce en se frottant les yeux. Elle portait une courte chemise de nuit et marchait comme une somnambule. Maggie reconnut en elle la fillette de la photo posée en place d'honneur sur le bureau de Tully. La demoiselle mal gracieuse qui ne disait pas bonjour se laissa tomber sur le gros fauteuil en face de la télé, sortit la télécommande d'entre les coussins, alluma le poste et se mit à zapper distraitement d'une chaîne à l'autre. Maggie eut la déplaisante impression d'avoir tiré du lit toute la maisonnée à une heure indue.

L'adolescente arrêta son choix sur les nouvelles locales. Le son était coupé, mais Maggie reconnut l'aire de repos pour les chauffeurs routiers et l'immense benne à ordures grise cernée de ruban jaune que désignait un jeune et séduisant journaliste.

— Emma, éteins ça, s'il te plaît ! ordonna Tully après un bref coup d'œil à l'écran.

Il portait une chope de café pleine à ras bord dont l'arôme se répandait dans la pièce, et une boîte de Diet Pepsi bien glacé qu'il tendit à Maggie.

— Tenez. Je me suis souvenu que le Pepsi vous tenait lieu de café matinal.

Elle le dévisagea, bouche bée, incrédule. Jusqu'ici, Anita était seule à se rappeler ce détail.

— Je me suis trompé ? Vous prenez du Pepsi normal ?

— Non, non, c'est bien du light. Je vous remercie, c'est gentil.

— Emma, je te présente l'agent spécial Maggie O'Dell. Agent O'Dell, voici Emma, ma bougonne de fille.

— Bonjour, Emma.

L'adolescente leva les yeux et la gratifia d'un sourire de pure forme.

— Et maintenant, si tu es levée pour la journée, Emma, je te prierais de t'habiller.

— Ouais, bon, si tu insistes.

La gamine s'extirpa de son siège et quitta la pièce sans un mot de plus.

Tully retourna le fauteuil et s'y assit, face à Maggie.

— Veuillez nous excuser. J'ai parfois le sentiment que des extraterrestres ont enlevé ma fille pour la remplacer par une des leurs.

Maggie sourit et décapsula son Pepsi.

— Vous avez des enfants, agent O'Dell ?

— Non.

La réponse lui semblait se suffire à elle-même, mais Tully attendait apparemment des explications.

— Dans ce métier, il est plus difficile d'avoir une famille quand on est une femme.

Il hocha la tête, comme si c'était là une révélation, que l'idée ne lui était jamais venue à l'esprit.

— J'espère ne pas avoir réveillé votre épouse, ajouta-t-elle.

— Vous ne feriez jamais assez de bruit pour cela.

— Pardon ?

— Ma femme... enfin, mon ex, habite à Cleveland.

C'était encore un sujet sensible, comprit Maggie. Il évitait son regard, cachait le sien dans la tasse qu'il enveloppait de ses mains, buvant à petites gorgées en prenant tout son temps. Et puis, comme s'il se souvenait brusquement de la raison de leur rendez-vous matinal, un dimanche, il se leva, posa le mug sur la table basse encombrée et se mit à retourner les piles de documents. Maggie, qui l'observait, se demanda une fois de plus comment il s'y retrouvait dans cette pagaille. Y avait-il de l'ordre quelque part dans sa vie ?

Il finit par extraire une carte, qu'il déplia avant de l'étaler par-dessus le reste.

— A ce que vous m'avez raconté au téléphone, je pense qu'il s'agit de ce coin-là.

Elle se pencha pour examiner l'endroit surligné en jaune fluorescent. Curieux bonhomme. Quand elle l'avait appelé et réveillé, elle était convaincue qu'il ne l'écoutait pas.

— Si Rosen s'est perdu, poursuivait-il, nous aurons du mal à situer le lieu exact dont il vous a parlé. Mais en traversant le Potomac par le pont à péage, on tombe sur une langue de terre longue de vingt-cinq kilomètres et large de huit, une sorte de péninsule que le pont enjambe en partie. D'après la carte, il n'y a pas de routes, pas de pistes dans cette partie. Seulement des bois et des rochers. Des ravins aussi, j'imagine. En d'autres termes, c'est une planque idéale.

— Dont il est difficile de s'échapper.

Maggie se redressa, prête à l'action. Cette fois, ils le tenaient. Ils avaient mis le doigt sur le lieu où Stucky cachait sa nouvelle collection.

— Quand partons-nous ?

Tully reprit son mug de café.

— Pas d'emballement, O'Dell. Nous jouons selon les règles.

— Stucky frappe vite et fort, et puis il disparaît, rappela Maggie sans cacher sa colère. En l'espace d'une semaine, il a tué trois femmes, il en a très probablement enlevé deux autres, et ce n'est que la partie visible de l'iceberg.

— Je suis au courant, répondit-il d'une voix beaucoup trop calme.

L'exaspération de Maggie augmenta. Etait-elle donc la seule à comprendre ce fou furieux ?

— Il est capable de s'évaporer dans la nature d'une minute à l'autre, insista-t-elle. Nous n'avons pas le temps d'attendre les mandats officiels des tribunaux, l'aide de la police du comté et Dieu sait quoi encore.

Il buvait son café, l'observait par-dessus son mug.

— Je peux parler, maintenant ?

Elle se laissa aller contre le dossier du sofa et croisa les bras, irritée, impatiente. Jamais elle n'aurait dû appeler Tully. Rosen aurait très certainement monté une opération de recherche, si elle le lui avait demandé, bien que la zone en question soit située sur l'autre rive du Potomac, hors de sa juridiction et dans un autre Etat.

— Bien, fit Tully. Pour commencer, le directeur adjoint Cunningham va contacter les autorités du Maryland.

— Cunningham ? Vous avez appelé Cunningham ? Eh bien, bravo !

Ignorant la remarque, il poursuivit :

— J'ai tenté de me renseigner sur le propriétaire du terrain. Il appartenait au gouvernement, ce qui explique peut-être les particules étranges retrouvées dans la terre. Des restes de leurs expériences, je présume. Quoi qu'il en soit, la péninsule a été rachetée il y a quatre ans, par une firme du nom de WH Enterprises sur laquelle je n'ai trouvé aucune information. Rien, chou blanc. Pas de P.-D.G., pas d'actionnaires, pas de gestionnaires.

— Depuis quand le FBI a-t-il besoin d'une autorisation pour traquer un tueur en série ?

— Nous avançons à l'instinct, sur de simples présomptions, agent O'Dell. Nous ne pouvons pas envoyer la brigade d'intervention là-bas sans savoir ce qui s'y trouve. Les traces de boue prouvent tout au plus que Stucky est passé dans le coin, pas qu'il y est en planque.

Maggie se leva et se mit à arpenter la pièce de long en large.

— Bon sang, Tully ! C'est la seule piste un peu précise que nous ayons, et il faut que vous l'analysiez à mort alors qu'il serait si simple d'aller voir !

— Vous ne préférez pas savoir à quoi vous vous exposez, cette fois, agent O'Dell ?

Cette fois. Le salaud ! Il se référait bien sûr à cette nuit d'août dernier où, sur une intuition, elle était partie sans prévenir sur les traces d'Albert Stucky, pensant le piéger dans un entrepôt désaffecté de Miami. Mais le piège s'était refermé sur elle. Il lui avait tendu une embuscade. Lui rejouerait-il le même scénario ?

— Et vous suggérez quoi ?

— Que nous attendions.

Tully marqua une pause, pour l'emphase. Comme si l'attente constituait une stratégie en soi.

— Que nous sachions ce qu'il y a là-bas, reprit-il. Les autorités du Maryland et leurs unités de recherche nous en informeront. Que nous soyons renseignés sur les propriétaires, aussi. Imaginez que nous débarquions sans crier gare dans une propriété qui abrite un nid de néofascistes assis sur tout un arsenal propre à faire sauter la planète. Alors, méfiance, on ne prend pas de risques.

— Et combien de temps va-t-il falloir attendre ?

— Ce n'est pas facile de contacter tout ce monde-là un dimanche…

— Combien de temps, agent Tully ?

— Une journée. Deux au plus.

Maggie le fixait, furieuse, à peine capable de contenir sa rage.

— Vous devriez pourtant avoir maintenant compris de quoi Stucky est capable en une journée ou deux.

Sur ces mots, elle sortit à pas mesurés, et claqua violemment la porte derrière elle, laissant ainsi entendre ce qu'elle pensait de la stratégie de Tully.

61.

Tully se laissa aller dans son fauteuil, calant la tête contre le haut du dossier capitonné cependant que, dehors, O'Dell claquait la portière de sa voiture et démarrait en trombe dans un crissement de pneus — elle se vengeait sur le gravier de son allée. Qu'elle soit frustrée ne le choquait pas. Lui aussi l'était, qui tenait autant qu'elle à arrêter Stucky. A la différence que, pour O'Dell, il s'agissait d'une affaire personnelle, dans laquelle il l'impliquait. Comment imaginer ce qu'elle pouvait éprouver ? Trois femmes étaient mortes, sauvagement assassinées, pour l'unique raison qu'elles avaient eu le malheur de rencontrer Maggie O'Dell.

Lorsqu'il leva les yeux, Emma se tenait près de la porte et l'observait, adossée au mur. Elle ne s'était pas changée, pas davantage peignée, mais il était trop las pour la réprimander. Tant pis. Comme elle continuait de le fixer, il se rappela qu'elle ne lui parlait plus. Libre à elle. Il ferait lui aussi la grève du silence.

Sans un mot à l'adolescente, il ferma les yeux.

— C'était ta nouvelle partenaire ?

Il souleva une paupière, surpris par cette trêve inattendue.

— Ouais. O'Dell est ma nouvelle partenaire.

— Elle avait l'air drôlement furieuse contre toi.

— C'est clair. Il semblerait que j'aie le chic avec les femmes…

Contre toute attente, Emma sourit. Il sourit aussi, et elle éclata de rire. En trois pas, elle l'avait rejoint pour venir s'asseoir sur ses genoux, comme quand elle était petite. Avant qu'elle ne change d'avis, il l'enveloppa de ses bras, et elle s'abandonna, se blottissant contre son torse.

— Tu l'aimes bien ?

— Qui cela ?

— O'Dell, ta nouvelle partenaire.

— Mouais, je l'aime bien. C'est une femme intelligente et courageuse.

— Elle est vraiment jolie.

Il hésita, se demanda si Emma craignait qu'il s'en aille avec elle, tout comme sa mère l'avait fait.

— Maggie O'Dell et moi travaillons en équipe sur une enquête. Mais il n'y a rien d'autre entre nous, Emma.

Silence. L'adolescente se taisait. Il aurait préféré qu'elle se confie à lui, exprime ses angoisses.

— Elle avait l'air salement fâchée, dit-elle enfin avec un rire léger.

— Bah ! elle s'en remettra. Tu me causes plus de souci qu'elle.

Elle se redressa pour le regarder.

— Moi ?

— Parfaitement. Toi aussi, tu as l'air salement fâchée contre moi.

— Oh ! ça. C'est oublié.

Et elle se laissa de nouveau aller contre son torse.

— Vrai ?

— J'ai réfléchi que plutôt de dépenser tout cet argent pour aller au bal, je pourrais peut-être m'offrir un super baladeur, pour mes CD.

— Ah oui ?

Tully ne put s'empêcher de sourire. Décidément, il ne comprendrait jamais rien aux femmes.

— Et ne crise pas, hein, papa ? J'aurai assez avec mes économies.

Elle se tortilla pour se libérer de son étreinte, se leva et se planta devant lui, les bras croisés, attendant qu'il se décide. Là, il retrouvait sa fille, celle de ses souvenirs et non le clone des martiens.

— Alors ? demanda-t-elle. On peut aller en choisir un aujourd'hui ?

Etait-ce une bonne idée d'apprendre à une adolescente qu'elle serait récompensée en nature si elle se conduisait bien ? Bah, quelle importance ? Si cela lui faisait plaisir…

— D'accord. Mais cet après-midi.

— Super !

Il la regarda regagner sa chambre d'une démarche sautillante, se redressa pour se pencher sur la table basse et prit un dossier sous l'une des piles entassées là. Il l'ouvrit, le feuilleta : il y avait là un rapport de police, une copie de l'analyse d'ADN du labo, un sachet de plastique transparent contenant une pincée de terre, pièce à conviction agrafée au formulaire réglementaire, et le bulletin de sortie d'un chien de la clinique vétérinaire Ryley.

C'était Manx qui, la veille au soir, lui avait donné ce dossier au nom de Rachel Endicott, la voisine de Maggie O'Dell, présumée enlevée par Stucky. A la lecture de ces documents, l'inspecteur prétentieux et borné avait dû se rendre à l'évidence : Mme Endicott avait bel et bien été kidnappée. Etant donné l'extrême nervosité de sa collègue ce matin, Tully se demandait s'il était raisonnable de lui montrer ces documents. Car à en croire les tests d'ADN du labo, Albert Stucky était entré chez Rachel Endicott, où il s'était servi en confiseries diverses et avait entamé un sandwich. De sorte qu'à présent, il ne faisait plus aucun doute pour lui que Stucky avait également fait main basse sur la dame du logis.

62.

Maggie conduisait au hasard, dans l'espoir que le mouvement épuiserait sa colère. Au bout d'une heure, elle s'arrêta sur le parking d'une chaîne de restauration. Manger un peu lui calmerait les nerfs et apaiserait sans doute ses brûlures d'estomac. Elle avait déjà la main sur la poignée de la porte quand elle se ravisa, pivota sur elle-même, manquant percuter un couple de clients, et regagna sa voiture en hâte. Elle ne pouvait pas prendre le risque de déjeuner. Il y allait peut-être de la vie d'une serveuse.

Elle était de nouveau sur la route, et ses yeux allaient du rétroviseur aux véhicules qui circulaient autour d'elle. Elle quitta la nationale pour une départementale à deux voies, roula sur une quinzaine de kilomètres et reprit la nationale. Un quart d'heure plus tard, elle s'engageait sur une aire de repos pour faire le tour de parking, se stationner et attendre. Puis elle reprit la nationale.

— Allez, Stucky ! murmura-t-elle, les yeux rivés à son rétroviseur. Où es-tu ? Montre-toi. Tu me suis ou pas ?

Elle tenta d'appeler Nick sur son mobile. Pas de réponse. Il devait être reparti pour Boston. Anxieuse de se distraire par tous les moyens, elle composa le numéro de sa mère. Pourquoi ne pas lui rendre visite à Richmond ? Cela aurait le mérite de lui changer les idées. A la quatrième sonnerie, le répondeur se déclencha : « Je ne suis pas en mesure de prendre votre appel.

Rappelez-moi plus tard. Et souvenez-vous que Dieu veille sur qui est incapable de veiller sur soi. »

En entendant le ton faussement guilleret, Maggie espéra qu'elle s'était trompée de numéro. Mais cette voix cassée par le tabac était inimitable. Elle se rappela alors ce que Greg lui avait dit : sa mère s'était absentée, avec le révérend père Everett — qui que soit le bonhomme. Ils étaient à Las Vegas, bien sûr. Le lieu rêvé pour retrouver Dieu quand on est alcoolique, maniaco-dépressif et suicidaire.

Elle coupa la ligne, rangea le téléphone et remarqua que la jauge d'essence baissait dangereusement. A la première station-service, elle s'arrêta pour faire le plein ; elle avait déjà le bouchon du réservoir en main quand elle s'aperçut que les pompes n'étaient pas équipées pour le paiement par carte. Elle jeta un coup d'œil à la guérite, dans laquelle une jeune blonde aux cheveux bouclés tenait la caisse. Aussitôt, Maggie remit le bouchon en place et reprit le volant.

Au bout d'une trentaine de kilomètres, après deux nouvelles tentatives, elle trouva enfin une pompe en libre-service. Ses nerfs étaient à vif, elle avait la migraine et un début de nausée. Inutile de continuer, cela ne menait nulle part. Fuir ne résoudrait rien. Et elle ne pouvait pas obliger Stucky à la suivre. Mais peut-être était-il déjà à l'attendre chez elle. Tant pis. Elle prenait le risque de rentrer.

63.

Tess courait, malgré les élancements de sa cheville. Ses pieds déchirés saignaient, à présent, bien qu'elle les ait enveloppés dans ce qui avait été les manches de son corsage. Elle filait droit devant elle sans savoir où elle allait. Le ciel s'était de nouveau couvert et la pluie menaçait. A deux reprises, elle était arrivée sur une hauteur surplombant la rivière. Si seulement elle avait appris à nager ! Elle aurait traversé le fleuve jusqu'à l'autre rive, sans se soucier de la distance. Tout était préférable à cette prison de bois, de lianes et d'escarpements dont elle ne voyait pas le bout.

Elle avait passé la matinée à manger des fraises sauvages — ou du moins, des baies ressemblant à des fraises. Puis elle avait bu l'eau bourbeuse de la rivière sans se poser de questions sur les algues, amibes et autres organismes. Son reflet l'avait effrayée. Elle avait l'air d'une folle, d'une sauvage avec ses cheveux emmêlés, ses vêtements en loque et les égratignures dont elle était couverte. Si elle n'était pas folle, elle ne valait guère mieux. La seule pensée de Rachel réveillait en elle une terreur primitive, une angoisse qui lui déchirait les entrailles.

Elle ignorait combien de temps elle avait passé recroquevillée dans le coin de la fosse à se bercer en pleurant, à se cogner le front contre la paroi de terre. Parfois, il lui semblait basculer dans une autre dimension, entendre sa tante lui crier dessus du haut du trou. Elle aurait juré l'avoir vue, avec son visage étroit, renfrogné, brandir un index décharné et menaçant pour la maudire. Combien de temps avait-elle passé ainsi ? Une nuit ? Deux ? Trois ? Elle avait perdu la notion du temps.

Pourtant, elle se souvenait clairement de ce qui l'avait arrachée à sa transe. Elle avait senti une présence, quelqu'un ou quelque chose qui remuait, là-haut. En levant les yeux, elle s'attendait à le voir, tel un prédateur prêt à bondir sur elle. Peu importait, à ce moment-là, pourvu que le cauchemar finisse. Mais c'était une biche qui la regardait depuis la surface. Une jeune et ravissante biche aux grand yeux bruns liquides et curieux. Tess s'était demandé comment un être si pur et innocent pouvait exister sur cette île diabolique.

Alors, elle avait repris courage, rassemblé ses forces et décidé une fois de plus qu'elle ne mourrait pas. Pas ici, pas maintenant, pas dans ce trou digne de l'enfer. Elle avait recouvert tant bien que mal le corps de son infortunée compagne avec des branches, des aiguilles de pin, et elle s'était hissée hors de la fosse. Hélas ! elle n'avait éprouvé aucun soulagement à quitter cette tombe qui, ironiquement, était devenue une sorte de sanctuaire. Après avoir marché et couru pendant des heures, elle se sentait moins en sécurité qu'au fond de cette crevasse humide à l'odeur de moisi.

Soudain, à travers les arbres, elle aperçut une tache blanche sur une élévation. Le cœur gonflé d'espoir, pleine d'une énergie nouvelle, elle gravit la pente en s'aidant des racines, des lianes, de tout ce qui pouvait la soutenir. Parvenue en haut de l'escarpement, elle reprit son souffle. A présent, elle distinguait mieux la grande maison de bois peinte en blanc.

Son pouls s'accéléra. Elle cligna des yeux pour s'assurer que ce n'était pas un mirage. Incroyable ! De la fumée s'échappait de la cheminée ! Elle sentait même l'odeur d'un feu de bois. Un carillon tinta — qu'elle vit aussitôt, suspendu sous le porche.

Autour de la maison, une débauche de jonquilles et de tulipes qui fleurissaient. Il lui semblait être le Petit Chaperon rouge arrivant enfin devant la maison accueillante de sa grand-mère après l'inquiétante traversée de la forêt. Puis elle songea que la comparaison était peut-être plus appropriée qu'il n'y paraissait. Et si le loup l'attendait ? Prise d'un accès de panique, elle se retourna pour fuir... et le percuta de plein fouet. Il lui saisit les poignets, souriant de toutes ses dents, comme le loup du conte, tandis qu'elle se débattait pour se dégager.

— Je te cherchais, Tess, dit-il. Je suis heureux que tu aies retrouvé ton chemin.

64.

Washington D.C.
Lundi 6 avril

Maggie n'en revenait pas. Cunningham avait insisté pour qu'elle maintienne son rendez-vous avec le Dr Kernan. Alors qu'il leur fallait déjà attendre Dieu sait quel feu vert officiel des autorités du Maryland ! Stucky pouvait l'apprendre. S'il y avait une fuite, ils n'auraient plus besoin de craindre un nouveau piège ; il filerait sur l'instant, se terrerait quelque part, et l'on n'entendrait plus parler de lui pendant cinq ou six mois.

Le trajet jusqu'à Washington D.C. dans les embouteillages matinaux l'avait mise à cran. Et de nouveau, elle était confrontée à l'attente. Une fois de plus, le Dr Kernan était en retard. Il arriva de sa démarche traînante, enveloppé d'une odeur de cigare, vêtu d'un costume marron de mauvaise étoffe, inévitablement froissé, avec aux pieds des chaussures éculées, éraflées, dont un lacet s'était défait. Il avait aplati ses cheveux blancs sur son crâne à l'aide d'un gel qui empestait. A moins que ce ne soit sa fameuse pommade contre les douleurs. Mal réveillé et dans cette tenue de miséreux, il aurait pu poser pour une affiche sur la condition des sans-abri.

Cette fois encore, il ne la salua pas, l'ignorant tandis qu'il allait se mettre à l'aise dans son fauteuil, qu'il commença à faire grincer en se balançant. Mais aujourd'hui, Maggie était trop irritable pour se laisser intimider. Peu lui importait les conclusions que Kernan tirerait de son attitude. Rien de ce qu'il lui dirait ne calmerait la tempête d'émotions qui l'agitait, l'orage qui couvait, prêt à éclater à tout moment.

Elle tapotait du pied avec impatience, pianotait sur le bras de son siège, tout en le regardant retourner son fouillis. Dieu qu'elle était lasse du désordre des autres ! D'abord Tully, et maintenant Kernan. Comment diable s'y retrouvaient-ils dans leur capharnaüm ?

Finalement, elle soupira, ce qui eut pour effet d'attirer l'attention du médecin. Il fronça les sourcils par-dessus ses lunettes et émit un claquement de langue, comme on le fait pour mettre en garde une enfant désobéissante. Peine perdue. Elle le fixait toujours, sans chercher à cacher sa colère, sa frustration et son mépris. Il pouvait bien penser ce qu'il voulait, elle s'en moquait.

— On est pressé, ce matin, agent O'Dell ? s'enquit-il en feuilletant un magazine.

— Oui, je suis pressée, docteur Kernan. Je travaille sur une enquête importante et j'ai hâte de m'y remettre.

— Alors, vous croyez l'avoir retrouvé ?

Surprise qu'il soit au courant, elle tenta de déchiffrer son expression. Sans résultat. Il lisait. Cunningham lui avait-il parlé ? Comment diable saurait-il cela autrement ?

— Nous tenons peut-être une piste, répondit-elle, prudente.

— Mais tout le monde vous oblige à attendre, n'est-ce pas ? Votre partenaire, vos supérieurs, moi, tout le monde. Et nous savons tous que Margaret O'Dell a horreur d'attendre.

Dieu que ces petits jeux étaient lassants ! Comme si elle n'avait que cela à faire !

— Pourrions-nous en venir au fait ?

Ce fut au tour du médecin d'être surpris.

— Au fait ? Et à quel fait, je vous prie ? Cherchez-vous par hasard une sorte d'absolution ? Une autorisation pour vous lancer à ses trousses ?

Il posa le magazine, se recala dans son fauteuil et croisa les mains sur son torse. Sans un mot. Il scrutait le visage de Maggie, comptant sans doute qu'elle s'expliquerait. Dommage pour lui, car elle n'en avait pas l'intention. Elle se contenta de le fixer du regard, tout comme il la fixait, jusqu'à ce qu'il reprenne :

— Vous aimeriez que nous vous laissions la bride sur le cou, c'est cela, agent spécial Margaret O'Dell ?

Il marqua une pause. Maggie, elle, se taisait toujours.

— Vous voudriez partir seule à sa recherche, comme la dernière fois, parce que vous êtes la seule à pouvoir le piéger... Pardon, la seule à pouvoir l'arrêter, mettre un terme à ses agissements. Et vous pensez peut-être qu'en le liquidant, vous serez vous-même absoute de ses crimes ?

— Si je cherchais l'absolution, docteur Kernan, je serais à l'église, pas ici.

Un sourire étira ses lèvres maigres — le premier sourire qu'elle lui ait jamais vu.

— Chercherez-vous l'absolution quand vous aurez tiré une balle entre les yeux d'Albert Stucky ?

Elle grimaça au souvenir de leur dernier entretien au cours duquel elle avait perdu toute maîtrise de soi. Elle ne s'était pas reprise, depuis, ne maîtrisait certes pas grand-chose, mais la colère masquait sa fragilité. Au bord du gouffre, elle ne voyait plus le gouffre. Et si elle restait sous l'emprise de la colère, elle risquait de basculer sans s'en apercevoir. Se sentirait-elle seulement glisser ? Ou serait-ce une chute soudaine et vertigineuse ?

— Je fréquente le mal depuis trop longtemps pour me soucier des moyens dont je dispose pour le détruire, déclara-t-elle.

Inutile de prendre des gants avec le psychologue. Il ne pouvait se servir de ses aveux contre elle. Et de toute façon, personne ne la blesserait aussi profondément qu'Albert Stucky.

Laissant libre cours à sa rage, elle poursuivit :

— Peut-être faut-il que je sois aussi maléfique que Stucky pour l'arrêter.

Il la fixait toujours, mais avec une expression pensive, à présent. Comme s'il pesait ses paroles. Allait-il lui décocher une réplique percutante ? Essaierait-il sur elle ses techniques de *reverse psychology* – c'est-à-dire de l'amener à agir d'une certaine manière, tout en lui disant de faire le contraire ? Elle ne se démonterait pas pour si peu, elle n'était plus une jeune étudiante naïve. Elle avait joué contre pire adversaire, tenu la dragée haute à Albert Stucky ; et les jeux du Dr James Kernan ne l'impressionnaient plus.

Elle soutint son regard sans sourciller, sans un geste. Avait-il perdu la parole ?

Enfin, il se pencha en avant, posa les coudes sur sa table en désordre et joignit ses doigts arthritiques.

— En somme, vous vous inquiétez, déclara-t-il posément.

Ce lent débit, inhabituel, éveilla les soupçons de Maggie. Préparait-il l'une de ses ruses, ou s'intéressait-il sérieusement à son cas ? Elle espérait une ruse. Un jeu de plus, dont elle se sortirait sans trop de mal. L'autre hypothèse serait plus délicate à gérer.

— Vous craignez, reprit-il, d'être capable de faire le mal au même titre qu'Albert Stucky.

— Nous en sommes tous capables, docteur Kernan. N'est-ce pas ce qu'entendait Jung lorsqu'il affirmait que nous avions tous une part d'ombre ?

Elle l'observait, curieuse de voir comment le vieux professeur réagirait devant l'élève qui le contredisait et lui renvoyait ses propres théories au visage.

— Finalement, les êtres mauvais font ce que les bons rêvent de faire, n'est-ce pas, docteur Kernan ?

Il s'agita sur sa chaise. Elle aurait dû compter ses battements de paupières. Elle fut tentée de sourire, pour l'avoir ainsi coincé, mais il n'y avait pas de triomphe dans cette victoire. Rien qu'une triste vérité.

Il hésita, puis toussota pour s'éclaircir la voix.

— Jung disait, je crois... que le mal est inhérent au comportement humain, au même titre que le bien. Que nous devons apprendre à le reconnaître, à accepter son existence en nous. Ce qui ne signifie pas que nous sommes tous capables de commettre des méfaits dignes d'un Albert Stucky. Il y a une marge, cher agent O'Dell, une différence énorme entre salir ses chaussures parce qu'on marche dans le mal, et choisir d'y plonger pour s'y vautrer.

— Mais comment éviter d'y tomber la tête la première ?

Sa voix tremblait un peu, s'avisa-t-elle avec agacement. Elle se dévoilait. La frénésie qui l'habitait menaçait d'éclater au grand jour. Son désir de vengeance était noir, mauvais, et réel, bien réel. Avait-elle déjà plongé ?

— Je vais vous dire quelque chose, agent O'Dell, et je veux que vous m'écoutiez attentivement.

Il se pencha, le visage grave, la clouant sur son siège de ses yeux grossis par ses verres épais et emplis d'une inquiétude sincère.

— Quand il s'agit du mal, je me fiche éperdument de Jung, Freud et les autres. Rappelez-vous bien ceci, Margaret O'Dell, et ceci seulement : les décisions instantanées que nous prenons à chaud, dans le feu de l'action, révèlent notre nature profonde. Que cela nous plaise ou non. Quand la crise se présentera, ne réfléchissez pas, n'analysez rien, ne cherchez pas à anticiper, réagissez. Croyez en vous. Faites-vous confiance. Si vous suivez ce conseil, je suis prêt à parier que vous salirez à peine vos chaussures.

65.

Tully entrait les données sur le portable. Bien sûr, l'ordinateur de son bureau, au sous-sol, était plus rapide, mais il ne pouvait plus quitter la salle de réunion. Pas maintenant que tous ses appels y étaient transférés, qu'il avait étalé tous les documents de l'enquête sur la moindre surface disponible. O'Dell lui reprocherait son désordre. Tant pis. De toute façon, elle ne pourrait pas être plus furieuse que la veille, quand elle était partie de chez lui en claquant la porte. Il ne l'avait pas revue, depuis, et ne lui avait pas parlé.

Le directeur adjoint Cunningham l'avait informé que sa collègue passerait la matinée en rendez-vous à Washington. Il n'avait rien précisé de plus, mais Tully savait déjà qu'elle était en consultation chez le psychologue du Bureau. Elle en reviendrait peut-être calmée. Il lui fallait garder la tête froide, comprendre que tous faisaient le maximum. Elle devait aussi dépasser sa peur. Elle voyait le croquemitaine à tous les coins de rue et s'imaginait pouvoir tout résoudre en se précipitant, l'arme au poing, à sa poursuite. Cela ne pouvait pas continuer.

Force lui était toutefois de reconnaître que l'attente lui pesait aussi. Les autorités du Maryland traînaient les pieds, hésitaient à prendre d'assaut une propriété privée sans une raison valable. Et aucun service gouvernemental ne voulait se mouiller ; impossible d'obtenir d'eux une confirmation que la boue contenant des traces de métal provenait bien du site récemment vendu sur la presqu'île. Ils n'avaient donc pour tout indice que l'histoire de pêche de Rosen et, à présent que Tully l'avait racontée dans tous les sens à une tribu de fonctionnaires haut placés, il commençait à se demander si ce n'était pas seulement une de ces histoires qu'on se raconte entre hommes dans les bars.

Tout serait différent si le terrain en question ne se résumait pas à des kilomètres et des kilomètres de forêt et de rochers. Ils pourraient prendre la route pour aller y jeter un coup d'œil. Mais à ce qu'il avait appris, il n'y avait même pas de route sur cette langue de terre. Seulement une ancienne piste, équipée d'un portail électronique, vestige de l'époque où le gouvernement possédait le terrain et n'en permettait l'accès qu'aux personnes autorisées. Tully recherchait donc sur Internet des renseignements sur les nouveaux propriétaires, avec l'espoir de trouver un site qui l'éclairerait sur la mystérieuse firme WH Enterprises.

Il changea de moteur de recherche, tapa une fois de plus « WH Enterprises ». Puis, coudes sur la table, le menton sur ses mains, il regarda la bande de chargement en bas de l'écran... 3% du document transféré... 4% ... 5%. Dieu que c'était long.

La sonnerie du téléphone le sauva de l'ennui. Il fit rouler sa chaise pour aller décrocher.

— Tully à l'appareil.

— Agent Tully, ici Keith Ganza, du labo. On me dit que l'agent O'Dell est absente pour la matinée ?

— C'est exact.

— J'aurais une chance de la joindre sur son portable, peut-être ? Vous avez le numéro ?

— Ça a l'air important…

— J'en sais trop rien. Je pense que c'est à Maggie d'en décider.

Tully se redressa. Pourquoi Ganza hésitait-il à lui parler ? O'Dell et lui suivaient-ils une piste sans qu'il en ait été informé ?

— C'est en rapport avec le test au luminol de l'autre jour ? Vous savez, Keith, nous travaillons ensemble sur l'affaire Stucky, O'Dell et moi.

Silence. Nouvelle hésitation. C'était la preuve que Ganza détenait effectivement quelque chose. Enfin, il se décida :

— En fait, il y a deux, trois trucs. J'ai passé un temps fou sur la boue et les empreintes digitales, si bien que j'attaque tout juste ce sac-poubelle que vous nous avez apporté.

— En dehors des emballages de barres chocolatées, il n'avait rien de si extraordinaire.

— J'ai peut-être l'explication, pour toutes ces sucreries.

— Vraiment ?

— Au fond du sac, il y avait un petit flacon et une seringue. De l'insuline. Peut-être qu'un des anciens propriétaires de la maison souffrait de diabète mais, dans ce cas, il y en aurait eu d'autres. Et puis, les diabétiques de ma connaissance ne jettent pas leurs seringues n'importe où.

— Qu'est-ce que vous entendez par là, Keith ?

— Rien. Je vous dis ce que j'ai trouvé. Et je pense que c'est à Maggie de décider si c'est important ou pas.

— Il y avait autre chose, je crois ?

— Ah ! oui…

Nouvelle hésitation, puis :

— Maggie m'avait demandé de rechercher des empreintes d'un certain Walker Harding. J'ai eu du mal. Ce type n'a pas de casier judiciaire et n'a jamais enregistré une arme de poing.

Tully s'étonna de ce que Maggie ait laissé Ganza poursuivre ses recherches après avoir appris que Harding devenait aveugle. A l'évidence, cela l'innocentait de toute participation ou complicité dans les meurtres.

— Ne perdez donc pas votre temps. Cette piste semble déboucher sur une impasse.

— Je n'ai pas dit que je n'avais rien trouvé. Il y a environ dix ans, ce type était fonctionnaire, et ses empreintes sont répertoriées.

— Keith, je suis désolé que vous vous soyez donné tout ce mal pour rien…

Tully n'écoutait plus Ganza que d'une oreille et regardait l'écran de son ordinateur. Si le moteur de recherche tournait toujours, il avait sûrement déniché des renseignements sur WH Enterprises. Impatient, il se mit à pianoter sur la table.

— Avec un peu de chance, ce n'était pas pour rien, poursuivait Ganza. Cela en valait peut-être même la peine. Les empreintes que j'ai relevées sur le bain à remous correspondent exactement.

— Pardon ?

— Les empreintes que j'ai relevées sur la baignoire, à Archer Drive, correspondent exactement à celles de Walker Harding. Trait pour trait, aucun doute possible.

Les pièces du puzzle se mettaient en place, mais Tully n'aimait pas beaucoup l'allure que prenait le tableau. Sur un obscur site Web conçu pour ressembler à un site d'informations sur les Confédérés, il trouva des jeux vidéo vendus au prix de gros. Pour acheter en ligne, il suffisait de cliquer sur le minuscule drapeau de la Confédération. Ces jeux étaient distribués par la WH Enterprises. Certains promettaient des scènes de violence explicites ; les autres étaient pornographiques. Pas le genre de jeux que les mômes achètent en magasin.

D'un clic, on pouvait visionner un extrait présenté en démonstration. Tandis qu'un gang violait une femme nue à la chaîne, le joueur devait tirer pour tuer les agresseurs et, s'il les tuait tous, il pouvait à son tour violer la femme. Charmant. Ce n'était que de l'image de synthèse, mais beaucoup trop réaliste au goût de Tully, qui en avait la nausée. Il se demandait si Emma et ses petits camarades traînaient sur ce genre de site.

Accompagnée d'un message du P.-D.G. de WH Enterprises, l'une des pages du site proposait « Le choix du P'tit Général ». Sachant déjà où ces liens le conduiraient, Tully fit défiler l'écran jusqu'à la signature du message : « Bonne chasse. Le Général Walker Harding. »

Il se leva pour arpenter la salle, allant de fenêtre en fenêtre. Walker Harding devenait peut-être aveugle quatre ans plus tôt, mais il avait recouvré la vue. Pour faire ce genre de commerce en ligne, il avait besoin de ses yeux. Il en avait aussi besoin pour suivre son vieil ami Albert Stucky sur les lieux de ses crimes.

— Merde ! s'exclama-t-il tout haut.

O'Dell avait raison. Les deux hommes travaillaient ensemble ; et ils se livraient peut-être à quelque nouvelle compétition dans le registre de l'horreur. En tous les cas, on avait cette fois contre eux une preuve indéniable : les empreintes digitales de Walker Harding correspondaient à celles relevées sur la benne contenant le cadavre de Jessica Beckwith. A celles retrouvées sur le parapluie, à Kansas City. Et à celles de la baignoire d'Archer Drive.

Un peu plus tôt, les autorités du Maryland avaient confirmé qu'il y avait une vaste maison d'un étage ainsi que plusieurs cabanes sur le terrain de la péninsule. Les bâtiments gouvernementaux avaient été rasés avant la vente. Entourée d'eau sur trois côtés, la propriété était couverte de bois et de rochers. Pas de route en dehors de l'ancienne piste qui menait à la maison. Pas de lignes électriques ou téléphoniques. Les nouveaux occupants utilisaient un gros générateur de courant laissé sur place par le gouvernement. Un vrai rêve de reclus, un paradis pour fou. Pourquoi n'avait-il pas pensé plus tôt que WH Enterprises ne pouvait appartenir qu'à Walker Harding ?

Tully consulta sa montre. Il lui fallait passer quelques coups de fil. Se ressaisir, se concentrer. Il prit quelques instants pour respirer profondément, se frotta les yeux sous ses lunettes pour en chasser la fatigue et décrocha le téléphone. C'en était fini de l'attente, mais il redoutait le moment d'annoncer tout cela à l'agent O'Dell. N'allait-elle pas craquer, dans l'état de tension où elle était ?

66.

Tess s'éveilla lentement, péniblement. Tout son corps lui faisait mal. Une migraine intense lui fendait le crâne. Quelque chose la retenait, l'empêchant de bouger. Elle ne pouvait pas non plus ouvrir les yeux. Elle avait la bouche sèche, la gorge en feu. Elle avait soif. Se passant la langue sur ses lèvres, elle s'inquiéta de leur goût de sang.

Elle s'obligea à soulever ses paupières trop lourdes, tira sur les fers qui attachaient ses chevilles et ses poignets au lit de camp. Elle reconnut la cabane, avec son humidité et son odeur de moisi. Dans un effort pour se libérer, elle se contorsionna. Une couverture rugueuse frottait contre son dos. Et là, elle s'aperçut qu'elle était nue. La panique s'empara d'elle, lui arracha un cri. Mais aucun son ne sortit de sa gorge à vif, si douloureuse qu'il lui semblait avoir avalé des lames de rasoir.

Renonçant à tout effort, elle s'employa à se calmer, à tenter de réfléchir avant que la terreur ne la prive de sa raison. Elle n'avait plus aucun contrôle sur son corps, mais personne ne pourrait contrôler ses pensées. Son esprit restait libre. Leçon chèrement acquise au contact de sa tante et de son oncle. Quoi qu'ils fassent subir à son corps, qu'elle la bannisse des jours durant dans l'abri souterrain ou qu'il la besogne pendant des heures, elle était restée maîtresse de sa tête. C'était l'arme absolue. La seule défense possible.

Pourtant, quand elle entendit la serrure cliqueter et la porte grincer sur ses gonds, Tess sentit la terreur assaillir le pauvre rempart dont elle protégeait sa raison.

67.

Maggie se faufilait entre les véhicules plus lents, se retenant pour ne pas mettre l'accélérateur au plancher. Son cœur tambourinait dans sa poitrine depuis le coup de fil de Tully. La colère qu'elle éprouvait dans le bureau de Kernan s'était muée en angoisse ; une angoisse oppressante, qui menaçait de l'étouffer, de l'écraser sous son poids.

Walker Harding était dans le coup, elle le savait. Que Stucky ait fait appel à son vieux copain tombait sous le sens. Encore que… Elle imaginait mal Stucky demander l'aide d'un autre, fût-ce son ancien partenaire en affaire — à moins que les deux hommes ne se livrent à quelque bizarre compétition dans ce jeu de l'horreur. D'après la description que Tully lui avait faite de la nouvelle entreprise en ligne de Harding, il semblait aussi dévoyé et pervers que son petit camarade, capable des mêmes atrocités qu'Albert Stucky.

Elle remonta ses cheveux derrière ses oreilles et baissa la vitre. Le vent s'engouffra dans l'habitacle, apportant avec lui des gaz d'échappement et l'odeur des pins.

Ne pas trop réfléchir, lui avait dit le Dr Kernan. Croire en soi. Se faire confiance. Depuis l'enfance, elle avait appris à ne compter que sur elle-même et sur personne d'autre. Comprenait-il combien il était frustrant — et pourquoi se le cacher, terrifiant — de ne plus avoir confiance en la seule personne sur laquelle on avait compté toute sa vie ? Comprenait-il qu'elle n'avait plus confiance en elle ?

Elle avait une licence en psychologie criminelle, une maîtrise en psychologie du comportement. Elle savait tout de la part d'ombre qui existe en chacun de nous. De nombreux experts argumentaient, coupaient les cheveux en quatre pour tenter de définir la ligne ténue qui sépare le bien du mal ; ils espéraient expliquer pourquoi certains choisissent le mal, et d'autres le bien. Quel était le facteur déterminant ? Quelqu'un avait-il la réponse ?

« Croyez en vous. Faites-vous confiance », avait dit Kernan. Il lui avait aussi expliqué que la décision instantanée qu'elle prendrait dans le feu de l'action révélerait sa vraie nature. Et si sa vraie nature était justement sa part d'ombre ? Si sa vraie nature était aussi mauvaise que celle de Stucky ? Elle ne cessait de penser qu'il suffirait d'un rien, à peine une seconde, pour qu'elle tire une balle entre les deux yeux noirs et vides de ce monstre. Elle ne se souciait plus de le coincer, de l'arrêter. Elle voulait qu'il paie. Elle voulait — elle en avait besoin — voir la peur dans son regard mauvais. Cette même peur qu'elle avait éprouvée à Miami, quand il lui entaillait le ventre. Cette peur qu'elle éprouvait chaque soir, avec la nuit, quand le sommeil la fuyait.

Stucky avait fait de cette histoire une affaire personnelle. Leur guerre à eux. Par le choix de ses victimes, il avait fait d'elle la complice de ses meurtres. Et s'il avait réussi à entraîner Harding dans cette sinistre aventure, c'étaient à présent deux hommes qu'il lui fallait détruire.

Elle jeta un coup d'œil à la carte étalée sur le siège du passager. Le pont à péage se trouvait à environ quatre-vingts kilomètres de Quantico, où Tully l'attendait. Il était encore occupé à tout organiser. Avec sa manie de se conformer aux règles, il faudrait encore plusieurs heures avant qu'il soit prêt. Attendre. Toujours attendre. Ils auraient de la chance s'ils arrivaient à la propriété de Harding avant la nuit. Devant elle, un panneau annonça la sortie pour Quantico à quinze kilomètres.

Réduisant sa vitesse pour pouvoir manœuvrer plus aisément d'une seule main, elle sortit son portable et composa un numéro.

— Docteur Gwen Patterson à l'appareil.

— Gwen, c'est Maggie.

— Tu es sur la route, non ?

— Oui. Je rentre de Washington. Tu m'entends à peu près ?

— Il y a un peu de friture, mais ça passe. Alors, tu étais en ville ? Tu aurais pu m'appeler. Nous aurions déjeuné ensemble.

— Désolée, pas le temps. Ecoute, Gwen, tu me reproches toujours de ne jamais rien demander à mes amis. Eh bien, j'aurais besoin que tu me rendes un service.

— Je rêve ! Tu es sûre que c'est toi ?

— Très drôle. Je sais que ce n'est pas sur ton chemin, mais pourrais-tu passer ce soir voir Harvey – pour le sortir, le nourrir et toutes ces choses que font les maîtres normaux pour leur chien ?

— Tu es sur le pied de guerre, à traquer un tueur en série, et tu te préoccupes de Harvey ? Je dirais que tu as déjà les réflexes d'un maître presque normal. C'est bon, j'irai m'occuper de lui. En fait de compagnie masculine, c'est la meilleure proposition que j'aie eue depuis un bout de temps.

— Je te remercie. Tu m'ôtes une fière épine du pied.

— Dois-je comprendre que tu travailles tard, ou tu l'as localisé ?

Maggie se demanda depuis combien de temps ses amis et collègues se référaient à Stucky par de simples pronoms, sans qu'il leur soit besoin de le nommer.

— Je n'en sais encore trop rien, mais nous tenons une bonne piste. Et pour les sucreries, tu avais peut-être raison.

— Tant mieux. Sauf que je ne me souviens plus de ce que je t'ai dit.

— Nous avions écarté l'ancien associé de Stucky parce qu'il était censé devenir aveugle en raison d'un problème de santé. D'après nos indices, le problème en question serait un diabète. D'où il découle que la cécité peut être progressive, et pas nécessairement complète. Voire freinée ou stabilisée par des piqûres d'insuline.

— Pourquoi Stucky s'encombrerait-il d'un complice ? Cela ne te choque pas, Maggie ?

— Si. Franchement, je trouve ça bizarre. Mais sur les lieux des différents crimes, nous ne cessons de trouver des empreintes digitales qui correspondent à celles de Walker Harding, son ancien partenaire. Ils ont vendu leur affaire il y a quatre ans et se sont en théorie séparés. Peut-être font-ils de nouveau équipe. Nous avons aussi découvert l'existence d'une propriété de l'autre côté de la rivière au nom de Walker Harding. La planque idéale.

Maggie jeta un nouveau coup d'œil à sa carte. Elle approchait de la sortie pour Quantico. Il lui faudrait bientôt se décider. Elle connaissait un raccourci pour atteindre le pont à péage et pouvait y être en moins d'une heure. Soudain, elle s'aperçut que Gwen se taisait. La ligne était-elle coupée ?

— Gwen ? Tu m'entends ?

— Tu as bien dit que l'associé s'appelait Walker Harding ?

— Oui, pourquoi ?

— La semaine dernière, j'ai commencé à voir un nouveau patient, Maggie. Il est aveugle, et il s'appelle Walker Harding.

68.

Tully arracha le dernier feuillet du fax et se mit en devoir d'assembler les quatre pages. La commission forestière du Maryland venait de lui envoyer une vue aérienne de la propriété de Harding. En noir et blanc, on ne distinguait pas grand-chose dans tous ces bois. On voyait toutefois que le terrain formait presque une île, bordée sur deux côtés par le Potomac, et par un affluent sur le troisième.

— La brigade d'intervention est prête à partir, annonça Cunningham en entrant dans la pièce. La patrouille de l'Etat du Maryland vous rejoindra de l'autre côté du pont.

Il s'avança jusqu'à la table et jeta un coup d'œil aux fax que Tully achevait d'assembler.

— C'est utile, ce truc ?

— Je ne vois pas de bâtiments. Il y a trop d'arbres.

Cunningham remonta ses lunettes et se pencha pour examiner la vue.

— A ce que j'ai cru comprendre, la cabane qui abrite le générateur se trouve tout en haut, dans le coin nord-ouest.

Il posa le doigt sur un point qui n'était guère plus qu'une masse grise.

— La maison ne doit pas en être très éloignée. Savez-vous depuis combien de temps Harding est installé là ?

— Au moins quatre ans. D'où je déduis qu'il est bien établi et qu'il connaît le coin. Je ne serais pas surpris s'il s'était construit un bunker quelque part.

— Un bunker ? Paranoïaque à ce point ?

— Ce type vivait en reclus bien avant de se lancer dans les affaires avec Stucky. Certains des jeux vidéo qu'il vend sont sa propre création. Il est peut-être un génie de l'informatique, mais il est surtout sérieusement fêlé. Beaucoup de ses jeux sont ouvertement anti-gouvernementaux, des trucs néofascistes et autres saloperies. J'en ai même trouvé un qui s'intitule *La Revanche de Waco*. Son catalogue contient des machins du style Armageddon, fin du monde, guerre totale et j'en passe. Je ne serais donc pas étonné qu'il soit préparé pour un assaut en règle.

— Qu'est-ce que vous me chantez là, agent Tully ? Dois-je comprendre que notre problème n'est pas simplement d'aller cueillir une paire de tueurs en série ? Vous croyez que Harding dispose d'un arsenal conséquent, là-bas ? Ou que sa propriété est minée ?

— Je n'ai pas de preuves, chef, mais je pense que nous devons être prêts.

— Prêts à quoi ? A faire un siège ?

— Prêts à toute éventualité. Si Harding est aussi tordu que les jeux vidéo qu'il propose, il peut perdre les pédales en voyant le FBI débarquer à sa porte.

— Eh bien ! Il ne manquait plus que ça.

Cunningham se redressa et se dirigea vers le panneau d'affichage sur lequel Tully avait épinglé des tirages du site de Harding à côté des photos prises sur les différents lieux des crimes.

— Quand l'agent O'Dell rentre-t-elle ?

Tully consulta sa montre. Elle avait déjà une demi-heure de retard. Pas sorcier de deviner ce que pensait Cunningham.

— Je l'attends d'un instant à l'autre, chef, déclara-t-il.

Inutile de laisser entendre qu'il doutait lui-même de son retour.

Un moment de silence passa.

— Bon… Eh bien, nous avons tout ce qu'il nous faut, reprit Tully. Je n'oublie rien, chef ?

— J'aimerais briefer la brigade d'intervention. Autant les mettre au courant de vos soupçons.

A son tour, Cunningham jeta un coup d'œil à sa montre.

— A quelle heure O'Dell a-t-elle quitté Washington ?

— Je n'en sais trop rien. Il leur faut une préparation supplémentaire ? s'enquit encore Tully pour changer de sujet.

— Pas de préparation. Mais il est normal qu'ils connaissent tous les risques.

Nouveau silence. Tully leva les yeux et vit que Cunningham l'observait, sourcils froncés.

— Vous êtes certain que l'agent O'Dell doit rentrer ?

— Bien sûr, chef. Je ne vois pas où elle pourrait aller.

— Désolée du retard ! lança l'intéressée en entrant dans la pièce au même moment.

Tully réprima un soupir de soulagement.

— Vous arrivez à point nommé, dit-il.

— Accordez-moi dix minutes avec les hommes de la brigade, et vous pouvez partir.

Sur ces mots, Cunningham se dirigea vers la porte. Aussitôt après son départ, Tully se pencha vers O'Dell et lui souffla :

— A quelle distance du pont à péage étiez-vous quand vous avez rebroussé chemin ?

Elle le dévisagea, surprise.

— Comment avez-vous deviné ?

— Une intuition.

— Cunningham le sait ?

— Pourquoi le lui aurais-je dit ? Entre partenaires, on peut avoir ses secrets, non ?

Il prit un ballot dans le coin de la pièce et lui tendit un gilet pare-balles.

— On y va ?

69.

— Nous restons en arrière jusqu'à ce qu'ils aient présenté le mandat de perquisition, dit Tully.

O'Dell n'écoutait pas, il en était à peu près sûr. Peut-être était-elle distraite par les battements frénétiques de son cœur, qu'il lui semblait entendre. A moins que ce soit le sien. Au loin, des grondements de tonnerre s'en faisaient l'écho.

Ils avaient abandonné les voitures à bonne distance, de l'autre côté du portail électronique qui barrait la route. Si on pouvait l'appeler ainsi : Tully avait vu des pistes pour le bétail plus praticables. A présent qu'ils étaient tapis dans la broussaille et la boue, il regrettait d'avoir gardé ses chaussures de ville. Une préoccupation absurde quand ils étaient sur le point de capturer Stucky et Harding.

La police d'Etat du Maryland leur avait fourni une équipe de six hommes, officiellement dans le seul but de présenter un mandat de perquisition au propriétaire ou aux occupants de la maison. Si personne ne venait ouvrir, la brigade d'intervention du FBI protégerait le périmètre et les accompagnerait, O'Dell et lui, dans leur fouille de la maison et du terrain. Naturellement, la brigade était bien chaussée. Et O'Dell avait pensé à prendre un coupe-vent du FBI. Moins prévoyant, Tully transpirait sous son lourd gilet pare-balles, qui ne le protégeait cependant pas de la bise qui soufflait parmi les arbres. La nuit tomberait vite dans ces bois denses. Avec les nuages, il y ferait un noir d'encre. Déjà, les ombres s'allongeaient à vue d'œil. Et si l'orage se rapprochait, ils avaient de grandes chances d'être trempés avant l'aube.

— La cheminée fume, murmura O'Dell. Il doit y avoir quelqu'un à l'intérieur.

Une faible lueur apparut à l'une des fenêtres, mais il pouvait s'agir d'une lampe programmée pour s'allumer. En revanche, pas de fumée sans feu, et pas de feu sans quelqu'un pour l'entretenir.

Deux agents de la police d'Etat s'approchèrent de la porte tandis que des hommes de la brigade suivaient en se cachant derrière les buissons de chaque côté de l'étroite allée pavée. Tout en les observant, Tully espérait sincèrement s'être trompé sur Harding et sa paranoïa. Les policiers faisaient des cibles trop faciles. Il sortit son propre revolver, examina les fenêtres pour s'assurer qu'aucune arme n'y apparaissait. Ainsi niché au fond des bois, le chalet avait tout d'une maison de conte de fées. Il y avait une balancelle sous le porche. Et un carillon qu'on entendait tinter au vent. Mais que de fenêtres superflues pour un homme qui devenait aveugle !

Personne ne vint ouvrir au policier qui avait frappé à la porte. Il recommença, cependant que tous attendaient. Tully s'épongea le front et remarqua que la forêt s'était tue. Plus un seul chant d'oiseau, plus de mouvement, plus un froissement de feuilles. Le vent aussi avait cessé. En revanche, le tonnerre grondait plus fort, et des éclairs zébraient l'horizon par-delà le mur des arbres.

— Il ne manquait plus que ça ! grommela Tully. Le coin ressemblait déjà assez à un truc sorti de *Dark Shadows*.

— *Dark Shadows ?* répéta Maggie dans un souffle.

— Ouais. Une vieille série télé. Barnabus Collins et The Hand, vous vous souvenez ?

Pas de réaction. Elle le dévisageait sans comprendre.

— O.K. , vous êtes trop jeune.

— Je n'ai pas l'impression d'avoir manqué grand-chose.

— Comme vous y allez, O'Dell ! *Dark Shadows* est un classique.

Devant la porte, les deux policiers se retournèrent pour regarder vers les buissons. Ils ne faisaient pas dans la discrétion. L'un d'eux haussa les épaules. L'autre colla l'oreille contre le battant, puis il frappa une dernière fois. Rien. A tout hasard, il actionna la poignée, se retourna de nouveau vers les buissons en faisant signe que la porte n'était pas fermée. Bien sûr, songea Tully. Pourquoi tirer le verrou dans un endroit pareil ?

L'agent Alvando, qui commandait la brigade d'intervention, rejoignit Tully et O'Dell.

— Nous sommes prêts à entrer. Laissez-nous quelques minutes. Je ressortirai pour vous donner le feu vert.

— D'accord, dit Tully.

Mais O'Dell s'était levée pour suivre la brigade.

— Je vous en prie, Alvando ! protesta-t-elle. Nous sommes des agents entraînés, nous aussi. Vous n'êtes pas là pour assurer notre protection, que je sache.

Et elle se tourna vers Tully , qui l'aurait volontiers contredite et attirée contre son gré dans les buissons. Hélas ! elle avait raison. La brigade d'intervention leur était attribuée en renfort, pour les aider dans leurs missions de perquisition et d'arrestation. Pas pour les protéger, effectivement.

— Nous venons avec vous, Victor, confirma-t-il à regret.

A l'intérieur, il y avait à peine assez de lumière pour y voir clair. L'entrée donnait sur un couloir central, avec une grande pièce sur la gauche, et un escalier ouvert sur la droite. On apercevait la balustrade du palier de l'étage. La brigade se divisa en deux groupes, l'un pour explorer le rez-de-chaussée l'autre pour le premier étage. Tully suivit O'Dell dans l'escalier. Ils n'avaient pas atteint le palier qu'ils remarquèrent que le groupe d'intervention s'était arrêté au bout du couloir. Une voix semblait venir de derrière la porte. Les trois hommes se concertèrent du regard, conversèrent par gestes et prirent position. Imitant O'Dell, Tully se plaqua contre le mur. L'un des hommes ouvrit le battant d'un coup de pied, et ils s'engouffrèrent dans la pièce sans échanger un mot.

O'Dell parut déçue lorsqu'ils les rejoignirent et découvrirent que les voix provenaient d'une demi-douzaine d'ordinateurs.

— Double-cliquez pour confirmer. Parlez dans le micro dès que vous êtes prêt, disait l'une.

Une autre voix synthétique donnait des instructions différentes à partir d'une autre machine :

— Votre commande est enregistrée. Vous pourrez vérifier le suivi de l'expédition dans vingt-quatre heures.

— Qu'est-ce que c'est que ce bordel ? grommela un membre de la brigade.

O'Dell examinait le dispositif de plus près cependant que les hommes surveillaient les abords de la porte.

— C'est une installation informatique à commande vocale, déclara-t-elle.

Sans toucher à rien, elle passa d'un ordinateur à l'autre pour étudier les écrans.

— Ce truc a l'air de rendre compte de ses ventes de jeux vidéo en ligne.

— Mais pourquoi un système à commande vocale ? Qui donc aurait besoin d'un truc pareil ? interrogea l'agent Alvando depuis la porte.

O'Dell se tourna vers Tully, qui devina ce qu'elle pensait. Pour avoir besoin d'un tel dispositif, il fallait être aveugle. Complètement aveugle.

70.

Tess ferma les yeux de toutes ses forces. Cela, elle le pouvait. Elle pouvait faire semblant d'être ailleurs. Se raconter une histoire. Elle l'avait fait souvent, et il lui fallait se convaincre qu'au fond, c'était la même chose. Quelle différence qu'elle se fasse sauter par un client qui payait ou un fou ? Aucune.

Elle devait se détendre pour avoir moins mal. Se concentrer pour ne plus sentir les coups de boutoir de son bourreau. Ne plus penser à ses mains qui pétrissaient ses seins. Ne plus entendre ses grognements de bête en rut.

— Ouvre les yeux ! gronda-t-il entre ses dents serrées.

Elle crispa plus fort les paupières.

— Tu vas ouvrir les yeux, bordel ! Je veux que tu regardes.

Comme elle s'y refusait, il la frappa si violemment que sa lèvre se fendit et qu'elle entendit sa nuque craquer. Mais elle garda les yeux clos.

— Espèce de chienne, tu vas ouvrir les yeux, oui ou merde ?

Il haletait, la pilonnait avec tant de force qu'elle se disait par instants que ses entrailles éclateraient aussi. Elle sentit son souffle brûlant sur sa gorge et, soudain, ses dents se plantèrent dans sa chair. Les mains fermées sur ses seins, il s'accrochait à elle, la chevauchait furieusement, se frottait contre son corps à chaque coup de boutoir et la dévorait tel un chien enragé.

Elle se mordit la lèvre, s'obligea à garder les yeux clos. Cela ne durerait plus, maintenant. Il éjaculerait, et c'en serait fini. Pourquoi n'était-ce pas déjà terminé, d'ailleurs ? Patience. Il n'en avait plus pour longtemps ; il ne tiendrait pas, à ce rythme. Elle détourna la tête le plus possible, fermant les yeux de toutes ses forces.

Enfin, il fut secoué de plusieurs spasmes ; ses dents lâchèrent prise. Il lui pressa les seins une dernière fois, se détendit. En se dégageant d'elle, il lui donna un coup de genou au ventre, un coup de coude à la tête. Voilà, c'était terminé. Elle resta immobile, avala le sang de sa bouche blessée, tâchant d'ignorer le liquide gluant qui coulait entre ses cuisses. Elle avait survécu. C'était déjà quelque chose.

Comme elle ne l'entendait plus, elle le crut parti et souleva les paupières. Elle le vit, alors, qui se tenait juste au-dessus d'elle. La lumière jaune de la lampe qu'il avait apportée l'enveloppait d'un halo. Lorsqu'elle croisa son regard, il étira les lèvres en un sourire grimaçant. Il paraissait aussi calme et serein qu'à son entrée dans la cabane. Etrange. Il aurait dû être épuisé, vidé, prêt à la laisser. Pourtant, il ne montrait pas le moindre signe de fatigue.

— Maintenant, tu vas regarder, menaça-t-il. Même si je dois te couper les paupières.

Et il brandit un scalpel sous son nez.

Un cri étouffé s'échappa de la gorge à vif de Tess.

— Tu peux toujours gueuler, personne ne t'entendra. En plus, j'adore ça.

Seigneur ! Une terreur sans nom s'empara d'elle, lui obscurcit la vue tandis qu'elle se débattait furieusement pour se libérer de ses liens. Et puis, soudain, elle s'aperçut qu'il battait en retraite, la tête tendue de côté, attentif, comme s'il écoutait quelque bruit distant.

Tess tenta d'entendre malgré le bourdonnement de sa tête, le ronflement du sang à ses oreilles. Elle s'immobilisa, sans cesser de l'observer. Et elle finit par entendre. Des voix. Ou bien elle devenait folle, ou bien il y avait des gens dans les bois.

71.

Maggie se demanda s'ils n'arrivaient pas trop tard. Stucky et Harding avaient-ils filé dans la forêt ? Elle regarda par la fenêtre. Dehors, Alvando et ses hommes fouillaient les abords de la maison et s'enfonçaient dans les bois. Bientôt, ils n'y verraient plus rien sans torches électriques et projecteurs qui feraient d'eux des cibles faciles. En général, ils évitaient de travailler dans ces conditions dangereuses. Maggie aurait aimé participer aux recherches, mais Alvando avait raison. Ni elle, ni Tully n'étaient équipés — ni même entraînés — pour une battue au côté de ces hommes.

La pluie s'était mise à tomber doucement. Le bruit de l'eau dans les gouttières de métal avait quelque chose de réconfortant, à cela près que le tonnerre se rapprochait, annonçant un orage. Heureusement, la maison était alimentée par un générateur, ce qui les mettait à l'abri d'une éventuelle coupure de courant.

— Vous croyez que nous nous sommes trompés sur cet endroit ? s'enquit l'agent Tully depuis l'autre bout de la pièce.

Il avait sorti des cartons de dessous les ordinateurs et, ganté de latex, en examinait le contenu — il s'agissait apparemment de livres de comptes, de commandes, de factures…

— Ce dispositif a pu être mis en place en prévision du jour où il deviendra aveugle, dit-elle. Je ne sais pas trop quoi penser…

A cause de l'orage, de l'électricité dans l'air ou d'autre chose, Maggie se sentait agitée, en proie à une angoisse dont elle ne parvenait pas à se défaire.

— Nous devrions peut-être aller voir s'ils ont réussi à ouvrir cette porte qui donne dans la cave.

— Alvando nous a demandé de rester ici, rappela Tully.

— Il s'agit peut-être d'une chambre de torture, et non d'un bunker.

— Je n'affirme pas que c'est un bunker. Simple supposition. Nous n'en aurons le cœur net que lorsque la porte sera ouverte.

Maggie parcourut la pièce des yeux. En dehors des ordinateurs qui parlaient, on se serait cru dans un bureau très ordinaire. Quelle déception ! Elle s'était préparée pour l'affrontement final avec Albert Stucky, et il n'était pas là.

— O'Dell ? Venez un peu voir ça.

Tully était penché sur un nouveau carton. Elle s'approcha et regarda par-dessus son épaule, s'attendant à découvrir encore des vidéos et logiciels de jeux classés X, mais Tully tenait en main des coupures de presse concernant la mort du père de Maggie.

— A votre avis, où a-t-il trouvé ça ?

Elle se posait la même question quand elle aperçut son agenda et l'album de photos de son enfance. C'était son carton, celui qui avait disparu pendant le déménagement. Greg n'avait pas menti en affirmant qu'il n'était pas resté dans l'appartement. D'une manière ou d'une autre, Stucky était en embuscade dans les parages, et il l'avait intercepté à l'insu des déménageurs. La seule idée qu'il ait fouillé parmi ses objets personnels lui donna froid dans le dos.

— Maggie ? Vous pensez qu'il a pu entrer chez vous ? demanda encore Tully, inquiet.

— Non. Je cherche ce carton depuis que j'ai déménagé. Il l'aura volé, intercepté en route, avant qu'il n'arrive dans ma nouvelle maison.

La rage se mit à bouillonner en elle. Laissant Tully poursuivre son inventaire, elle commença d'arpenter la pièce, allant d'une fenêtre à l'autre.

— Cela signifie que Stucky est bien venu ici, souligna Tully.

Elle ne lui répondit pas et continua de marcher de fenêtre en fenêtre. La foudre frappa plus près ; un éclair embrasa le ciel, transformant les arbres en une armée de squelettes au garde-à-vous. Et soudain, dans la vitre, elle vit le reflet d'une silhouette qui passait devant la porte. Elle se retourna sur-le-champ, revolver au poing, prête à tirer. Tully se leva d'un bond et dégaina lui aussi. Tous deux fixaient la porte.

— Que se passe-t-il, O'Dell ?

Elle ne dit rien, puis répondit dans un murmure :

— J'ai vu quelqu'un passer.

— Il reste des gars de la brigade dans la maison ?

— Ils avaient terminé, ici. Et ils ne reviendraient pas sans s'annoncer…

Le cœur de Maggie battait trop vite. Elle avait le souffle court.

Tully se mit à renifler l'air.

— Vous ne sentez pas quelque chose ?

Si, elle sentait. Une vague de terreur monta en elle.

— On dirait une odeur d'essence…, dit encore Tully.

Oui. Une odeur d'essence et de fumée. Une odeur d'incendie qui la pétrifia. Elle était soudain incapable de réfléchir, de bouger, de respirer. Impossible pour elle de gagner la porte. Ses jambes étaient de plomb. Quant à sa gorge, nouée, elle menaçait de l'étouffer.

Revolver en main, Tully courut jusqu'à la porte pour jeter un coup d'œil.

— Merde ! Il y a des flammes des deux côtés. Impossible de sortir par où nous sommes entrés.

Il rangea l'arme dans son holster et gagna une fenêtre, s'efforçant de l'ouvrir cependant que Maggie restait paralysée au centre de la pièce. Elle avait de la peine à tenir son revolver tant ses mains tremblaient ; elle les fixait, comme si elles ne lui appartenaient pas. Elle ne contrôlait pas plus son souffle, haletait comme si elle avait couru le marathon. Elle était tout près de l'hyperventilation.

L'odeur ravivait des images arrachées à ses cauchemars d'enfant. Images de flammes enveloppant son père et lui brûlant les doigts quand elle tendait les bras vers lui. Elle ne pouvait jamais le sauver, à cause de cette fichue peur qui l'immobilisait.

— Saleté de vacherie ! gronda Tully, qui se démenait derrière elle.

Elle parvint à tourner la tête vers lui. Dieu qu'il semblait lointain. Sa vision n'était plus fiable, comprit-elle. Et la pièce se mit à basculer. Elle sentit le mouvement, comme sur un bateau — tout en sachant que c'était impossible, bien sûr. Et puis, elle revit la silhouette dans la vitre ; elle tourna de nouveau la tête, mais comme au ralenti. Albert Stucky se tenait dans l'embrasure de la porte, grand et mince, vêtu de cuir noir, braquant un revolver droit sur elle.

Elle tenta de lever le sien, mais il était trop lourd. Sa main ne lui obéissait plus. Et la pièce bascula dans l'autre sens. Elle se sentit glisser. Il lui souriait, sans se soucier des flammes qui bondissaient derrière lui. Etait-il bien réel ? N'était-ce pas plutôt une hallucination née de son angoisse, de sa terreur ?

— Cette saleté de fenêtre est coincée ! grommela Tully au loin.

Elle ouvrit la bouche pour l'avertir, mais aucun son ne franchit ses lèvres. La balle l'atteindrait en plein cœur. C'était là que Stucky visait. Le monde n'était plus qu'un long ralenti de cinéma. Rêvait-elle ? Se débattait-elle en plein cauchemar ? Il tira le chien de son arme vers l'arrière. Elle entendait les craquements du bois qui cédait, s'effondrait à l'extérieur de la pièce. Une fois encore, elle tenta de soulever le bras. Stucky, lui, pressait déjà la détente.

— Tully ! hurla-t-elle, enfin.

Stucky déplaça sa ligne de tir sur la droite de Tess et tira. La détonation lui fit l'effet d'un choc électrique. Mais elle était indemne, constata-t-elle aussitôt. Il ne l'avait pas touchée ; elle ne saignait pas. Lentement, péniblement, elle leva son arme vers la porte et découvrit que l'encadrement était vide. Stucky n'était plus là. Avait-elle imaginé tout cela ? Dans sa confusion, elle entendit une plainte derrière elle.

Tully.

Il se tenait la cuisse à deux mains et regardait, incrédule, le sang couler de sa blessure. La fumée pénétrait à présent dans la pièce et leur brûlait les yeux. Maggie ôta son coupe-vent en hâte. Il fallait agir, et vite. Tâchant d'oublier les flammes, elle courut jusqu'à la porte, referma le battant et tassa son coupe-vent en dessous pour bloquer l'interstice. Après quoi, elle alla s'agenouiller près de Tully. Il avait l'œil vague, caractéristique d'un état de choc.

— Tenez bon, Tully. On va arranger ça. Respirez normalement, pas trop profondément.

La fumée avait déjà trouvé de nouveaux moyens de s'infiltrer dans la pièce. Otant sa cravate à Tully, Maggie écarta doucement ses mains de la blessure et confectionna un garrot de fortune, comprimant le trou fait par la balle. Il hurla de douleur lorsqu'elle serra le nœud coulant.

A présent, la fumée emplissait la pièce. Dehors, on s'agitait. Des cris et des consignes leur parvenaient à travers les fenêtres que Tully n'avait pas réussi à ouvrir. Le temps pressait. Concentrée sur une unique priorité, les sortir de là, Maggie se redressa. Il ne fallait pas penser aux flammes qui léchaient la porte, il fallait oublier la fournaise, le plancher qui brûlait.

Elle agrippa un écran d'ordinateur, arrachant les câbles quand elle le souleva brusquement.

— Couvrez-vous le visage, Tully !

Il la fixait sans comprendre.

— Bon sang, Tully, couvrez-vous le visage, et tout de suite !

Il se tourna vers le mur, enfouit le nez dans son gilet pare-balles. Maggie sentait ses forces décliner sous le poids de l'écran. Dans un ultime effort, elle le jeta contre la vitre, qui vola en éclats. Aussitôt, elle dégagea du pied le verre brisé et saisit son collègue blessé sous les bras.

— Il va falloir que vous m'aidiez, Tully.

Sans trop savoir comment, elle parvint à le hisser par la fenêtre, à le tirer sur le toit du porche. L'agent Alvando et deux de ses hommes étaient en bas. La hauteur n'avait rien d'excessif mais, avec une balle dans la cuisse, Tully ne pourrait pas sauter. Le tenant par les bras, elle le fit glisser dans le vide jusqu'à ce que les autres le saisissent et, durant tout ce temps, il ne quitta pas ses yeux. Dans les siens redevenus limpides, il n'y avait ni surprise, ni peur, ni colère. Maggie y lut la confiance, et rien que la confiance.

72.

Tully souffrait : sa jambe lui faisait un mal de chien. L'incendie était à présent maîtrisé, et les flammes pratiquement éteintes. Assis en lieu sûr, à bonne distance du feu, il en appréciait malgré tout la chaleur. Quelqu'un lui avait posé une couverture sur ses épaules. Qui ? Il ne se rappelait plus. De même qu'il n'avait guère de souvenirs de ce qui s'était passé. Il avait oublié qu'il pleuvait jusqu'à ce qu'il s'aperçoive que ses cheveux et ses vêtements étaient trempés.

L'agent Alvando avait réussi à faire venir jusqu'à la maison incendiée une ambulance. L'image d'un portail électronique barrant la route s'imposa à Tully, qui se demanda comment elle l'avait franchi.

L'agent O'Dell arriva derrière lui.

— Il est temps d'embarquer, dit-elle.

— Qu'ils emmènent d'abord la demoiselle McGowan. Je peux attendre.

Elle l'examina, comme si c'était à elle d'en décider.

— Vous en êtes sûr ? Ils peuvent peut-être vous caser tous les deux.

Il regarda en direction de Tess McGowan. Assise dans un des fourgons de la brigade d'intervention, elle semblait en piteux état. Avec ses cheveux emmêlés, elle faisait penser à la Méduse, et son corps, à présent enveloppé d'une couverture, était couvert de plaies et d'ecchymoses. Elle tenait à peine debout. Les hommes d'Alvando l'avaient trouvée enfermée dans une cabane proche de la maison. Elle était attachée par des fers à un lit de camp, bâillonnée et complètement nue. Elle leur avait dit que le fou venait tout juste de la quitter.

— Je ne saigne plus, ça ira, déclara Tully. Dieu sait ce qu'elle a subi. Elle a plus besoin que moi qu'on la mette au chaud dans un bon lit douillet.

O'Dell se retourna, attira l'attention d'un des hommes et lui fit signe de la main. L'homme comprit sur-le-champ et alla chercher Mlle McGowan dans son fourgon pour la conduire dans l'ambulance.

— De plus, ajouta Tully, je tiens à être présent quand ils le ramèneront.

Les hommes avaient trouvé une bouche d'incendie, vestige du temps où la propriété appartenait au gouvernement, et ils arrosaient la maison sinistrée à jet continu. Les pompiers d'une communauté voisine étaient arrivés sur place une heure plus tôt, après que leur camion s'était embourbé à un peu moins de deux kilomètres de la maison. A présent, ils fouillaient les décombres. Ils avaient découvert deux cadavres calcinés dans le bunker du sous-sol.

Tully se frotta le visage pour en ôter la suie. O'Dell s'assit à terre près de lui, serra ses genoux sur sa poitrine et y posa le menton, pensive.

— Rien ne prouve que ce soit eux, dit-elle sans le regarder.

— Certes. Mais en dehors d'eux, je ne vois pas qui cela peut être.

— Stucky n'est pas du genre suicidaire.

— Il croyait peut-être son bunker à l'abri des flammes.

Elle lui jeta un coup d'œil de biais.

— Je n'y avais pas pensé.

Elle semblait presque convaincue. Presque.

Les pompiers sortirent des décombres, portant un corps sur une civière. Il était couvert de toile noire. Deux autres suivaient avec une seconde civière. O'Dell se redressa. Elle les observait en retenant son souffle. La seconde civière approchait du fourgon du FBI quand le bras du mort glissa de sous la toile. Il pendait de la civière, dans une manche en cuir noir. Tully sentit O'Dell se raidir. Suspendre encore un instant sa respiration. Puis il entendit son soupir soulagé.

73.

Maggie aurait bien invité Gwen à dîner dehors, mais il était tard : elle avait passé trop de temps à l'hôpital, s'assurant que Tess McGowan ne manquait de rien et que l'agent Tully ne garderait pas de séquelles de sa blessure à la jambe.

Alors qu'elle aurait dû crouler de fatigue, nerveuse et physique, pour la première fois depuis des lustres, elle avait le cœur à la fête. A force de recherche, elle dénicha un restaurant chinois encore ouvert dans Newburgh Heights. Dire qu'elle pouvait enfin entrer dans un restaurant sans craindre que la serveuse soit découverte morte dans une benne à ordures dès le lendemain ! Elle arrêta son choix sur du poulet kung poa, du porc aigre-doux et du riz cantonais. Elle commanda un supplément de dessert et se demanda si Harvey aimait les rouleaux de printemps.

En arrivant chez elle, Maggie trouva Gwen et Harvey sur le fauteuil relax, en train de regarder sa petite télévision portable. Les caisses entassées lui rappelèrent le carton que Stucky avait volé, et les souvenirs disparus, littéralement partis en fumée. A commencer par l'album de photos, qui contenait les seules images qu'elle avait de son père. Elle ne devait pas y penser. Pas maintenant. Pas au moment où elle pouvait enfin respirer un peu plus librement.

Gwen aperçut les sacs de papier Kraft du restaurant et sourit.

— Dieu merci, tu as pris à manger. J'ai une faim de loup.

Sur le chemin du retour, Maggie avait appelé Gwen pour la mettre au courant de ce qui s'était passé. Son amie en avait été soulagée, non seulement pour Maggie, mais aussi pour elle-même. Elle n'aurait plus jamais à se soucier de Walker Harding.

— Pourquoi ne passerais-tu pas la nuit ici ? proposa Maggie en attaquant son plat de poulet.

— J'ai un rendez-vous en début de matinée, demain. Je préfère rentrer ce soir. Le matin, je conduis comme un sabot.

Elle observa Maggie, tout en se resservant du riz.

— Franchement, comment te sens tu ?

— Franchement ? Ça va.

Gwen plissa le front. Cette réponse ne lui suffisait apparemment pas.

— J'ai manqué nous faire tuer, Tully et moi. Il s'en est fallu d'un cheveu. J'ai paniqué à cause du feu. Je ne pouvais plus bouger, plus respirer. Mais, tu sais quoi ? J'ai survécu. Et c'est moi qui nous ai sortis de là tous les deux.

— Excellent. Tu me sembles avoir franchi un cap important, Maggie.

Harvey passa le museau sous le coude de Maggie. Il réclamait un autre morceau de rouleau de printemps. Elle le lui donna et lui caressa le dos.

— Tu vas le rendre malade, commenta Gwen. Je ne suis pas certaine que les chiens soient censés manger cela.

— Qu'est-ce que j'en sais, hein ? Il y a des manuels sur le sujet, peut-être ?

— Des pleines bibliothèques, j'imagine. Je t'en trouverai un.

— Ce n'est pas une mauvaise idée. Je crois que Harvey est bien parti pour rester là.

— Tu veux dire que tu avais raison, au sujet de sa maîtresse ?

— Tess nous a raconté qu'il y avait avec elle une femme nommée Rachel. Elle est morte dans une fosse, quelque part sur cette presqu'île. Nous ne sommes encore certains de rien, mais j'ai la conviction qu'il s'agit de Rachel Endicott.

Gwen ne put réprimer une grimace.

— Ils poursuivront les recherches demain. Tess affirme avoir vu d'autres corps, des os, des crânes. Si ça se trouve, Stucky et Harding utilisaient ce terrain depuis des années.

— A ton avis, qu'est-ce que Harding avait prévu pour moi ?

— Gwen, je t'en prie ! coupa Maggie.

Puis, penaude, elle s'excusa.

— Désolée de te rabrouer. Je préfère ne pas y penser ce soir.

— Au fond, il était logique que ces deux-là finissent par s'en prendre à des femmes de ton entourage, des amies, des intimes... Oh ! à propos d'intimes...

Gwen sourit, puis ajouta :

— J'ai eu un coup de fil pour toi dans la soirée. De ton ex-footballeur du Nebraska.

— Nick ?

— Pourquoi ? Tu en connais d'autres ? interrogea Gwen, visiblement amusée par le feu soudain qui avait embrasé le visage de Maggie.

— Il veut que je le rappelle ce soir ?

— Pour ne rien te cacher, il était en route pour l'aéroport. J'ai pris le message. Attends…

Gwen étira les jambes, puis se leva.

— Ma petite Maggie, il va falloir que tu achètes une table. Je deviens trop vieille pour manger par terre.

Elle s'étira encore, puis alla chercher le papier qu'elle avait laissé sur le bureau. Elle en déchiffra le contenu comme si ce n'était pas elle qui l'avait écrit.

— Il disait que son père avait été victime d'une crise cardiaque.

— Zut !

A présent, Maggie regrettait de ne pas lui avoir parlé. Nick avait des rapports difficiles avec son père, elle le savait. Il commençait tout juste à se libérer de l'emprise de cette relation complexe.

— Il n'est pas mort, au moins ? Il s'en tirera ?

— Apparemment, ils voulaient l'opérer dès que possible.

Gwen plissa le nez et continua à déchiffrer ses notes.

— Là, je ne garantis rien, je ne suis pas sûre d'avoir compris. Il disait que son père avait reçu une lettre et que, d'après le médecin, le choc serait venu de là. Sauf erreur, Nick a dit que la lettre venait d'Amérique latine.

Le sang de Maggie ne fit qu'un tour.

Le père Michael Keller avait-il envoyé ses aveux par écrit à Antonio Morrelli ? Elle était apparemment seule à croire que le jeune prêtre charismatique avait tué les quatre garçons de Platte City, Nebraska. Mais il avait quitté le pays avant qu'elle n'en ait la preuve. Aux dernières nouvelles, il résidait toujours en Amérique du Sud.

— Voilà, c'est tout, annonça Gwen. Tu y comprends quelque chose, toi ?

La sonnerie du téléphone les surprit toutes deux.

— C'est peut-être Nick ! lança Maggie. J'y vais.

Elle décroisa les jambes et se leva d'un bond pour répondre.

— Oui, allô ?

— Agent O'Dell, ici le directeur adjoint Cunningham.

Elle consulta sa montre. Il était tard. Et elle l'avait vu deux heures plus tôt à l'hôpital. L'état de son partenaire fut la première pensée qui lui vint à l'esprit.

— Tully va bien ?

— Très bien. Je suis avec le Dr Holmes. Il a eu la bonté de bien vouloir pratiquer les autopsies ce soir.

— D'autant qu'il n'a pas chômé ces dernières semaines…

— Il y a un problème, agent O'Dell.

Cunningham n'y allait jamais par quatre chemins. Maggie se prépara à une mauvaise nouvelle. S'adossant au mur, elle crispa les doigts sur le combiné tandis que Gwen l'observait, assise sur un bras du fauteuil.

— Quel genre de problème ?

— Walker Harding est mort d'une balle tirée à l'arrière du crâne. Calibre 22. Une exécution en bonne et due forme. En plus de cela, ses organes sont dans un état avancé de décomposition. D'après l'estimation du Dr Holmes, il serait mort depuis plusieurs semaines.

— Plusieurs semaines ? Ce n'est pas possible, monsieur ! Nous avons retrouvé ses empreintes sur les lieux de trois crimes.

— Je crois que nous sommes en mesure de fournir l'explication. Plusieurs de ses doigts ont été coupés. Dont un pouce. J'imagine que c'est signé Stucky. Il se sera arrangé pour les conserver et les utiliser sur les lieux de ses crimes, nous envoyant ainsi sur une fausse piste.

— Mais Gwen a eu deux séances avec Walker Harding, je ne comprends pas.

Maggie jeta un coup d'œil inquiet à son amie, qui semblait elle aussi anxieuse, soudain. Jusqu'au chien qui arpentait maintenant le jardin d'hiver, dressant l'oreille.

— Le Dr Patterson n'a jamais vu Albert Stucky, dit Cunningham, toujours aussi calme. Si nous lui demandons de décrire l'homme qui est venu à son cabinet, je suis sûr qu'elle nous décrira Albert Stucky. Je n'ai vu qu'une ou deux photos de Harding mais, si ma mémoire ne me trompe pas, ces deux hommes se ressemblaient de façon troublante. Stucky doit se faire passer pour Harding depuis déjà un moment. Ce qui expliquerait le billet d'avion au nom de Harding.

— Seigneur ! murmura Maggie, stupéfaite.

Pourtant, c'était logique. Elle n'avait jamais vraiment cru que Stucky s'encombrerait d'un comparse, fût-ce Harding.

— En somme, il avait un alias parfait et une planque idéale.

— Ce n'est pas tout, agent O'Dell. L'autre cadavre est également mort depuis plusieurs semaines, et ce n'est pas Albert Stucky.

Maggie se laissa glisser le long du mur pour s'asseoir avant que ses jambes ne la trahissent.

— Oh ! non, ce n'est pas vrai ! Il ne peut pas nous avoir de nouveau échappé.

— Nous ne l'avons pas encore identifié. C'est peut-être le valet de Harding qui était aveugle à cent pour cent. Les deux rétines décollées et pas de trace de diabète. Le Dr Holmes est formel…

Maggie ne l'écoutait plus ; elle n'entendait plus rien tant le sang battait à ses oreilles. Elle jeta un coup d'œil inquiet autour de la pièce. Harvey reniflait le bas de la porte et s'agitait. Ou diable avait-elle laissé son Smith & Wesson ? Elle ouvrit le tiroir du bureau. Le Sig-Sauer en avait disparu.

— J'ai envoyé plusieurs agents surveiller votre maison, poursuivit Cunningham. Ne bougez plus de la soirée. Restez chez vous. S'il vient s'en prendre à vous, nous serons prêts.

Tu parles ! pensa Maggie. Quatre ou même six pauvres gardes du corps. Comme si cela suffisait ! S'il venait la chercher, elle était fichue. Mais elle garda cette réflexion pour elle.

Ses yeux croisèrent ceux de Gwen, et la peur se répandit dans ses veines, lui donnant le frisson. Mais elle serra les dents et se releva en prenant appui sur le solide bureau à dos d'âne de son père.

— Stucky n'aurait pas le culot de revenir s'en prendre à moi.

74.

Il progressait lentement à travers les buissons, veillant à rester près du sol. Ces saletés de trucs étaient bourrés d'épines qui s'accrochaient à son sweat-shirt. Il n'aurait pas eu ce problème avec sa veste en cuir. Elle lui manquait déjà, mais il ne regrettait pas ce sacrifice. Il en avait été payé en voyant l'expression de soulagement sur les traits de l'agent spécial Maggie O'Dell. Une fausse joie, pour ainsi dire. Il les avait tous dupés et leur avait échappé en passant de cachette en cachette — des coins à lui, soigneusement préparés en prévision d'une éventualité de ce genre.

Il se frotta les yeux. Bon sang qu'il faisait noir ! Si seulement ces fichues lignes rouges disparaissaient. Pan ! Pan ! Pan ! Non ! Il devait arrêter de penser aux vaisseaux sanguins qui se rompaient dans ses yeux. L'insuline régulait les fonctions de son corps, mais rien ne semblait empêcher ces fichues veines de claquer.

Il entendait encore le rire grêle de Walker qui lui disait :

— Tu vas devenir comme moi, un pauvre con d'aveugle, Al.

Walker riait toujours quand il avait appliqué le canon du .22 long rifle à la base de son crâne et appuyé sur la détente. Pan ! Pan !

A présent, toutes les lumières étaient éteintes. Il l'avait vue aller et venir dans ce qu'il savait être sa chambre. Il aurait aimé voir son visage serein, détendu, inconscient du danger, mais les rideaux étaient tirés, insuffisamment transparents.

Il avait déjà désarmé à distance le système de sécurité grâce au gadget que Walker avait inventé pour lui des mois plus tôt. Aveugle ou pas, ce type était un génie de l'électronique. Impossible de savoir comment ce truc marchait, mais il marchait. Il l'avait testé sur la propriété d'Archer Drive.

Il entreprit l'ascension du treillis couvert de vigne vierge et autres plantes grimpantes. Pourvu qu'il tienne. Il n'avait pas l'air bien solide. A vrai dire, tout cela était un peu trop facile. Mais le vrai défi, c'était elle. Et il savait déjà qu'elle ne le décevrait pas.

Il pensa au scalpel dans son mince fourreau, à l'intérieur de sa botte. Il prendrait tout son temps avec elle. Excité par avance à l'idée du plaisir qu'il y prendrait, il dut retenir son souffle, réprimer ses halètements trop bruyants. Oui, il serait récompensé de ses peines.

75.

Assise dans le coin de la pièce sans lumière, le dos calé contre le mur de la chambre, les bras tendus devant elle et calés sur ses genoux, Maggie tenait fermement son Smith & Wesson, le doigt sur la détente. Cette fois, elle était prête et elle l'attendait. D'instinct, elle savait qu'il rôdait dans les parages, qu'il l'épiait. Qu'il viendrait. Elle était prévenue, et pourtant elle sentit son pouls s'accélérer lorsqu'elle l'entendit au bas du treillis. Les battements de son cœur se firent plus forts, presque audibles. Une sueur glacée se mit à couler dans son dos.

Quelques minutes plus tard, il apparaissait à la fenêtre, silhouette noire de vautour suspendue dans l'ombre. Puis le visage se précisa contre la vitre. Dans un moment de panique, elle manqua sursauter. Mais il fallait rester calme ; ne pas bouger, surtout, ne rien précipiter, malgré la terreur brute qui enflait en elle comme une vague et lui faisait trembler les mains, compromettant son tir. Elle était en sûreté, tapie dans ce coin sombre. Plutôt que de chercher là, il porterait son attention sur le lit et la forme qu'il prendrait pour celle de sa victime endormie — un leurre, des oreillers.

Serait-il surpris qu'elle soit devenue si habile à ce jeu qu'il avait inventé ? Déçu d'être à ce point prévisible pour elle ? En tout cas, il ne se doutait pas qu'on avait déjà pu établir que le cadavre n'était pas le sien. Sachant que cela ne tarderait pas, toutefois, il n'avait pas perdu de temps pour venir quérir sa dernière victime, porter le dernier coup à celle qui prétendait incarner son destin. Ce serait le bouquet final, la dernière cicatrice qu'il laisserait à Maggie avant que le diabète le rende tout à fait aveugle.

Elle resserra sa prise sur son arme. Pour tromper son angoisse, elle se concentra sur les visages des victimes, se récita la litanie de leurs noms, litanie à laquelle s'ajoutait maintenant Jessica, Rita et Rachel. De quel droit osait-il la rendre complice de ses crimes ? Elle laissa la colère s'insinuer en elle, elle l'entretint afin qu'elle remplace la peur abjecte qui lui nouait le ventre.

Il souleva lentement la fenêtre à guillotine, sans un bruit. Il n'avait pas encore pénétré dans la pièce qu'elle perçut son odeur de fumée et de sueur. Elle attendit qu'il approche du lit, qu'il tire son scalpel de sa botte. Alors seulement, sans bouger de sa cachette, sans remuer un muscle afin de ne pas se trahir, elle déclara d'un ton posé :

— Ce truc ne vous servira plus à rien.

Brandissant le scalpel, il pivota sur lui-même, arracha les couvertures de sa main libre, puis se précipita pour allumer la lampe de chevet. Une douce lumière jaune se répandit dans la chambre, et lorsqu'il se retourna, Maggie crut voir passer une lueur de surprise dans ses yeux vides. Il se ressaisit bien vite, se redressa de toute sa haute taille et lui adressa l'un de ses sourires grimaçants.

— Eh bien, Maggie O'Dell. Je ne pensais pas tomber sur vous.

— Gwen n'est pas là. Pour ne rien vous cacher, elle est chez moi. Vous ne voyez pas d'inconvénient à ce que je prenne sa place, j'espère ?

Stucky n'avait pas osé venir s'en prendre à elle, chez elle. C'était trop facile, trop évident. Comme dans l'entrepôt de Miami. Il aurait été trop simple de la tuer, alors, et il lui avait laissé une cicatrice, il l'avait marquée à vie pour qu'elle se souvienne de lui. Et il récidivait, bien sûr. Son but n'était pas de la tuer, mais de la détruire. En lui portant un coup final. En s'attaquant à une proche, à une femme qu'elle aimait et qui comptait pour elle.

— Vous avez des dons pour notre petit jeu, constata-t-il avec satisfaction.

Sans prévenir, elle appuya sur la détente. La main de Stucky parut voler sous l'impact, et le scalpel tomba au sol. Il fixa sa blessure, regarda le sang couler. Puis il chercha les yeux de Maggie. Cette fois, il y avait plus que de l'étonnement dans les siens. Plus qu'une simple inquiétude. Etait-ce le début de la peur ?

— Alors, vos impressions ? Cela vous fait quelque chose que je vous batte à votre propre jeu ?

Nouveau sourire grimaçant, arrogant, triomphant — un rictus hideux qu'elle aurait volontiers effacé d'une balle.

— Non, Maggie. C'est à moi qu'il revient de poser les questions. Quel effet cela vous fait de jouer à mon jeu ?

Elle sentit le duvet de sa nuque se hérisser. Mais elle s'en tirerait. Il ne l'emporterait pas. Pas ce soir.

— C'est terminé, articula-t-elle en réprimant le tremblement de sa voix.

Ses mains tremblaient aussi. S'en apercevait-il ?

— Cela vous plaît de me voir saigner, avouez-le.

Et il leva le bras, exhibant sa blessure.

— C'est enivrant, n'est-ce pas ? On se sent fort, puissant.

— Vous vous sentiez puissant en tuant votre meilleur ami, Stucky ?

Elle crut le voir grimacer. Peut-être touchait-elle enfin son point faible.

— Pourquoi l'avoir tué, Stucky ? Pourquoi tuer le seul homme, le seul être capable de vous supporter ?

— Il possédait une chose dont j'avais besoin. Une chose que je n'aurais pas trouvée ailleurs.

Il avait redressé le menton et s'était détourné de la lampe.

— Qu'est-ce qu'un aveugle comme Walker Harding pouvait bien posséder qui vaille la peine de le tuer ?

— Vous êtes une femme intelligente, et vous connaissez la réponse, bien sûr. Son identité. Il fallait que je devienne lui.

Il ponctua d'un rire et plissa les yeux.

Maggie l'observait, attentive. Apparemment, la lumière le gênait... Oui, c'était bien cela. Que ce soit à cause du diabète ou d'autre chose, il perdait la vue.

— Et puis, en vérité, reprit Stucky, Walker n'en faisait plus grand-chose, de son identité, terré dans sa cahute au milieu de nulle part, à vivre dans le virtuel, à se branler devant ses vidéos porno au lieu de sauter des femmes.

Il retroussa les lèvres en un rictus de mépris, puis ajouta :

— Minable. C'était un minable. Pour rien au monde je ne serais devenu comme lui. En tout cas, pas sans me battre.

Il tendit la main vers la lampe pour l'éteindre. Maggie tira de nouveau, lui fracassant le poignet. Il serra le membre blessé contre lui et s'efforça de contrôler la rage et la douleur qui déformaient ses traits.

— Vous n'auriez pas des problèmes de vue ? interrogea-t-elle, provocante.

Pourtant, elle n'avait pas le cœur à l'ironie. La panique lui nouait le ventre, tétanisait ses jambes. Elle ne pouvait plus fuir. Elle était condamnée à rester ici, à cet endroit, et à ne pas laisser voir sa peur.

Un sourire étira les lèvres de Stucky. Il n'y avait plus aucune trace de douleur sur son visage. Et il s'avança vers elle. Maggie pressa une nouvelle fois la détente et l'atteignit en pleine rotule. Il s'effondra et regarda, incrédule, son genou qui saignait, écœurant amas de chair et d'os broyés. Mais il demeurait stoïque. Pas un cri, pas un rictus, rien.

— Cela vous amuse, Maggie ? Vous êtes-vous jamais sentie aussi puissante ?

Le son de sa voix l'irritait, la déstabilisait. Où voulait-il en venir ? Si elle ne se trompait pas, il renversait le jeu et reprenait la main en la poussant à continuer.

— C'est fini, Stucky. L'aventure se termine là.

Seigneur ! Sa propre voix avait perdu sa fermeté, et il s'en était aperçu. Rien n'allait plus comme elle voulait.

Tant bien que mal, il parvint à se lever, et soudain, le plan qu'elle avait conçu parut ridicule à Maggie. Comment avait-elle pu imaginer le neutraliser en le blessant, en le mettant à terre ? Pouvait-on réellement maîtriser un être aussi maléfique que Stucky ? En le voyant s'avancer sur elle, armé du scalpel qu'il avait ramassé dans sa chute, elle songea qu'il était peut-être indestructible. Il ne boitait même pas ! Combien de balles avait-elle tirées ? Deux ? Trois ? Pourquoi ne s'en souvenait-elle plus ?

De sa main valide, il brandissait le scalpel pour qu'elle le voie, l'agitait devant elle, affermissant sa prise.

— Je comptais vous offrir le cœur de votre bonne amie Gwen, le laisser à votre porte. Poétique, n'est-ce pas ? Hélas ! je vais devoir me contenter du vôtre.

— Jetez cette arme, Stucky, c'est fini.

Mais elle n'était pas convaincue. Comment l'être quand ses mains tremblaient, hors de contrôle ?

— La partie ne se termine que lorsque j'en décide, siffla-t-il, hargneux.

Elle serra son arme et visa, se concentra sur sa cible comme à l'exercice — l'espace entre ses yeux. Un léger spasme agitait son index posé sur la détente. Il ne l'emporterait pas. Pas cette fois. Au prix d'un effort, elle s'obligea à plonger dans son regard noir.

Et s'y englua. Le mal l'hypnotisait comme le serpent sa proie. La retenait captive et la clouait au mur. Non ! Elle ne devait pas se laisser démonter, pas maintenant. Lui avançait toujours, et elle ne bougeait pas, tétanisée par la terreur. Son souffle s'étranglait dans sa gorge nouée, sa vision se brouillait.

Avant qu'elle ne puisse tirer, la porte de la chambre s'ouvrit à la volée.

— Agent O'Dell ! s'écria Cunningham en se précipitant dans la pièce, revolver au poing.

Il s'arrêta net devant le tableau qu'ils formaient, sidéré, hésitant. Surprise par son irruption, Maggie relâcha son attention et quitta les yeux du tueur une fraction de seconde. Cela suffit à Stucky, qui plongea sur elle, son scalpel au bout du bras. Une succession de coups de feu retentit dans l'étroite chambre, et les détonations se répercutèrent à l'infini entre les murs.

Puis, le vacarme cessa, aussi soudainement qu'il avait commencé.

Agité de soubresauts, Albert Stucky s'était effondré sur les genoux de Maggie, couverte de sang. Celui du tueur ? Le sien ? Elle l'ignorait. Le scalpel était planté dans le mur. Si proche qu'elle le sentait contre elle — il avait déchiré le coton de son chemisier. Elle ne pouvait pas bouger. Stucky était-il vraiment mort ? Son cœur battait à l'étouffer. Secouée de tremblements irrépressibles, sa main serrait toujours la crosse tiède du Smith & Wesson. Sans vérifier le chargeur, elle sut qu'il était vide.

Du pied, Cunningham la dégagea de Stucky qui roula au sol, inerte. Et soudain, elle l'agrippa par l'épaule, le retourna pour voir son visage. Le corps criblé de balles, il fixait sur elle son regard désormais sans vie. Mais elle aurait crié de joie et de soulagement, car pas une balle — pas une seule — ne l'avait atteint entre les deux yeux.

76.

Tess s'appuya contre la vitre. Elle aurait dû suivre le conseil de l'infirmière revêche et prendre le fauteuil roulant. Ses pieds lui cuisaient ; les points de suture tiraient au moindre mouvement. La douleur de sa poitrine lui rendait la respiration difficile. Elle s'était trompée sur ses côtes : elle en avait deux de cassées et deux autres de fêlées. Les autres coups et blessures ne laisseraient pas de trace. Avec le temps, elle oublierait le psychopathe nommé Albert Stucky. Elle oublierait son regard noir et vide qui la clouait à la table aussi efficacement que les attaches de cuir à ses chevilles et ses poignets. Elle oublierait son haleine brûlante sur sa peau, ses mains, son corps qui l'avaient maltraitée et violée au-delà du possible.

Elle rassembla frileusement les pans de son mince peignoir pour se protéger des doigts glacés qui enveloppaient sa gorge et menaçaient de l'étrangler dès qu'elle pensait à lui. A quoi bon se mentir ? Elle n'oublierait jamais. C'était un chapitre de plus qu'il lui faudrait tenter d'effacer de sa vie. Et elle était si lasse de réécrire son passé pour survivre à l'avenir. Si lasse qu'elle se cherchait une raison de continuer. Et ses pas l'avaient conduite ici.

Au-delà de son reflet méconnaissable, dans la vitre, elle regarda les petits visages fripés, les poings dodus qui agrippaient l'air. Elle écouta les cris et les roucoulements des nouveau-nés, sourit de sa propre naïveté. Quel cliché de venir là en quête d'une réponse !

— Ma petite amie, qu'est-ce que vous fabriquez debout ?

Tess jeta un coup d'œil par-dessus son épaule, et vit Delores Heston s'avancer au pas de charge, éclairant le couloir blanc et stérilisé de son tailleur rouge vif. Elle enveloppa Tess de ses bras, la serrant doucement contre son ample poitrine. Quand enfin elle relâcha son étreinte, la rude femme d'affaires avait les larmes aux yeux.

Elle essuya ses pleurs d'un geste agacé.

— Bonté divine ! Je m'étais pourtant promis de me tenir ! Alors, ma petite Tess ? Comment vous sentez-vous ?

— Bien, mentit cette dernière en souriant.

Ce qui eut pour effet de réveiller la douleur de sa mâchoire meurtrie. Machinalement, elle passa la langue sur ses dents pour vérifier une fois encore qu'aucune n'avait souffert du coup de poing qu'elle avait reçu. Elle avait beau le savoir, elle ne parvenait toujours pas à y croire tant cela semblait miraculeux.

Delores l'observait, l'examinait pour se faire une opinion. D'une main toute maternelle, elle lui souleva le menton pour regarder de plus près les morsures à son cou. Tess se détourna. Elle ne voulait pas voir la pitié et l'horreur s'inscrire sur le visage de sa patronne. Sans un mot, Delores la reprit dans ses bras, lui caressa les cheveux, lui frictionna tendrement le dos pendant de longues minutes. Puis elle s'écarta et déclara avec emphase :

— Tess, je mets un point d'honneur à m'occuper de vous personnellement. Et pas de protestations, c'est compris ?

Jamais personne ne lui avait fait ce genre de proposition. Tess ne savait comment réagir. Mais de toutes les possibilités qui s'offraient, les larmes imbéciles étaient sans doute une solution peu appropriée. Et pourtant, elle pleurait...

Delores sortit un mouchoir, lui tamponna doucement les yeux, les joues, souriant comme une maman qui prépare son petit pour l'école.

— Là, c'est mieux. D'autant qu'un charmant visiteur vous attend dans votre chambre.

Tess sentit tous ses muscles se crisper. Seigneur Dieu, Daniel ! Elle ne pouvait pas le voir, pas maintenant, pas dans cet état !

— Vous voulez bien lui dire que je l'appellerai plus tard, et le remercier pour les roses ?

— Les roses ? Qui a parlé de roses ? A ce qu'il m'a semblé, il tenait un bouquet de violettes à la main. Il les serrait si fort que ces pauvres fleurs doivent être déjà mûres pour un pot-pourri.

— Des violettes ?

Par-dessus l'épaule de Delores, Tess regarda en direction de sa chambre. Au bout du couloir, Will Finley observait la scène, hésitant — et terriblement attirant dans sa chemise bleue et son pantalon noir. Sans lentilles, elle y voyait un peu flou, mais il semblait effectivement tenir un bouquet de violettes dans sa main gauche.

En fin de compte, se dit-elle, sa vie méritait peut-être qu'elle y ajoute quelques nouveaux chapitres...

Épilogue

Une semaine plus tard

Maggie ne savait trop pourquoi elle était venue. Peut-être lui fallait-il voir de ses yeux le corps porté en terre, s'assurer que, cette fois, Albert Stucky ne s'échapperait pas.

Elle se tenait en retrait, près des arbres, et observait le cortège funèbre — principalement constitué de journalistes. Le personnel religieux de l'église St. Patrick les dépassait en nombre. Il y avait là plusieurs prêtres, et autant d'enfants de chœur portant l'encens et les cierges. Comment se justifiaient-ils d'offrir à un Stucky la même cérémonie qu'au pécheur ordinaire ? Cela n'avait pas de sens.

Mais peu lui importait cette absurde injustice. Car elle était libre, enfin. Et sur tous les plans : Stucky n'avait pas remporté la partie, pas plus que la part d'ombre de Maggie. Dans le feu de l'action, dans cette fraction de seconde décisive, elle avait choisi de se défendre, mais n'avait pas cédé à la tentation du mal.

Harvey s'impatientait, donnait des coups de truffe froide contre sa main. Sans doute se demandait-il ce qu'ils faisaient dehors, à attendre, au lieu de jouer, courir, en profiter. Elle suivit des yeux le cortège qui quittait le cimetière pour descendre la colline.

Albert Stucky était enfin mort et enterré. Il avait rejoint ses victimes, six pieds sous terre.

Maggie caressa le doux pelage de Harvey. Elle se sentait légère, incroyablement soulagée. A présent, ils pouvaient rentrer. Elle n'avait plus rien à craindre. Fini l'angoisse, fini la peur. Et la première chose qu'elle avait envie de faire, à présent, c'était dormir.

Prologue

Pourquoi le passé revient-il toujours nous hanter ?

Debout derrière la fenêtre de son bureau, le Dr Tanaka contemplait d'un œil morne l'averse qui s'abattait sur le parking. Par quel mauvais coup du sort, la mort d'une pauvre âme revenait-elle briser sa vie après toutes ces années ?

Dehors, une infirmière courait vers sa voiture, son uniforme trempé de pluie. Comme chaque matin à Honolulu, la journée avait commencé sous un soleil radieux. Mais vers 15 heures, les nuages s'étaient amoncelés au-dessus des monts Koolau, et, tandis que les membres du personnel de la clinique regagnaient leur foyer, une pluie diluvienne avait commencé à inonder la ville, transformant les rues en torrents d'eau sale.

Tanaka se retourna et baissa les yeux sur la lettre posée sur sa table de travail. Lorsque sa secrétaire l'avait portée à son attention ce matin, il s'était figé en apercevant au dos de l'enveloppe le nom de l'expéditeur : Joseph Kahanu, avocat, et l'avait ouverte sans plus attendre.

Se laissant tomber dans son fauteuil, il la relut une fois encore.

Cher Dr Tanaka,

Au titre de représentant de mon client, M. Charles Decker, je vous prie par la présente de bien vouloir nous fournir toutes les pièces du dossier de suivi obstétrique relatif à Mme Jennifer Brook, qui était votre patiente au moment de son décès…

Jennifer Brook. Un nom qu'il avait espéré rayer pour toujours de sa mémoire…

Un sentiment d'abattement l'envahit : l'épuisement physique et moral d'un homme qui avait fini par comprendre que son passé ne le laisserait jamais en paix. Il tenta de rassembler son courage pour s'extraire de son fauteuil et rentrer enfin chez lui, en vain. Son regard ne pouvait se détacher des quatre murs de la pièce. Ce bureau était son sanctuaire. Il survola d'un œil las les diplômes encadrés, les certificats médicaux et les photographies qui y étaient accrochés. Ce n'étaient qu'instantanés de nouveau-nés au visage fripé, de mères et de pères rayonnant de joie. Combien d'enfants avait-il aidés à venir au monde ? Il en avait depuis longtemps perdu le compte…

Un bruit ténu provenant de la réception le tira finalement de sa torpeur. Le déclic d'une porte qui se referme. Il se leva et alla jeter un œil dans la pièce attenante.

— Peggy ? Vous êtes encore là ?

La salle d'attente était déserte. Son regard glissa sur les chaises et le sofa tendus de velours fleuri, les magazines empilés avec soin sur la table basse, pour s'arrêter sur la porte donnant sur le hall. Le verrou de la poignée était ouvert.

Tendant l'oreille dans le silence de la clinique, il perçut un faible cliquetis du côté des salles d'examen.

— Peggy ?

Tanaka sortit dans le hall, ouvrit la porte de la première salle et actionna l'interrupteur. La lumière blanche se refléta sur la surface froide de l'évier en inox, la table d'examen gynécologique et l'armoire contenant le petit matériel. Il éteignit et referma la porte. La deuxième salle ne présentait rien non plus d'inhabituel. Il traversa alors le hall en direction de la troisième et dernière salle.

A l'instant précis où sa main se tendait vers l'interrupteur, son instinct l'avertit d'une présence hostile, tapie dans l'obscurité, qui l'attendait. Il s'immobilisa, puis s'éloigna de la porte à reculons, saisi d'une terreur glacée. Ce ne fut qu'au moment où il pivotait sur lui-même pour s'enfuir qu'il se rendit compte que l'intrus se tenait juste derrière lui.

La lame lui entailla le cou de part en part.

Titubant en arrière dans la salle d'examen, Tanaka heurta un lourd support en acier, perdit l'équilibre et trébucha sur le sol. Le linoléum était déjà poisseux de son sang. Malgré la conscience aiguë de la vie qui s'échappait inexorablement de sa gorge, une zone rationnelle de son cerveau le força à analyser sa blessure et à évaluer ses chances. *Artère sectionnée. Exsanguination totale en quelques minutes. Stopper immédiatement l'hémorragie…*

Chaque seconde était précieuse. Déjà, il sentait l'engourdissement monter dans ses jambes. Il rampa en direction de l'armoire vitrée où était rangée la gaze. Luttant contre l'évanouissement, il s'orienta aux reflets sur le verre, tel un naufragé cherchant son salut dans la lointaine lueur d'un phare.

Soudain, une ombre obscurcit la pièce. Il comprit alors que son agresseur s'était avancé dans l'encadrement de la porte pour mieux l'observer. Tanaka poursuivit néanmoins sa progression.

Rassemblant ce qui lui restait de force et de conscience, il parvint à se remettre debout et à ouvrir l'armoire d'une main maladroite. Des paquets stériles chutèrent des étagères et s'éparpillèrent sur le sol. Il déchira un emballage à l'aveuglette et en sortit un tampon de gaze, qu'il pressa aussitôt sur sa gorge.

La lame de son assaillant traça un dernier arc de cercle, mais il ne la vit pas.

Lorsqu'elle s'enfonça dans son dos, Tanaka ouvrit la bouche pour hurler, mais seul un soupir s'échappa de ses poumons brûlants.

Le dernier, avant qu'il ne s'affaisse sur le sol…

ERICA
SPINDLER

DÉLIVRANCE

La révérende Rachel Howard s'est volatilisée et ses sermons sombres et apocalyptiques ne résonnent plus dans l'île paradisiaque de Key West. Son comportement était devenu bizarre, son ton exalté, si bien que chacun, y compris la police, croit qu'elle fuit pour cacher une dépression nerveuse. Mais pas sa sœur Liz Ames, qui laisse tout en plan pour gagner Key West et partir à sa recherche. Avec pour tout indice un message sibyllin de Rachel sur son répondeur.

Liz n'est pas à Key West depuis vingt-quatre heures que la violence se déchaîne. Les morts suspectes se succèdent. Sur fond de violent cyclone, des crimes rituels sont perpétrés, rappelant étrangement des meurtres commis par un tueur en série désormais hors circuit.

Avec le seul flic convaincu qu'il existe un lien entre ces crimes et la disparition de Rachel Howard, Liz lutte pour identifier le mal mystérieux qui ronge le cœur de Key West. Mais chaque pas vers la vérité apporte son lot de questions — et de morts. Nul ne semble devoir échapper aux forces occultes qui transforment le paradis de Floride en un brasier infernal…

BEST-SELLERS N°167

À PARAÎTRE LE 1ER MARS 2003

Meg O'Brien

Mortel ABRI

Défendre une prostituée noire qui s'est fait violer pourrait être un acte de routine pour Sarah Lansing, avocate à Seattle. Sauf que cette fois, les violeurs sont des policiers corrompus, disposant d'appuis haut placés et n'hésitant pas à pratiquer l'intimidation, les fausses preuves…

… et le meurtre. Lorsque sa cliente est retrouvée morte dans l'incendie de son misérable appartement, Sarah décide de tout tenter pour dénoncer les voyous.

Une audace qu'elle paie cher : arrêtée injustement pour possession de drogue, puis libérée sous caution, elle trouve refuge dans l'île de son enfance, parmi une communauté de femmes écrivains. C'est là qu'elle compte écrire un témoignage contre les meurtriers et leurs complices, et mettre à l'abri la seule preuve capable de les envoyer en prison…

Mais dans cette résidence où toutes les femmes présentes semblent cacher un secret, la peur et la suspicion s'installent. Et, tandis que survient un terrible tremblement de terre, chacune d'elles se sent encore plus isolée, et à la merci de tous les dangers…

BEST-SELLERS N°168

À PARAÎTRE LE 1ER MARS 2003

Sharon Sala

Si tu te souviens

Le cœur de Clay LeGrand s'est refermé sur lui-même le jour où sa femme, Frankie, a disparu. Deux ans plus tard, les mêmes questions le hantent, toujours brûlantes : où est-elle ? Pourquoi est-elle partie ?

Puis survient l'improbable. Rentrant chez lui, Clay trouve Frankie dans son lit, comme si elle ne l'avait jamais quitté. Hélas, elle n'a rien à raconter, n'ayant plus aucun souvenir. Seul son corps porte d'étranges témoignages : un tatouage sur le cou et des traces d'aiguille dans le bras.

Les deux dernières années se dressent entre eux tel un énorme trou noir. Un silence atroce.

Pourtant, les réponses sont là, tapies dans l'ombre, prêtes à surgir, tout comme l'homme qui les détient. Un homme dangereux qui n'a pas renoncé à récupérer Frankie, à la garder pour lui tout seul. Un homme qui, cette fois, va avoir affaire à forte partie car Clay LeGrand a désormais pour le combattre une force indomptable, raffermie par deux années d'absence et de souffrance : sa passion pour sa femme.

BEST-SELLERS N°169

À PARAÎTRE LE 1ER MARS 2003

Robyn Carr

FIASCO

Charlene Dugan a commencé sa journée comme à l'accoutumée — en célibataire. Puis, en l'espace de quelques heures :

- Sa fille lui lance qu'elle ne veut pas finir comme elle.
- Sa mère, désorientée, se retrouve dans un parking sans savoir comment.
- Son ex-mari a soudain des comptes à régler avec elle.

En fait, sa décision de se remarier déclenche autour d'elle le désordre et la panique. Et les jours suivants n'arrangent rien. Son amie et témoin tombe folle amoureuse d'un garçon de quinze ans son cadet. Son ex-mari, qui a le don de lui mettre les nerfs en pelote, prépare des arguments pour la reconquérir. Et, pour couronner le tout, son futur époux passe son temps avec la jolie jeune femme chargée d'organiser leur mariage !

Toutes les conditions sont réunies pour faire du mariage annoncé… le fiasco du siècle.

BEST-SELLERS N°170

À PARAÎTRE LE 1ER MARS 2003

69 L'ASTROLOGIE EN DIRECT
TOUT AU LONG
DE L'ANNÉE.

(France métropolitaine uniquement)

Par téléphone 08.36.68.41.01

0,34 € la minute (Serveur SCESI).

Composé et édité
PAR LES ÉDITIONS HARLEQUIN
Achevé d'imprimer en décembre 2002

BUSSIÈRE
GROUPE CPI

à Saint-Amand-Montrond (Cher)
Dépôt légal : janvier 2003
N° d'imprimeur : 26308 — N° d'éditeur : 9676

Imprimé en France